古道花红

连歌遥 著

海豚出版社
DOLPHIN BOOKS
中国国际出版集团

图书在版编目（CIP）数据

古道花红／连歌遥著.—北京：海豚出版社，
2019.6
ISBN 978-7-5110-4567-6

Ⅰ.①古… Ⅱ.①连… Ⅲ.①长篇小说—中国—当代
Ⅳ.①I247.5

中国版本图书馆 CIP 数据核字（2019）第 006732 号

古道花红

连歌遥　著

出 版 人	王　磊	
责任编辑	杨文建　谭文雯	
策划编辑	谢秋慧	
责任印制	于浩杰　蔡　丽	
法律顾问	殷斌律师	

出　　版	海豚出版社
地　　址	北京市西城区百万庄大街 24 号
邮　　编	100037
电　　话	010-81528114（销售）　010-68996147（总编室）
印　　刷	廊坊市海涛印刷有限公司
经　　销	全国新华书店及各大网络书店
开　　本	16 开（710 毫米×1000 毫米）
印　　张	19.25
字　　数	300 千
版　　次	2019 年 8 月第 1 版　2019 年 8 月第 1 次印刷
标准书号	ISBN 978-7-5110-4567-6
定　　价	58.00 元

自　序

　　常常，我都会在花红开满古城的时候，升起一种澎湃的思绪。那城南的燕子，嵌在林里的海子，山崖上的百合，林里的兰花……

　　无时无刻不在我心中发出一声声召唤。

　　涛涛的岷江将我哺育，日日与岷江为伴，以花树为伞，看遍藏着的各种文字。城墙上的块块青砖散落的都是旧时的记忆。

　　这里的一草一木是那样让人依恋。

　　古城变了，他变得越发美了。听着岷江流淌的声音，我日日都想着如何才能为他做点什么，方能不负了这大好的山川。用什么呢？唯有用一支笔，用我的情怀！

　　执笔之初，我的心情无比忐忑。我不知道该如何来抒发我对这座小城的情感，我也生怕道不尽他的沧桑与绮丽！

　　这座城，他应该是有故事的、鲜活的。这个故事，有悲伤，有喜悦，有茶马道上悠扬的驼铃，也有一城的烟火以及动人的传说。

　　我希望人们看到的是一个有故事的城，也希望这个故事能让更多的人了解这个古城，并且用心来爱上这个古城。

　　我把这个故事献给这座江源的城，也献给历经磨难仍奔流不息的岷江。

代　序

　　我爷爷的爷爷说，松州，曾经的山路上都是背子的身影和抑扬的驼铃，草原上还有长征红色的印记。

　　我的爷爷说，松州，曾经在战火中满目疮痍，城墙上的伤口就是他哭泣过的证据。

　　我的爸爸说，松州，有的是绮丽的风景和动听的故事。

　　我的妈妈说，我生在一个中国梦的时代，曾经的和祖先的，是我们都不能忘记的。

　　我每天喝着岷江的水，看着远方雪山上闪着的光；数着城墙上有记忆的砖，听着燕子在耳边的呢喃，飞奔在开满花儿的原野上……

　　我是那样开心地笑着，

　　是啊，故乡在这里，多好！

　　城南的檐角下，妈妈给我讲了一个故事。

　　现在，我也把这个故事说给你听……

目录

1

茶　秘梦

近来，德庆府的官寨中总是弥漫着黑黑的雾气，人们呼吸着新鲜的血液所散发出来的甜腥的滋味，仿佛比那酥油糌粑茶还要甘香几分。下人们做起事情来也麻利了不少，因为他们的日子也有了盼头。主子的忧伤就是他们的忧伤，如果官寨一直没有继承人，他们便感到无所依附。

寨中的银匠每日每夜都敲打着银子，这叮叮咚咚的声音让土司夫人更为烦闷。

银匠莫西正遵照土司大人的吩咐为德庆府的继承人打造噶乌，可来来去去打了十八副也没能得到认可。德庆土司总是看看就扔在了地毯上。

这是怀疑他的手艺?! 打造噶乌的银子是如雪的滇南白银，金子是松州上好的漳金，他家中世代都是土司府的银匠，从七岁开始，他便同爷爷打造金银，至今，那经堂里的银器，主人身上的饰品，那些碗碟，都还闪闪发亮，那些都是他生命的形态，是他的骄傲。而此时，他却毫无头绪。家中的女人去问卦了。喇嘛告诉她要用九十九寨的白银、九十九寨的黄金，嵌满宝物，集众人财力和意念来打造这个噶乌，再埋于柏树下四十九日。这样打造的噶乌具有一种神力，定能摄人心魄，震撼四方。真是从未听说过有这样怪异的方法！

"这里面一定有某种巫术！"女人回来后说，但又对喇嘛的话充满了信任。最终，在无比矛盾的心情下，莫西向管家吉桑请示，并立即得到了回应。吉桑调派人手，不出两日就按照要求找来了许多白银和黄金。

"安心做吧！德庆府永远都不会缺了任何东西。"吉桑一脸平静地说，并递给莫西一袋珠宝，里面有珊瑚、玛瑙、珍珠……

莫西俯身接下："是。"此时，他浑身都充满了力量。这夜，他便又开始了一番锤打。那些金银不断幻化出种种形态，最终，他选择了一朵花盛开的姿态，嵌上象牙，点上红心和晶莹如露的钻，刻上真言，埋在了柏树下。傍晚，莫西抖抖手上黝黑的土，满意地看了看柏树旁边挂着的晚霞，笑着走进了寨中，身后的柏树在昏昏的暮色里伸展着腰肢，很是怪异。

从这天开始，德庆府的老夫人泽央便夜夜梦魇。她先是看见死去了很多年的多措向她走来。多措的手里提着一个血肉模糊的婴孩，婴孩的手里拽着脐带，不时发出瘆人的笑声，那笑声惊出了泽央一背的冷汗。过了几天，她又梦到府中许多匹马正悠闲地在草原上吃草，就在一瞬，仿佛有什么内在的力量让马匹从圆滚滚的肚皮那儿裂成了两半，乌红的血和肠子都流到了德庆府的门口，映着湛蓝的天，更是触目惊心。她还看到，雪山上的云朵集成了一片黑色，降下的天火将她的鞋袜点着，她呼喊着，而她的女婿德庆土司那努却站在旁边面无表情地看着……

这样的梦魇常常让她在半夜惊醒，摸着背脊上凉凉的汗，她大叫着侍女卓嘎，卓嘎弓腰跑入，用棉布擦着她背上的汗水。

"给我口茶水，我要凉凉的！"老夫人说。

卓嘎随即端来早凉好的茶，递与她喝下。作为德庆府有资历的侍女，她知道老夫人在害怕什么，也知道这寨子的光芒下投射出的阴影。

德庆府拥有辉煌的历史，他们坚定不移地相信，自己的祖先拥有无比高贵的血统。府中的书记官也在翻阅这个家族历史的时候连连咋舌。这个家族和宗喀王有着直系血亲关系，至于迁居到这个风光绮丽的松州，在青翠的群山下开始另一段历史，则被认为是权力的一场扑朔迷离的阴谋。幸而那时不会有人知晓，这里是多么美丽的地方：原始的松林耸立在圆润的群山上，春夏四处都是鲜花、野果和各类药材，强壮的动物们也在这里快活地生长繁衍。千百年来，这个家族依靠绵延的土地和成群的牛羊，以及固有的血统换取了令人炫目的财富。吐蕃王朝崩塌后，他们家族又为官府平定过松州各番动乱。至今，府中还有皇帝钦赐的纯金的弓箭和一张上好的虎皮，这些都被挂在厅堂最显目的位置，时刻提醒着这个家族曾经的荣光。

不知从哪一代土司开始，德庆府便再也没有生过男孩。毫无意外地，家族也为泽央招了一个女婿。本来，这个土司可以过着高贵无忧的生活，但他在结婚不久便又娶了一位贵族小姐多措。泽央当时被情爱折磨得只剩下了仇恨，在多措怀胎时，她让人悄悄动了手脚，以至于孩子出生后不久便全身发紫，没了气息，多措也因为血崩而亡。为了减轻这个秘密所带来的痛楚，她相信那个孩子生下来是活着的，她并没有剥夺一个灵魂投胎的权利，因而也就没有背负过多的罪孽。前土司从此变得有些木然，在一次打猎中，他的神志依然有些倦怠，以至于当那只高大的岩羚羊从坡上冲出来时，他竟然没有察觉，被那只狂躁的岩羚羊踢中了脑袋，待大家手忙脚乱地将他抬回来时，他的血已经从身体里流了个干净。

丈夫死去后不久，泽央就发现自己怀孕了，而后生下了女儿白姆。她对因果报应深信不疑，却又让女人的妒忌之心肆意生长，她的嫉妒让她背负着血淋淋的命债。她的心啊，时常颤抖着，眼前也常常浮现出那个婴孩手拉脐带的画面。不知道从什么时候开始，她私下对侍女卓嘎说："那孩子啊！啊，我让那桑在她糌粑里少放点麝香的。我只是想惩罚一下她高傲的心。你看，那孩子生下来还是活的呢！"

"是，夫人。是活着的，我听见那孩子发出了哭声的。"卓嘎回答。

女儿周岁后，她便每天在经堂里跪着拨弄佛珠。在之后的岁月里，泽央头上的白发越多就越害怕起来，时刻都担心着背负的罪孽让自己的灵魂受到惩罚，让这个家族受到惩罚，也就愈加开始学着救赎自己。女儿白姆是她唯一的依靠。作为德庆府的继承人，白姆自幼便生活在绸缎所铺设的温柔之下，只等母亲为自己寻一个可靠的女婿。宗亲们无不觊觎着德庆府的土地和牛羊，多年来，家族里的明争暗斗都让她心惊，那些宗亲的孩子没有一个是可以依靠的。十六岁那年，母亲为她和整个家族找好了可以托付终身的男人——那努，一个锅庄的主人。那努的骨头虽没有德庆家族高贵，但老土司夫人非常明白，皇帝的那副弓箭已没有那么亮堂，在这松州，茶叶和大宗的货物，隐藏着不可估计的财富，那努锅庄下属的商队会给这个快没落的贵族家庭注入新鲜的血液，这将是她和女儿下半生的依靠。

作为入赘的女婿，那努继承了德庆府的一切荣辱，包括姓氏。他需要这样的姓氏来强壮他的马匹。新婚时，那努的肠胃被青稞酒灌洗了一个月，才捋清楚，并真切感受到了德庆小姐带给他的无比舒适的欢愉，这和其他女人带给他的感受是不一样的。这个柔软的躯体啊，不愧是贵族府的小姐！他恨不得将她一股脑儿吃下去。白姆也感受着那努健朗的身体所带来的热度，将她从一个少女塑成了一个女人，尽管，她有点嫌弃这个男人，嫌弃他的骨头。

每次欢快后，她都会让侍女打水清洗，并服下一粒药丸。这药丸是从印度带来的，服下便可以阻止孩子在肚子里生根。她还没考虑好是否和这个男人生一个孩子。

婚后，那努也有了新的问题。

德庆府有太多的事情需要他慢慢适应，这比他锅庄里的规矩要多得多。他需要时刻提醒自己是一名贵族，走路吃饭都需要有贵族的做派。现在，他是这个家族新的主人，是这片土地新的土司。他曾是草原上欢快的野马，在那里，他可以肆意玩闹吃喝，然后，睡上个三天三夜也没人理会。在这里，他发现以前的做派完全行不通。那些人的眼神时刻都提醒着他、监管着他，看他是否能成为一名贵族土司。或者，那些眼神随时都想从他那里获取一些笑料……

这一切都让他明白，他得和过去的生活划清界限，并且做一名合格的贵族。

土司的生活从睁开眼睛便要开始。首先，他得从床上起身，这时，早有等待多时的侍女服侍他，一切都不必自己动手，侍女从头到脚为他穿好衣服。接着，又有人为他洗漱，吃饭的时候，管家就会来向他询问今日的事项，他只需要动嘴安排即可；饭后，再去煨桑，在烟雾里进行一番祈祷。看看寨子里的房子，看看那些家奴，随时思考该让行刑人的刀割了哪个不听话的奴隶的舌头。接下来便想想增加财富的问题，想想和女人们之间的欢愉，然后用青稞酒和马茶将自己淹没……

神仙日子也就是如此吧。

刚开始，那努有些混混沌沌的感觉。从睁眼的时候起，他就觉得在床上睡觉的状态才是真实的，醒来的一切反而是梦境。于是，他也更喜欢在床上的时光。

这让白姆很是恼火。她虽然喜欢被那男人爱恋的感觉，但又不想生下孩子，她怕生一个粗犷的孩子，怕孩子没有贵族的派头，怕被拉萨和印度的亲属们嘲笑。特别是在印度的表姐达拉，上次来信还专门向她炫耀了她的那位贵族的丈夫同自己一起学会了跳华尔兹。这让白姆更坚定了信念，于是，她便每天吞着药丸，让自己安心。

两年后，整座宅子都开始陷入莫名的黑暗中。

白姆许久没有好消息，这让泽央非常着急，连同府中的仆人也都开始不安起来。他们世代都是这个家族的奴仆，心甘情愿地为这个家族奉献着一切，这个家族的继承人问题是一件天大的事情。泽央请来活佛做了许多法事，还有人开始怀疑那努的能力，怕他在多年马帮的行进中被马匹颠坏了，于是便每日伺候他喝下一碗新鲜的鹿血。那努对此只是大笑，别有意味地看了看白姆。

然而，在一个清晨，他的嘴里长了一个毒疮，鼻子里涌出许多血，连吞咽茶水都很吃力。

这是不受补的表现。

那努现在有点儿厌倦这样的生活，特别是在灯光下瞄到白姆取出药丸放在舌根下的时候。侍女再次端来鹿血时，他双眼冒出火花，将碗摔了个粉碎。血将蓝色的地毯也浇成了黑色，像一团黑乎乎的怪物。看着发火的那努，白姆惊呆了，完全失去了控制局面的能力。她只能呆呆地坐在榻上，看着这个她以为很蠢的男人。

从这夜开始，那努决定用自己的方式来做一名贵族的土司。喝得烂醉的他将两个侍女一起拉到了床上，锁上了房门。天放亮的时候，那努大叫着："滚！"两个侍女还未穿好衣服便匆匆从土司的卧室爬了出来。白姆平生第一次受到这样的侮辱，心里有些不甘，在自己的卧房将香水脂粉摔了满地，又吩咐行刑人将那努睡过的那两个侍女打了个皮开肉绽，又把二人装在牛皮口袋里摆放在广场的烈日下，要活活晒死这两个倒霉的侍女！白姆从来没有过这样的感觉，她发现自己已经离不开那努了，心中有点儿害怕，又有点儿愤怒。

吉桑回到府中，在那努耳边低声说了几句，那努便起身穿好袍子，大步走向了广场。

他吩咐下人解开了那两个牛皮口袋，让人把两个半死的侍女抬回下人房内，叫人医治。他不是真的爱怜她们，只是觉得作为德庆府的主人，只有他才有权力这样做。他已忍耐太久了，是时候让他们、让这个宅子明白，该如何对待他们的主人！白姆气急了，冲到广场上扬鞭打向侍女。鞭子还没落下，就被那努夺了下来。

那努说："德庆府该改改规矩了！"

吉桑立即回应道："是。"

惊讶又气愤的白姆狠狠瞪了吉桑一眼，她完全没有料到那努居然会这样对她。

"夫人得病了，需要好好休息。这一个月还是不要出门了，外面风大。"那努对下人们说。

"是！"下人们齐声回答。

侍女将白姆扶回了她的卧房，又按照那努的吩咐，在卧房的外面加了把锁。

那努同时规定，除了贴身侍女卓玛，任何人不得进入这个房间，一个月后他会来查看夫人休养的情况。

这分明就是一种警示！

白姆呆坐在床上。她还没有弄清楚到底发生了什么事情。直到黄昏的时候，卓玛进来送上酥油茶和包子，然后又锁门出去，她才开始号啕大哭。

泽央在楼下听到女儿的哭声，急忙上楼，叫了半天也没人来打开房门。她马上找到那努，握着手上的念珠对他说："德庆府的祖先不会原谅你的！"

"德庆府的祖先会来感谢我。我在拯救这个家族！"那努说。

"白姆身上流的是德庆府的血！"

"我是德庆土司，这片土地的王！我们是一样的血！还是问问你女儿做了什么事吧！她才是要这个家族陷入绝地的人！让卓玛进来！"那努大叫着。

随后，下人将白姆的贴身侍女卓玛带了进来。

卓玛躬身连眼皮也不敢抬，在泽央的追问下，她说出了关于药丸的秘密。

泽央顿时瘫坐到虎皮褥子上。她心里充满了对家族的担忧，同时，也担心自己和女儿的命运。这些年，她陆续见到几个贵族被新起的土司或者头人吞并，那些女人都沦为了实实在在的娼妓。

"我会给你一个交代的。"泽央向那努保证。

"我用心把你当我的阿妈。"那努对着转身走出房门的泽央说，多年孤独无依的生活让那努十分怀念故去阿妈的怀抱，他是真的将泽央当作阿妈看待啊！这让泽央心中一颤，更是觉得愧对那努。

深夜，泽央打开了白姆的房门。房间里弥漫着浓烈的印度香料的气味，白姆正呆坐在床边看着香料燃烧起来的白烟。

"你要毁了这个家！"泽央发怒了。

白姆其实想说，她后悔了。从知道那努和别人睡觉时她就开始后悔了，她的心就疼痛了起来。

泽央说，吃药丸不是一个明智的举动。而且，现在那努就是这片土地的王者，她的使命就是要为这个王者生下一位继承人，否则，她们终会承受残酷的命运。

白姆不言，在烟雾里哭红了双眼。

一个月后，卓玛打开了房门上的铜锁。白姆走出房门的时候，竟然被阳光晃得有些眩晕，不得不靠在卓玛的肩上。好一会儿，她才抬起头，决定要去看看那努，告诉他，以后的日子，她会给他一颗妻子的真心。

那努此时并不在官寨中，下人告诉她，土司与管家去城中商议买办茶包的事情，晚上才能回来。

白姆重新梳洗了一番，戴上了最耀眼的一圈玛瑙，还喷上了表姐寄来的香水。

星星在夜幕上闪光的时候，那努和管家回来了。官寨的大门被重重地合上，走廊上的石板传来那努的脚步声，一会儿，还传来了歌声。那努有些醉了，一上了楼，进了房间，便直直地躺在了床上。侍女打水进来，被白姆叫了下去，她接过侍女手中的水盆，准备亲手为丈夫擦洗。

那努吐着酒气，白姆用帕子擦着他铜色的紧实的肌肤。第一次，她真心想对这个男人好。她需要一个孩子，对！孩子！这样，德庆府的骨头才能延伸下去。

当她贴近时，这个土司却翻身睡了过去，让她毫无办法。白姆扔了手里的帕子，地上留了一摊水渍。她忽然觉得有些冷，是的，虽然春来了，可是林里的鸟却不那么爱唱歌了。

2

花

尘

埃

冬日的一个早晨，我躲在被子里，看到周妈将一个怪物似的鸡毛掸子拿起来在四周使劲拍打着，立刻，在晨光中，飘浮着我数也数不清的带着光晕的尘埃。它们都笑着要来拥抱我，周妈越用力，它们就越神气。我被它们抱得鼻子有些发酸，不由打了好几个喷嚏。

"醒了吧，要起来？"周妈立着鸡毛掸子问我。我依旧蒙着头，揭开被子的一角看着那些飘浮的尘埃不说话。

"不要把自己蒙坏了！"周妈拉开我的被角，我突然觉得很热，很热，我的嘴巴要被那些尘埃堵住了，让我喉咙发干。那些尘埃又跑进我的鼻子里，不让我呼吸，然后，我被无数的尘埃包裹着，带着光圈，如神一般降临在一片山林中。坡上，开满了一树树的花红，比我家里的花红树还要繁盛万分。我感到吹来一阵风，那花瓣便四散飘落到我的头发上、衣服上，将我青色的绸衫染成了白色，地上也铺上了厚厚的花瓣，我躺在上面，身下又变成一池碧青的湖水，映着四周的松影，我如一条船漂泊在上面，一缕不足以吹起蒲公英的风也能让我颤抖着覆入湖中。我又变成一条头点朱砂、无法在水里呼吸的鱼，不停地在水中挣扎着……我一直想寻一个出路，跃出那湖，跳啊跳啊，直到有个声音将我从湖水里拉了出来。

"发烧啦！太太，少爷发烧了！"随即，全院的人和树都动了起来，都知道我发烧了。我偷笑着，笑周妈惊呼的声音像极了一只找不到窝下蛋着急地咯咯叫的母鸡！我听到母亲上楼了，我的耳朵能听出她那小小的脚快速轻轻地踩在木头上的声响，然后听到她说："把帐子再往上拉些！"有人在摸我的额头，是母亲的手，很软，很凉，让我很舒服。

"太太，这……怕是猩红热。"周妈拉开我的衣领，向母亲展示着我颈部的疹子。

"快去把周郎中请来！"母亲从容地吩咐着。

有人把一张温热的帕子搭在了我的额上。热啊，我睁不开眼睛，我的眼皮如同被牛油粘住了一般无法睁开。比起帕子，我还是更喜欢母亲的手啊，那凉度正好让我觉得舒服。

一会儿，周郎中来了，说："的确是猩红热，太太。这病来得快、来得猛。此间，除了喝药，还得多熬些清热解毒的水和粥服用。一般无碍，只是，少爷发热，神志已有些倦怠，还要细心照料啊！"

"了不得啊！昨儿我在街上就听清真寺旁卖菜的说，城中已有三四个小孩染了这病死去了。这可怎么办啊！"周妈哭天喊地起来。

"安静会儿，安静会儿！"母亲厉声道，"周妈，别动不动就死啊死的，周郎中不是说了嘛，好好吃药，仔细照顾点，没错！"听了母亲的话，周妈还是在那儿悲戚地哭着，说道："从小管到现在，心疼啊，太太，我留下来伺候少爷吧。这病要惹人的！我粗人一个是不怕的。"母亲应允。

不一会儿，我真的睡着了。我梦到和父亲一同骑在马上，四周是连着云端的高山，山坡上是密密的松树，脚下，开满各色的花朵，山鹰在我们头上飞过，传来一声呼喊，我掉了下来，父亲和马消失了。山中起了风，吹得我很冷，很冷，有一双手在拉着我跑啊跑，他说，来啊，来啊，我们一起去挖蕨麻！我看到草地上满是蕨麻苗，不用我们挖，那蕨麻就自己从土里跳了出来，越来越多，越来越大，将我们围住，我快要喘不过气来了。

"啊！"我大叫一声，将周妈喊到了身边。"少爷，渴吧，喝水啊！我去看看粥好了没！喝药啊，喝药，快点好！"我一时不知道我是该喝水还是该喝药，还是该让空空的肚子喝些稀粥。我懒得再想，思考让我头晕，我又昏睡了过去。不知睡了多长时间，我感到身体又在飘浮。我飘出了我的床帐，看到周妈在油灯下打盹儿，眼睛肿成了核桃。我又飘到院中，院里下了一场雪，月光将雪映得刺眼。我怕那刺眼的光。我又飘进了母亲的房间，此刻，她屋里的铜火盆里燃着的木炭已覆了层白霜，她正披着银狐的袍子坐在灯下读着一本书，灯影里她美好的脸飘忽不定，我想拉拉她，却够不着；我想让她抱抱，却总也到不了她的怀里。

我的身子越来越沉，沉到了地板里面，黑黑的窟窿啊，把我整个都埋在了里面。

我在黑暗的窟窿里沉沉睡了。

昏睡的第四日，他们为我请来的阴阳先生说我招惹了东门城楼的脏东西，"他许是拉了泡尿！"周妈肯定看到我对着东门城墙的某个砖块尿了一泡尿。"那就是了！当初修建城墙的窑倒了，不知压死了多少人！砖上说不定就有个魂！想来这少爷火焰太低，八字不稳，极易不宁。"周妈听那阴阳先生说着，打了个寒战。只见那阴阳先生口中念念有词，将带朱砂的黄纸在我房中挥舞了半日，燃烧后放入瓷碗的清水中，让周妈掰开我的嘴灌下。

到了第六日，我仍不见苏醒。靠米汤灌入口中苟活着。

中午，周妈提篮去买豆腐，听闻有一喇嘛治过此病。上午，那喇嘛到病儿家中医治，下午那孩子就能下床走了，第二日能跑能跳，就像从来不曾病过。回府后，周妈让母亲去请请那喇嘛，兴许，能救救我这半死的命。

"反正都这时候了，太太，不如试试？"但她又说，"那喇嘛是说请就能请的？"

"天下修佛的人都心怀慈悲，我就不信他见死不救！"母亲说。

"你把杨管家叫来。"母亲又吩咐。

杨管家上楼垂手待命，母亲将一只噶乌交与他。那噶乌纯金打造，四周用象牙嵌成一朵花瓣状，中间嵌着一颗晶莹的红宝石，犹如一颗跳动的红心，花瓣上刻着一些符号，并嵌着粒粒晶莹的水晶，背面用藏语刻了密密的字，带子上穿着圆润的珍珠，流光溢彩。"夫人，这……"杨管家疑惑着。

"噶乌。多年前，一个活佛加持后送给老爷的。你拿着这个去找那个喇嘛。"

我仍在床上睡着，母亲的手又搭在我的额头，让我在黑洞里感受到了光的味道。蒙眬中，我仿佛听到耳边响起嘈杂的声音，眼前好似站了许多彩色的人影，就像我在西山上的城隍庙中见到的那些神将，他们有的敲锣，有的打鼓，忽而从地上腾雾而起，忽而又钻入地下。我像是在看一出戏，看得我不愿醒来。

点灯的时候，杨管家回来了。

他是一个人回来的。母亲诧异，问道："人呢？"杨管家说，他骑大半日的马，四处打听那前几日给孩子治病的喇嘛。他去了林对寺，去了羊河寺，都说没有这个喇嘛。正当无望的时候，马也不肯走了，低头要吃地上的枯草。他只好在一边等等。这时，他见到漳金镇桥边的树下有一个老喇嘛端坐石上，手中拿着念珠闭眼念着经文。于是，他又走上前去作揖问可认识那几日前给孩子治病的喇嘛。不料，那人睁眼看看却不搭言，继续念着经文。他想夫人安排的事情恐难办成啊，又想起少爷性命堪忧，于是，拿出那噶乌看看，抹起泪来。那喇嘛突然起身说要借噶乌一看，愣了好一会儿，又打开盒子瞧了瞧里面，问他是何人患病。他说是益盛昌商号的小少爷，得猩红热已昏迷了六七日，郎中、阴阳先生都看了，还是没有苏醒，现在半死不活地躺在床上。听闻有一喇嘛可以医治此病，特来寻访。那喇嘛笑了，又说，佛的安排，生生死死都有命数，你家少爷命不会绝。说着将一粒药丸放入噶乌内，让他带回来给我服下。原来那喇嘛就是要寻的人！真正是相请不如偶遇！

杨管家将噶乌递与母亲，母亲打开，见里面果有一粒棕色的药丸，她拿起在鼻边闻闻，有柏香和糌粑的味道，还有一些混杂的泥土气息。现在也只有试试了。母亲将药丸掰成小块放入碗中，一点点和水给我服下。母亲又问杨管家："后来呢，喇嘛还说了什么？""太太不问，我也没想起来啊。拿给我药丸后，喇嘛自己说了句'只是'便再没言语了。依旧坐在那里念经，我也听不懂，拿过噶乌就赶回来了。""喇嘛长什么样？""夫人问我具体长相，喇嘛都是红衣一裹，真看不出差别来。只知道那喇嘛瘦瘦高高，头发都白了，应该有些年岁了。""哦。"母亲不再言语，沉默着坐在我的床边，柔柔的目光照在我的脸上。

我感觉那光，让我温暖起来，光里有许多的尘埃带着绒绒的身体在我四周沉浮着，如同母亲给我讲过的花中的精灵一般可爱。它们好似在给我唱歌，我的耳边响起嗡嗡的声响，它们又飞到我的胸口，在那里爱抚着我的心，然后，我也飘浮在半空旋转着，接着又轻轻躺回了床上，那些精灵就一直在我耳边唱啊，念啊……

第八日，我被那些精灵弄得烦躁起来，急于要在五彩的光里寻找一个出口。那蓝红白黄绿的色彩，搭配得极是炫目，我想从那绿绿的光中出去，因为我喜欢春夏的色彩，城中的冬季除了松柏是绿色，实在找不出其他有色彩的东西；我又想从白色的光里走出，因为那色彩能使我宁静，也像极了院里花红花的颜色，我喜欢花红花，母亲也喜欢。我正要从那两束光交集而成的洞口出去时，却被一个女人一推，跌入了一个黑黑的深渊内，我惊呼着，脚下一蹬，睁眼看看，我没有掉入深渊，还是睡在能让我安稳的床上。

微微睁开双眼，窗外的雪光刺痛了我。我又眯了一下眼，再缓缓睁开，张开我干得起着硬皮的嘴巴小声地说："我要找格登去挖蕨麻。"周妈惊呼道："少爷醒了，少爷醒了！"随即，全院的人和树又都动了起来，他们知道我醒来了。我又听到母亲细碎的脚步踏着木板走了上来，她让我吃了一整碗的燕窝粥。我很不明白，那燕子的窝为何还能煮来吃，并且还是透明的，冰凌一般。母亲告诉我，那是燕子的口水，我便打起呕来，母亲垫着丝帕赶紧捂住我的嘴，对我说可惜了啊，这是父亲从很远的地方带回来的，对我虚弱的身体非常好。好啊，我竟吃了燕子的口水。这导致我在接下来的很长时间，都不愿意再喝清亮的稀粥，除非里面加点其他的色彩，如洋芋、青菜、腌牛肉……总之，不要那么清亮，否则我就会想起那燕窝粥，立即呕吐起来。

换下混合着汗味药味和眼泪鼻涕的衣服，我坐在铜盆里清洗着发酸的身体。我发现我的皮肤有些地方大块地脱落着皮屑。我想，是精灵让我化成蛇了吧。听人说蛇蜕一次皮就成长一次，看来，我是成长了。所以，我不再愿意在我洗澡的时候有人在旁边看我的身体。周妈在门外对我说："好了啊，要热水吗？脖子洗洗干净……"

她说什么我都不搭话，她竟在门外哭了起来，说："老了，连少爷也嫌弃我了。少爷啊！"我其实是想安慰她的，但那些精灵又堵着我的喉咙，我说不出口啊！人为什么越老就越发让人生起厌来，不是厌她的年纪，而是这年纪让人的心和身体都好似发了酸，让人不经意闻了就想逃离。

自从大愈后，我便不喜欢轻易说话了。我的心口被堵住了，常常让我觉得压抑。我烦恼啊，呵，无人明白，我便不想多说无聊的话了。

早晨起床，他们问我，要吃早饭吗？人起床自然是要吃饭的，于是，我便不回答他们这自然而然的问题，然后把目光投向别处；他们又问我，你是喝茶还是吃面汤？早晨，这松州的人自然是要喝茶的，所以，我也不回答他们；他们又问，你想吃点什么菜？什么菜？！烧洋芋！咸菜、卤鸭子，最好再来个南街的红糖锅盔……我百吃不厌，还用问？我依旧不说话。

母亲说："他们说你发烧烧坏了，变哑巴了？你说话啊！？"我说："我不是哑巴！"我肯定我不是哑巴，我只是不想说话罢了。然后，他们都长长舒了口气，安心了。

他们还不让我四处走动，怕着了凉风。我便在天气晴好的时候，坐在楼上走廊下的一圈木椅上玩着一面小铜镜。母亲说这是还未生下我时就为我打造的。铜镜很小巧，四周包着圆润的边，后面刻着一些字，用五色的丝线络子松松系着，下面坠了一个红色的琉璃珠。我将小铜镜放在阳光下，将黄亮的光照在院子里。光照到楼下正在晾晒衣服的周妈的眼睛上，周妈便眯起眼，提起衣角遮住那光。光照到杨管家那儿，杨管家便抬起袖子遮住光。光照到母亲的脸上，她抬起头来微微笑着，那笑我十分陌生，又非常熟悉，像是从遥远的地方来的，又好似一直就在那里……

在我终于可以下楼活动的一天傍晚，管家告诉母亲，我父亲已在镇江关歇下，明日晌午就可以到城内。周妈发号施令，立即让这个院子沸腾起来。母亲还是淡淡的，好像习惯了这样的清冷的自己。

丫头们从地窖里捡了一大箩筐的洋芋，细细地削了皮，准备磨洋芋汤圆。每回吃这个，准是有让人愉快的由头。有时候是商号赚了笔不小的买卖，有时候是父亲远行回来了，有时候是院里的花红花和牡丹花比往年开得更盛，有时候又是母亲做了一个吉祥的梦……

总之，在磨洋芋汤圆这件事情上，都是充斥着热闹的气息，这气息让制作食物的烦琐变成了一种细细的品味。首先，要将一些嫩嫩的肥瘦相间的牛肉剁碎；然后将洗净的洋芋在专门的铁皮上来回摩擦，不一会儿，盆里便会堆起一堆洋芋泥来；再取来一只木桶，上面放一簸箕，用纱布包住洋芋泥放于簸箕内挤压，让洋芋泥的水分流入桶内；最后取出纱布里的洋芋泥放入大盆中，和以切好的牛肉、小葱、姜、花椒粉、盐巴，最要紧的是放上一些切碎了的生牛油，这直接关系到洋芋汤圆的口感和色泽，这也是我们梁府汤圆无比好吃的秘诀。搅拌均匀后，便用手将之搓成一个个丸子，放入热气腾腾的蒸笼中，不一会儿，那香味就翻过院墙直飘到街上去，告诉那街上的人，梁府的人今天心情很好。

待汤圆出锅后，周妈还会煮上一大锅酸菜汤，配上红油蒜辣子，让人看了口里就充斥了口水。我正在锅边端着碗等着吃汤圆的时候，父亲就回来了！

他黝黑的脸上都是马蹄扬起的灰，头发也变得暗淡了。周妈端了盆水，父亲在那盆中清洗着脸和头发，那淡淡的水泼在了雪地里，留下一个灰色的坑。现在，父亲看起来顺眼多了。他对母亲说："来信说他病了？还这样柔弱！我七岁就开始背茶……""行了，孩子刚好不久！每次回来都要说道一番！"母亲抱怨道。父亲便不再说话，拿出一样样东西来。打我记事起，他对我就是淡淡的，有时候还会躲着我的眼睛。我也什么都不想说，也不能说。

3

茶
重
生

近来，那努十分喜欢到西边的庄园里去。这里松林环绕，几个海子如珠翠一般点缀在绿林里，一条白练似的瀑布从山间垂下。这里让他得到了安宁。

他在这里的某一晚拉过了酿酒师米玛的女儿仲噶的手。仲噶身上怡人的酒香让他有一种似曾相识的感觉，他开始像新婚那夜一样在女人身上奔腾着。天要亮的时候，他才收回了自己对她的爱恋，仲噶也停止了让人心颤的叫喊。接着，他又在更多的女仆身上寻找着丢失了的又似曾相识的东西。白姆每夜都独自想象着他和其他女人缠绵的场景，无法安睡，大把脱落着头发。侍女们每天也过得战战兢兢，生怕烦心的她将铜盆砸向她们的脑袋。直到去尕济活佛那里要了些药丸服下，这些症状才稍有缓解。

泽央将女儿拉到经堂，她要白姆同意从那些被那努宠爱过的女人中挑选一个出来，让她成为德庆府的二夫人。

"可是，阿妈，德庆府的骨血……我们会被嘲笑。"

"那努的骨头就是德庆府的骨头。我们没有别的选择，大家的心都要被孩子揉碎啦。无论如何，你都还是这个家不可缺少的女主人。让他们笑！没有金钱我们就无法维护家族的荣耀！"泽央意味深长地看着女儿，这让白姆更觉得严冬就快来了。

同时，仲噶开始呕吐，她怀了那努的孩子，德庆府的孩子。

泽央说："你看，上天对我们不错啊，送来了德庆府的孩子。白姆啊，这是命运。这孩子也是你的孩子！"白姆哭着，眼泪无力地从面颊滴落到地板上。

毫无疑问，她们让仲噶成了二夫人。这不合规矩的婚姻只能让她在庄园里成为女主人。在白姆眼里，她依旧是一个奴才，一个酿酒师的女儿。他们举行婚礼、在篝火旁欢歌的那晚，白姆用铜盆将地面砸出了一个大坑，院中栖息的鸟都被这响动惊到了半空。

银匠敲打银子的声响更是让白姆觉得烦躁。而下人们却觉得德庆府上空的天明朗了不少，做起事情来手脚变得利索了许多。尤其是看到仲噶的肚皮被涂满酥油在太阳下进行阳光洗礼的时候，他们都觉得无比愉悦，希望太阳能让德庆府的继承人变得无比强壮。那个傍晚，晚霞被蒙上了一层灰黑的色彩，像极了院中被秋风吹冷了的玫瑰的颜色。那色彩投射到仲噶的脸上时，仲噶的肚子开始疼痛，双腿间流出水。旁边有经验的老侍女将她搀扶到床上，同时，派人去通知土司大人。

那努急忙策马来到庄园。白姆听到消息瘫坐到了褥子上，一直沉默着。老夫人在楼上的经堂里用心念着经。这一次，她真心希望新的生命可以带着希冀平安来到这个世上。仿佛，只要这个生命降生，她以往的罪就会随之消逝。达达寺也开始热闹起来，僧人们焚香祷告，为新生命的到来铺好一条彩色的接引之路。

直到第二日清晨，仲噶才在精疲力竭中生下了一个男孩。

"憋久了！身体都乌了。"接生的婆子说。

仲噶听到这话，想哭，却连眼泪也没有力气流出来。

泽央看着这个孩子，猛然觉得像极了多措的孩子。她相信这个孩子是多措的孩子转世而来的。

联想到自己做的可怖的梦，她焦急地搓着念珠，祈祷这个孩子可以存活下来。似乎，孩子活下来，她的罪就得到了救赎。

"给我看看！"那努将孩子抱了过来。没错，这个孩子没有一点生气。些许血迹覆盖在白灰的皮肤上，巴掌大的身体蜷缩在一起。这时，那努看见孩子的胸脯起伏了一下。就这么一下，说明这个孩子依旧是一个活着的生命。那努立即让人拿来被子包裹好孩子抱在了胸前，将专门打制的噶乌也放在孩子的被褥上。他看着噶乌祈祷着，一会儿，孩子发出了微弱的哭声，并开始哼哼唧唧，张嘴四处寻找着母亲的乳房。

这噶乌将一股力量传递给了濒死的婴儿。

那努说："一定是度母垂怜，这孩子是神的赐予！"

德庆府从九家有血亲的族人那里乞来柏枝，柏枝燃烧时的烟雾足足绕了德庆府九十九圈才慢慢升到半空，渐渐消散。

老夫人给初生的孩子额头抹上酥油，在鼻尖和"小鸡鸡"上抹上锅灰，防止妖魔侵害这个生命，把这个男孩变成女孩。吉桑说，他亲眼见过，一个新生的男孩在一夜后变成了一个女孩。所以，锅灰有着阻挡妖魔的神奇力量。

接下来的几天，德庆府分外热闹。

这是德庆府长久以来诞下的第一个男孩！来往恭贺的人们如同雀儿般将德庆府挤得严严实实。奶娘将孩子抱在怀里，除了喂奶，大多时候，这个孩子都在屋里接受着大家真心或虚伪的赞美。

"看他的眼睛多明亮啊，像极了父亲。"

"喏，这么些人也不怕，胆量和雄狮一般。"

"皮肤像极了土司大人！"

……

一连串的赞美，都与这个婴儿的母亲无关。

仲噶在楼上听着窸窸窣窣的脚步声，她觉得此生已经得到了满足。她为自己的家族带来了翻天覆地的变化，至少，她也是一名贵族了，尽管她的脊背在见到白姆和泽央的时候还是会顺势弯下去。她像是在做梦，一种不真实的痛啃噬着她的心！

乳母一直照看着孩子，好些天，她都没好好看看自己的孩子。她的奶水已经将她前胸的衣服浸透，但她却无法为自己的孩子喂奶。泽央对那努说，为了让仲噶安心休养，她已经找了一个可靠的奶娘来照顾孩子。那努自然不会多言，他只想着自己正式在这个家族扎稳了脚跟，女人于他是烛火，再明亮，也会随着时间淡了光辉。他的心中装的除了孩子，就是银子了。

又过了几天，仲噶的腋下肿得疼痛难忍，侍女的帕子又太烫，她的双乳溃烂，流出黄色的夹杂血丝的液体来。

"喏，幸好找了奶娘。这样的身子哪里还能喂养孩子。"泽央认为自己的决定很英明。

那努没有说话，他正忙着和管家出去看马匹。这些天，草原上的马和牦牛患了病，已经死了好些，茶包的运输都快成问题了。大家都说这是神灵的惩罚！那努该为自己放荡的行为付出代价！

白姆坐在榻上，喝了好几碗酥油茶，脸上有了红润的神采。

吉日，尕济活佛来了。

远远地，就能看见一行人撑着黄色的华盖，吹着法号慢悠悠地走过来。入冬的凉风将喇嘛们的衣服吹得有些凌乱，尕济活佛穿着金黄的衣裳走在华盖下，或许他过于魁梧，那风丝毫也没有动摇他半分。

　　德庆府将在尼泊尔带回的彩色地毯从庄园门口一直铺到了几百米远的桥边，那努和泽央、白姆都盛装在门口迎接尕济活佛。仲噶因不洁的身子，被告知只能待在房中默默为儿子祝福。今日，这个孩子要被赐予名字，继承人的名字。那努为尕济活佛献上哈达，躬身接受活佛的礼赞。

　　乳母抱着孩子，尕济活佛说："很好啊。"然后，他抱过孩子抚摸着，那孩子竟笑了起来。活佛将孩子抱着朝东南西北四个方位都朝礼一番后，那孩子笑得更欢了，活佛也不禁扬起了嘴角。经文念完后，他端着一个精美的镶嵌着珊瑚和绿松石的头盖骨做成的碗沉思后说道："他叫杰布。"话音刚落，桌上摆放的十余盏酥油灯同时噼啪作响。活佛表情有些凝重，泽央突然又想起多年前夭折的那个孩子，脊背有些发凉。活佛又说："神在传达旨意，这个孩子，是王。"那努的眉头开始舒展，"杰布，杰布……"他反复念着这个名字，满满都是欢喜。

　　白姆的样子有些难堪，若不是泽央晃晃她的胳膊，她已然要失态。惊醒过来的她挤出僵硬的笑，直到夜间回到府中，她才发觉腮帮子酸痛。

　　次日，宾客依旧往来不息。大家都对这个叫杰布的男孩说出竭尽所能的赞词，但还和往日一样，回避着他的生母。那努对仲噶也没有了丝毫的留恋，那些女人都是他释放情绪的方式。现在，白姆已有了教训，他的姿态也有所改变。

　　那努清楚自己的地位和使命。

　　为孩子举行的宴会持续了整整九日。这九日，大家吃了五十头牛、一百只羊，喝的茶酒几乎要灌满庄园门前的小河。客人里，还包括与那努交好的汉族商人们，这引起了族人的龃龉。大家都对那努的行为嗤之以鼻，认为他损害了家族的尊严。从知道祖先的历史开始，他们就明白身份和骨头的重要性，最主要的是祖训中明明说了不准经商，这个训诫是毋庸置疑的真理。一直，他们都靠这份延续的基业心安理得地过着贵族该有的生活，而那努，却四处做生意，做着违背祖训的事情，简直就是罪孽深重！因此，他们的酒杯都不曾和那些商号的主人碰触过。那努坐在中央和"沁芳号"的主人许元芳谈笑着，亲密非常。

　　许元芳笑着说："大人，他们并不欢迎我们嘛！"

　　"他们还不明白买卖带来的好处。他们只知道喝茶，一日也不能没有茶水的滋养。他们知道茶从汉地来，这一来一往，马蹄上踩出的是金子，却还是要守着什么祖训！"

"怕是不愿要这些金子吧。我看你们这些贵族高傲得很。"

"只守着这些土地、牛羊、牲口一样的奴隶，还不愿意低头看看！"

"不得不说你那努有气魄啊。"

"来来来，许兄弟，干……"那努和许元芳一干人举杯饮尽。

其他人看得有些发呆，回过神也喝了起来。傍晚的时候，这场宴会结束了。随着庄园门外的马蹄声和车轮声渐行渐远，那努回到桌旁独自喝着酒。

一会儿，仲噶下楼了。她的伤口都已结痂，只是脸色有些苍白。旁边的下人见到她都弯腰道："二夫人。"

仲噶木然。

"老爷，"仲噶还是弓着腰，怯怯地说，"我想孩子，我……"

那努抬起通红的脸说："做好庄园的女主人！杰布是德庆府的骨血。他必须回德庆府！你父亲也不必再酿酒！山脚靠近河边的土地给他耕种，再加五十头牦牛、五十包茶叶、十名奴隶！"

"是。"仲噶本就苍白的脸变得更无一丝血色了，脚下有些发软，幸好被旁边的侍女扶住了。那努挥手示意她上楼，她便上楼。

上楼后，侍女为她端来洗漱的用具。她盯着盆里的水，水中映着她姣好的面容。她才十六岁，一朵本该鲜艳开放的格桑花，但是却用一身的痛楚和青黑的眼圈换来了表面上的芳香，换来了周身的绸缎和些许华丽的首饰。本来在酒糟里浸得白皙的双手，也变得蜡黄！解开衣襟，她看着自己前胸的伤痕。这哪里还称得上圆润健康的乳房，她像一个怪物般，连她自己也觉得嫌弃自己了。她想，她还是适合做酿酒的仆人！每天听听牧马人巴桑悠扬的曲子，再兴高采烈地嫁给他，她是快乐的仲噶，而不是什么德庆府的二夫人。那些和那努睡过的女仆都对她充满妒火！那么多女人，偏就她怀上了孩子！不知是神对她的偏爱，还是她在酒中下了什么羞耻的咒语……

谣言让仲噶想变成聋子。

那日，她的父亲来了，让她认命。从父亲愉快的神情来看，他非常满意这样的日子，并感谢神灵对他们父女的庇佑。他说他从来没有妄想过要去看看或抱抱杰布，还让仲噶主动将孩子带去给白姆教养，这才能保证他们今后有足够的底气和用不完的银子。她知道，父亲是在心里彻底卖掉了她，就像当初让德庆府的管家出面，把她母亲当牲口一样用三包茶叶换给了北边草原上的一个小头人的管家做老婆一样。那时，她才五岁。亲眼看到母亲被父亲绑住双手，放在马背上。母亲挣扎，父亲就用藤条抽打她。她知道他们是家奴，而女人，却连牲口也不如。"顺从"是从她出生开始就弄明白了的事情。想到这些，仲噶觉得心口有些闷，她打开东边的窗户，一轮圆圆的月亮慢慢从山梁后升了起来，远处的水流声和着几声鸟叫，这样的寂静让她很害怕。

那努哈着浓浓的酒气，让吉桑备马连夜回了官寨中，下马便直奔白姆的卧房。白姆刚躺下，身上穿着粉白的缎子，头发如瀑般放在荞麦枕头上，房中一支蜡烛还未吹灭，跳动着微微的黄光。朦胧间，她被推门声惊了起来。那努正站在门口，她看得出，他醉了，眼中喷涌着火焰，这火焰让白姆害怕，她不禁失声大叫起来。

那努冲进来，将白姆按在床沿。白姆知道他要干什么，这是她渴望的，但是，此时，她的心里却只有恐惧。

"你怕我了。我是德庆土司，你丈夫！"那努在她耳边低语。突然，他挥手在白姆的脸上留下两个红红的掌印，白姆失声大哭。那努的双手在她周身疯狂游走，他脑中仅有的念头就是撞碎这个华丽高傲的女人！对，撞碎她！白姆在他身下发出阵阵歇斯底里的叫声，这叫声让夜幕下的德庆府显出了活力。老夫人听到这叫声，便从床上坐起来向神明叩拜着。

那努狂暴地在白姆身上撞击，喉咙里发出野兽般的吼叫。白姆从未觉得夜如此漫长，她恐惧，恐惧现在的那努。尽管她渴望着他的身体，但此时，她却只有恐惧。

冬天来得很快。到了十一月，那条蜿蜒的茶道也终于有些安静了。仓里的茶包早已被马队和牦牛分散运到了山那边的草原以及草原那边的高山之中。虽然今年死了好些马和牦牛，但幸而有汉族的商队做了接应。松州城中的马蹄声也渐次变少了，往来的人们都在忙着采办过冬的东西，看看还有什么好货可以买下。四周的山林也被薄凉的风吹得只剩下光秃的枝干，只有青松，还是绿得那样纯净，永远在山间安稳地注视着这座城，看尽繁华与苍凉。

4

花
初
春

　　父亲每次回来只是带回一些稀奇的玩意儿来填补他作为一个父亲的责任，也用带回的东西补偿着对母亲的爱恋。他顶喜欢看我们为他带回的东西欣喜若狂，而母亲却不怎么领情。

　　他曾给母亲带回一个散发出香味的瓶子，说是法兰西最好的香水。母亲闻了闻，却一次也没用过，那瓶子现在还放在一堆头油香粉中散发着失落的气息。

　　母亲说："她还是喜欢这院里的花香……"

　　但是不得不承认父亲带回的东西，每一件都能让这个小城的人们瞪大双眼。这次，他带回了一只嵌着宝石的自鸣钟，又带回了一些吃的：冬瓜糖、苔丝糖、薄荷棍儿……白绿的冬瓜条上裹着白色的霜糖，咬在嘴里无比清甜啊，还有那苔丝嚼在嘴里特别甜……

　　母亲在旁边挤着眉头对我说："当心你的牙！"她一点儿也没吃。

　　厅里的钟"当当"敲了十二下，从里面跑出一个小孩，光着屁股，拿着弓转动着。母亲闲聒噪，差人锁到了库房。

　　父亲不喜，却也无可奈何。

　　晚饭，厨房备了铜火锅。火锅上层铺着小河堡的油亮亮的腊肉，下面一层白，一层绿，一层黄。白的是豆腐，绿的是青笋干，黄的是洋芋，还有一些杂蔬，它们在冒着热气的锅中咕嘟嘟地沸腾着，香气直逼入人的鼻腔和喉咙，木炭也在中间飞着火星，噼啪噼啪，好不欢腾啊！蘸着酱料，父亲吃得额头冒出了细密的汗。待下人们收拾后，周妈让人烧了许多开水，给父亲洗澡换衣。

父亲挽起裤脚，露出他结实的小腿，腿上一条条似乎就要爆裂的青筋格外让人注目，似乎轻轻一碰，那血管里的红浆便会喷溅出来。年少时他便开始帮人背茶，一直背了许多年，不知加起来有多高的茶山啊！他不甘于就这样一直做背子，后来又去了马帮。终于在第三年，他有了自己的第一匹骡子，之后又有了第二匹、第三匹……又从锅头干到拥有自己的益盛昌商号，上百匹骡马，这是他的传奇。

父亲总对母亲说，他不能让这家业后继无人，他要让梁府人丁兴旺啊。而母亲的肚子总也不见动静，我呢，只喜欢花花草草，对生意这件事情很没天赋。父亲说，这不需要天赋，只需要带我走上几遭，便会有觉悟了。

我对此也深信不疑。

父亲洗完澡，我便听到他回房了。母亲此刻正在房里等着他，他们定如新婚一般厮磨缠绵吧。

晌午后，父亲和母亲才坐在铜桌旁吃着早饭。母亲的脸依旧是平静的。她平静地给父亲夹着菜，平静地给他倒着茶。父亲低头吃着，喝着。他习惯了母亲的平静。我就趴在桌子的另一边看着他们。

冬天，我最爱趴在这儿睡觉。这桌子是前年一个头人专为父亲定制的。桌子四脚和上方包着铜皮，四边均雕了一朵牡丹花，中间一孔，放一铜火盆，火盆四周也雕着一朵朵花红花。妙就妙在这火盆之下做了一个机关，打开便可在下面烘烤食物。常常我在上面趴着，下面就散发出烤洋芋和烤肉的味道，让我不自觉地流下很多口水。周妈说我肚子里准是有虫了，我知道肯定不是的，她要不在那下面放这么些好吃的，我也不至于在睡觉的时候流下口水来。

母亲此刻把柔软的手放在铜桌上来回翻着暖着，映着铜的光泽，她的手显得更白了。父亲大口喝着糌粑茶，嚼着奶渣，不论早餐有多丰盛，他独好早晨喝这个！我趴在桌子上抬起眼睛看着他俩，父亲碗里溶了的黄黄的酥油，此刻在他的喉咙那里打一个来回鼓动的结就流到肚子里去，"啊！"他不由得发出一种舒适的声响，母亲又给他倒上一些茶，他不停地搅动喝着糌粑茶，直到母亲给他倒的茶回归琥珀色的时候，他便放下筷子，擦擦鼻尖的细汗，说道："待会儿我带重华到店里去。"

"还是算了吧，你知道，他……"要说的话母亲又没说出口。父亲低头喝了口碗里的茶水，头也不抬地说："他不去谁去？"母亲顿时没了声响，是啊，就我一个孩子，我不去谁去呢。这个家得有人去延续，我是这益盛昌商号未来的东家！

"该是如何，都是各自的命。你看德胜源白府，每日不是就想看到我们梁府的人死绝了他们才笑得更好哪。"

"我只是……担心，他还小，他还是……你在逼我。"母亲又停顿了。

"他跟我四处走走，历练历练也不会是坏事。好啦，你放心便是！"父亲像是在给母亲做着承诺，母亲没有再说话，默认了父亲的决定。可他们之间就有那么一层纱，看得清楚，却又隔着，无法弄透彻。母亲一直都是这样，对什么都缺乏一种"计较"，显得不那么有趣。只要父亲坚持，她就会妥协，但这种妥协里面又有些不屑的成分。

母亲曾对我说，我手臂内侧的那朵铜钱大小粉红色的胎记正面看是一朵花红花，侧面看又是一朵半开的莲，我出生的那天天有异象，空中出现一朵朵莲一样的晚霞，一弯七彩的虹，马厩四周瑞气升腾，是的，母亲说我出生在一个马厩里。生下后，他们就看到了我手臂上的胎记。后来我三岁时，门外来了一个疯喇嘛，疯喇嘛拉住我看着我手臂上的胎记直摇头，还拉住我母亲的袖子硬要给她说解一番，疯喇嘛郑重地说这孩子是度母的乌巴拉啊。观世音菩萨在无量劫前，已度无数众生，但是某一天她用圣眼察观六道，发现众生依旧无时无刻不在受着苦，菩萨的眼泪流了下来，一滴滴幻化成盛开的莲，莲又变成绿度母，随即又变出白、红等不同身色的二十一尊度母，这二十一尊度母化现后，各自对观世音菩萨说偈立誓，要辅佐菩萨救度众生。度母悲心极重，向之祈祷，即能感应，功德无量啊！疯喇嘛说，我离不开这东方海螺山守护的圣地，许他将我带去那神山里修行，可以让我延长寿命，否则，我五岁便会化莲而去。母亲叫他疯子，他拉了母亲的袖子不放手，直到周妈拿给他一块酥油，他才笑着离开了。周妈说："太太不要慌，他不过是想乞食罢了。"而母亲，从此却怕我真去做了和尚，将我看得很紧，常嘱咐我外出玩耍时，离那疯喇嘛远点。而我活到现在，依然是一个活着的人！

父亲带着我出了门。

今年的雪特别多。从南到北，从西到东，都是一片茫茫的白色。阳光像蒙了层纱一样照着小城，将暖意也收敛了，那没有多少热气的光照到雪地里，空气就更清冷起来。街上依旧人来人往，一个个红着鼻头呼着白气，就像嘴里含着刚出锅的馍馍。我和父亲走在街上，那挨个的商家一个个拱手作揖问父亲好，我跟在父亲身后很是得意。北门城墙下有四间门店，上面红漆鎏金的牌匾上"益盛昌"三字格外显眼，这便是梁府的店面了。

店中伙计早已下了门板做起生意。店外，几个人抬着茶包要搬到背后的仓库去，还有几个藏人正要将一些茶包放到牦牛的背上。账房先生噼里啪啦地打着算盘在账簿上勾勾画画。朱掌柜迎面走来，说："少东家来啦，可想听我给你讲故事？"我笑着点头。"拉雅锅庄派人说赊的茶叶能否还按去年的价，如果可以，还劳烦你亲自去一趟，他们还有笔好买卖与你商议。"朱掌柜对我父亲说。我看到父亲的嘴角一方扬了起来，露出一丝笑。

　　我知道他在笑什么。

　　去年，我同他去过一次城外的拉雅锅庄。锅庄的主人是一位藏族女子。那日盛夏，我们刚到锅庄门口，便有一位妇人迎了出来。她贴身穿着粉色绸缎的裙子，缤纷的帮典上扎着一条腰带，束着她苗条的身子，乌黑的头发上坠着一圈玛瑙，戴着的绿松石耳环在脸颊旁边打着秋千，雪白的腕上戴着嵌玛瑙的金钏，周身都散发出一种艳丽的魔力。她一见到父亲就说："早晨就有喜鹊在锅庄里欢唱着，我想，定是要来贵客。马上就让人挤了鲜奶，熬好了茶，我不想是梁老爷来了。喜鹊还真是吉祥的使者啊！这就是小少爷啊，呜，很可爱啊！"她用刚擦了奇怪香料的油腻的手来摸我的脸蛋，直到我快要作呕，她才放手让我和父亲走了进去。记得她还说过："呀，看来这小少爷长得并不像你啊。梁老爷长久不在府里，你家夫人花似的摆在院中，你也放心啊！"说着掩面笑了起来。我明白这话里的含义。我父亲说："他像母亲多些，儿子嘛，总是向着母亲的。"他们又喝着奶茶大笑起来。那女人像一只蝴蝶一样在座上飞来飞去，大家都笑着，看来，他们很喜欢她啊！而我不喜欢，更不喜欢父亲看她的神情，那眼光中分明透出一丝春光来。这央金老是用她擦着香料的手来摸我的脸，还用一双黑得让人心颤的眼睛看我，好像和我很熟一般，真是让我有些胆寒又厌恶。回府后，我讲与母亲，她却淡淡地说："嗯，央金，她是个好人，也是个美人。嗯。"她竟然一点儿也没有生气的意味，让我不禁怀疑起她对父亲的爱意来。喜欢一件东西不是就应该去拥有，去用力地爱吗？我喜欢吃，我便每天在吃的事情上格外计较，一会儿对周妈说茶淡了，一会儿又说肉嚼不烂……反正，就是变着方法计较着，这才能表明我的态度啊。我非常不明白，她怎么可以这样？

　　此刻我又看到父亲的眼睛透出那春光来，我立即甩开他的手坐在了茶包上。一会儿，繁忙的生意就让他忘记了我的存在。等太阳下山时，他才发现我早已一个人跑回了府。晚饭时，他问我为何自己先回来了，我只是扒着饭不言语，父亲说："你不喜欢那儿？"

我不说话。

"那你喜欢什么?"

我也不说话。

"你把他惯坏了!"父亲向母亲说道。

母亲微笑着毫不介意地说:"他是一位翩翩公子。"

"我需要一个儿子。"

"是的,你有儿子的。"母亲夹了片泡菜放入口中淡淡地说道。

父亲就沉默了。

我知道,我又让他失望了。

我不喜欢到店里去,我也害怕到那里去。那里,总有个人跟在父亲身后,他的脸蒙着头巾,可是我也能看到,他只有半边脸,另一边,是眼睛也没有的皱皱的皮!他从前和父亲运茶时碰到了熊,是他推开父亲,自己被熊击了一掌,就变成这副模样了。我看了他晚上只会做噩梦!

我喜欢与玩伴们到四处的山野去,挖回一些野花野草种在院子里。母亲是真喜欢我带回的花草。她常常将它们仔细种在泥土里,再薄薄撒上一层混合着花红果皮的羊粪,她说,这样花会开得更艳更久,这是从一位阿訇那儿学来的。

我还喜欢吃,吃洋芋汤圆,吃土火锅,吃清真寺旁的馓子、砂糖卷儿、牛杂汤、银丝凉粉、抄手、手抓肉……我就是为了我的眼睛、耳朵、嘴巴而生的吧。

眼睛,可以看那美丽的湖泊和艳丽的花朵,耳朵可以听见松林的歌唱和百鸟的啼鸣,嘴巴可以品尝那足以让我吞掉许多口水的食物。

再过些时候,我喜欢的日子就要来了。睡在床帐内,我不禁笑出了声……

松州的冬天太漫长了,漫长得让我不愿意去想已在几月。雪还是不停地下啊,下啊。但是这次它落在土里就变得绵软了,脚一踩下去,还会沾上地里的黑泥,睡了一冬的土地下面透出一些嫩黄的颜色。周妈告诉我,三月啦。

一只只燕子陆续从山的那边飞回来,在城南的屋檐下、城墙的洞穴里飞进飞出,发出一声声清脆的啼鸣。雪山的雪也融化了,汇着岷江映着湛蓝的天。杏花开了,风一吹,便是一场芬芳的雨落在通远桥上。水流带着磨坊的磨轮连同飘落的花瓣哗哗流淌着。

这个,我不糊涂,四月啦!这些,把堵在我心口的尘埃都吹得慵懒了,院子里的一切也鲜活起来。

一桩桩牡丹的枯枝上发出了一簇簇朱红的芽,花红树的树枝尖上也长出了一粒粒绿色的芽苞，下人把棉被、棉衣、棉鞋、皮褥子……只要是他们觉得有必要拿出来透气的，统统都拿出来晒在暖和的阳光下。周妈又用一个棒子捶打着它们。于是，我又看到，那些藏在皮毛里的尘埃随着啪啪的声响四处逃散。傍晚，我把周妈的棒子丢在了茅坑里，心想，那些尘埃再不会受她捶打了！其实我有时候也喜欢那带着光圈的小东西们。周妈在院里四下寻着那棒子，看着她疑惑的表情，我很得意地笑着看周妈在那些挂着的棉被里走出走进。几只鸽子投下影子，咕咕地叫着从院中飞过。我看着地上长长的影子，看它们到底能延伸到哪里去。

母亲在院中拿着一个小锄头翻着初春的泥。她将牡丹上的一些细碎的枯枝掰掉又埋入泥土里面，像在照顾一个初生的婴孩。我却突然想起《黛玉葬花》那戏中的唱词：

> 花谢花飞花满天，红消香断有谁怜？
> 游丝软系飘春榭，落絮轻沾扑绣帘。
> 闺中女儿惜春暮，愁绪满怀无释处。
> 手把花锄出绣帘，忍踏落花来复去。
> 柳丝榆荚自芳菲，不管桃飘与李飞。
> 桃李明年能再发，明年闺中知有谁？
> 一年三百六十日，风刀霜剑严相逼。
> 明媚鲜妍能几时，一朝漂泊难寻觅。
> 花开易见落难寻，阶前愁杀葬花人。

母亲也总是有拨不尽的愁绪，她将她的愁都收集起来，埋进泥里，开出一朵朵花，花开了，愁绪也跟着出落得香艳至极。她明日要去北郊凤凰桥头的北寺里问那老阿訇再讨些花籽来，她还要用更多的花来收集她的愁，这样的愁，也就不叫愁了吧。

5

茶
玄
机

那努终于有了空闲的时间。从他在这个家确立了威严的时候，他便开始按照自己的方式忙碌起来，先是不顾其他贵族的脸色，和城里的商户结盟做起了买卖，而后又说服寺院的马队和他一起做起了生意。他风流狂妄的个性常成为那些贵族饭桌上的笑料，他们说："德庆府，终是要完蛋的。"

那天傍晚，雪下得很大，一片片落下，就像落下了一朵朵洁白的飞花。这花将天地都盖了一个严实，寨中的老人抹着嘴角的口水捻着羊毛说，许久没有见过这样的雪了。

这雪一直从松州城中绵延到东南西北的群山之中，瞬间，连屋顶上瓦片的间隙也被盖住了。雪落在了德庆府的院里，杰布本来大哭的脸马上就露出了笑容，奶娘说："这孩子真怪！"白姆说："什么？"奶娘又说："我说这孩子真怪！又不哭了！"

这时白姆开始发酸呕吐。

她有了那努的孩子，这孩子就是在那晚的恐惧中到来的。

泽央说："神明听到了她每日虔诚的祷告。"

白姆的心也终于宁静了下来。

杰布在奶娘怀中发出咯咯的笑声的时候，白姆转头看了过去，现在她对这个可有可无的孩子全然没有了当初的恨意，有时，她还会主动伸手去逗逗他的小手，然后，想象肚中的孩子也能这样健康、柔软。

泽央差人把仲噶的父亲接来府中，平静地对他说："我女儿怀孕了。卦象说，会是个聪明强壮的男孩。"

"恭喜夫人。"他的腰几乎贴在了地上。

"仲噶还好吧。听说，她又病了。"

"夫人好心，还想着她。她只是很想孩子，这些天说心口闷得很。"

"哦？改日我请活佛给她祈福。你知道，这桩婚姻是你们修了几世的好运！那些人至今都不服杰布的身份，你再去酿酒，恐怕也不会好喝了。让仲噶安心，最要紧。"

"是，夫人。"仲噶父亲脸上的肌肉抽搐了一下，挤出无奈的笑。一个人如果一直在底层辛苦度日，或许会安于这样的日子，一旦尝到钱的好处，心就会开始纠结，欲望是一丸裹了蜜的毒药！他本想等夫人高兴的时候开口再讨些银子，闲来无事的他已在城中的赌馆里欠下了令人烦恼的赌债。但现在，他心中像被吹了阵数九的寒风。

出德庆府时，他发觉那些仆人看他的眼神似乎也不太一样了，就连往日在墙角温驯的狗也对他露出锋利的牙。他赶紧裹了裹衣服，一路小跑了回去。

庄园里很冷清，只有几个仆人闲来无事在那里打石子玩儿。见到他，仆人们都躬身喊道："米玛老爷。"他不作声，一路走到仲噶的房间。

房间里放了盆炭火，看来，那努对这里还留存了温情！米玛想着。

"阿爸。"仲噶起身，侍女拿了垫子放在她身下。

她蜡黄的脸像糊了层生硬的纸，她缓缓说："孩子好吗？"

"好得很！是小少爷，能不好嘛！对了，白姆怀孕了！"

"哦。"仲噶的身子颤抖着，手里端着的碗滑下来，茶水打湿了被褥。她依稀听到牧马人巴桑在对岸唱着山歌，她的心就疼了起来。若不是那晚出了房门被那努拉到了床上，此时，应该是她和巴桑一起在放马唱歌吧！

"我可不想再做仆人！你不要再想孩子了！老夫人放了话，不听话还让我去酿酒咧！"米玛瞪着她说，然后又打开她的首饰盒，盒里已经没有一件能让贵族夫人登上场面的东西，仅有一个嵌绿松石的手串好像还值些钱。他随手就放进了怀中，并说道："我拿去碰碰运气！你该去讨好一下那努，要些银子回来！"

仲噶忍着眼泪拉下了上衣，衣服覆盖的是她坑坑洼洼的乳房，像被许多炭火烧掉了一般，让人看了发颤。她哭喊着说："我已经让你掏空了！拿去！看还能卖多少钱！"

米玛也有些惊愕，但还是一边发出啧啧的感叹，一边说着你是二夫人、脾气见长的话就走出了庄园的大门。

仲噶的身子塌下来，白姆怀孕了！杰布的处境真是让人担忧。各种愁绪抽干了她，当夜，仲噶的眼皮就沉了下去，任侍女如何呼喊都没法清醒。清晨，那努听到消息后，请了喇嘛。喇嘛在床边念了一个上午经，太阳高高照在庄园上的时候，大家发现仲噶的身子已经凉了。

一切还是照旧，仿佛就没有仲噶这个女人存在过，当然，除了孩子，她什么都没有留下，也没有带走。这个女人为德庆府做出了贡献，却什么也没浪费。

泽央说："可怜的人啊！"

白姆发出一声叹息："呵。"

仲噶的遗体被火苗吞噬的那天，那努是流了泪的，毕竟，她和他欢爱了一场，还为他生下了长子。但是，那天的烟特别大，熏得大家眼睛都有些发红。

呵，这年冬天的雪下得还真是大啊！

海子都结上了厚厚的冰，世间都被雪盖了个严实。南北的茶道都没法畅通了，这倒给了机会，让那努休息。

此刻那努抱着杰布说："真是个英俊的少爷！"

"可惜他阿妈死了！"白姆说。

"你就是他阿妈！他和你肚子里的孩子一样。"那努看着白姆。

她看到那努眼神里的期盼和威胁。她强迫自己抱着杰布在房中走了一圈，然后说："多可爱的小胳膊啊。"那努很满意，将白姆揽入怀里。他突然觉得上天实在对他太好了！除了今年的雪特别大，断了茶道，其他的任何事情都没让他烦恼过。他的手不禁忘情地伸入白姆的怀里，但又被白姆挡了回去。上次占卜，喇嘛曾叫他收敛一下欲望，否则，将给自己带来伤害。而他体内的雄鹿却鲜活非常，他顾不上什么可怕的预言，不得不又在众多女仆中畅快淋漓起来。

泽央说："女儿啊，阿妈看到了你为家族的牺牲。我们家会像以前那样强大的。"

白姆转头看看窗外铺天盖地的白雪，又转回来笑着看了看桌上燃烧的酥油灯，跳动的火苗，像极了她梦中孩儿鲜红的心脏。

六月快过去了，山涧的溪水欢快地流淌着。林间坡上，都充满了春的气息，各色野花在林间和草地上竞相开放。在草地上打个滚儿，就能沾一身的花香，美妙的季节就这样来了。

奶娘将杰布放在坡地上，然后和其他老阿妈在一旁捻着羊毛。她往手指上吐上口水，然后熟练地将羊毛变成一根细长的线。杰布早已经可以翻身爬行，此刻，他挣开包裹他的毯子，爬了出来。幼小的他抬头看看湛蓝的天，这天蓝得纯净，他看了好一会儿，才慢慢又爬到坡上。坡地里的绿草如绒毯一般柔软，杰布的手指碰触到它们，立刻大笑起来，十分开心。他已爬了很远，尽管大笑着，奶娘也没察觉到，还以为他就乖乖地待在毯子里睡觉呢。

他爬到一个坡地上，坡上开着一丛丛繁盛的杜鹃，红的、紫的、粉的，美得像一幅画。杰布想伸手去摸摸那花瓣，却又被灌木丛里开放的其他花朵吸引了过去。那是一丛野百合，细细的枝条上舒展着六七个白玉一样的喇叭状的花瓣，迎风吐着黄色的蕊，花心里的晨露闪出晶莹的光。他是第一次看到这些绚丽的色彩，立刻就被吸引了过去。他咿咿呀呀地伸手去摘，刚抓到手里，就带着野百合滚到了山坡下……

奶娘手中的羊毛线捻了很长，很长。当她的影子都开始缩短到脚下的时候，她觉得该吃午饭了，便伸手向旁边的毯子里摸索着——什么都没有。她马上侧头，是的，什么都没有！

她大叫着杰布少爷，杰布少爷！周围的人也马上开始寻找。他们到旁边的林地里、山坡上、河沿上寻找，可是四处都没有杰布的踪迹。

"一个奶娃能爬多远啊！"

"不会滚到溪里了吧！"

……

大家你一言我一语，早有人去禀报管家了。奶娘说："活不成了。"然后呆坐在地上，想想行刑人的刀，想想那些刑具……不能啊！连带家人也是要遭殃的。偏偏今天夫人带了一干下人到寺院去祈福，连同杰布少爷的侍女也带去了，发生了这样的事情，不如此刻就了结性命，免得受罪。就在大家毫无防备的时候，这个奶娘忽然站起来一头撞上了对面的一棵柏树。顿时，树干上溅出红色的血珠，随后，奶娘头上的血才顺着破损的血管流了出来，一片殷红。

"啊嘛嘛！"众人惊呼。

管家吉桑来了，他拨开人群，看了看地上还在抽搐的奶娘，立即跺脚怒吼着："少爷呢！都快去找！"

人群散开，都去寻找这个连路还不会走的少爷。

那努回来了，听说此事后，大声呼喊："杰布，杰布啊！"

"会不会让人带走了？"

那努沉思，谁会带走杰布？这半生奔波，确实也得罪了许多人，实在是想不出谁会下手，而且还在自己的官寨里来来往往无人察觉？难道是索康府的？前几日，他刚拒绝了买下索康府收购的英国茶叶，尽管那茶叶很便宜。或者是其他头人，其他家族的人？他无法理得清楚。眼见，天就要暗了。

白姆说："喝口茶吧。一个小孩子，不会自己没了踪影，被人掳去，自然不会伤害他的。"

"是啊，可日落了还不见有人送信。这就没常理了。"那努坐下，一副忧郁的神情。

白姆被泽央的侍女请到了经堂。下人退出后，泽央低声对白姆说："杰布的事情，不会是你……"

白姆冷笑："阿妈就这样看你的女儿？"

"你做的，我都知道。"泽央平静地看着白姆，"我是你阿妈！你也快当阿妈了，我了解一个阿妈对孩子的爱！这爱，可以让人不顾一切，甚至道德！我知道，你都在那些年轻侍女的糌粑里放了什么东西。"

白姆愕然。

本以为这是件隐秘的事情。自从仲噶有孕后，白姆便担心又出现一个"仲噶"。于是，她命人每日都在那些年轻侍女的糌粑里放入那印度药丸。因为难以把握剂量，那些侍女很多都出现了一些诸如月事不正常、头晕的现象，甚至还有个侍女大出血而死。连印度的表姐都惊异于她要的那一大箱药丸，询问她是否要为属地的雌性动物都节育。

"我不希望你也这样。会受到神灵惩罚的！"

"不管你相不相信，我没有害杰布。尽管我不爱他，无数次想过要除了他。但我不必等到现在，要他死，是一件轻松的事情。要稳固我自己孩子的地位，不一定要除了他。阿妈，那些药丸会要了人的命，我也不知道啊！所以，现在放得很少了。"白姆恳切地用一双清澈的眼睛看着泽央，里面是贵族小姐的傲气。

"为肚里的孩子多积福吧。"

"我会的，阿妈。我也是杰布名义上的阿妈，至少，我不会去结束他的生命。"

"和我一起祈福吧！祈祷杰布可以平安回来！答应我，以后都不要伤害杰布。他是多措的孩子转世的。你放过他，神灵也就宽恕了阿妈。"泽央流泪恳求。

"阿妈……"白姆想说什么，却又觉得无话可说，便在经堂里给酥油灯添上一点酥油……

天终是沉了下来。

今天的夜晚越发让人觉得恐惧。大家都说，杰布肯定是死了，可能是掉到溪里了。即便没有掉到溪里，在哪片林子里也很快会被野兽吃掉。即便没有被吃掉，也是被人掳走了，可对方却没有任何讯息，说明就是想要孩子的命。不管怎样，杰布是活不了了。派出去的人，还在点着火把寻找，火光将沿河的天都映得通红。大家这样卖力，不过是将绝望往后再挪些时候。天快亮的时候，吉桑对那努说："老爷，一天了。整个林子和草地都掀了一遍……"他小心试探着那努。

见主子不说话，他又说："我再换批人在山那边找找？"

那努还是无话，吉桑便退了出去，又组织了一批人马开始寻找。大家私下里都说，不可能找到了，早死了。但还是四处呼喊着，深林里的野兽也被扰得发出狂躁的吼叫。

天也熬亮了。

"吉桑，"那努突然站起来，"我们去达达寺！"

于是两人一路策马到了达达寺。在大殿等了许久才出来一个小喇嘛，他探出圆圆的脑袋，见是那努土司，忙又跑了进去。而后出来一个老喇嘛，开口就说："扎西德勒，大人。尕济活佛前日到拉萨去了，恐年末才回来。他走前告诉我说，若你要来，要我告诉你不必烦心，一切自有安排，望大人克己。"说着，便退回去，又关了寺门。

克己？那努想起那卦说的伤害，莫非就是指这个？！那努有些懊恼，他失去了一个孩子，这就是惩罚！回去的路上，他决定要斋戒七日，并放生一百头牦牛，以求安心。

"死也要见到尸体！"那努自语道。吉桑听了只是说是。

夜晚又一次降临了。漆黑的绝望降临到德庆府，将天和地都紧紧捆了个严实，让人喘不过气。泽央颤颤地对那努说："孩子，这件事情与白姆无关，我早已问过。"

"阿妈，我从一开始就相信不是她！"

"谢谢……只是杰布，可怜啊！"泽央又开始呜咽着。

这夜，连一两点星光也没有，窗前的山峦在夜幕里恐怖如巨兽，让人战栗，只能听到河水的流淌和风吹过松枝的声音。夜，如此漫长的夜啊。

6

花
缘
起

　　轿夫抬着轿子，把我和母亲送到北寺。这是一座回族的清真寺。很遥远的年代了，松州回族人的祖先们蹚过许多河流，越过弥漫瘴气的山林，翻过诸多险峻的垭口，顺着丝绸之路，经历几世战乱才终于从波斯、阿拉伯、我国陕甘等地来到这里。为了忽必烈的统一大业，他们上马则备战，下马则屯垦，在这里生根发芽、开花结果，与这里的汉族、藏族、羌族一起饮着岷江的水，吃着这片雪域上的小麦青稞。

　　我曾对本华妹妹那满头泛黄的头发以及白如牛奶的皮肤惊讶不已，本华告诉我，她爷爷和她讲，他们祖上流淌着波斯人的血液，他们是忽必烈忠实的臣子，为了守边固防，他们才在此处扎下了根，并在自己的信仰里面生长着、延续着。那面貌上的固守的血缘记号，便是最好的印证。

　　在这松州城，他们一直守护着自己的信仰，并遵从真主的意志，那星月的光辉同煨桑的祥云和着大悲寺的钟声，时刻都围绕着这座奇异的城。

　　不多时，北郊到了。桥头，几株古杨向河心舒展着高大的伞盖。我挑帘看了看，清真寺单檐歇山式的殿顶上铜制的星月在晴空下闪着光辉，晃得我眯了眯眼睛。

　　"到了。"母亲说着领我下轿走向那星月的光里。门前，有一张石桌并四张石凳躲在杨树的树荫下，石桌上仔细勾画着棋盘，四周草木环绕，河风吹过，让人心神有些荡漾。人们都称这里是"星月花圃"！据说，寺里栽了上百种花草，凡是松州有的，叫上名字的、叫不上名字的都能在这里看见，每每盛夏，这里全是重重叠叠的色彩，浓浓淡淡的馨香。

我和母亲走上一层层台阶，进入大门楼，两边是沉重高大的门，我又跨过那足以拦住我小腿的门槛，才来到礼拜堂前，完全是一座中式的宫殿嘛！

我探头朝里望去，大殿的地上整齐地铺着许多长长的垫子，里面没有度母，也没有佛祖，只是在那左侧有一木棍，那是天梯，带着亡人去往真主的地方。大殿左边是南经堂，右边是北经堂，殿后是一排专供沐浴的房子。一位头戴白帽的男子将我和母亲领入北边一处屋内，里面通透明亮，壁上挂着一幅幅清雅字画，有牡丹，有荷花，还有鱼儿。男子又给我们沏好了两碗盖碗茶放在厚重的木桌上。我打开盖子，见不是甜甜的八宝茶，便有些失望，将茶碗推得远远的。

在本华家，她的母亲便会用盖碗沏八宝茶给我们喝。里面有葡萄干、桂圆、红枣、花生、芝麻、菊花、枸杞、冰糖，喝起来满嘴都是层次不一的香味。我也认为，盖碗里就必须是放八宝茶的，否则，便不配有器物来装这好喝的东西。

我心中懊恼着，将嘴翘到了鼻子那儿。一会儿从门外走来一位身着白色长衫的老者，捋着一把花白的胡子，笑眯眯地看着我，顿时，我的嘴巴就回归了正常的样子，也忘记了八宝茶。那人有净透的气质，像是从遥远的地方来的，没有风尘和苍老，只有一种超然肃穆的气息在我四周涌动。

"真主保佑你，梁夫人。"老阿訇一手放于前胸微微欠身道。

"阿訇好啊！"母亲低首扶好面纱回应着。

"那些花籽我已与你备好。"老阿訇说完，一个戴白帽的男子将一个布包放在桌上。母亲打开布包，里面分门别类地装着一包包花籽。

"费心了。"母亲说道。

"望你的花园成为天堂，发信仰叶，开天命花，结顺命果，真主保佑你。"

"感谢你的祝福，这寺院才是真主的花园啊！"

"既然来了，就带小少爷四处走走看看吧。我还要去讲经，不能陪你们了。"

母亲欠身，老阿訇便转身走了。

"重华，你可要四处看看？重华……"母亲唤我时，我早已穿过刻着菊花的影壁，遛着弯走到了一个园子里。

只见这里的房子被隔成了小间，地上摆放着许多壶。

"你是谁，不是回族人？"一个戴着粉色头纱的女孩从地上站起来说，"你不该跑到这儿来，这里是净身房。"

我不说话。

"你是小哑巴?!"

我还是不说话。

我在看她长长的睫毛,配在那褐色的眼珠上,好看极了。她突然拉起我的手说:"小哑巴,我在寻我去年埋的花根发芽了没有。我们一起找找,喏,就应该在那柏树下的,一株荷包花。荷包花你知道不?"

我想说我知道,就是那心形的粉红的花,一串串结在细细的枝上,像粒粒坠子,又像一颗滴血的心。我最喜欢把那花摘下、打开,里面就似有个姑娘穿裙舞蹈着。

我们在一块石头下找出了一些嫩芽,她确信这个就是她荷包花的芽。

看我还不说话,她嘟着小嘴说:"你不信?这就是啊。等长出来了我让你来看。"

她又跑去旁边的井里提了水,用铜勺喝着,"你喝,可甜了。我父亲最爱用这水泡茶。你爱喝什么茶?马茶、八宝茶、茉莉茶?"她似乎在自言自语,我就站在那里听着看着。她又说:"我喜欢八宝茶。八宝茶你喝过没有?你肯定没喝过。那是最最好喝的茶!我喜欢喝这个吃馓子!"

我笑了。我喝过,我也吃过馓子。我也在喝八宝茶的时候吃着馓子,甚至还吃了面果果。刚才我还想喝呢,可老阿訇没给我啊。我家的洋芋汤圆,你吃过没?那是城里最好吃的汤圆!我父亲是益盛昌的东家!我父亲带了很多糖果回来,苔丝糖、冬瓜糖、薄荷棍、麦芽糖……我冬天差点死掉,我蜕皮了,我会长大的,我还有一个天大的秘密……你睫毛好长啊,比本华妹妹的睫毛还要长,你是谁啊,我是重华……

我心里有很多话想要和她说的。

多年后,我躺在绵软的床上,都会在春雨来的时候看到她戴着头纱朦胧的脸,听到她说,我让你来看,我让你来看……

我眼中就会流下悲凉的泪来。

"重华,重华。"母亲寻到我。

"小哑巴,回家啰!"女孩叫道。

我拍拍手上的泥,拉着母亲准备回去。回头时,女孩向我挥挥手,又低头在院子里寻找着什么。

上轿后,母亲问我:"你是哑巴吗?"

我不是!

我不是，我不是！这天晚上，我一晚都说着这句话，说到嘴巴发干，说到清晨的鸟也能听到。

父亲只在家住了几天，便又跑往北边做生意去了。

杨管家对母亲说，父亲去了拉雅锅庄，商议今年收购虫草和松贝的事情。母亲只是拿着本书淡淡地说："唔。周妈，这茶不新鲜了，换个吧，我想再喝点。"杨管家习惯了这样的回应，每回，这位太太都是听到了他的话的。只是她用耳朵听，用心来说话。然后，他退出去，周妈就提了茶壶去换茶。茶叶被她掰成细碎的块放进了壶里，提到铜桌上熬着。铜桌里的木炭常年不灭，母亲说，她怕冷。因此府中常年都要备着好些青冈白炭。这炭敲起来铮铮作响，燃烧到极致时火星噼啪飞溅起来，这是一种热闹的炭。这热闹让我们的屋子常年都保持着一种温度，也让我们的冬夜不那么漫长。其实，让人感觉最冷的不是那冬，恰恰是这春来还寒的日子。院中落下的雨，让湿冷的气息直逼人的心底。

清明，万物萌发，让人感觉悲伤的日子到了，母亲也要出门了。每年，她出门的次数屈指可数。她的岁月都随着这院里的花，开了又谢，谢了又开。

周妈已买了好些的纸钱香蜡，她将黄纸用剪刀裁好，再将印满红色经文的纸钱一张张整齐地叠在一起。清晨，母亲穿一身素衣，松松挽个发髻，别一根花红银簪，戴上面纱，带我坐着滑竿上山了。母亲每回出门都必定戴着面纱，她说这松州的太阳太烈，不小心就会晒得皮肤发红刺痛。嗯，都知益盛昌的夫人样貌出众，却难见真颜，保养很是得当。街上曾传言，我母亲白皙的皮肤是用牡丹的花瓣和了蜜涂出来的。

轿夫抬着我俩走在陡峭的山路上，我总觉得我会摔下去。我用手紧紧抓住扶手，手心里捂着汗，我的心快跳坏了。走在映月桥上，岷江从桥下穿过，河沙之中，都是一个个荡气回肠的往事。大小金川形成割据势力开始叛乱的时候，乾隆曾派兵在川西北展开了长达三十年的平叛。年羹尧的父母就是无法躲开那战乱，又怕被人捉住成为棋子，才从这桥上跳了下去。这段往事，化为岷江里的沙粒。悲凉的历史，更是让这桥带了一些厚重的意味，时常有些文人骚客，在月圆的时候来看看桥下深潭里的月，生出许多雅事。人说松州有八景：古桥春涨、金蓬晚照、炉峰晓烟、龙潭映月、风洞秋声、雪栏雾色、大悲梵钟、赤松古迹。其中的"龙潭映月"说的就是这里。

我看着那些水鸟在江心里衔着小鱼儿，身子就不自觉地抬起来，伸长了脖子，母亲拍拍我："坐好，仔细摔下去。"我就坐回去，继续捏好手心里的汗。

抬起头，上面就是李德裕所建的筹边楼，历经千年，依旧站在象山的崖壁上。母亲指着象山上的一片原野说，这里就是曾经的大悲寺，可我只看见了一块破残的碑。

"少爷不要小看了这里！"周妈提着筐，眉飞色舞地给我们讲起故事来。

说是这大悲寺是明朝修的，修的时候不知从哪里来了一个老神仙，说是要为寺院铸一口钟。这钟能响彻天地，佑一方安宁。钟铸成之后，老神仙要离开了。离开的时候特意嘱咐寺里的和尚，十日后方可敲响这口钟。他天明离去，刚行至雪栏山，却闻得大悲寺的钟被敲响了。于是叹了口气，无奈地走了。原来，若是十日后敲钟，钟声就可以直达京城，如今却只能到这里罢了。

不知是哪个和尚敲的，真想给他一巴掌！我在心里想。

周妈又说："这寺院里，还有一位皇帝呢！"

见我好奇，大有不讲完就不走的架势，母亲便用手绢擦擦我的手心说："明朝的皇帝朱允炆就是在这里剃度的。建文帝太重感情，从未想过他的叔叔会为了皇位不顾念亲情，心灰意冷，一路到了这里。在大悲寺剃度，居住在城隍庙内。庙里的住持见他眉目之间不是寻常气息，还时常望着远处叹气，满腹心事，一问，才知真龙来了。"

母亲叹气说："人就是这样矛盾，他若真想躲开是非，便不会让人知道他的身份，可他偏又说了。朱棣后来派人寻访至此，他却又逃开了。都说他逃到了漳金镇的'牙床石洞'，最后就没有以后了。"

我还是赖着不愿走。

周妈在我耳朵边说："今日还是不要惹你母亲烦恼，你看她眼圈要红了！"

母亲是不会责骂我，但是会用泪眼让我心酸。她这会儿也用愁怨的眼神看着我。罢了，我撒撒风马就走。

我和周妈在一旁向空中撒过一摞摞风马，白、黄、红、绿、蓝的风马随着风在空中舞动着，然后掉落在卫公岩下。一路上，随处都可见到这一张张彩色的风马图画飘散在汉族的庙宇下，藏汉风情恰当融合。

教我的吴夫子曾说，松州就像是铜火锅，里面有汉族、回族、藏族、羌族。在无数的岁月和烟火中，相互融合。我中有你，你中有我。松州这巴掌大的地方，各族比邻而居，又各司其职，安守一方。自古以来，这里便是各朝相争的要塞。汉人用茶叶滋润着藏人干渴的嘴巴，藏人则用强壮的牛马和山神赐予的草药回馈着汉人。那条洒满血泪的茶马道啊，就是一条条连通藏汉的血脉！唐贞观年间，松赞干布率领大军与唐军激战，丝绸之路满目疮痍，连山间的岩石也被战火和流淌的血液染成了红色。苍鹰在空中发出阵阵悲鸣，草原也布满了撕裂的伤口，流出殷红的血，岷江也日夜混着血泪的河沙哀伤地向南流去……

一切，都要被死神占据。草原上，苍鹰又带来了神的旨意，那神一般的女子将会给这里带来阳光、带来种子、带来生的希望。这便是文成公主。这位皇室宗亲的女儿，挥泪告别故乡、告别父母、告别辉煌的都城，奉命走上和亲之路。途中道险且荒凉。满目的岩壁和高山啊，隔绝了少女昔日的岁月。从此，她要踏上的是一条看似蛮荒却又如同唐卡般绚丽的道路，所要肩负的，是民族生的渴望。

在松州北方的草原，望着昔日惨烈的战场，少女疾呼：兴师相戕罪也，余将尽睦唐蕃。

她带来的种子，在这雪域上发了芽，她带来的各类技艺也在这雪域上发出光芒。这是菩萨啊！她带来了生，带来了光亮，带来了安宁。从此，松州的烽火台不再是哀号的烟火，煨桑中吉祥的烟雾，升腾在这城池中，人人都沐浴着神的甘露，感怀着神的旨意：血和肉是无法分离的。

松州民族的融合遵从了神灵的呐喊！

岷江欢腾了，草原又绿了，牛奶像流淌的白银一样汇入岷江，滋润着下游的土地。

嗯，我感谢那位公主啊，多亏了她，我才能自在地在街头吃着汉族的锅盔、回族的馓子、藏族的奶茶。对，我太感谢了，我也感谢菩萨们的旨意。

撒完手中的风马，我拉拉母亲的手上了滑竿。路过斑驳的县衙，见那衙门的大鼓不知什么时候被捅破了，搭着层皮在风里摇摇欲坠，看来，母亲说得没错，这世道是在变化了，想当初这门前还是另一番光景呢！

一路向上，转过几个山口，就到了城隍庙。

庙前有一望乡台，俗话说一到望乡台，远望家乡回不来。上面高高一个石台，前面石碑上书"望乡台"三字。传说灵魂到了这里，便没有还魂的可能了，此时阳间的肉身正是要装殓的时候，亡魂可以在这里最后看看自己的家乡，自己的亲人，还有早已死去的自己……一种痛彻心扉的痛苦啊！这望乡台上，不知承载了多少伤心的、悔恨的泪！

站在上面，山下风貌尽收眼底：岷江静静地穿城而过，密如棋子的房屋上，瓦片在春日的气息里多了些湿润的黛色，几座清真寺的星月标志散布在粉黛间闪着亮光，街上往来着忙碌的商贩、牛马。远山上的松树夹杂着刚萌新芽的桦树，青翠地生长着，河岸杨柳绿意朦胧，许多燕子在河滩上飞舞，衔着新泥……

周妈说："这里是鬼魂最后一次回望人间、告别亲人的地方。无论隔多远，他们都能看到故乡的亲人。"她的眼睛有些湿润。她的家人好像都在饥荒中饿死了。

"还能看到灌县，看到打箭炉去？"我心想。但同时又觉得，那这里应该有个比那炮筒还长还大的望远镜，这样，才能看到那遥不可及的地方吧？

母亲在望乡台上站了良久，风吹起她的面纱，露出半截瘦削的下巴。她望着远方，圈着的泪终于流了下来。寺院围墙处，探出几株年老了的野梨树，肆意地舒展着躯干，此刻，正开着白黄的花，像是在祭奠着亡灵，为这清冷的天增着几分惆怅。

这些梨树，周妈说是那个皇帝和尚种的。松州的城隍老爷也为此被朱棣赐为"普德大王"，着黄袍，是为"总城隍"。就是那映月桥，也曾被叫作"迎恩桥"。

周妈让我去敲敲大悲寺里搬来的那口钟。我没理她，径直走到杨树下。

这杨树几乎遮住了半个寺院，许多人在那里烧香点蜡。周妈吓唬我，说这棵树可以承载人的灵魂。鬼魂们此刻就在树上坐着，看着活着的人祭拜它们。有人曾亲眼见自己去世了的亲人坐在树枝上瞪大了眼睛看着自己。

多么可怕的事情。我便不敢抬头看那树，眼睛也被烟火熏得很疼，头上的树枝上挂着些红布条，在烟火的气流中飞舞着，犹如人的衣带……

7

茶
因
果

地上的草和花都被洒上了露水，薄雾在德庆府的四周升上了天空。山后的光开始苏醒了，而躺在褥子上的那努才刚睡着。

阳光从东边渐渐奔向西边的时候，他被一阵急促的脚步声吵醒，随后吉桑大声喊道："老爷！杰布少爷，老爷！"

他不知道发生了什么事，管家也激动得含糊不清。那努只觉得脑袋嗡嗡响起来！管家又说："老爷，少爷救回来了！"

那努这才定了定神，急忙穿上靴子跟着管家走到了院中。

太阳让他觉得很晃眼，只见泽央也站在院中，怀里抱着一个孩子，分明就是杰布！

恍在梦中！那努使劲掐了掐头部，才又缓过神，真的是杰布！

"这？"欢喜之余，那努充满了疑惑。

"老爷，是这女人！"顺着吉桑的手看过去，那努看见一个汉人打扮的女人站在院中，她穿着白底黄花的棉布对襟衫，一双黑布鞋，挽着的髻上插一根银簪子，背上背了竹篓。她的脸红扑扑的，垂手立着，显得很惧怕。

"老爷，是这女人救了杰布少爷！"吉桑说。

前日杰布手捏野百合滚到坡下，恰好那坡下有一深坑，坑前是一片灌木，极难发现其中别有天地。杰布滚下来后也并不哭泣，湿润的泥土上长了柔软的青草，足以成为他的软垫。坑内四周开着紫色、粉色、白色的小花。一缕缕光线从花的叶子、花瓣中穿过，如一颗颗半透明的宝石，随着时光的流逝，彩色的光也不断变幻着。小人儿也看呆了，竟躺着和这光、和那草那花咿咿呀呀说了起来，仿佛他不是孤独的，四周是他熟悉的国度。他伸手想接住那神奇的色彩，光便开始在他的手掌上流转……

月光照下来的时候，杰布看着外面的星星，居然睡着了，就如躺在阿妈的怀里一样踏实。其实，此刻外面已被火光照亮，四处都是寻找他的人，呼唤声响彻山谷。当然，他是不会知道这些的。清晨，杰布醒来的时候，感觉肚子饿了，四处爬来爬去，大哭起来。突然，他看到坑壁上立着一朵晶莹的花！一朵水晶般的兰花！花瓣形如坐佛，中间一抹殷红。传说中，这种兰花是度母怜悯的泪所化，常人轻易是不能见到的。杰布爬过去，吸着那兰花里的露水，又依次将旁边枝叶上的露水也舔干净了。饿啊！小肚皮里已没有任何可以消化的东西了。他又开始大哭，哭累了又睡下去，如此反复，直到一个女人路过这里才将他救了出来。

这女人叫云秀，男人前几年背茶跌下了崖，独子也夭折了，家中只剩她一人。为了生计，她不得不冒险上山挖些贝母和草药。

那努开口说道："你知道这不是你该来的地方！这片山，都是德庆府的！"

女人慌忙跪下，不住抹泪。

吉桑说："有人看见，有个汉人抱着孩子在山里转悠，便前去查看，不想却是少爷，便把两人带了回来。女人说，少爷是她从坑里救上来的。"

"杰布少爷真是命大啊！菩萨保佑！老爷，那女人说看到少爷在舔露水，坑里有朵透明的兰花！真是稀奇事啊！我问她是在哪里看到的，她现在也说不清楚了。"吉桑又说。

白姆腆着肚子，狠狠瞪了管家一眼。他们都曾从祖辈那里知晓水晶兰花的传说，那代表的是神圣，是度母啊！那奴隶的儿子，他也配？

那努说："果有此事？"

女人怯怯地说："老……爷，是的。"

"赏！"那努哈哈大笑起来。他说话的时候，云秀被吓得一颤，白姆见了不禁笑着说："汉族女人都这样胆小吗？"

"给这女人一些钱，送她回城！今天府中所有下人都有赏！"看来那努心情太好，完全扫去了之前的阴霾。白姆自己回了房中，她只想等自己的孩子出生，给他地位，给他荣耀。

云秀领了赏钱，欠身后终于舒了口气。她做梦也不会想到今日会见到土司。她看那孩子应该是小妾生的，要不，也不至于这样。虽然族别不同，可心都是一样的，特别是男人！今日也算长了见识，土司和夫人的穿戴珠光宝气，让她眩晕，以后也不敢再冒险了。她就这样自顾想着、走着。刚要迈出大门时，身后传来孩子的哭声。

"快站住！回来，回来！"吉桑边叫边跑了上来。

被他一吼，云秀跑得更快了。莫不是想要惩罚她上山挖药？快走！她小跑起来。吉桑一把拉住她说："跑什么！又不会吃了你！回去！我们老爷叫你！"

云秀战战兢兢地又走了回来，只见那小孩大哭着，朝她展开双手抓着，似乎要让她抱。

"杰布要你！你愿意到我德庆府来伺候不？"那努问道。

"这是好事！"吉桑附和道。

"她可是汉人……"一旁的泽央说出了顾虑。

"吉桑，带她下去管好少爷，还和以前一样！"

"是。"吉桑应着。

那努的决定是不容置疑的，他支配着这土地上的一切，当然，也包括这个擅自到来的汉族女人！她没有权利说不！他也根本没想过她愿不愿意。

"我……"云秀话还没说，吉桑就把杰布递给了她，杰布马上不哭闹了。

"你看，少爷喜欢你！"吉桑有些热情过了头，泽央咳嗽了几声，他才察觉出来，立即又正色将云秀带了下去。

云秀似做梦般在五彩斑斓的廊间穿梭，上楼，又不知道走了多少步，吉桑才让她停下来，对她说："这是你的房间，旁边大的是少爷的房间。你叫什么？住哪里？家里还有什么人？"

"我叫王云秀，婆家姓周，男人背茶死了，孩子也死了。婆家也实在过不下去，撵了我。"

"你上辈子积了福！这里是什么地方？县太爷在这里也只算这个！"吉桑比起小拇指，很是得意，又说："正好啊，上个奶娘刚死了，以后你就安心伺候少爷，不会亏待了你！你只管管好少爷，一干杂活也是不用干的，少爷房里还有两个侍女，随你使唤！每月还有钱拿！到哪里找这样的好事！"吉桑是热情得过了头，云秀不是傻子，她从吉桑的眼光里看出了他的欲望，但至少她有安身的地方了。

这夜，德庆府中断断续续传出歌谣：

> 正月里来想看娘，婆婆又说兰花儿正开请客忙
> 手拿盘子无心洗，一心只想见我娘……

呜呜咽咽，这歌唱得云秀鼻子有些发酸，她怀里的杰布倒是睡得很安稳。

正站在廊下的吉桑，觉得这歌比山上雀儿叫得还要好听百倍。

第二日，城中便传遍了杰布少爷被度母所救的奇事，确实，是桩奇事啊！

眼见就到了白姆临产的日子。这些天，她睡得更不安稳了，总觉得有一堆事情还没有办妥。自她怀孕没多久，她就总觉得给孩子选择的房间不太明亮，又觉得室内的装饰太陈旧了些，她要全新的，一切都要闪闪发亮。银匠莫西一会儿拿来这个银器让白姆看看，一会儿又拿来那个铜盆让她瞧瞧，件件都是珍品！白姆一一看过，就让人把该换下的全都换了个遍。接着，她又开始对挑选出来的奶娘进行审视：是否是家奴，品性如何，长相如何？当然，也不能太漂亮了，干净利索就好。她虽想亲自喂养孩子，但是奶娘还是要备好的。前日管家找了个女人来，刚生了孩子的。女人颤颤巍巍躬身，前胸早已湿了一片。白姆很满意地对吉桑说："把那上等酥油给她吃，清洗下换上干净衣服。她孩子……"

"夫人，她孩子刚生了两个月。恐怕离了她要造孽的，还影响少爷吃奶。"

"那，只是多喂些牛奶！我的孩子不能饿着！让她仔细点，奶水没了，小心她的皮！"

"是！"管家应着将人带了出去。

看好了奶娘，白姆又开始选麦麦。麦麦是专门看管孩子的，除了喂奶，孩子基本就由麦麦照顾。麦麦的挑选和奶娘差不多，选定一个后，她又开始给孩子挑选衣物。泽央觉得那丝缎衣服实在不适合孩子穿，太凉！而白姆坚持要用丝缎，说那样才能配得起贵族的身份。

"好吧！到时仔细孩子着凉！"

"哦。"白姆眼也不抬，就坐着摸着那些华美的衣服，那样的光泽，让她觉得温暖啊！事情还有很多，要去寺院献供，做法事，问吉……一件都不能落下。

仆人们也加快了脚步，仿佛在证明这忙碌的程度！他们时时注意着言行，绝对不能说不吉祥的话，也绝对不能做让女主人不高兴的事情，更不能让女主人看见不该看的东西：丑陋的、血腥的……就连行刑人的刀都很久没有出现在官寨的太阳下了。

呵，这倒是让奴隶们暗地里欢腾了许久。

那努每每看见那些出出进进的仆人就觉得烦躁。他到白姆准备的房间里走了一遭，也觉得房间和以前没什么不一样，只是窗户都打开了，显得亮堂了些，还有奶娘，他觉得给孩子喂奶还不就是那么回事。可是泽央也告诉他，贵族的孩子怎么吃奶，和谁待在一起，都决定着孩子的气质。哦？那努若有所思地答应着，走到了院中。云秀正陪着杰布在树下玩儿，看来相处得不错。这个汉族女人，这个孩子，哦，那个孩子，将要出生的孩子，还有那些茶叶……他不想再想了，让人端了一壶酒，喝干净了就在榻上睡觉。

他看见多年前的仇人格木笑着向他走来，一只耳朵还是像记忆里那样撕到了脸颊那里，到跟前时，又化作了一缕烟雾。呵，是梦境！曾经，为了争夺那条路上运输茶叶的权利，这两个男人在草原上展开了一场血淋淋的搏斗。这场争夺从开始到最后，都是格木占了上风。他们两人的脚下弥漫着死亡的气息，这也让他们忽略了身上的伤口和疼痛。

当那努的刀和手将格木的右耳撕到脸颊旁的时候，这个男人还是没有哼一下，依旧保持着姿势进行还击。他用尖刀将那努逼在地上，乌黑的血从他的下巴那里滴到那努的脸上，格木说："我放了你！不杀你！这草原是我的！"对他，格木只有蔑视。格木放手准备向远处的族人欢呼时，那努在背后用一把长刀刺穿了他的后背。那努说："我才是这草原的主人！"他受不了任何人的蔑视！其实，他心有余悸，格木差点儿就割了他的喉咙，而他要显示强大放了他，这是最大的耻辱！

该死！他记得格木倒下时嘴角还是上扬的，瞪着眼睛望向天空的方向，死了还在对他进行蔑视！

蔑视？如今他可以蔑视所有的人！可是，唯独在想起格木的眼神时，他就觉得自己有清洗不掉的耻辱！他的耻辱源自骨血，生在草原的他从来不知道父亲是谁！他只是日复一日地受着欺凌，直到他决定走出草原，回来的时候谁也没想到这个曾经的野小子变成了一个阔气的老爷。他得意地发了许多上好的酥油给他曾经认识的人，他的手下说他很蠢，喂的是曾经的狼！他笑着说："我现在愿意养着狼！"他的狼群越加壮大，他的生意也越来越像个生意，一条线直接穿到他的手里，北方许多部落都要从他手里购买茶叶，否则，大家都没有茶水可喝！他成了这草原上让人崇拜的人，这才稍微缓解了他自卑的心。接着，他居然成了一名贵族，还娶了一个如玉般温润的贵族小姐！而这，反而让他愈加自卑。他其实是爱白姆的吧，可是看到她眼里的骄傲，他就觉得讥讽。很多时候，他都明白，自己是与这个官寨格格不入的！所以，他要让这里真正成为他那努的天下！是啊，总有一天会的！去他的德庆府的骨血！都是我那努的种！他厌恶白姆对他的嫌弃，同时又恋着她，他自己都搞不清楚，到底是怎么了！只有四处向其他女人挥洒着自己雄鹿的号叫，女仆，或者几个贵族小姐，他都不在乎了！

此刻，格木又来了！总是在他安乐的时候来提醒一下他耻辱的烙印。他像烟一样钻入了经堂酥油灯的灯芯里。瞬间，上百盏油灯开始发出耀眼的光，火苗越来越大，那努被包围在一团火焰中，灼热、烦躁、绝望、急切……这一切都让他的心疯狂地跳起来。他又走进一间帐篷，四周都弥漫着一股他熟悉的烧牛粪的味道，那味道有魔力一般促使他走了进去。有个人在里面背对着他不知在鼓捣什么东西，突然，那人一转身，就化作了格木的模样，那努冲过去抓住那鬼魅的肩膀摇晃道："跟着我干什么！跟着我干什么！"那像格木的鬼魅依旧不说话，只看着他笑。

他就讨厌这种笑，也恐惧这种笑，然后天旋地转啊，天旋地转……

"老爷，老爷，夫人要生了！"吉桑在一旁将他叫醒。

"哦。"他还在眩晕中。

"夫人要生产了！"吉桑再次说道。

那努这才清醒，立即去看。早上的时候，白姆还坐在院中向女仆说想吃点辣辣的东西，女仆便准备了一些牛肉干。白姆吃了好些，又全吐了出来。这些天，她觉得自己更难受了，泽央说："忍耐吧，女人都是这样的。只是你也害得太厉害了，都要生了还在吐，肚子也比一般的大。"

中午，白姆就觉得肚子发紧，一阵阵的疼痛将她彻底击垮。一切都有序地进行着，经堂里的喇嘛们也念起了经文，院中也升起了桑烟。泽央在门口坐着拨动着佛珠，闭目祈祷着："请赐给德庆府一个男人吧！请给德庆府降福吧！"

"阿妈，如何？"那努赶来问道。一旁的女仆说："老爷，夫人还没生下来，夫人使不上劲！"

大家都焦急得很，这种事情，除了等待，没有其他的办法。

傍晚的时候，传出一个婴儿的哭声。白姆生了个女儿。

泽央说："德庆府又来了一位小姐！"

那努有些失望，他想再要个儿子的，他要和很多个儿子一起做生意、管理锅庄。

泽央刚要进去看看白姆，就又被仆人们挡下了。

"怎么了？我女儿怎么了？！"泽央在门口哭了起来。

仆人说："老夫人，老爷，夫人肚子里还有一个孩子。"

大家都喜悦了。双生？！白姆要为德庆府一下添两个孩子！开始转运了！泽央不禁在地上叩拜起来！那努也十分欢喜，他一下让他的女人有了两个孩子！

可是，这个孩子就是不肯乖乖地出来，白姆已经使完了力气。

老女仆出来一脸担忧地说："恐怕，不好了！我没有办法。"

泽央哭着。她冲进房里说："女儿啊！你不能去！我们德庆府不会就这样毁了的！你再用力，再用用力，啊？"

"那……努。"白姆低声呼唤。

"白姆啊，白姆。"

怎么可能就这样死去！她的生命不是才刚开始吗？她生来就是德庆府的小姐，她绝不会就这样把手中的一切放掉，绝不！

8

花
征
途

　　母亲双手合十，跪在殿前，祈祷着、呢喃着，希望神灵许她现世的安稳。

　　回来后，她就一直待在房里不出来。天开始下起冷冷的雨，我缩着手坐在铜桌旁，周妈给了我一块烤洋芋，我热乎乎地咽下去，趴在桌上睡着了。如此爱吃爱睡的我，还是没有在他们的盼望里多长出些肉来。他们很惊讶，我小小的肚子竟能装下那么多东西。我可以从起床开始就不停地动着嘴巴，有时嚼着葡萄干，有时吃着馓子，直到要睡了我还是要让周妈给我再找点什么点心来。连我自己也很吃惊，但我还是很瘦。母亲曾说，你真像你父亲。这个，我是不相信的。

　　我抬起红扑扑的脸起身时，母亲早下楼了。她披着罩衫，坐在窗前，忧郁地看着那被雨浇透了的院子。傍晚，雨停了。她走向那花红树下，点了一对香蜡，烧着纸钱。边烧边让周妈带我过去，她对我说："来吧，在树下磕三个头。"我照做。打我记事起，每年清明她都会让我在这树下磕头。我抬头看看，有些烟灰带着些火星扬到半空，已近漆黑的空中显出瘆人的光。母亲说："还不愿意说话？"我不开口，望着那星火。周妈说："是不是脑子烧坏了！"

　　母亲爱抚着我的头，蹲下对我说："重华，记住，无论此生如何，都不要害怕，你不知道，你的出生有多么不易！"我哭了。不是感动，不是其他，我只是想哭，我的心开始不住地颤抖着，让我浑身都冷。

　　我急忙跑向屋内的铜桌，周妈说："天是真的冷啊！"

　　母亲也过来坐在桌前翻动着手指说："嗯，去年好像没这么多雨水。"

"太太，老爷去那女人那里有些日子了。你就……"

"……"

"再生几个孩子吧，太太。你还这样年轻。"

"你闻到老爷身上的味道没有？那味道我太熟悉了。"

"放宽心。梁府也算城中数一数二的大户。女人家图什么啊？不就是富贵平安、夫妻和顺。过些年，再生几个少爷，这日子还不让人羡慕死！"

"周妈，不要说了。你不懂……"

母亲看看我，我正聚精会神地在灯下看着她俩。母亲说："让丫头带重华去歇息吧。累了大半日，你肯定也乏了。"周妈会意，让喜鹊领我出去洗脸。

喜鹊倒水的空当，我跑到窗下，断续听母亲低低略带哭腔说："那是鸦片！"

"你闻到了？"

"嗯。我……"

"少爷，少爷，上楼啦。"听见喜鹊叫我，我马上跑到了楼上。父亲在抽大烟了？脑海里，他狰狞着面孔，用青筋突起的手，掐着母亲的脖子，母亲越挣扎，他就越用力……

从懂事开始，母亲就送我去一个夫子家中读书。夫子姓吴，名昌龄。吴夫子一把花白的胡须，着一身灰色长衫，持着戒尺，一副严师的模样。在一个月中，只有约莫十日，我不用去学堂。

吴夫子家就在城南。两进院子，五间瓦房。院中种着牡丹，旁边种着花红和些许杂花。西屋两间房辟作了学堂和书房，里面整齐放了几张书案，中间一张是夫子的，一张太师椅，桌上摆着笔墨纸砚，书香极浓。母亲对这位夫子充满了赞赏之情，周妈也时常劝诫我收心和他学文。她们说，吴夫子曾是鼓楼书院的夫子。他家祖上出过多位进士，是官宦大户，还曾组织百姓们捐赠过"辫子军"远赴江浙抗击英国人。

那年，青稞和麦子都灌满了浆，秋风带着麦浪发出沙沙的响声。牛羊在坡上啃着茂盛的青草，女人们在家门口纺着羊毛，孩子们在开满山花的草地上奔跑，磨坊里的磨吱呀吱呀带着溪水等待炒熟了的青稞铺下来。

男人们回来了，并且带回了一个让人既悲又喜的消息：黄毛敌人打到了门口，皇帝下了令，要男人们奔赴那遥不可及听也没听过的地方。他们只是知道，那里很遥远，要走出岷江的峡谷，踏过河沿上散落的石棺，还要翻越无数的群山，在那里能闻到咸咸的海风。此去，不知生死，要告别这片生养自己的雪域，告别父母妻儿。同时，他们又充满了战斗的喜悦。这片土地上，女人和男人都是骁勇的战士。千年前，他们的祖先就曾拿着武器战斗着、守护着自己的家园，用坚硬的石头垒出了耸入云端的碉楼。

首领说："我们的家园被人欺凌了，战斗的号角已穿过岷山，传到了这里。作为神的子民，我们应该像祖先一样将那些觊觎我们土地的人赶出去，这是神赋予我们的荣耀，也是你们家族的荣耀！"

"赶出去！赶出去！"这回荡山谷的声音让山神也开始战栗！

将士们向家中父母磕头，别过流泪的妻儿，告别了熟悉的草原和大山。随着苍鹰的盘旋，八角碉屯守备阿木穰、瓦寺土司守备哈克里和瓦寺土舍索文茂带着数千头戴虎皮帽、身穿藏袍的战士，在总兵裕恒统率下集结到松州的南城门下。四周升腾着吉祥的桑烟，喇嘛们穿着彩色的衣裳，戴着神灵的面具，踩着号角吹出的音符跳着祈祷的舞步。法号汇同城隍庙的钟声，穿透厚厚的城墙，穿透空中的云彩，久久在松州上空盘旋。人群中，戴白帽的回族人双手合十为他们向真主发出真诚的祈祷，藏人向壮士抛出条条洁白的哈达，羌人聚在一起为他们唱着古老的歌谣，汉人手执香火为他们欢呼……

空中飞舞的风马啊，伴随着远征的壮士向远方飘去。

吴夫子的祖父也在城墙上呐喊着，向空中撒去一摞摞风马。他明白，家国正在病痛中遭人捶打，若还沉默，华夏子孙将处于劫难之中。他的心夜夜不安，从收到消息的那天起，他就组织城中百姓募捐款项用于此次征战，自己甚至变卖了一些房地，欲用绵力解国危困。他的这一举动让一干壮士感慨万分。瓦寺土司守备哈克里亲自为他挂上哈达，用手中的青稞酒一敬天地，二敬城中百姓，三敬数千将士，与吴夫子的祖父结为兄弟，一同饮干了杯中的青稞酒。哈克里说："此次结谊，永世为好。"并将胯间一把藏刀赠予他，以示亲好。

举城欢呼！吴夫子的祖父一直将队伍送至平定关。他望着队伍渐渐走远，望着天空中飘下的雪花流下了几行眼泪。

数月后，这支队伍才抵达了那里，途中艰险不可言喻。吴夫子的祖父日日等待着前方的消息，岂料，等来的却是远征军全军覆灭的噩耗！他随即急火攻心，吐出一口鲜血晕倒在地。他知道，这个王朝必将走向一个节点了。对于民族的归宿他感到手足无措，又无可奈何。卧在榻上，他用残息告诫着子孙：前方征战，我藏军义不容辞。而京城那帮鱼肉百姓的东西在赶赴战场的路上却成天饮酒作乐，甚至逼死县令，毫无为国之心！亡了，这个王朝！但我华夏民族是亡不掉的。可怜哈克里和数千将士战死异乡，只剪了他们负载忠魂的辫子回三江安葬。洋人用的是炮啊，还是我们祖先造的火药啊！我吴氏子孙，在这样动荡不安的局势下，不要再去做官光耀门楣，唯一让我们有希望的就是办学堂！我后人必须记住我的嘱托，尽全力授教。力虽微薄，其志深远，我们的子孙不能再重蹈覆辙，荒废下去。说完，他便握着藏刀去世了。他的后人们都听从了他的教诲，陆续辞官回乡，兴办学堂。如今到了吴夫子这代，他也不忘初心，即使典当着家产也支撑着学堂，他的儿子也在灌县任教。

好在，我母亲感念吴府有此胸怀，也极为佩服吴夫子，时常周济一些，让他不至于再将这院子和五间房子变卖。

清明后，吴夫子家就更热闹了。

这里总共收了二十多个学生。和我要好的本华上午在阿訇那儿学完经文，一会儿便又到吴夫子这里习文。本来还有一个叫格登的，他却许久没有来了。我只知道格登家是自由民，在远离头人的土地上放着牛羊，磨着糌粑。开始，我们总是会发现门外有人探头听我们上课，我们念一句，门外也念一句。吴夫子一看，却是一个藏族小孩。一双渴求的眼睛，让他再不忍不管，便许他来这里习文。

确实，我们在吴夫子的私塾里，全然看到了一个不一样的世界。这里虽是旧时私塾，却处处勃发着新的思潮。吴夫子的儿子每过些时候便会让马帮捎来些书籍。那些书籍让夫子也时常感叹自己是井底之蛙，也让他为我们解惑的心变得越发迫切。当格登回去告诉他的父母，我们生活在一个圆球之上，这个球时刻旋转在比青海湖还辽阔的宇宙之中时，他的父母张大了嘴巴，口里的酥油茶差点喷出来。在他们的心中，日月星辰都是神灵的化身，一切变化都是由神来感召的。他们瞪大了双眼，不停地向着神灵赔罪。罪过啊，这是一种亵渎！这不是让他们儿子远离神的庇佑吗？！第二日，他们便给吴夫子背来一袋糌粑，带了格登回家。吴夫子也不介意，只是静静地看着他们把格登带了出去。

他们虽知吴夫子是英雄的后人，却还是无法接受他对格登的教化。之后，格登再也没有来过了，但我们还是时常去找他玩耍。

周妈拉着我进了吴夫子府的大门，说："夫子，又劳烦你了。看了也没什么毛病，就是不开口。"

"听说了。上月杨管家拿东西来，还说过此事。"吴夫子边说边走到西屋，问我，"重华，你把那《将军令》读一遍？"

我手中拿着书，上面的字看在眼里如春风和煦，而要让我读，我的喉咙却堵得发慌，脸都憋红了。

最后，吴夫子把我不愿说话的缘由归为心思过细，累而成疾。

此后，他向我发问，只问我是与不是，我只需点头、摇头即可。而这些，丝毫也没影响我在学堂对着房梁大声欢笑。我的笑声告诉他们，我的喉咙是可以发出声音的。夫子说得极对，我的心是太过于细密了，知道了一些我本不该知晓的东西。

一粒仇恨的种子已悄然在我心底发了细芽……

这里的春总是有些孩子气。早晨雨点里夹些冰丝一样的雪，中午就说不定晒得满脸出油。桃花水流淌，万物都开始萌发，吴夫子也开始咳嗽了。他儿子来信说让他去灌县住段时间，希望湿润的空气能润润他的喉咙，但吴夫子坚决不去。他说，去过多次了，老了，不想折腾了，只想安静地在这城里过平静的生活。

年轻时，夫子就曾到过灌县几次，他有几位亲戚也都在那里谋事。那一路的颠簸啊，"三垴九坪十八关，一锣一鼓上松潘"，也倒是看足了一路的风景。就近一次去时，正是秋季，松州都开始飘雪了，吴夫子带了夫人准备去看望刚生产了的儿媳妇。待走到叠溪镇住下时，两人掌灯一看，篮子里装的鸡蛋已有了血丝，无奈只得把鸡蛋交与店家，后来听说有十余只小鸡出了壳。直到现在吴夫子还笑着对他夫人说，两人是一提孙子就犯傻的糊涂虫！心里只惦记着带些鸡蛋去给儿媳补身子，却不想这一路下去气候越发热起来，鸡蛋都该臭了！进了玉垒山葱茏的屏障，夫妇二人早已耗尽了力气，加之天气潮湿闷热，患了疾病，反倒给儿子一家添了许多麻烦。吴夫子歇了几日，便开始在灌县西街四处闲逛。那街上十分热闹，八方商客汇集此处，街上人来人往，倒也碰到了好些熟人，后来回家，松州早已是大雪纷飞，想到灌县此时应该还穿着薄衫，真正是让他感怀天地之大、万物有道。

他时常对我们说，灌县的气候是很舒适，只是苦夏让他难熬，倒是这松州的碧空，能让他有归宿、有安宁。

我倒想去看看，可父亲老是没有时间顾及我，何况，那晚后，我也不再是我了……

见我们下了课，早已等在路上的格登说："我们去挖蕨麻吧！"

我小跑着，躲过跟随我的喜鹊，和他们上了山。

山坡上的草皮已泛起了绿。格登说："再等等。"好一会儿，格登说："跟我来。"

坡上，散放着几只浑身黝黑的猪，只见格登轰跑那些猪，便在它们拱过的土里翻找着，一会儿，便弄出了许多的蕨麻。他说，猪也闻到了地里蕨麻的香气，便会将土拱开，这样，我们也不用费力挖了，运气好，还会找到一些田鼠的洞，这个季节，洞中肯定堆满了蕨麻。格登打开他宽宽的绸带，将蕨麻绑在身上，邀我们到他家中吃蕨麻。

格登的家很偏僻，在北郊的一个山脚下，那甚至不能说是一个家，那只是一个贴满了疤的帐篷。见我们来了，他的阿妈有些羞涩，又有些不安，局促地让我们坐下，给我们倒上不知道熬了多少遍的茶。格登说，他家第一次来我们这样的少爷。我看看这个帐篷，里面一侧铺着些干草，放了些毛毡，那是睡觉的地方？我很吃惊，还有这样破落的家吗？火塘里燃烧的牛粪不大干，散出的烟让我喉咙发紧。我逃也似的跑掉了！我害怕见到这样的苍凉！我的心开始发酸。

后面的格登喊着："唉，唉……"

我没有想过，我的离开只是我和他无法再成为朋友的小小开端而已。

回到家中，门外的灯笼已经点亮了，两只石狮子被灯照得昏黄。母亲依旧坐在灯下看着书，周妈在一旁做着针线。

喜鹊提着茶壶换茶，见我进来也不搭理我，看来她是被母亲训斥了。铜桌上温着饭菜。周妈递来帕子低声对我说："少爷，疯哪儿去了。你母亲可担心哪！肚子饿了吧？"

我将袋里的蕨麻交给了周妈。周妈看了看说："呜，挺大个啊！明日炖鸡用得着！吃过了？"我看看母亲，她并没有说话，好像根本没有发现我回来。嗯，她就该如此！

我上前站在母亲前面，晃晃我在灯下的影子，告诉她，我回来了。

她终于看见我了。

"嗯，瞧你衣服上的泥，往后可不要再躲着喜鹊偷偷儿跑了，跑一次，我便罚她一次。"

我随手递给喜鹊桃片，她不要，随手扔给了我。我又给她一片，这次，我给她塞到了嘴里。

扑哧，大家都笑了！周妈说："喜鹊，快给少爷打水啊，洗洗休息。他也给你吃了糖了，再气可就对不起那桃片了。"

她笑着瞪了瞪我，然后就端了铜盆去打水。我径直上了楼。

喜鹊边拧帕子边说："少爷，你就不能让人省点心！太太罚我擦三日的地板！

我看还是换人来伺候你吧，我倒愿意去扫地挑水！遇到不省事的主，我快让人笑话死了。现在话也不说，你到底怎么了，啊，怎么了？"她边说边俯身用她那杏眼看着我给我擦脸。我蹬了鞋就直接躺到了床上，侧了身。喜鹊拉过我，她的辫子扫在我鼻子上，让我打了几个喷嚏。我拉着她长长的辫子闻了起来。

她打着我的手说："干吗，不学好！快放开！"这个比我大好几岁的丫头红了脸，拉过辫子急忙端了盆出去。记得打我懂事起，家里就买了喜鹊来。有年冬天，一个老婆子带着一个小丫头在戏楼边坐着，老婆子逢人就问买丫头不。刚好母亲那日出门略站了站，看那小丫头穿着一身破旧的薄棉衣，不停地哭，刚要上轿，春香院的老鸨就说愿意买下那丫头。母亲皱了皱眉，给周妈叮嘱几句，周妈就叫了一个伙计给了那老婆子一些钱，赶紧拉着小丫头走了。回府后，小丫头便到我母亲那儿谢恩。她说那老婆子不是她家人。她家乡出盐巴，只是日子实在过不下去了，一家人才跟了马帮一路到了这儿，不想路遇土匪，父母都死了，她是被母亲压在身下才保住了命。后来遇到了这婆子，这婆子便想着卖掉她。幸好遇到了母亲，不然此生就要万劫不复了，还夸说母亲是菩萨。大家都说，好伶俐的姑娘啊，又讨喜，就叫你喜鹊吧！母亲见她眉清目秀，还识得些字，便没让她做粗活，专门让她平日里伺候我。

她真愿意去挑水？府里的丫头就数她的手指最白净、最纤细，比别人府里的小姐还要金贵些。何况，我待她是极好的。平日里得到一件东西，便想着要给她尝尝、瞧瞧，如同姐姐一般。有次，傍晚，夏雨初晴，天边一朵朵彩霞让一切都有了光辉，喜鹊突然望着天对我说："其实，我叫红霞啊。母亲说我是傍晚生的，那天天空应该就是这样的吧。我有点想家了。我们那儿'山小牛屎多，街短牛肉多，河小盐船多，路窄轿子多'。好想吃牛肉片！"听罢，我便让周妈拌了一大盘的牛肉片给她吃。她当时还哭着说，跟对了主儿。怎么今天又成了我不学好了？

女人大概就是这样，父亲说过，女人就同这松州的天气一样让人忽冷忽热。我突然想起那张戴着面纱的纯净的脸，她一定不会这样的！想着想着，就看到外面透进了清清的月光，这让我的心平静了很多。"母亲！"我大喊一声。然后喜鹊披着衣服急忙跑进来说："少爷，你喊什么？梦魇了？"我又闭眼不言。喜鹊踌躇片刻，我便听到她关门走了出去，隔壁传来她轻微的咳嗽声。我又睁开眼睛，看到月光渐渐洒到我的床上来……

9

茶

命劫

白姆折断指尖的指甲，手指在床头扳得渗出了血，拼了所有的力气，她将那孩子在午夜的时候生了出来。孩子没有哭，小小的猫崽儿一般。就在大家都舒了口气的时候，却看到鲜血如同瓢泼一般将白姆的床单浸染，一大片，又顺着床沿滴到地板上。

白姆说："好……冷。"眼角流下两行清泪，她许是知道自己要走了。这一生，她都在和药丸抗争，想要维护爱情，却又不知如何才能相爱。白姆也不曾料想那些药丸所积累的罪孽是要她的鲜血来清偿的。

泽央已泣不成声。她知道，女人啊，生产就是过鬼门关。这一关，白姆过不去了。请来的医者也摇头说："罪孽啊！之前服用的那些药丸已经将她的身子弄得如朽木一样了！老夫人节哀。"

一切来得是这样突然，泽央不会想到在这双份的喜悦之后是沉重的悲哀。那努轰然把门帘掀开：血，一地的鲜红。他有些动情地拉起白姆的手在她耳边呼唤着她，这毕竟是他的妻。有那么一瞬，他感觉自己是用了真心爱过她的，所有的过往都在脑海里浮现着：他们的新婚，他和仲噶，恨和爱……此刻，都走开了。窗外下起了大雪。雪一片片，将天和地都盖了起来。惩罚吗？可能是吧！那努越来越相信格木的阴魂肯定一直都跟着！他在惩罚他！让他的女人都离开了他。

血的红和雪的白，多美妙的搭配啊！欢喜与悲哀同时将德庆府整个掀翻了！

白姆的葬礼在五天后举行。熊熊的火光把周围的人和雪都要融掉了。喇嘛们念经的声音随着飞雪四处散开，白白的空中飞过几只黑影。泽央说："我要走了!"她取下了周身的饰物,褪去了华服,穿了一件牛皮围裙,拿着一双木板走到那努面前。

她要去朝圣,去洗清所有的罪孽。这几百年来,她也算是松州贵族中亲自朝圣的第一人!她真的就这样放下了身份,放下了所有的一切!

漫天的飞雪夹着火葬的烟灰为她送行。人们就那样默默地注视着她略微佝偻的背影,直到那背影变成一个黑点消失,大家才明白过来,或许,这就是永别了。伺候泽央的老仆人跪在雪地里久久不愿起身,她从小便跟着泽央,和她一起看尽了沧桑,她也明白,此生,真的不会再见了。葬礼结束,人群散尽,她就那样一直跪着,直到生命耗尽,成了一尊雪白的雕像。

葬礼结束回到府中,吉桑就匆忙在那努耳边说着什么。那努的脸立即就变得青黑,一拳砸在墙上。一个月前他在城中谈妥一笔生意,将一批药材运往灌县,可是中途却让人给劫走了,马匹和商队伤亡惨重。常年来往此路,各处关堡对他的商队也应是知晓的,不知为何又生变故。那努为了这次买卖,几乎耗了大半家财。

幸与不幸接踵而至!

一个月了,那努都在夜里感觉有人在呼唤自己。那声音就像是从一个幽深的山谷传来的。下人们总听见他一个人在那里喃喃自语。大家都议论他是不是疯了。可他除了自语和沉默,与常人无异。下人们都嘀咕,看不出他还是个情种!夫人的死,对他打击太大。可是,他们不会知道那努心底的悲怆:自卑、高傲、恐惧……

他生来就是矛盾的。

这矛盾折磨着他,他开始失眠。

睡不着的时候,他就在府里四处游荡,游魂一般。好几次他都把巡夜的下人吓得不敢出来。他四处游走,不知道在寻找着什么。白天的时候,他便把自己关在房中,下人送来什么便吃什么。

头十天,大家只觉得他还未从悲痛中醒来,又过了十天,大家觉得一定有魔鬼在官寨里作怪。吉桑请来法师,在府中跳起驱魔的舞蹈。混沌的桑烟里,法师戴着奇异的面具,一手挥舞着一根小腿骨做成的法号,一手拿着金刚杵,跳起来的时候仿佛地面也跟着颤抖。大家都躲在房中不敢出来,阴霾的天气更是为此添了几分诡异。不知道过了多久，法师的影子在火光中开始摇摆，并向火中抛撒着混合着糌粑的物品。汗水从厚重的面具下流出来，突然他大叫一声："呀！"然后，告诉众人，魔鬼已经被他收服了，德庆府太平了！

当夜，人们还是看到那努在四处游荡。反正魔鬼已经不在了，大家也就不害怕了。随他怎么走吧！也不知那努的心受了魔鬼多少折磨，某一日清晨，大家惊讶地发现他居然坐在会客厅喝茶，大口嚼着奶渣和酥油饼。只见他胡子许久没有刮过，黑色的影子一直延伸到两腮，头发也四散着，低头的时候，就像是只兽。刚进来的侍女吓得将手中的茶壶跌到了地上，发现是土司大人后，又急忙跪下，动也不敢动。

"给我梳洗。"那努说话了。

侍女吓得好像傻了一样，依旧趴在地上。那努只得吼道："给我梳洗！"侍女这才应声出去打了水进来，又用牛角梳仔细将那努打结的头发全部梳开——像一个人了！

那努擦掉嘴边的酥油饼渣，对早已等在旁边的吉桑说："你看，我是谁？"

"高贵无比的德庆土司！"

"我终于把自己找回来了！我是草原上的鹰！"

"老爷，你是德庆土司。"吉桑平静地说。作为没落贵族的管家，他最能窥见那最深沉的悲凉。

他顿了下又说："老爷，你不会不要这里的。菩萨把你带到这里，肯定是有安排的。"

"没错，吉桑。我是不会离开的。我要用鹰的方式来复苏属于德庆的土地。"

见吉桑一脸疑惑，那努又说："我只想做自己！做自己！你明白吗？我要这土地和土地上的人都忠诚于我！"

"老爷，我忠诚于德庆土司。"吉桑在试探。

"我就是德庆土司，我的孩子也会是！"那努的眼神里没有一丝欺瞒，他会让这片土地明白的。

现在，德庆府有三个孩子了。长子杰布，剩下的两个孩子在遭受这一连串的变故后连出生礼都没有举行过。那努甚至都没有好好看看他们、抱抱他们。白姆死后，这两个孩子出奇得安静，在奶娘怀里吃了就睡，那个猫崽儿一样的小少爷也终于活了下来，连最小的衣裳也能将他裹两圈。可是，无论如何，他活下来了。

云秀整日陪伴着杰布，杰布很依赖她，嘴里整日叫嚷着："秀，秀。"他也听惯了云秀晚上给他哼那些不属于他们民族的歌谣。吉桑时常去看杰布，下人都明白，他是去看云秀。

自从云秀来了，管家便也不去招惹别的女人了。这些女人不甘心，私下里都说云秀肯定是给吉桑施展了什么魔法，汉人也是有招数的。厨娘在云秀的糌粑里换了点灯的酥油，或是有人在她的茶水里放上一把盐，更有甚者把她刚晾干的衣服又泼上水……

云秀不在乎，她只在乎能继续活下去。这是老天爷给她的机会，她把杰布也当成自己的孩子爱怜着。杰布这孩子，长得很壮实，圆滚滚的胳膊，一双明亮的黑眼睛老是在廊上寻找着。云秀观察了许久，才发现他是在看那壁上的画。这些画色彩艳丽，其中有人物也有动物，还有菩萨。杰布天生似乎就对颜色有一种特殊的情怀。别的孩子会对一个人偶或者吃的东西充满期待，而杰布却特别喜欢一个人对着一朵花或对着那些画喃喃自语，从清晨到日落，他都不会感到倦怠。

云秀心里充满了对菩萨的感激，可是杰布太好带，以至于面对空闲的时间，她有些不知所措。生活发生了翻天覆地的变化。每天什么也不用干，便有其他下人把一切都备好，她每天只需要照顾好杰布而已。这里的生活，有她想也想不到的富庶和胆战心惊的残忍。每日主子们的饭菜都种类繁多，甚至还有红酒。有点脸面的下人过的都是在城中的少爷小姐的生活。而那些府外的奴隶，就和牲口没有任何区别了。有一次，云秀带着杰布逛到官寨的广场上，正赶上行刑人在剥一个奴隶的皮。行刑人用一把小弯刀在那可怜人的背脊上从上至下一划，然后熟练地将皮分成了两半：从背部两侧展开——一只血淋淋的蝶。而那奴隶在惨叫后，再也没有醒来。一连几天，云秀都在半夜惊醒。她曾听说过奴隶比牲口都不如，却从没见过这样的场面，这哪里是人该遭受的！这个德庆府建造得金碧辉煌，对面则是奴隶们居住的低矮的石头和土堆积的房子，他们没日没夜地干着活，生来就是为了给德庆府当牲口的，死了也是属于这里的鬼魂，就这样世世代代、生生死死。一边是天堂，一边就是炼狱！此后，云秀更是在府中谨言慎行。

这天，吉桑又来找云秀了。云秀正在平台上绣着鞋垫，旁边的杰布坐在地上，手中把玩着一只绣好了的鞋垫。吉桑说："杰布少爷，给我吧。"说着将杰布手里的鞋垫拿了去，只见上面绣了朵红牡丹。"手艺真好！"他说着就将那只鞋垫塞到了怀里，然后又说，"过几天，要给那两个孩子取名字了。"

"都是没娘的，可怜啊。"云秀低头说着。

"等大了还是要你来管如何？那你在这府里的地位……"

"你饶了我吧。我还想多活些日子。我带好杰布少爷便可以了。"然后又转过身看着鞋垫。

吉桑有些没趣，又走到院中，一个仆人对他说，老爷在找他。于是吉桑上楼来到客厅，那努正在窗前站着，见他进来便说："尕济活佛回来了。下个月，他来府中，给龙凤胎取名，也为德庆府祈福。"

吉桑不搭话。那努又问："库里还有多少钱、多少粮食？"

"不够上下过年。"

"想想办法……趁这次，让大家看看，德庆府不会垮！"那努好像在自语。其实他也不清楚，现在要去哪里寻这一大笔开销。向各路头人征收？摆明了告诉大家德庆府没钱了，是空心的。何况秋季已征收过一次，没有理由再征收，并且，那些个头人这些年对德庆府很是不满，不会那样乖乖地听话了。为此，那努十分烦恼，吉桑沉默着，他只想做好一个奴才，顺便看看他的主子有什么理由让他继续死心塌地。

过了几日，"沁芳号"的许元芳又来到了德庆府，还带来了一幅画。画中一只无尾的猛虎踩在松柏上，许元芳告诉那努这画乃北宋李公麟所绘，年代久远，是不可多得的珍品。他早年间在江南偶尔得到，视如珍宝，轻易不示人。那努说："许老爷只怕是送错了人。对于骑马喝酒我还可以和你较量，说到字画，我是一窍不通！也没那闲工夫鉴赏！"许元芳听了又说："土司大人，可在为那些货烦恼？"那努听了吃惊道："你知道了？"

"我有探子说这事和一个你认识的人脱不了干系。我的人亲眼见过那人和英国人有来往。劫你的人并不是寻常路数，就是专门消你气焰的。"

"明白了，怪不得查了许久也没眉目。索康府吃了豹子胆！"那努怒目说道。

"我看未必！索康府过了明处，不会再这样背后捅刀。况且，我与他有些交往，他也不像那种睚眦必报的人。我的人说还没摸清路数。"

"哦，我……"那努还要说什么，就被许元芳打断了。许元芳说："此次，我是给土司大人送财神来了！"

说到钱，那努浑浊的眼睛明亮了一些，但又故作镇定。许元芳说："有一笔买卖，丝毫不费功夫。成败都只在于天、在于地。大人听说过鸦片吧？"

那努心中一惊，他知道，而且知道这个东西能让人飘飘欲仙，也能让人生不如死。只要吸了那黑乎乎的东西，便是把命卖给了魔鬼。那努踌躇着说："我不运鸦片！"

"不要你运！我只给你种子！"

"种子？"

"对，罂粟花的种子。"

"这和鸦片有什么关系？"

"你们用青稞磨出的是糌粑，罂粟花里开出的就是鸦片！"

"……"

"一粒粒种下去，收回来的可以是金子！你看这画。"许元芳将那努带到画旁说道，"这画上的猛虎立于岩壁苍劲的松枝上，气势蓬勃，远望四周，白雪皑皑，一片大好江山都在眼底，你绝不会只是草原上的苍鹰，你是雄霸一方的猛兽！"他很清楚那努现在的处境，因此用十分肯定的目光看着那努。

果然，那努咬牙说："好！"

许元芳大笑着说："爽快！只是我还是要理清楚。那么些土司和头人为何我单找了你？不但是你我交情在此，更重要的是，你的辖地极适合种这个，并且，加工起来也很方便——不会有人来打扰！我从来不做折本的买卖！我先给你钱，等收后再细算。如何？无本的大买卖！"

"好！"

那努不知道，他的决定带给了这片土地一片殷红的花色，斑斑的血痕。

10

花

萍聚

父亲回来了。

他刚进大门，喜鹊就告诉了我，我害怕见到他，便躲到客厅的屏风后面。

"老爷，少爷他在……"不等喜鹊说完，父亲就进了客厅去找母亲。这次回来，我见他的脸色红润了不少，从进门到坐下，连眼里都是笑着的。我听见他对母亲说："我们梁府又要发达了。我和那些会首商量好了，今年的虫草、贝母、鹿茸、皮货都能让我们狠狠赚上一笔。"他喝了一大口茶，又继续说道："与你商量一下，这城中户户有花红树，户户种牡丹、种花草，但都不如我们府上这般有气息。我呢，想办个牡丹花红会，将各会首、富商都请来聚聚。一来聚些人气；二来也让重华见见世面，府里热闹热闹；三来，这三来嘛……"父亲低头喝着茶，对周妈说："再去熬点新鲜的来！"周妈立即去换茶。

"三来什么？"

"三来，我，我要让他们兄妹回来。"

"你不怕议论了？"

"就说收义子。重华不也病了嘛，就说给他做伴、解闷儿！"

"前两条怕是不重要，这第三条才是……"

"当然，没人能撼动你的地位！你依旧是我梁江生的夫人。她如今也同意让孩子回来了。央金说了，她不会进梁府的门，你就是他们唯一的母亲！这已是不容易了，我也觉得亏欠得很，自她生下这龙凤胎，也没享过我梁府的福！你看重华现在的样子，再看这家业，我总不至于让这些落在外人手里！何况，他们兄妹自小就被送去灌县，孤儿一般养着。我虽常在路上，但一年也难得去看看他们，心中也很愧疚！"

"……"

"我也知道你不喜见人，那日，你也不必迎客的。"

"……"

"如何，你说句话啊？"

"既然你都决定好了，就不要说商量。"母亲的语气很平静。

"那好。喏，我再到街上各处看看，晚饭不用等我。"

母亲无话。

待父亲走出去，我才从屏风后走了出来。母亲笑着对我说："重华，你躲那儿听到了？你要有弟弟妹妹了。以后，有人陪你玩儿，啊。"那笑让我发冷。我突然想起，母亲对父亲说，他是有儿子的，是啊，他有儿子。

周妈走了进来，诺诺地说："太太，这，怎么……？"

"无妨。让人将重华对面的房子收拾下，再准备些被褥器具，下月初，人就来。"

"哎，哎。"周妈边小声答应边退了出去。

这几日，府里比过年还热闹。

父亲专门借来了索康土司的厨子，这还不够，又从灌县请了两个厨子，府上就成了厨师们大展身手的地方。饮食一律清真，一切餐具重新置办，府中上下焕然一新。下人们扫尘的扫尘，挂绸缎的挂绸缎……全都像陀螺一样转着。我也不闲着，有时到厨房里偷偷拿出点东西吃，有时又将换下来的幔子从阁楼里拖出来披在身上……直到喜鹊哭着喊："少爷，歇歇吧！你去看花，你去除草，就是不要这样折腾了。"说着，她就被幔子上的灰尘弄得打了好几个喷嚏。

嗯，我是该好好照看照看那些花的。

不论在哪里，家中随处都可见那牡丹。前年，母亲又叫人在院中种了很多牡丹，今年，牡丹们已顶着莲一般的花苞，就要绽开了。尤其是庭中最高的一株，据说是太爷爷种下的，长得比父亲还要高大许多，花开得最大，香味也最浓郁。母亲除了特别擅长种花草，还喜欢调制些花露和香料，还会把一些花做成各种吃食。母亲用这株牡丹上的花瓣做成的牡丹糕和牡丹酱滋味也是最好的，吃过后，嘴里身上都留有牡丹的香气，一连几天都不会散去。

傍晚，我正和喜鹊在花红树下吃着糕，就见父亲和杨管家领了两个孩子进来。男孩穿着绸褂，比我矮了半个头，女孩粉嘟嘟的小脸，躲在父亲身后。我心想，是他们来了，父亲的孩子。

　　"来，重华，你过来下，见见你弟弟妹妹。"父亲向我招着手。然后，将身后的女孩拉到了前面，并摸着男孩的头说："鸣儿，月儿，这是哥哥重华，以后，这里便是你们的家。"

　　他们都有着好看的眼睛，和他们的父母都不一样，皮肤也被那灌县的雾气调养得很白净。男孩的脸还更白些，和戏台上的小白脸很像。我就站着看他们，递给他们每人一块糕。

　　"大少爷很有气度嘛，知道照顾弟弟妹妹。"杨管家说道。他倒是很会说话，我现在是大少爷了，还有个二少爷，有个三小姐。我不是大度，只是觉得这本该就是他们的。可那叫鸣儿的二少爷却并不领情嘛，把我给他的糕扔在了地上。父亲有些得意地揽过他的肩，他终于可以理直气壮了！旁边叫月儿的女孩，哦，不，现在应该是三小姐，奶气地说："哥哥，你吃呀，好吃。谢谢重华哥哥。"

　　"月儿很懂事啊，来，父亲抱抱。"她便坐在了父亲厚实的膀子上，高高看着站着的我。父亲带着他们进去了。一阵风吹来，我被迷了眼睛。喜鹊在一旁说："少爷，别太伤心。"我不伤心，我是被风吹的。

　　晚饭的时候，母亲问父亲他们能习惯住在松州不。父亲说："虽没长在这里，但也时常能吃到这里的东西。照顾他们的王妈就是松州人，只是月儿自小身体就很弱，多加注意就行了。鸣儿自小虽上了学，但缺乏管教，脾气有些乖张，但也是可以调教的。回头再给他们添些四季的衣裳，带来的衣裳太单薄了点。"

　　"这不好吃，我要吃凉虾！"鸣儿吐出一大口饭菜在桌上，吵闹着，差点没把桌子掀翻，月儿在旁边捂着耳朵看着他。父亲摔了筷子，大声训斥起来，母亲则给周妈说了几句。不一会儿，周妈就端来一碗红糖凉虾。

　　"这……"

　　"你忘记了牡丹花红会？厨子还少？"

　　"是了，是了，这段时间我梁府是要什么有什么啊！"父亲又大笑起来。

　　吃罢，父亲便带着他们兄妹去城楼各处逛逛，此时，月明灯红，倒也有些情趣。我只拉了喜鹊跑到了西郊映月桥边，一弯淡淡的月在水中若隐若现。我与她坐在河边的石头上。远处，传来了清晰的捣衣声，一下又一下，捣得人发慌！

　　"啊！"我大喊一声。喜鹊被我吓得跌了下去。

"少爷，难受就说出来。这样，我害怕啊！"

"……"

我向河心扔着石块，将那月亮打得很碎，很碎……

课后回来，我见月儿正跟在母亲旁边，拉着母亲问这问那。

"母亲，这是什么花？"

"金丝莲。"

"这呢？"

"薛涛的素仙花。"

"母亲，这是什么树？"

"花红树。"

"并不红啊。"

"花红是这雪山上的仙女变出来的。"

"我喜欢花红，你给我摘朵戴嘛。"

母亲摘下一朵，别在月儿的耳边。月儿笑着，母亲也露出了难见的笑容。

俨然一幅融融的母女图！

母亲是该有个女儿来做伴的，我为她高兴。

见了我，月儿远远就喊："重华哥哥！"

我心里被她暖暖的声音惊了一下，然后就走了过去。

"重华哥哥是哑巴？"

"少爷不是哑巴！"喜鹊涨红了脸争辩着。

"不是，他愿意说的话，还是会说的。月儿，记住，重华是个好哥哥。"

"嗯，月儿记住了。"

这极度需要母爱的小家伙倒是和母亲十分投缘，几日便似从母亲肚里生出的一般亲近。

这时，父亲也拉着鸣儿走了过来。父亲笑着看着母亲，对她的表现极为满意。鸣儿则气呼呼地瞪着月儿，月儿被他吓得不敢出声，躲在母亲身后。鸣儿上前一步，用力将月儿拉过来推倒在地上，扯掉她头上的花红花。月儿大哭起来。"鸣儿，你干什么？！"父亲厉声喝问。

"你这个坏女人！让我们不能回家，你……"鸣儿大喊着，眼中的火像要把母亲烧掉。

我急忙把月儿拉起来，将她背在我背上，转身走掉。不知道为什么，那一瞬，我只想呵护她，我无法用语言来表达我的疼惜，我用手紧紧抱住她的臂弯说："放心，哥哥在！"

母亲嘴角露着笑，轻轻地拍了拍父亲的肩膀便也走开了，像是提醒，也像是安慰。

鸣儿握紧拳头大喊："还我妹妹！"

我让喜鹊给月儿摘了许多花，编成花环戴在头上。她又笑了。她笑起来的眼睛真是好看。我多想告诉她，她母亲没死，是央金，一个十分妖娆的女人。但我知道，我不能说出来，不能，这就是梁家人要背负的命运。

"我喜欢你这样的哥哥，鸣哥哥好凶！"

我摸着她的头，突然又想起北寺的女孩，我真想带月儿去看看她啊。

夜里，雨点像豆子一样撒在地上。窗户上闪过电光，接着又是隆隆的雷声，我无比亢奋，推窗看着沉沉的夜，任由风带着雨点打进来。

"少爷，你疯了！"喜鹊走进来将窗拉上，就又有人推门跑了进来。喜鹊摸着心口说："不睡，都干吗呀，吓死人了。"原来是月儿。她一进来就钻到了我的被子里，说自己害怕打雷，要我陪着。

"你是女孩！"喜鹊向她表明不能与我共眠。

"我是妹妹！亲亲的妹妹！"这稚嫩的话倒是让喜鹊无可奈何，只得将她的被褥抱到了我的床上。我历来不喜睡觉时有人在旁边，不过，她此刻在这里，我心中倒是多了几分平静。我心想，凭空又多出了一个让人怜爱的妹妹，一个让人无法捉摸的弟弟，也是看戏一样热闹了。一会儿，旁边传来了月儿舒缓的呼吸，我的眼皮也沉了，我们听着雷声，入了梦。

梦里，有人穿了一身素衣向我奔来，虽看不清面目，但我知道，那是母亲。她纤细柔滑的手拉起我，带我轻盈地飞起来。脚下，是一片片绿得发慌的海子，我们一起飞到那湖面上轻轻点一下，然后又飞向另一个海子。那些被我们点过的海子上开出了一朵朵花，花里飘出一朵朵云彩，将我裹住，我像褓褓里的婴儿一样被她抱在了怀里……

真好，这样轻柔的梦啊。

这些天，下人们像吃了鸦片一样亢奋。也是，父亲说，府中从来没有办过一件喜事，就连娶我母亲时也没有。所以，大家都要拼了全力来办好这梁府的第一件喜事。

松州虽处高原边塞，但却自古就是各路商家汇集之处，因此，要寻些稀奇食料也非难事。老早，杨管家就派人买了一些东西，并称保证不丢了梁府的脸面。城中富商和会首都收到鎏金的帖子，一些要好的土司和头人也会一起来游园。父亲央求母亲将那酿好了的牡丹花红酒拿出一些品尝，但母亲坚决不肯，父亲求了半日，母亲也只同意做些牡丹糕让大家一起品尝。

子夜，府中便点亮了灯，照得如白昼一般。我迷迷糊糊地听到后院碗碟的碰撞声、洗刷声，又翻身沉沉睡去。

当那日头刚把岷山顶上的薄雾穿过，喜鹊便和周妈来叫我起床。给我穿了一件新做的枣红的绸衫和蓝色的裤子。喜鹊细细给我梳好了头，周妈嘱咐我今日一定要好好争脸，但她又摇摇头说："哎呀，说话倒成了问题。我看你还是站在旁边算了，人多，我也不会顾及你。"

我想，脸有什么好去争的，我有脸，就在我脸上，为什么还要去争！

早饭刚过，客人们就陆续来了。我在人堆里吃着东西，拉着月儿穿来穿去。先进门的是索康土司和他的夫人。索康土司挺着圆圆的肚皮，嵌满玛瑙的腰带只能在大腿附近挂着，他的夫人倒是十分可爱，浑身都是年轻女人该有的样子。她头上戴着一圈别致的玛瑙和珊瑚，下面坠着些珍珠，细长的身材，衬着麦色的皮肤，很是婀娜。据说，这是索康土司的第十一个老婆。而且，她起初还是拉巴头人的第八个老婆。在某次宴会上，这位美貌的女子扰了这位土司大人的心，拉巴头人只得将她送给了索康土司。这女子为他换来了三百头牦牛、几十名奴隶，这笔买卖很划算！

华丽的地毯上放着几个铜盆，盆里升起桑烟，穿过烟雾的父亲向索康土司献上了如玉的哈达。

"扎西德勒，土司大人。"父亲大笑着说道。

"扎西德勒，梁老板。你门口的石狮子好气派！"

"哪里比得上你那银子打的官寨。你那石头缝里都是黄金！"

"这还多亏你呀，哈哈。"树上的花瓣都震了一震！索康土司的笑声也有点儿太豪迈了。

"来来，上座。"父亲将他们迎进来，仆人们就陆续倒上了醇香的茶。

杨管家传话，拉巴头人也到了。

父亲还未走到门口，拉巴头人洪钟般的声音就传了进来。

"啊哈！梁府气派啊！扎西德勒！"

"拉巴头人的喉咙还是如狮子一样刚健啊，啊，扎西德勒！"

"这是我的小儿子普琼。"拉巴头人指指在一旁玩耍的孩子说。

"小少爷啊，欢迎啊。请进。"

父亲和拉巴头人依次坐下，索康土司夫人和那位普琼少爷则在园中赏花。

不一会儿，八方宾客都聚齐了：灌县的方老板、闻老板，陕甘的会首，青海、西藏的会首，县内的富商，可谓是人才和钱财的一次盛大的聚会。独独没有官府的人。

"他还敢来？比不得从前了啊！"拉巴头人挽了挽袖子说。

"我也不过是应景喊喊他。这是为何？"

"他还以为是以前哪！还想从那茶叶里抠油水出来！天是要变了的。"索康土司说。

"变了好啊！"父亲说。

"好？好。"拉巴头人这话让人难以捉摸。

大家依次坐在长长的桌旁，桌上雕花的银盘、带把手的银杯、小巧的银碗，都在晴空下闪着特有的光芒。

父亲捋捋嗓子，站起来款款说道："今日游园，只为和各位一聚，感谢各位多年来对梁某的深情厚谊。在此，我还要公布一件大事，府中子嗣单薄，多年前，我夫人怕我时常在外无人照料，特在灌县给我置了一妾，无奈妾侍命薄得很，生下龙凤胎便撒手而去。都说那龙凤胎难养，便问了算命的，说要在灌县养上几年才能回松州，保平安。前几日，我便把兄妹二人接了回来。"说着，父亲便将打扮一新的兄妹拉到前方："这个是哥哥，叫梁鸣川，妹妹叫梁月川。今日，我梁府儿女终于团聚了！"父亲说着举起酒杯，众人也举杯恭贺着。

妾侍所生！不知母亲听后心中有何感受！

"原来梁老板藏娇多年！是何等美人能入梁府？"索康土司笑道。

"只是一妾而已。男人在外嘛，你懂……哈哈，只是命太薄，也苦了这两个孩子了。"父亲边喝酒边说。

"看来梁老板也是情种啊！"拉巴头人大笑起来。

"此番，就请各位尽情畅饮！"父亲说着便示意管家上菜。

"梁老板，听闻夫人是难见的美人，今日为何不露面啊，莫不是嫌我们俗气?"有人又问起了我母亲。

"可不是嫌我们俗气嘛!她一心成了花匠。这园中花草她都亲手栽培,那境界,还是不要去讨嫌了。再者平日又多病,这不,她特意做了些糕点款待各位,也让我代她说,烦请各位就饶了她吧!怠慢了!只请各位尝尝糕点,念她的好!"说完,大家都笑了起来。

下人端来几盘糕点,那晶莹剔透的糕点上隐约可见丝丝牡丹的花瓣,让人不忍咬下,嗅之,有淡淡的花香。

索康土司夫人拿起一块,轻轻咬下,细细尝了说道:"这个,多年前曾在德庆府吃过。我还想着要向德庆府的夫人讨教,谁知……只是那味道还要馨香些。不知梁夫人是在哪里学了这个,可否请她教教我,解解馋?"

"不过是个糕点,夫人什么没吃过,就不要谦虚了。索康土司能给你做这样的一大筐来吃呢!"说罢,父亲和一干人又端杯大笑起来。我也吃着点心,是觉得没有平日里吃的馨香,总觉得少了什么滋味。

11

茶 无涯

　　吉日，官寨的大门敞开了。四周升腾起浓浓的烟雾。不知道的人还以为这里失火了。下人们又抬出地毯铺在初春的草地上。这一次，那努请来了所有的贵族和头人以及城中的富商。他要的就是张扬。

　　整个府邸勃发出一种全新的浓重色彩，衬着一望无际的蓝色天幕，更是光彩夺目。客人的马匹、车辆将垭口堵得水泄不通。每个人都想亲耳听听尕济活佛从拉萨带来了什么好消息，还想看看那努究竟要怎样，越好奇大家就越是显得兴高采烈又局促不安。

　　四处都是一派欢喜的样子。人群忽然涌动起来，有人一路小跑着说："活佛来了，活佛来了!"人们立即自动分到两边，手拿哈达，远远地可以看见一顶黄色的华盖，喇嘛们吹起了莽号，其中一个莽号是他们从来没有见过的，足要四个人抬着才能挪动，吹莽号的喇嘛已是大汗淋漓。可是，尕济活佛的脸却有些凝重，这种神情是不多见的。谁都知道尕济活佛是最慈悲、最仁爱的，对信众常常都是露出喜悦的神情，将佛的欢喜赐予这方土地。

　　而此番，他的眼睛都没有投向信众一点光芒，只是面无表情地由一个小喇嘛搀扶向前走着。人们怎么敢如此揣测神意呢？于是，又将疑虑拉回来拴好，继续像往常一样欢呼着，向空中抛撒着风马。

　　走入内院坐定后，尕济活佛说："我有些倦怠。还是先为孩子取名吧。"

　　那努脸上有些难堪，又有些愤怒，但还是说："是，请。"

　　"就在这里吧。"那努更疑惑，也显出一丝不快，但还是敛色让人把一干东西都搬来楼下，让麦麦把孩子也带了下来。活佛拿出一干法器，大家看到那个头盖骨制成的碗这次没有出现，那可是达达寺的圣物，也是身份的象征。他示意麦麦将小孩抱过来，让两个孩子相对坐躺在他的腿上，他用手臂扶住，然后用他的嘴唇轻轻点了点两个孩子的额头。

"女孩叫欧珠，男孩叫多布杰。"尕济活佛在冥想片刻后说道。接着，他又开始了沉默。跪谢后，两个孩子就被带了上去。最后，他说："尽情欢愉吧。我点的灯该灭了，回寺了。"在场的客人们耳语着，这让那努觉得没有脸面。可他还是恭敬弯腰表示着该有的敬意，然后目送尕济活佛走出官寨。

他决定改日一定要去达达寺请教一番。

此时，贺礼已将德庆府的两个仓都装满了，送来的牛羊也被人圈了起来。那努用洪亮的声音说："德庆府之前遭受变故，但蒙神灵保佑，孪生儿女平安降临。佛祖保佑，从此我德庆府永远昌盛安泰！"一时间，彩幡飞舞，一片祥和。

那新生的孩子啊，却在雕花的窗下不住地啼哭起来，麦麦用尽了方法，还是止不住他们的啼哭，他们也从来没有这样哭泣过。好像是今天才开始了真正的生命，才开始明白了为人的苦恼和痛楚。或者，是为了那些种子。

是的，那些种子已经播撒到德庆府的土地上了。

"我们的粮食怎么办？"吉桑问道。

"有钱还怕买不到粮食？"那努对吉桑说。

吉桑还是有些忧虑，他只明白，土地是不会欺骗人的，可是，都不种粮食了，他觉得无论如何都没法安心。他要的是丰收，粮食的丰收！一袋袋麦子和糌粑把一座座仓库装得满满当当，这样，他才觉得德庆府有了安全的保障。这些种子能带来什么呢？

在夏天的时候那些种子开花了。一片红色的海洋！从平地一直绵延到山坡上，一片又一片，把官寨也映成了红色，壮观极了。

大家都说，真美啊！风吹过，那些花就扬起绸缎一样的花瓣，随风荡起红色的波！

那努坐在楼上看近处的花海，他满意极了，然后，又拿起望远镜看远处的花海，寨子都让红色给淹没了。

许元芳派来的秃头正骑着马在红色的花海里巡视着。他的马打了几个喷嚏，是被这些花的气味给弄痒了。连秃头自己也开始揉起了鼻子，不得不说，这些花的品相还真是上乘。

官寨里到处都弥漫着这些花的气味，很多动物的鼻子在闻到这些气味后都着迷了。

先是一些闯入花丛的猪吃了那花，便开始发了疯，有的不住嚎叫，有的口吐白沫昏睡过去，一些鸡也在啄了那些花叶后摇摇摆摆地扑打着翅膀，脑袋时而耷拉时而直挺，着魔一般……

官寨里开始传唱一首歌谣：

　　　魔鬼的种子开了染红的花，雪山的泉水也无法洗涤啊，那染血的手。
　　　魔鬼的花开了啊，结的是黑色的果，那红的花啊，流血了，刺破了。
　　　红色的花啊，火焰燃烧着……

那努让人去调查歌谣的传唱者，吉桑告诉他是达达寺里传出来的，说是尕济活佛的预言。

于是那努亲自带了哈达和布施去达达寺拜访。可是寺里的人却说，他们再也不会接受德庆府的布施，尕济活佛也明确表示不再与德庆府的人来往了。德庆府还从来没有受过这样的侮辱，尕济活佛给的惩罚是种赤裸裸的挑战。

那努将那些布施依旧放在了达达寺的门口，并许诺，他依旧会像以前一样对神佛进行朝拜和布施。德庆府和尕济活佛的关系开始变得微妙起来。尕济活佛并不能阻止那努对佛的朝拜，也不能阻止他对金钱的信仰。

秋收的时候，那些花又丢开红瓣顶了一个个莲蓬似的头，用指甲一划，它们便会流出乳汁——浓稠的牛奶啊，让人看了很想吮吸。秃头说："那是让人开心的银子。"

的确，在把白色的乳汁收集好熬制成一块块黑色的膏子时，银子就装满了德庆府的仓库。甚至，还要修建几个新仓库用以堆放那些放不下的银子。管家也惊讶得好些天没睡踏实。他从来没见过德庆府有这么多的财富，连最辉煌的时候也不过是堆了三个仓库而已。他开始喜欢那些花了。

秋末的时候，德庆府就从别的土司那儿买回了大量的粮食，他们都抗拒不了银子那晃眼的色泽！大家纷纷将手里的粮食迫不及待地运到德庆府，一时间，连德庆府的墙缝里都塞满了麦子。

"你看！这就是有钱的好处！"那努得意地在长榻上舒展着双腿。除了赚钱，他几乎很少和孩子们在一起，也没再听说他和哪个女人有多余的交往。每每一起吃饭的时候，他就开始惊讶于孩子们的饭量，常常觉得他们还该是吃奶或者是吃糊糊的幼儿状态。他也不明白自己为什么会这样想。自从那接二连三的事情后，他发觉他的时间变慢了，与旁人格格不入，就连他的胡子仿佛都停止了生长，一直保持着该有的长度。只有脸上多出的几条皱纹，证明时间还是从他这里经过了的。

一日他又从梦中醒来，看到杰布正在窗外的廊下坐着，那背影好熟悉——仿佛看到了他少年时的影子！顿时他觉得心口开始疼痛。亲戚们也时常用探究的眼神看着官寨云起风落，想着未来的土司会是哪一个。大家心里想着一定要是白姆的孩子多布杰，只有他的血液才能滋润这个家族！而杰布，他只是一个酿酒师的女儿生的儿子。在每场家族的宴会里，他也只会安静地坐在角落，或者干脆走开，人们常常忽视他的存在。

一个酿酒师的女儿生下的孩子完全没有未来土司的气质！大家都是这样认为的。

但他是一个俊朗的少年，眸子里也总是流出亮亮的光彩，那直挺的鼻梁也像极了那努。他身上有种让人说不清楚的力量，幼年时丢失的奇遇让人们在谈论到他的时候不至于那么冷酷。对于神明他们还是无比虔诚的。

现在德庆府的银子已经多得让人惊讶，那努自己也不清楚到底要谁来继承这个家族才最妥当。多布杰这个孩子完全继承了白姆的优点，举手投足间都是贵族该有的风度，只是，或许是因为当初曲折的生产，这个孩子时常生病，心也太过于柔和，连骑马的颠簸也会吓得他小脸蜡黄。欧珠倒是个机灵的孩子，可惜，是个女孩。

那么，杰布呢？作为长子，最有资格作为继承人，来担负使命。可这究竟能给他带来什么？

等心口的疼痛平复下来，那努才又收回遐想。

这时，杰布走进来怯怯地说："阿爸，我……想和画师学画。"

"你是个少爷！"那努厉色道。

杰布见他这样，便立即不敢说话了。父亲于他不过是个称呼罢了。他早在下人们的耳语里明白了自己的地位和死去母亲的遭遇。他从没有想过成为一名土司，他只想好好过一种舒心随意的日子。他爱这松州的山山水水啊，每个季节，都是一幅诗意的画。画里的花开了又谢、谢了又开，窗前的山峦也在四季变幻着色彩。他发现能让它们永恒的办法就是画下来，将它们保存在纸张上、绢布上。他常去达达寺中转悠，因为那里有个喇嘛能将东西画得栩栩如生，还告诉他哪种石头磨的粉和别的东西搭配便会生出一种新的色彩。当他第一次偷偷跑到达达寺，看那喇嘛将一些粉末调和成各种颜色时，他就呆住了——竟然还可以有这样神奇的东西！

那些色彩在画笔的勾勒下，成为一朵朵鲜艳的花，一个个生动的脸和妖娆的曲线……

他简直着魔一般。

"你是德庆府的孩子。"一位堪布用肯定的语气说。

杰布转过脸，用一种模糊的眼神看着堪布。他刚在欣赏一幅年代久远的壁画，此时还未从那画里的故事中回过神来。

"你是杰布。尕济活佛给你取的名字。许久没有见过德庆府的人到达达寺里来了。"

"阿爸日日都礼佛的。"

"嗯，大人是虔诚的，只是……"

堪布没有说下去，然后说了句请少爷慢慢细看，便退出去了。

杰布回到官寨里的时候，那努他们已经开始用晚餐了，桌上用精美的餐具盛放着许多可口的食物。那努正拿着一个新得的玛瑙酒杯在灯下看着，然后说道："又去达达寺了？！那是个好地方！可也是个傲慢的地方。尕济活佛圆寂的时候，我们照样是按照礼数去的。可那堪布，却又把东西给放在了外面，你还要去讨没趣？画画？算了吧！"

欧珠端起桌上一杯葡萄酒喝了下去，那努立即笑道："可以啊，欧珠小姐！给你弟弟也尝尝！"欧珠又在杯中倒上酒递给多布杰，只一口，他就憋红了脸开始咳嗽。那努皱了皱眉，然后想让杰布试试，杰布却早已走开，回房间去了。那努不禁有些怅然。

对于这个家族，这样的人丁是有些单薄了，亲戚们早已私下展开了议论。白姆的宗亲更是对土司继承人的选择显示出非比寻常的关心。扎尔也常来官寨里走动，他说，白姆的表姐，那位远在印度的达拉最近要回来了。那努听白姆说起过，少女时达拉和扎尔到了印度，却在那里和一位英国人结了婚。最后，只有扎尔一人回来了。对于这个不顺从的女儿，他其实是厌恶的。

夏日里罂粟花又红了的时候，杰布远远看见从花海里走来一位打伞的时髦妇人。她像是从西洋的画册里走出来的，他在白姆留下的一张相片里见过这样的装扮。在她抬头的时候，杰布又发现那是一张似曾相识的脸。那妇人进门后，竟然吻了那努，然后又和大家陆续亲吻搂抱，弄得大家极为诧异，脸上都是尴尬的表情。

达拉回来了！

扎尔歪着嘴叹道："别丢人了！这是在德庆官寨！"达拉依旧满面春风，看来，多年的旅居生活是她喜欢的！

杰布不禁望着达拉的嘴唇发呆。他还没有见过红得这样纯粹的嘴唇，就像一颗发亮的宝石放在白皙的脸上。那红唇在杰布的额头狠狠留下一个唇印，说道："你也觉得我美吧！杰克也说喜欢我的嘴巴，不过他去见上帝了，真是让人伤感。"她成了个富有的寡妇。

她的做派让德庆府的孩子们都红了脸。扎尔说让那努许她留在官寨，她太思念白姆了，要多看看白姆住的地方。

那努太明白他的用意了，虽有犹豫，但还是默许了。

早晨，达拉起床便说睡的床不够软，让下人铺了足以让她陷下去的棉被，然后，又吵着要喝牛奶，还让带来的厨子烤起了面包，用采的野草莓做了果酱。

"我不喜欢她，阿爸。"欧珠的神情有些憎恨一般，"她身上的气味太浓了！"

"那是你母亲的姐姐。"那努说道。

在达拉端来红红的野草莓果酱后，那努用勺子挖起来尝了一下，脸上有了喜悦的神情。的确，达拉的一切都让那努觉得新鲜，他心里的火苗好似又要被点燃了。

围坐在雕花的红木桌旁，达拉每日都为他们讲述国外的情形。对于那些新奇的律法和事物，大家都感到十分惊异。达拉说，那里的一切让她体会到了自由，所有的事物都可以在那里得到迅速的发展。她不后悔走出去，"你们不知道，出去后才觉得没枉费了自己的一生！特别是女人。"杰布听到那些描述，被迷住了。想象着自己也能在蓝得像天空一样广袤的大海上，坐着巨大的船，听着浪涛向远方前行。他的眼中充满了对未知的渴求。

常常讲到最后，只有那努和杰布会用期待的眼神希望她再讲点什么，欧珠在听完后一脸鄙夷地走开，多布杰呆呆的，一脸茫然。

达拉带回了一张画像，据说是杰克请画师为她画的，上面的她笑靥如花，穿着华美的藏装，相比白姆多了几分艳丽。后面的背景是堂皇的洋房，两种风情的结合，让这幅画显得有些与众不同。那努坐在旁边喝着酒眯着眼，让人看不出他是在睡觉还是在看那画像。

杰布对那画简直着迷了，每日都嚷着拿出来看看。这又是一种与他所见的很相似的色彩。赤橙黄绿青蓝紫在画布上展开了激烈的碰撞，它们大胆地融合，又猛烈地对抗，光影之下，心灵又开启了一扇窗。一日晚餐的时候，杰布说："阿爸，我也想出去看看，到英国去，可以学画。"他眼神中满是渴求的星光和一种无畏的祈求。

那努口中的酥油茶差点喷出来，他开始大笑，多布杰和欧珠也笑了起来。这于他们是一个天大的笑话！尽管现在贵族们把孩子送出国是一件时髦的事情，但在德庆府还没有过这样的先例，何况，一直以来德庆府就是顽固的守旧派。达拉说："没什么可笑的！我也想去英国，沉闷只会让我衰老！"

那天，她穿着浴袍为自己冲了一杯咖啡。然后在白姆的房里翻看着她的一切。她有些烦闷了，就像一只习惯了奔跑的羚羊被圈了起来。在官寨里才待了几个月，她就觉得自己的生命枯萎了，她无法想象如果再待下去，自己会不会消失了生命的灵动，变成第二个白姆。

正想时，那努走了进来，鼻腔里充斥的是异国的咖啡味。他问她是否想要长久地留下来。他是有一点动心了！达拉的身上有白姆的影子！

他拉过她，想开始许久没有过的激情。达拉却笑着说，她不准备成为任何人乖顺的妻子。

她的手穿过那努的衣襟，那努却雕塑一般没有给她任何回应。这是他曾经轻狂的代价！达拉还想唤醒他的心火，没想那努却说："滚！"一脚把她踢到了床下。达拉明白了，笑着拾起了衣服，边穿边说："这是秘密！我保证！"她还是庆幸的，她心中早已拿好了主意，把属于自己的东西带走就离开沉闷的这里……

那努明白她说的，但要杰布也出去，他还是无法接受。

可是，当德庆官寨的上空又开始弥漫着奇异的香味的时候，那努却在垭口送走了达拉和杰布。达拉带走的东西用五匹壮实马来驮，据说，那足以让她奢华地过好几辈子。杰布穿着一身素衣，向那努挥舞着手里如雪的哈达，是的，他只是个孩子！没有罪过的！那日，云秀将在杰布床脚发现的东西交与那努看后，他彻底有些不知所措，旁边的吉桑也露出恐惧的神色。那是一种极为恶毒的诅咒，用了人心和一些毒虫以及一些世间的毒物。据说，这样会使被下咒的人慢慢消瘦、死去，灵魂也会被销蚀。那努知道，他们恨杰布，可没承想到他们会如此心急、如此恶毒，恶毒到连灵魂也不愿放过！想了三日，那努终于做出了决定——让杰布走！这是作为父亲对他最好的回应！

送别的时候，达拉是笑着的，扎尔哭了——太多的家财被她带走了！

欧珠牢牢地拉住多布杰的手，那努只是看着，直到曲折的路上只剩几个黑黑的点……

德庆官寨依旧被香味包围着。这气息让人们觉得异常安稳，连山中的兽也不大吼大叫了，这下，整个家族的心都安宁了。

12

花
繁
花

园中真是一团锦绣，桌上又摆满了各种吃食：手抓羊肉、馓子麻花、红萝卜包子、水晶虾、粉蒸牛肉、蜂蜜烤全羊、虫草鸭子、珍珠圆子、八宝饭、洋芋汤圆、韭菜盒子、宫保鸡丁、白斩鸡、文思豆腐、带血丝的牛排、黄油面包片、野草莓蛋糕、咸奶茶、甜奶茶、八宝茶、混着蜂蜜的莓果汁……

不论你是何种口味都能获得最大的满足。我在一旁吃着、喝着、听着，月儿则在一旁呆呆地看着我吃，鸣儿也吃吃这、吃吃那，一时还不知道什么合口味吧！我给月儿倒了一杯八宝茶，月儿喝了几口，说："甜丝丝的，真好喝。"脸上有了些笑容。

大家边随意吃喝，边在园中游览着。此时，曲径森森，满园花红和牡丹的香味已遮住了食物的气息。微风一过，香雨四散，花红的花瓣落在了他们头上、肩上，散在了那些食物上，大家的脚底也沾着花瓣，真正是色香味俱全。雍容的牡丹也展开翠绿的叶子，伸着褐色的腰肢，绽开白色、绿色、粉色、黄色、红色的花瓣，尽情敞了妖娆的风情，都道：

> 花红牡丹一径开，各自妖娆半飞香。
>
> 花红蝶衣片片，见得红衣逐流觞。
>
> 牡丹枝下瓣瓣，闻得风流俏人面。

有人又言：洛阳牡丹甲天下，谁知牡丹在松州！

索康土司夫人惊呼，莫不是到了度母的仙境！

父亲又说："只因夫人喜爱非常，府中还种了月季、兰花……又种了半山的花红，若不嫌劳乏，还可去后山看看！"

大家便从月门一路走向后山。

我也拉着月儿随大家信步前往。喜鹊此时很像一个丫头，哦不，她就是丫头。此刻，她随时都保持着下人该有的姿态，静静地保持着该有的距离，站在我旁边，全没了平日里的俏皮话。呵，她倒挺懂事啊！我一拉她，她便闭了嘴使劲用眼睛瞪我，这样让我越发有了兴趣，我使劲拉了下她，她不禁"哎哟"一声，所有的目光都朝我这边看过来，我很得意，喜鹊则赶紧垂手站在了一边。父亲不好发火，只说我太淘气。大家也笑说，男孩是该淘气些的。我看见，鸣儿与他拉着的手更紧了些。

我有些怅然，而又觉得心安。

不一会儿，大家就已走到后山下。山中有一汪清泉从岩石缝流出，汇入山下的井中。井中泉水终年不冻不枯，滋养着两条鲤鱼。父亲曾说这泉是梁府的地脉，是滋养府族的血液，是神灵的恩赐。

梁家祖上驮茶，驮了几代也不见发达。一日，太祖路遇一枯骨，葬之。夜间便有一铠甲将军入梦前来答谢，并指出一地，言此地安宅，儿孙必发达。

太祖颇感奇异，便倾尽毕生积蓄买了此处的土地安宅。不承想，第二年便从山间流出了一股泉水！太祖临终特嘱咐后人，万般难过也不可卖了这块地！这地积蓄着梁府的运脉，富贵终有时！

几代人都没能彰显出这块地的奇异。直到了父亲这代，大家才觉出这地的好处来，立即打井供奉，也生出许多关于这泉的奇异事来。

此刻，清泉潺潺，满山都是一片粉白，花红花瓣飘落在泉水中随波流下，阵阵馨香萦绕在四周，宛如仙境。

"好香，好美！"人群里发出一个稚嫩的声音。我转头一看，是她！居然是她！从宴会开始，我都没有在人群里发现她。她依然戴着粉白的头纱，穿着镶金线的褂子，着一淡绿的锦缎长裙，脚下一双粉白的绣花鞋，仙子一般轻盈灵秀。

"采苓，不要喧闹！"一位极有风度的男子说道。

"父亲，真是太美了！回头你也给我种上一山的花红树吧！"女孩近似撒娇地祈求着。

原来，她叫采苓！我心中升起一股暖意来。

"兰老板，小姐真是伶俐啊，以后多和我家月儿来做伴吧！这一山的花红随她看、随她吃，啊！"父亲大笑着。

"族中仅有一女，从小宠坏了。像个男儿家，成日和哥哥们打闹，不成样啦!"兰老板自嘲地笑道。

"哪里来那些个规矩,我草原的女子想笑便笑、想闹便闹,我倒是很喜欢兰家小姐!"索康土司夫人说。

一会儿,采苓忽然抬头看见了我,几步跑过来对我说:"小哑巴,你也在这里啊!"

"没规矩!这是梁府大少爷!"兰老爷说。

堵在我心口的尘埃们也被她催眠了,我忽然觉得无比畅快,竟然说道:"我可不是哑巴!不是!"

父亲愣了好一会儿,然后说:"快,让人摘些花给孩子们玩儿!"

杨管家也发了好一会儿的呆,鸣儿则在一旁静静地看着我。

月儿拍着手说:"好啊,重华哥哥,我也要花。"

我一手拉着月儿,一手拉着采苓,向着漫山的粉红奔去……

喜鹊在后面边跑边喊:"少爷,等等我啊!我追不上你!"

采苓、月儿站在树下,大声喊道:"快点,喜鹊姐姐。"

我爬到树上折下几枝嫩嫩的条,喜鹊便将那些枝条编成花环,上面别满了花红花和绿绿的枝叶,她们三人将花环戴在头上,轻盈如蝶般在半山的花林里飞舞着。脚下,碧绿的草地上散布着紫色、白色、黄色的小花。旁边用琉璃片围着的泉眼里,汩汩冒出了甘甜的泉水。

泉水潺潺向坡下流淌着。月儿和采苓俯身跪在泉眼边,刚要伸手,喜鹊便将她们的手挡开,她说,泉边都有守护的神灵,不可将泉眼弄脏,只能在泉眼之下取水,不能在泉眼边做不敬的事情。据说,曾有个下人在泉眼边吐了口水,第二日口中便生了一个毒疮,好几日咽不下饭菜。她们急忙缩回了手。我在下游捧了泉水递到她们嘴边让她们尝尝,都说是甘甜的,我尝着,还有一丝花香。

客人们也踏着石阶慢慢走了上来,坐在半腰的八角亭中。下人们又将一干吃食用具搬到亭中。远望,山林如翠,松涛入耳,城中良景映入眼帘。

一年中,几个月暖和的时间足以让这片土地变得流光溢彩,四处都充满了蓬勃的生机。流云带着影子从空中缓缓淌过,风带着半山的香气流入每个人的身体里,大家就那样安静了下来,享受着自然的馈赠。

父亲端起茶喝了一口,说:"能让大家来游园,是梁府的福气。就请大家随性点,莫辜负了这大好春光啊!"

"是啊,松州是莲台上的福地呢。"

"冬日也是别有风情呢!"

"回头我要讨些花回去。"

"今年的虫草你看如何?"

……

人们三三两两聚在一起畅谈起来。父亲很满意,微笑着看着他们,吩咐杨管家准备好夜宴。

他在举杯之间,就将一些生意弄熟络了。

月儿坐在秋千上让采苓推着她,她们在花林玩得十分酣畅。这府里从来没有听过这样尽情的笑声。一会儿,月儿就闹困,让王妈带去午睡了。

采苓叹气说:"真无趣啊!我还没尽兴!小哑……重华少爷,你来推我如何?"

靠在花红树下,我眯着眼睛半睡,听她叫我,马上抖落了一身的花瓣站了起来。

她看见却扑哧一声笑了,说从没有见过一个男子这样睡在花里!

我把她在秋千上推得老高、老高,想看看她惊慌失措的样子。哪知,她说高点,再高点。

她哈哈笑着,轻柔的头纱和衣裙也随着风飘起来……

想起她这天的样子,我的心就会变得很柔软、很柔软。

傍晚的余晖让翠绿的金鹏山发出了绿光,山里响起"布谷,布谷"的鸣叫,云霞漫天,似一只展翅的凤。一会儿月上星稀,廊下点起了牡丹灯笼。举杯交错间,有人开唱:

> 月儿啊爬上了坡,岷江的河水淌过我的心窝。
>
> 花红的花啊,洁白馨香;
>
> 花红的果啊,是神女绯红的心。
>
> 河水将思念捎去了远方,
>
> 燕子回巢,故人何方……

混着土琵琶,这曲直拨着心中的弦。

岷江在不远处发出声响,皓月当空,浸给园中满满的冷辉,一曲罢,竟让人感到几许繁华深处的苍凉。

大家陆续相扶散去。采苓也早和她父亲回府了。索康土司和拉巴头人住在了府中,此刻醉酒的他们已被下人们抬着进了客房。下人们收拾着碗碟,清扫着地面。而我还毫无困意,我许久没有如此畅快过了。

我不停地笑着，在回廊里走来走去，甚至还站在木栏上张开了双臂。我想问问这沉沉的夜，年少的我，为何要背负如此悲凉的愁怨。

父亲啊，母亲啊，看看吧！我连一只燕都不如啊，那漫天回巢的燕啊，发出的鸣叫让我无法安定。为何独独留了我承受世间的哀伤。复仇的火在我心中燃烧！我的痛无法言说！满山的花红啊，你们可听到了我内心的悲鸣……

日子就这样从山尖的云朵上穿过。父亲说要带我们到商号去见识下，将来好帮他管理商号。他在门外叫了我多次，我还是装作没听见。在鸣儿穿着华贵的衣裳从我面前仰头和父亲上马车的时候，我还在铜桌旁慢慢吃着饭菜。肚子已经很撑了，可我还是继续夹菜，直到听不见马车的声音了，我才停下来。

"你不怕肚子撑开？"母亲走到窗边擦着一盆兰花的叶子，"不想去，可以告诉他啊。去学做生意，自然也是好事……"

周妈也无奈地说："你看那二少爷，心气可高哪，你怎么就……"

我懒得听她们说这些话，拉了旁边的月儿就跑了出去。

母亲在身后说："罢了，由他。"

我们跑去了兰府。门口的仆人拦住我们，见我们衣饰非一般人家所有，也不好再阻拦，只得跟在身后，任由我们在府里奔跑。

我听到采苓的声音从影壁后传来。

见到我，她吃惊道："你怎么在我家？！"

月儿很伶俐，上前拉住采苓，说："采苓姐姐，我想你了。"

我们追着在花园里打闹。那边，兰老爷听到仆人禀报便过来瞧瞧是哪家的孩子。见是我，他让我坐下，还让下人准备了好多水果，嘱咐他们好生看着。

蔷薇架下，采苓她们在看蜜蜂们采花蜜玩。我嘴里吃着糕，坐着看她们把那些蜜蜂追得从这朵花跳到另一朵，又从另一朵飞上去，盘旋着不甘心地发出嗡嗡的警告。

采苓摘下一朵花打过来，说："我还是喜欢叫你小哑巴。喂，还是不说话？是不是你说话的声音特别难听，你才不想说话啊，告诉我，我想听听。"

我就不开口！想看看她生气的样子。她却轻盈地跳过来，半蹲着，忽闪着睫毛看着我，扑哧笑了起来。我也跟着笑。

"我们上街玩会儿？"采苓小声说。然后，她对一个丫头说她想吃玫瑰糕。

丫头刚离开，她就带着我和月儿跑到围墙边。小手拨开草丛，围墙那儿就露出了个洞。

这……是要钻过去？！狗洞！君子……我还没想完，就被采苓拉过去，她踢我蹲下，将我一推，就到了兰府外面。我摸着生疼的屁股却对她发不出火。

没有下人跟着上街还真是新鲜！

每回，我要去那儿看看，他们非要拉我去这边；我要吃东门的银丝凉粉，他们却又要我吃粉汤；待我想吃粉汤了，他们却又让我吃银丝凉粉……

真让我不痛快！

此时，我可以想干什么便干什么。

我们三人一会儿跑去茶楼看那说书的先生在台上口沫横飞；一会儿，又跑去看银匠叮叮当当打银子；还跑去布庄，看绸缎亮闪闪的样子。我们拉来拉去，闪亮的缎子哗哗滑了一地，气得掌柜拿着扫帚追了我们两条街……

喘着气，摸着快跳出来的心，我们哈哈笑着，真是畅快！不知不觉我们已来到东城楼。我记起东街那儿有座楼，四周被妆点得花团锦簇，煞是好看，我早就想去看看，可每回都让喜鹊给拖了回来！

那彩色的楼是戏院？我问喜鹊。她红着脸骂我，说我不学好。

今天我偏要去那里看看戏！

我带着月儿和采苓走到那儿，见那儿可真热闹！

来一位商客，就有小二招呼着进去，有人牵着马，小二又会把马让人带去另一处，还让人添把草料，很是周到！进去的人喜笑颜开，出来的人红光满面，我想这戏一定很好看。

我拉着她俩从大门一侧溜进去了！

我们蜷着身子躲在帘子下面，月儿说，哥哥，这里好美啊！

香气萦绕下，许多好看的女子穿着绚丽的衣裳在里面摇曳着腰肢。她们肆意地笑，紧紧地贴着男人们，搂着脖子，擦着耳朵，真是开心啊。

采苓说，唱戏的来了。

果然，这里是有一个戏台的。

款款上来一位女子，说叫桃红，确也穿着件桃红色的裙子，一旁响起乐声，她裙摆便开始转动，手中的扇子似游龙生风，袖子如丝弦婉转，我脑海里闪过一个词：翩若惊鸿。

曲罢，又有一位女子弹唱起来。桃红被一位长得肥腻的男子拦腰抱了下去。

见采苓和月儿看得出神，我便一人去寻那桃红。穿过长长的门廊，他们进了一间屋子。我听到里面窸窸窣窣，趴在窗上，看到扔了一地的衣裳，那肥腻的手正在薄衫游走，桃红发出让人心颤的喊叫，一会儿，放下来的乌发随着男人的吼叫飞起来，像一条条黑色的蛇缠绕在她雪白的脖子上。她痛苦吧，却还发出欢喜的笑，她喜悦吧，又发出绝望的吼叫。长长的腿延伸着，男人抓住她的肩膀摇晃，似乎要把她撕碎了……

第一次，我看清楚了一个女人的身体，也看了男人和女人之间的秘密。心被撕开了，有一粒什么东西落在我的心湖上，心口开始发烫，眼睛开始流泪。走廊上点起的灯让我头晕目眩，天也黑了。

我走过去，采苓还在看那台上飞舞的袖，月儿已经趴在她的腿上睡着了。她说："你眼睛红了。"我揉揉，手上湿湿的。

回去的路上采苓说："她们唱得真好听！"

我站在兰府外面用脚不安地踢着石子，她说："你怕我挨揍？"拍拍衣衫上的灰，她仰头得意地说："从没有人能管住我！那狗洞都是我掏的！"

我哧哧笑着。

她又问："回去有人揍你？"

我摇头。谁敢揍我？！谁又想揍我！我可是梁府的大少爷！

兰府门口，早有下人在门口等着她。见她进去，我才又背着流了我一脖子口水的月儿回家。

母亲让我在院子里站着反省。

我看见鸣儿冲我做鬼脸。我觉得他越来越让我厌烦了！我捡起地上的石子扔了出去，他的脸上就流下了好看的血色。我扔石子的工夫和格登练过，还不赖。

他坐在地上开始疯狂地翻滚，流的口水眼泪和着血，弄得整个脸都像是涂了红色的胭脂，是戏里的关公。

我觉得他的样子还真是好笑。

这时，父亲气恼地抱起他，对母亲说："看他干的好事！"

周妈忙过来拍拍我的屁股，说："快啊，去认个错，快啊……"

我还是固执地站在那里看着他被父亲抱着离开。

母亲的眼睛里充满担忧地问我："你到底是怎么了？不要再这样了，好吗？"

我点头，不愿看见她忧伤的眼神。

喜鹊给我擦着脸，她的辫子又开始在我鼻子那扫来扫去，我的心开始发烫，脸也烧起来。她的手摸摸我的头说："没发烧啊？"我打开她的手，拉上了帐子，听她端盆出去，下了楼。

眼前又浮现出我在桃红窗外看到的那一幕，我像在山头奋力奔跑后又躺在了芳香的草地上，一股清泉泻下，瞬时，天地都被浸没了，浸没了……

13

茶
回
眸

天旱了。

龙王像是遗忘了松州，几个月了，没有洒下一滴雨水！然而头年严冬里雪狠狠下了一季，老人们都说好啊，来年一定是个好年头。只有城外窑洞里住着的王半傻见了这雪直傻笑。别人问他："王半傻，这雪好不？"

他也只是抬起头笑着。

瑞雪丰年！你王半傻可不要瞎说！你没看见这雪下得多好啊！来年收成肯定好！

肯定好！人们嘴上虽说着，可心里还是发着毛！他们对这个王半傻是又爱又恨！

这个王半傻到底叫什么谁也不知道，只知道他母亲是王氏。他到底从哪里来，也没人知晓。传言他是有来头的人，卜卦的说他是星宿转世、灵童投胎。可出生不久母亲便得了眼疾，成了睁眼瞎，父亲也积劳成疾而死，只留了他和瞎母度日！从记事起他就吃百家饭穿百家衣，一床破棉被，住在城外的窑洞里。即便是神仙转世也不见得是好事，老人们说他犯了事，其实是来世间历劫的，空让父母欢喜了一场！此言实在不虚！他如野草一般坚韧，放在石头堆里也能发芽。瞎母与他在这窑洞之内，冷了抓几把干草垫垫，饿了随便掏点野菜，运气好，会找到些残羹剩饭。

刚生下他时瞎母乳房是干的，犹如缸里的酸菜，皮都皱在了一块儿。奶娃没有奶水，连米汤也没有。眼见就要饿死了，老天爷给他们送来了一只狗，母狗，刚下了崽，窝就在窑洞旁边。于是，瞎母将奶娃放在奶狗之中，那母狗居然也不抗拒，连着将奶娃喂了起来，还时不时用鲜红的舌头舔着他的脸。就这样，王半傻活了下来。约莫到了四岁的时候，别的孩子早已会跑会跳会说会笑，而他只会坐在窑洞里对着土壁嘀嘀咕咕。他母亲说，孩儿啊，你在干什么啊！我怎么就生了你这个傻子啊！命苦啊，还指着你给我送终咧！说着就是满脸的泪水。都说瞎子的眼睛是一口枯井，而她的眼睛却像是一汪泉水，随时都可以溢出来。她的泪水在干瘪的脸上洗出一道道光亮的印子。王半傻回头望望母亲，还是咯咯傻笑。他母亲说，唉，你这个傻子！

王半傻长到十一二岁便喜欢每日到城里逛逛。从城南逛到城北，又从城东逛到城西，摸摸城南的城墙，又摸摸城北的城墙。人们起初都爱戏弄他。

有人曾拿着一只半死的青蛙，告诉他这是包子，吃吧！快吃吧！大家都屏住呼吸，想看看王半傻怎样把青蛙撕个肚破肠流！王半傻接过青蛙，用手轻轻抚摸着，如同抚摸一只小猫，然后用嘴挨着这青蛙的头，就在大家以为他会接着把青蛙的头咬碎时，他却抬起了头，然后放下那只青蛙，嘀嘀咕咕说了些什么，一会儿，青蛙动了，慢慢爬进了旁边的草丛，爬进了水坑，不见了影踪！人群骚动起来，哎，好戏没了，很是失望。据说，那个戏弄他的人当天夜里就莫名发了高烧，好几天都不能下床。

有人又拿过一只馒头来进行检验。馒头是馒头，可馒头中间却被掰开吐满了黏腻的口水，或许还有痰！来，拿去，吃吧，你妈也饿着咧！给馒头的人一脸天真，看热闹的人一脸真诚。王半傻只是看着那馒头笑着，就是不接。有人搬来了条凳，有人提来了老茶，有人捻起了羊毛，准备慢慢看一场好戏！王半傻和施舍者被围在了中央。人群在日头下站了半日，渐渐有人按捺不住了，大声喊着：

"接啊！馒头好吃着呢！"

"快吃啊，不饿啊！"

"吃啊，还热乎着！"

"你这傻孩子，那是馒头咧，中间还夹了酥油！"

王半傻看了看馒头，看了看给馒头的人，咯咯笑着，头也不回地走了！人群又骚动了。

给馒头的人当天下午嘴唇就生了一个脓疮，肿得油亮！整整两个月都无法嚼烂咸菜，只能喝稀饭，人瘦得脸颊都凹陷了。

还有人想来尝试，从河里捉了条肥肥的鱼提给王半傻。日头下，那鱼的鳞片泛着河水的光，不停晃动着灵活的鱼尾，证明它是一条鲜活的、美味的岷江鱼。王半傻接了那鱼。哦呵！人群都笑了。不过是一个孩子。

第二日有人又说，傻子的窑洞里半点鱼骨头都没找着，丁点儿鱼腥味也没有闻见。许是他连皮带骨头啃了？许是丢在了哪里？

有人又说下午在河边捣衣的时候遇到了傻子，手里提的正是那条鱼。那鱼被他放了生，鱼到河里的时候，还不忘游回来道个别。你说神了不？

有人还说，亲眼看见傻子将鱼连皮带骨头都吞了。满脸的血，似乎还吃到了苦胆，嘴里流出黑绿的汁。吃得那叫一个香啊！

众说纷纭。然而却无人再敢戏弄他了，因为，他们还发现了一件既惊奇又害怕的事情。

那天他们吃完早饭开始在街上溜达，碰头都相互问候喝茶了没，意思是吃了早饭没。喝了喝了！没喝我家去，还热乎着！喝啦喝啦！走过包子铺，马包子压低声音，神秘地对大家说他发现了一件事情，可不得了啊！

他说，王半傻是个仙啊！

前日，王半傻到他铺子里讨包子。他随手给他一个，也没好气地说，我每天总共才挣多少！给给给，拿了走，别挡门口，清早晦气！王半傻也不生气，连说了几个好啊，好啊！他走后，来了个人，牵个骡子，眼皮都不抬，开口就说要买包子，还都要了，没到晌午，他就把包子全卖光了。

第二日，傻子又来了。站在店门口，马包子说，要包子啊，张都没开，就来讨！王半傻不说话，就走到隔壁张凉粉那里去了。那日，张凉粉的生意出奇得好。来了一队马帮，把店里的白凉粉、黄凉粉、凉面、粉汤吃了个精光！而那日，他的包子铺生意却是冷冷清清，到了傍晚，收好门板，算算才卖了十个包子！回想一下，王半傻当时就站在那凉粉铺子里，拍手大叫好啊好啊！

这可不奇了吗!？大家说，这就是金口！不是有人说以前给王半傻打过卦，说他是灵童转世，是奇人啊！

奇人啊！他哪里傻啊！顶多是个半傻，王半傻！

这就是了，王家的说他也记得某次王半傻说了好啊好啊，他的菜就都卖光了。屈大爷又说他也应验过王半傻的金口……街上的人无人不晓了！时不时就拉住王半傻问：我今儿生意好吗？好啊，好啊！如若生意真好，掌柜就眉开眼笑，说真灵啊！如王半傻只是呵呵笑笑，掌柜心里就不安了，当下吐了口水，呸！老子还不信了！第二日，依旧要拉了王半傻问上一番。更多的时候，他们拿颗糖果，拿个包子，拿把胡豆交与王半傻，只为了听个好口彩！此后每日王半傻都能给瞎母带回去不少的东西。人们看见他在窑洞里给瞎母剥东西吃，一脸的乐呵！

如今这雪没在他那儿讨个好彩，怕是不要应验了吧。也有人说，谁信哪！王半傻不傻，我看他是装疯卖傻、装神弄鬼！

四月，燕子们飞回了屋檐，飞回了洞穴。春，到了！人们都享受着春的芬芳。麦子、青稞、洋芋……都在地里疯狂地生长着。

一切都按照万物生长的轨迹进行着。

七月，天每天都是蓝汪汪的。偶尔，会从天边飘来一丝云，但很快就被风给吹走了。地里的庄稼都耷拉了脑袋，马、骡子、驴子、院里的狗都在呼呼喘着热气，连同鸡鸭都不愿出窝了，用爪子刨着树根下的土，扬起一阵灰尘，躲在坑里动也不动……

天果然是旱了！

人们为了烈日下的生灵伏地祈求。择了吉日，在城南的龙王庙请龙王。几个青年用岷江的水冲洗着红黑的皮肤，头插一枝柳枝，准备抬龙王。

长者用小刀在大红公鸡的脖子上一抹，立即喷溅出鲜红的血，鸡用力蹬着两只橙黄的爪，扑腾的翅膀渐渐没了力气。

> 天干了，天干了，
> 五谷苗子晒干了。
> 龙王来哟，劳驾了！
> 天旱了，着火了，
> 地上苗苗晒干了。
> 龙王来哟，劳驾了！
> 一阵风来一阵雨，龙王来哟，劳驾了！

吆喝声中、锣声中，头插柳枝的青年抬起庙里的龙王赤脚走在地上，身后跟着祈雨的人群。绕着城墙走了好几圈，沿街洒落的河水碰到滚烫的地面瞬间就蒸发了。一连七天，他们都用这种方式来祈求感动上苍。可是，风还是丝毫没有动起来。一直待了一月，雨水都没向地面洒落几滴。

天是真旱了。

人们用车拉河水，用马驮着河水，试图拯救龟裂的田地。

小五也在院子里用一辆板子车拉了几只木桶，准备到河里打水浇田。他家的院子，是祖爷爷用了大价钱换来的。地盘很大，一旁只有两间由废弃的马厩改建的房子。院子四周用柳条和木桩围着，一股泉水从山坡流过院子。右侧，是他故去的父亲种下的两棵花红树，中央还种上了白牡丹。好在马厩的木材还算结实，他在周围钉上木板，看上去像一个可以居住的房子了！虽是破旧些，但总算是一个房子。父亲也是在这里咽下了最后一口气。而今，两棵花红树交替着开花结果，也有些生气。

出门前周氏对他说道："儿啊，刚做完脚力，歇歇吧！拉着车往返也没见能洒多少水进去。今年收成难啊！"

"听说城西的井都快见底了。驮茶的好些都回来了，东家也没说什么。没事，只要岷江还有水流着！我去了！"小五挽了挽裤腿，拉着车走了。

周氏站在柴门前，望着儿子的背影，心里满是苦楚。小五是个壮实的年轻人，常年做背子，让他的皮肤呈现出紫红的颜色，在他结实的小腿上，一条条似乎就要爆裂的青筋格外让人注目。凹凸的和他年龄极不相称的血管，犹如他走过的纵横的山沟。自七岁开始，他便帮人背茶。从开始的两包，到现在的十六包，他背起来便不会中途放下。做背子是超乎常人的苦差事！命就在腰带上细细系着，一个不小心，就掉了。他常给周氏讲路上的一些见闻，听得她心惊胆战。

一次他们一行十余人背着茶包走在小道上，一边是石壁，另一边是看也不敢看的悬崖。他和后面的人用聊天的方式来缓解疲劳和紧张。正说着，后面没有声音了。有人大吼一声不好！他才知后面跟着的人已跌落悬崖，连惨叫声也没能从那深渊里传上来！而他也没办法转过身去看看后面的情况，路，实在太窄了，背着硕大的茶包前行已是极限。待他走过那条道，回头看的时候，泪水不停地流下来。那死去的人，连尸首也无法带回，只能由其家人拿着衣服招魂，建一个"衣冠冢"。如若遇到狠心的东家，损失了的茶包还要让他家人来偿还！还有一次，他们遇到了匪徒。他就一直趴在那里紧紧闭着眼睛抱着头，怕看见匪徒的样子丢了性命！直到同伴拉他起来，他好半天才敢睁开双眼！

家中就剩他们母子二人了，若不是日子实在过不下去，她哪里愿意让儿子继续去背茶！周氏看着小五拐过去，才擦擦鼻子走了进去。

小五很想要匹骡子，这样，日子才会有盼头。

拉着水，小五突然感觉双脚灌铅一般不能行动。前面，熙熙攘攘围着人群，如赶集一般。原来，董府小姐去城隍庙祈福，今日难得到了街上，人们都挤在那里想一睹芳颜。

"听说，这董小姐是牡丹仙子托世，脚下一走一朵花！"

"那脚印还是香的！"

……

大家七嘴八舌，小五只觉得脑袋嗡嗡作响。记得他初到董府送东西，不识路，闯入后院，多亏董小姐劝解才免于责罚。他永远不会忘记那双清澈的眼睛，风里浮动的裙衫，还有脚下花印散发出来的幽香。时常，他都在送货物的时候悄悄看看后院的门缝，或者静静听听她说话的声音。也有别家想请他背茶，而他单单就愿意留在董府的茶号。人们都说他忠心，却不知他的心啊！他的脑海里，现在都是她的影子。可是，这样的思念带给他的只有痛楚。他爱上了他不该爱的人！每当周氏带着说媒的在屋里喝茶，他总会大发脾气将人轰出去，渐渐地，也没人敢给他说媒了，都说他人穷心气却太高！周氏也只有叹息垂泪。

眼见，她就要上轿了。入神处，有人将水泼在了他脸上。定睛一看，却是王半傻。此刻，他正拿着水瓢望着自己傻笑，并说道："你是傻子！你是傻子！"弄得大伙哄笑起来，争相说道："看傻了！给你瓢冷水醒醒！"

"不要想啰，那是仙女！"

"多少富商提亲，董老爷却一个也没看中，是要嫁给皇帝咧！"

……

大家说着，自嘲着，讽刺着，直到轿子走远方才散开。

小五拉着车，太阳晒得他有些眩晕，王半傻在后面小跑跟着。

他常常将自己不能说与别人的话讲与王半傻听，还时常拿些吃的东西给他，因此，王半傻时不时就跟在他后面。

"你说我傻子？是太傻！我只是背子。"说着，小五就靠在树旁歇了下来。王半傻依旧傻笑着。小五扔出一根树枝吓唬道："滚，今天没东西给你！"待王半傻走后，自己却哭了起来。

什么时候，他才能攒够买骡子的钱！他要的是自己的骡子、自己的马队。多么可笑的想法啊！

拉回水后，他连喝了好几碗。人还有河水，可是，地里的庄稼算是完了。母亲日日忧心，今日咳嗽却带出口血来。晚间请来大夫，开的药方于他是天价，只好拿了方子来求董府的掌柜。掌柜倒是大方，答应提前支钱，却也提了个让他想不到的要求——请他离开董府。

"这不是你该想的。老爷以后知道也不会饶了你！"掌柜早已知晓他的心思，

"什么人就是什么命！拿了钱就赶紧走，董府不缺背子！"

他没有理由反抗，也没有理由争辩。拿了钱，煎了药，可是周氏还是在一个傍晚去了。去的时候嘴里还念叨着雨啊，麦子啊！就连埋她的土，也是干涩的沙石了。

没几日，王半傻的瞎子娘也去了。他正在树下呆坐着，王半傻推门进来拉了他便跑。窑洞里毫无声息，半傻还是笑着，拉着小五往里走。小王一见，却吸了口凉气：瞎子娘半卧在破烂的棉絮里，脸和死人一般灰黄。确实，也是一个死人了，也不知死了多久。

小五在窑洞旁边挖了个坑，将她裹在棉絮里，埋了。

他摸摸王半傻的脑袋说："你我都没娘了。我也可以走了。"

回头的时候，他苦笑着问王半傻："你说我能有自己的骡子不？"

王半傻只是望着他笑。

小五走了。松州城中没有谁再见到他的影子。只是从其他背子的嘴里知道，某天他在龙安道的丹云峡中跌下了悬崖，死得毫无声息。

14

花
琉
璃

昨晚睡得真沉，周妈来回扫了几回尘都没把我吵醒。起身，身下凉凉的。

喜鹊过来帮我穿衣，脸红着给我换上了衣衫。

吃着早饭，周妈笑盈盈的，眼神也和往日不一样了，她说："我们少爷真是长大了，你看那鞋该重做几双了，衫子好像也短了点……"

母亲说："让翔凤布庄送几匹料子看看，是该做些了，给鸣儿兄妹也做几身。"她看看鸣儿头上的伤口说："还好没伤着眼睛，伤口不大，几天就能结疤了。"她刚要伸手去摸摸，那小子就开始喊疼。

父亲说："你该好好管管他了！整日玩儿，被你娇惯的。"

母亲并没对我娇惯，其实她对我是极严厉的。功课做不好，她都会几日不理我！

然后他又问月儿："昨天你和重华哥哥到哪里去了啊，唔，还有兰家小姐，昨天她家可是找了一天哪！"

我嘴里的饭咽不下去，噎得我涨红着脸。

只听月儿认真地说："看戏。我们去看戏了。那里的人太好看啦！化着好看的妆，穿的衣服就像花一样。"

我松口气，嘴里的饭菜喷了一桌，脸上贴着一片菜叶。大家都愣住，我却笑了起来。

还好他们没继续问唱的是什么戏文！我这一喷，还真是时候！

我还是到商号去了。

到我这样的年纪，那些商号的少爷都会去帮忙，学习如何在袖子里讨价还价，如何与那些锅庄打交道，如何挑选茶叶，如何选出上好的羊皮，如何……

太多了！累！

他们教我区分茶叶的时候，我就随便看看、闻闻、捏捏。谁还不知道那茶砖内要香气纯正，泡汤要如琥珀；教我区分虫草，我却老是把尾巴弄断，我就想看看那里面能不能钻出个蛾子来；让我看茶票，我却用朱砂在上面画了个头顶红珠的白鹅……

朱掌柜大跌眼镜。

商号里，只有一样东西我们不能碰——毛壳麝香。那天天和麝香打交道的师傅，因日日查验麝香，变得牙齿稀疏，身体羸弱，四十多岁了才得一子，也是三天两头不安生。

我想说，都明白了。鸣儿坐在一边，仰头看着我。然后，向父亲说着他又知道了川茶和湖广茶的区别，说得朱掌柜也频频点头。

我打了个喷嚏，这秋还真是冷。山尖上已经下了雪，我想着，一定要去清真寺旁喊上一碗粉蒸肉吃吃。带上月儿，叫上采苓，再去水草坝里的磨坊坐坐，看看水底的小鱼吐泡泡……

朱掌柜用力拨着牛骨算盘，把我给吵醒了，刚到嘴的粉蒸肉也落了下来。

日头落地早，终于又过了一天！

回去后，一桌的饭菜，可我却没什么胃口。母亲问我怎么了，我也摇头，就是不想吃东西。走上楼，听见周妈说："少爷瘦了，有心思了。"

房里，我打开所有的窗户，楼下一角开着一丛高高的菊花，不知什么时候，就有一只朱红翅尖的小雀在花丛中搭窝。这些天，我都在这窗边看着它衔些干草、干花放在里面。有时候，还有女人的头发、一团团棉绒。今天，看这窝终于是建好了。它飞过来，在边上啼叫，旁边探出一个小脑袋。那是母雀，正在窝里孵蛋吧！我看得出了神，酸胀的眼睛让我想哭。

我的母亲呢？是啊，我的母亲呢？她正在楼下烤着铜盆的火。不，那不是我的母亲，我的母亲早已死了，化成了枯骨。我的父亲呢，也死了。我是一个寄居的孤儿！什么梁府的大少爷，什么锦衣玉食，都是虚妄！我只是个失了父母的可怜虫！

我亲耳听到她说的。

那天学堂放学放得早，我和伙伴翻过马鞍山疯玩了很久才回来。桌上留着饭菜，喜鹊打着盹儿在等我。我的手上拿着一枝红得发亮的枫叶，是我在海子边采来的。真是好看！我想，母亲一定会喜欢的。那红红的叶子衬着她，该多美！我想悄悄地放在她的窗边，明早一推窗，她就能看见！

扒完饭，我就让喜鹊给我洗脸，我说，我要睡了。他们说我今日怎么这么早就要睡了，看来真是玩儿累了。

待听到他们都歇下，我才蹑手蹑脚地走到母亲那儿，将枫叶放在了窗边。

前厅透出亮光。我猫着腰走过去，听见了母亲的声音。她对一个人说："你怎么又来了？"

"该是时候了。"说话的是一个男人。

"他还是个孩子！父母都死了，他能承受吗？不要告诉重华，求你了！就算我不是他的母亲，他也还是我的孩子。临秋……"

"他不能这样过一辈子的。"

"我永远也忘不掉他的父亲和母亲是怎么被人害死的，重华是他们唯一的血脉。如今，还要让他去承受那无边的痛苦？求你了，再给我一点时间，让我自己告诉他。"

那声音沉默了很久才说："好吧。"

……

我的脑袋一片空白，也不知道是怎么回屋的。我多希望这是在梦境里，我掐掐自己的腿，疼！清晨醒来，我急忙去看那窗边的红叶，它那样鲜红地放在那里，真实地在窗边站着……

我要昏厥了。

我的父母，他们已经死了，而且还是悲惨地死去。为什么？是什么样的仇怨让我失去了全部？难怪我总从父亲的眼中读到别的东西，难怪他对我总是淡淡的，难怪……

我活得多么虚假！又多么可笑，多么悲惨！

于是，病好后的我，好似死了一次，不想再对这个世界好好说话了。

这些日子，我喜欢偷偷跑到那彩色的戏楼去，那里有热闹、有欢愉。

被那里的人发现后，我总要给他点钱，他才答应让我四处走走，还让我保证不能发出任何声音，也不能动别的心思！他笑着说，那些女人只认得银子。只要我有银子，她们都会爬着来伺候我！

我不要她们来伺候我，我只要看看她们就好。

在这里，我最喜欢看那个叫桃红的女子，粉扑扑的脸，长长的头发，让人忍不住想去和她亲近。

一番呻吟后，我又在窗下看着她起伏的胸脯上铺着的发丝，那男人拍拍她的腿，走了。她坐起来梳着头发，系上肚兜红色的带子，低低脖子，抬眼对我笑着说："你进来。"

我就进去了。

站在她的床前，我用手摸着那如瀑的黑发。

她问我："喜欢吗？"

我点点头。

"喜欢这里吗？"

她轻轻拉过我的手，滑过她的手臂、她的脖子，滑过绣花的肚兜，我第一次摸到了那柔软又紧实的小兔，我想起了喜鹊上楼时衣衫下的跳跃。

她带着我向下滑去，我却颤抖着身子跑了出去。

后面，传来她断续的哭泣声。

原来这里的欢笑也是谎言。我在寻找欢愉，却又找来了悲伤。

我想我不会再来了。

接下来的日子里，采苓也常常手里提着小烘炉到梁府来玩儿。她和月儿一样披着红色的狐狸斗篷，像两束红梅插在雪白的花瓶上。我带着她俩在结了厚冰的河上溜冰，从这头溜到那头，惹得她俩笑疼了肚子。边上，放着一块石板，下面正烧着木炭。下人用筷子夹了几片鹿肉放在上面，那鲜红的肉便发出滋滋的响声，开始在石板上轻轻跳动，肉香在空气里弥漫着。

我最近又很能吃东西了，我需要积攒一些让我强壮的东西。在落满枯叶的山林里狂奔的时候，我就知道我喜欢那山里的空寂，那斑斓的色彩，以及土地里孕育的勃勃生机，它们让我忘记了世间的苦痛，让我想说话。快速跳动的心脏，让我知道我还是个活着的人！

我想去跑更多的山，这可是一件很费体力的事情。所以，我得先有一个强壮的身体。喜鹊说我的臂膀好像粗了许多，可在周妈眼里，还是很瘦。她说我肚子里肯定有很多的虫子，怎么吃也长不胖了。母亲说，像索康土司那样的肚子可是要费很多衣料的。

我大口嚼着嫩嫩的鹿肉，月儿也吃了好些，采苓在一旁看着我们，说这肉真红，血一样。月儿递给她，她就捂住自己的嘴直摇头。月儿不知道，她不能吃这样的东西的。月儿好奇地问："苓姐姐为什么和我们不一样啊？"

当然，人与人都是一样的，只是因为一些缘由变得不一样了。比如格登说，他算过命，说他前世因为偷吃了一块供果，所以今生就要受生活的煎熬。但他同时也说，他认识的一个奴隶也说自己前世偷吃了供果，所以沦为了奴隶。这样看来，人的命运所开始的"因"，并不只结一个"果"嘛！

可我真怕在死后灵魂不能与采苓相通，因为她是要到真主那里去的。这真是让人感到难受的事！

河风刮起来，火堆里的炭火燃烧得更热烈了。采苓在河滩上捡了两个白色的打火石，用手蒙住往里看，里面有星星！

月儿高兴地也拉我来看。我就把好多木炭往火堆里扒着，风吹过间隙，炭就溅起好多的星光！这才是星光，呵！

风把她俩的红斗篷也吹起来了，兰府的下人让他家小姐快回去。采苓却嘟起嘴说还不想回去。隆冬的岷江，的确好冷。这个时候，天地的寒气已把河水封了个严实，我让下人再拿些木炭过来，我还要看星火。

木炭没有耀眼的火焰，只有被风吹得四溅的火星，噼啪噼啪，好热闹啊。一个火星溅到我的手背上，立即就红了一块。

"呀！"采苓关切地拉起我的手背吹着。我却丝毫没有叫喊。"你真是奇怪。"她呢喃着。

我不奇怪，这个世界才让人不好琢磨！

太阳就要落到山下，风也更冷了。采苓被兰府的下人带回了家。我牵着月儿，刚出南门，就碰到从商号学习回来的鸣儿。他的眼睛好像溢满了泪水，使劲推了月儿一把，跑掉了！

谁会喜欢他这样歇斯底里的哥哥呢！

月儿只是哭。

天还没黑，下人就点上了门口的灯笼。梁府哪里会计较这些个烛火钱！就是府里的几百盏灯整日不熄灭，也烧不掉一根毛！

王妈给月儿换下了有些湿的棉鞋，说："大少爷，不是我说你，这样冷还去河里溜冰，三小姐脚都冻红了。"

周妈像是想气气她似的，说："三小姐老爱和大少爷在一起了，哥哥、哥哥，叫得亲热。大少爷很喜欢三小姐的，是吗？"她俯身抱过月儿，月儿拉着我说：

"我喜欢重华哥哥。"王妈脸上有些难堪，只好上楼去看鸣儿。

说起鸣儿，我越来越可怜他了。

王妈说，他们兄妹一直过得孤苦伶仃的。看到别的小孩有娘疼有爹爱，鸣儿就越来越沉默。待到父亲去看他们，他总是提前练好要说的话，为的是得到父亲更多的关爱。久了，性情都变了。她看在眼里、疼在心里，虽知道鸣儿乖张，也是无可奈何。

我欠他？我不清楚。

我躺下，床铺里早放好了汤婆子，脚下暖烘烘的，真是舒服。

喜鹊过来吹灯，灯刚灭，我就又点上。往复三次，她就哭了，哭得很伤心。她说，我得病了，她心里难受。我抱住她颤抖的肩，她的胸脯贴在我身上，我感受到了她早已散发着青春气息的身体，手心触到了她的小兔。她红了脸，我知道她是喜欢的，可她打了我一耳光。我睡下，她就在隔壁轻轻地哭。

腊月里哭是不好的。周妈在腊月的时候告诫我们要说吉祥话。于是，我自己吹了灯，睡了。

一早，下人就忙着熬腊八粥了。

一个锅里熬的是咸的，放着小粒的腊肉、胡萝卜、洋芋、麦粒……一个锅里熬的是甜的，放着红豆、大枣、葡萄干……咸甜我都不会落下。

母亲爱喝甜甜糯糯加了牡丹酱的腊八粥；父亲呢，就爱放了腊肉的咸味的。他们两人一个像温润的玉，一个是被雕琢好了的树根。

父亲说，商号只留了几个伙计，其余都放回家过年了。鸣儿也不必去店里了，我就更不用去了。朱掌柜已被我弄得伤神，嘴里长满了水泡，腊八粥恐怕是吃不舒服了。

母亲说："这粥有些甜了。"

周妈又给她添了勺说，牡丹酱放得多了点！

父亲看着她喝粥，眼里是真爱，可就是夹杂着一丝别的东西，让他的眼睛不清澈。他很想让她开怀，于是说："今年元宵去赏赏灯，别坐坏了。"

母亲放下碗说："我喝完了。"

街上真热闹。

北城那儿围了许多的人，听着锣鼓声，我知道是玩杂耍的来了。我带着月儿挤进人堆里。又是那只猴子，被红绳牵着，一会儿翻个跟头，一会儿像个老头似的给人作揖。每年，他们都会来演上几次。同样的把戏，同一只猴子。

月儿兴奋地拍着手说："小猴！重华哥哥，你看，多可爱啊！"我也拍手。

不一会儿，又是那个大汉上来，支起一口锅，锅里放满滚油，伸手去捡里面的铜钱。月儿见了直呼怕，蒙着眼睛不再看。这些把戏，我早就知道里面的机关了，没什么意思。

我让下人扔了几个钱又带着她逛别处。到处都释放着春节的气息，肉摊上的猪肉、牛肉都在架上冒着热气，小贩也都出来了，摆着糕点、瓷器、布料、胭脂……密密麻麻地站了一街，那些女人提着筐，把一年没买的东西都买尽了才放心地回去。待回去，还要思量一晚，明晨还要提了筐，又带回许多东西。如此反复多次，才能让她们过一个舒心的年。

我突然想起了格登，那次以后我很长时间没见着他了，我想他总会自己来找我的。年前听说他们家想去朝圣，莫不是到拉萨去了？这小子，不够意思，居然不来辞别！我正在想，月儿突然大喊："戏院，我要去看戏！"原来，我们到了那彩楼下。喜鹊瞪着眼，脸上一阵红一阵白，说："三小姐，今天戏都散了，我带你去茶楼听说书的讲故事吧。"月儿说："故事好听吗？"

"好听极了。三打白骨精、断桥会，那说书的都会讲。"

"那我要听三打白骨精！"月儿高兴地说。

"好，我带你去。"喜鹊拉过她，继续使劲瞪着我。

瞪我干什么？我只是喜欢那样极致的热闹和欢愉而已。

台上，说书的讲得大汗淋漓，台下的人听得聚精会神。刚讲到孙大圣半空见到唐僧要被白骨精变成的美丽妇人骗到圈外，醒木就落在桌上，有人惊得端起的茶杯都落在了桌上，嘴里刚吸的茶也落入嗓子眼儿里，一声声咳嗽。说书的要的就是惊心动魄。月儿却在喜鹊怀里哇哇大哭，无奈，只得让她先回去了。我一人坐在楼上，呆呆地看着说书的又开始挥舞着折扇，我真怕那唾沫飞到我这里来。说毕，台下连连叫好，我推开茶碗，扔了些钱，走了出去。不自觉地，我又来到那彩楼下。那人看到我，满脸堆笑着过来说，小爷又来啦。走，今天还有好菜。我要离开，却见鸣儿在一旁看着我。

我想，是时候来个痛快了。我大步走了进去，我必须再好好看看桃红的长发。

15

茶
归
心

　　八月，从山头飘来了大片云彩。云彩越积越多，变成了厚厚的黑幕。人们正欢呼着等待一场甘露的时候，忽又刮了一阵风，将云给吹散了。顿时，绝望的眼泪顺着城墙流淌到每一粒尘埃里。

　　德庆官寨的上空也没有一丝云彩。那努坐在窗口望着那一片片空旷的土地。这些年，他被岁月所侵蚀，头发里夹杂的白发都在提示着他已不再年轻。周边的土司和头人都种上了罂粟。可是，只有他手中的罂粟能卖出去，这真让人可恨！他们要十个银圆，那努这儿只要五个银圆，高兴的时候，他甚至还可以半卖半送，况且，许元芳收够了，也懒得再管他如何买卖，德庆府有的是精力来陪他们玩这游戏。渐渐地，有些人放弃了种植罂粟，有些人还在固执地坚持着。例如，索康府和拉巴府，依旧在背地里圈出了大片的土地专门种植鸦片，收割后全都放入了仓库。那努老了，他们终归是会有出头的日子的。

　　今年，地里干巴巴的，有的只是干裂的土块。那努让管家叫来了多布杰。来的时候，多布杰一脸无措，更显高瘦。那努对他说："你看那地里，看到了什么？"

　　"阿爸，那地里是荒的。"多布杰不解用意，在那努面前，他总是唯唯诺诺的。这些年，那努的性情有些让人难以捉摸，就连侍女拿错了喝茶的杯子也会让他大发雷霆，抽出鞭子打得侍女满地打滚，不一会儿他又喜笑颜开。大家都怕他，孩子们也躲着他。欧珠甚至为了离开让她憋闷的德庆府而选择了嫁给东边头人的儿子。出嫁那天，她深吸了两口气，头也不回地走了。多布杰感觉自己被抛弃在这天地之间，作为德庆府的儿子，他没有任何别的选择。

那努突然笑了，但这更让多布杰心中发毛。他说："是荒了，你说我们怎么办，儿子！"多布杰说："是。"他只会说是。那努挥了下手，他便退了出去。

德庆府的土地，从来没有如此荒芜过。幸而粮食还算充足，德庆府连一个饥饿的奴隶都没有。可是，就在这晚，红红的火光照亮了这里的半个天空。

谷仓燃了。

有人看见一颗带火的星落在了谷仓的房顶上，刹那间就起了火。待大家手忙脚乱地浇河水，用东西扑打时，火势已不可收拾。人们只能呆呆地站在远处，闻着空气里青稞和麦子的焦香，就像在看一场盛大的表演。骚动的人群突然呼叫起来，那火光中隐约显出一个人影，眼尖的人认出那是多布杰！

此刻，他正痛苦地在火焰中号叫，如一只濒临死亡而无法逃脱的野兽。吉桑下令让几个奴隶冲进去将他拖出来时，他已被烧得浑身黑红，惨不忍睹。

众人无不唏嘘。那努却拿出鞭子抽打了多布杰。

他恨啊！

不知道从何时起，多布杰抽上了鸦片。常常在扎尔那里一待就是一天。那努下令不容许他再去扎尔那里，不想谷仓却成了他抽鸦片的好地方。如果他不抽鸦片，如果自己没有种鸦片，如果自己当初没有娶白姆，如果……现在却只有恨，不绝的恨！

多布杰已无声息，鞭子抽过他焦黑的皮肤时渗出一些血。仆人把他抬回房间，就在天快亮的时候，发现他没了气息。喇嘛们还在昏暗的房间里念经，酥油灯一明一灭，德庆府的血，还是流干净了。

扎尔来奔丧，被仆人挡在了大门外。他开始哭号："侄儿啊，就这样惨死……白姆……你儿子死了……德庆府完了。"他抓乱了头发，而后又开始傻笑，用头撞着墙壁。大家拉开他，他依旧傻笑着。喇嘛看了说他疯了。听到这个消息，那努冷笑着说："永远也不要让他再踏入德庆府！"

多布杰的遗体在火海里化为灰烬。天落下了雨点，雨夹杂着酥油的火种，发出啪啪燃烧的声响。

欧珠看着火光对那努说："阿爸，你害了他。"

那努说："滚！"

松州龟裂的土地终于盼来了雨水。这雨，一下就下了十来天。

土地上的生灵，都欣喜地吮吸着久违了的甘霖。根饱满了，叶子也绿了，岷江的水也流得畅快了……

一切都被洗涤了一番，萌发出生命该有的颜色。

杰布要回来了。

吉桑在数月前就将这个消息带给了那努。

"他是该回来了。"那努一只眼睛里是悲凉，另一只眼睛里却充满了疑惑。不知为何，他没有急切的盼望。他是一个冷血、奇怪的父亲吧？别的家族早会为远游的孩子准备好宴会、准备好盛装，可是，德庆府还是一片寂然。在多布杰死后，这里就更冷清了。

府里的人都生活在莫名的恐惧中。许多人说在雨夜里看到了多布杰的幽魂，一身黑衣，面容狰狞，眼中流出鲜红的血，喉咙里发出咕咕的声响，在官寨里游荡。后来陆续死了几个奴隶，还有一个被吓得疯癫了。

人们说，孕济活佛的预言成真了。

杰布要是回来，只让人觉得多了个捏汗的人！

消息从头年的春天就开始传播，直到第二年的春天才有人来报，说大少爷早到松州，现人在龙安道上，需住上些时日才回官寨。

那努迷离着双眼说："哦，要回来了。"

"大少爷多年在外，是该好好四处看看。"吉桑在旁又说着，好似在避免一种尴尬。他也老了，干瘪的手指端过茶碗放在那努面前。

晚间，吉桑将杰布快归来的消息告诉了云秀。她对杰布如同自己亲生一般的疼爱，心中一直很牵挂他。她哭了，却无法言语。杰布走的那年，她生了一场病，然后就无法再开口讲话了。啊，杰布，我的杰布要回来了。吉桑见她这般，心中也十分感慨，他是真的爱过她的。这些年，德庆府的状况让他十分不安，私下里，他为自己做着生意，也存了不少的钱，想着有天或许能带着云秀一起过。

云秀在此后每天都要将杰布从前的房间细细打扫一下，日日在平台上眺望。

那努却越来越糊涂了。他有时会问，谁要回来了？杰布？哪个杰布？多布杰？杰布？……

是的，他很糊涂了。甚至把那些罂粟的种子发给了官寨的奴隶，让他们自己播种、自己收割、自己买卖。他就是要让那些妖冶的花开在德庆府的每个角落，生生不息。

杰布此刻戴着一顶帽子，穿着洋装，呆立在一座山峰前。清晨的光从山峦的缝隙中洒下金色的雾，几缕炊烟飘散在其中，犹如梦幻。光照在他直挺的鼻梁上，照在他小麦色的皮肤上，让他散出淡淡的光辉。

他依旧迷恋着那些色彩，那些绿叶和花瓣。在英国的学习中，他终于明白了色彩和光的微妙关系，对此也更为痴迷。从龙安道踏上故土的那一刻，他知道自己再也不会舍弃这里了。在小河堡，他和德尔停留了近一个月。这个"植物猎人"，在英国的时候就对那些从东方带来的植物十分着迷，对遥远的松州也充满了无限的向往。

一次聚会中他们偶然相识并成为好友，德尔惊讶于他居然是一个来自松州的中国人，一个喜爱植物与绘画的青年。德尔的脑海里时常都浮现出松州的一些片段：城墙、蓝天、寺院、繁花、凉粉……尽管这些都源于别人口中的讲述，但却在他的脑海里变得那样真实。在知道杰布要回家的那刻，他也十分激动。因为正好他也要去东方，寻找一些难有的植物。毫无意外，他选择了松州。两人一路风尘，一路风景。

李白曾云：

连峰去天不盈尺，枯松倒挂倚绝壁。

飞湍瀑流争喧豗，砯崖转石万壑雷。

直到亲身走过，才知何为蜀道之难！最窄处，只容得下一只脚。蚂蚁都能将人挤下悬崖。杰布二人紧紧抠住崖壁走过，连大气都不敢出，一阵轻风都可以将人吹下去。

杰布擦擦额头的汗说："龙安的茶叶，从这里运往松州各处。而松州的药材、马匹、皮货又从这里运到其他地方。"杰布顿了顿："我父亲，就曾在这条道上跑了许多年。"

"了不起，你父亲是个英雄！"

杰布沉默着，他很多年没有见过阿爸了，感觉想见，心中却又有一种难言的痛。

到了小河堡，看着古老的石板路，这个蓝眼睛的客人惊讶了。

在这个边塞之地，竟有片这样的地方：冬，寒而不严；夏，热而不酷。青瓦木房雕花柱，绿水青山绕庭院。人们日出而作，日落而归，全然桃源画面。

"上帝，杰，你故乡太美了！"德尔牵马在后面对着出神的杰布说。

"是太美了。所以，我很想用笔把这些都画下来，让世人都看到。"

这里真是极美的，自古就有"松州江南"之称。一年四季，都像是绚烂的画。在这里住了好些日子，德尔才在杰布的催促下开始出发。这条古老的茶马道在进入丹云峡后，风景变得更是让人目不暇接：山峰绮丽多变，泉流潺潺，众多瀑布从山峰倾泻而下，香卉漫漫，红果垂枝，灵猿摇臂，云升风起，让人有问道寻仙之感。

两人带着一干人马，行走一会儿，就要下马观景，采集标本。他们干脆就不上马了，一路走着，用丹云峡的泥土来慰藉双脚的酸痛。

德尔后悔为什么没有早点来到松州。

"上帝啊，你猜我一路发现了多少好东西？！连我自己也惊呆了！"德尔取下帽子，一脸兴奋地对杰布说，"足足有几十种兰花，还有珙桐、金色的猴子……上帝把他的花园搬到了这里！"

"这不是上帝的，是度母的。"杰布笑着说。

"是一切神灵的。"德尔也大笑着。

杰布给德尔讲着幼时和兰花的奇遇，德尔惊异极了。真的有这样的兰？他是相信杰布的，不禁期盼着自己也能见到。

"是度母的兰救了我！那种光彩，我一生都不会忘记。"这样的思绪又将他拉回了德庆官寨。他很奇怪自己为什么在初到他乡的时候，在梦里一次也没有梦到过故土。反而是决定回府后，才日日梦到蓝色的海子、青翠的松林，耳畔也常常传来熟悉的松涛。原来，那是一种植了根的思念，不论你走到哪里，身体里流淌的血液永远不会欺骗你。

听说多布杰死了，听说，阿爸老了，有些不着边际，听说……

在传言中，回乡的思绪越来越浓烈。踏入龙安古道的时候，他就暗自对天地说："我回来了。"

此刻和德尔一起走在这古道上，犹如梦幻。

走到白龙峡，见有一龟身驮着一石碑，上面苔痕斑驳，德尔走上前用手摸着那些朱红的字迹。

"这是松州的斩字碑。这不是龟，是赑屃。传说明朝有一松州武将叫万鳌，在朝廷中不得势力，对松州籍的官员得到重用尤为不快。他便心生嫉恨，在行至此处时，将赑屃的头斩去，断了松州的慧根。意为'龟飞状元回'，此后，松州当真再没出过一个状元。"

德尔本就对东方充满了好奇，听到这样的故事，他那蓝色的眼睛显得又明快了些，不禁用双手接住那山涧的泉水喝了起来。

"朋友，还要赶路。你看那些背子都走到我们前面去了。"杰布提醒着。

可不，在德尔眼中，那些背子是他所见过的实在的英雄。

简直难以想象在这曲折的山道和峭壁上，人居然可以如此用坚定的意志超越自然。千百年来，用双脚在石头上踩出了脚印，用汗水和泪水滋养了一路的土地。

虽然在苦水里泡着，他们似乎还是愉快而满足的。山道上，时常传来他们爽朗的笑声和悠扬的小调：

正月里来无事干，买本黄历手里翻，东一翻，西一翻，翻到二月十五上茶山。

二月里来二月二，收收拾拾姐家去，不知姐儿在不在，郎作揖来妹还礼，露水夫妻不作揖。

白木板凳拖一拖，叫声情哥你请坐，倒杯清茶解口渴。清茶倒起我不喝，有句话儿对姐说。

麻布袋儿白裹脚，就看你听说不听说。叫声情哥尽管说，一要约你上茶山，二要向你借盘缠……

一声声，唱得人在风中有些荡漾，心里开始发酸。

在山生云、树生风的峡谷中，每一处都是绝美的风景。杰布二人行至石马观，索性上了立于崖壁之上的观景亭。山风徐徐，流瀑蜿蜒从山尖细细飞下。

杰布和德尔对着山谷忘情地呐喊起来，回声在风里散开。

远处一人骑马而来，看那装束杰布就知道，那是德庆府的，来接他了。

那人取下皮帽躬身道："大少爷，吉桑管家已在玉翠峰下等了多日，一路打探你的行程。"

"阿爸来了？"

"老爷没有来。"

"还有谁？"

"没有了，大少爷。"

是啊，还有谁呢？德庆府，他是唯一的少爷了。

半日后，来到了玉翠峰下。正值黄龙庙会，远远便能看到坡下驻扎的棋子般的帐篷，在漫山杜鹃的映衬下显得更为洁白。来往的商客和马匹以及众多焚香叩拜的信徒已将这里变为山野间的集市。不论白天还是晚上，他们围在一起唱啊，跳啊，喝酒吃肉！买卖也是在喝茶、喝酒、吃肉的过程中谈成的。总之，黄龙庙会是一个盛大的关于夏日的聚会，经历了漫长的冬日后，人们所储存的激情都在"畅坝"的过程中发挥得淋漓尽致，篝火往往整夜都不会熄灭，歌声也此起彼伏荡漾在山野中。这是漫长的冬日过去之后盛大的狂欢！一切都在萌发，连同人的情欲。有人对歌就对到了帐篷里面，对到了山上的灌木丛里，一切都升腾起浓浓的爱。

太棒了！一股浓浓的欢喜在杰布的心头萦绕，他不禁笑着策马飞奔起来。

马也癫狂了一般，疾驰着。

猛然，马儿嘶鸣，停了下来，杰布好不容易抓紧缰绳才没被甩出去。定睛一看，眼前站着一位女子，正一脸怒气地望着他说："这马差点撞翻我们的马车！"她的脸粉白粉白，气极了，又带了两朵红霞，绣着粉白花红的青衣随着山风飘扬，夹着青丝，别有韵味。

杰布呆呆地望着，那女子也看见他清澈的眼，脸上的霞更红了，低了头，急忙回到了车上。

"是个美丽的女人！"德尔说。这时杰布才发觉，佳人已不见了踪迹。这场景仿佛在梦里遭遇过，那眸子，那轻盈花朵……

到达德庆府的驻地时已是黄昏。熊熊的篝火已经点燃了，上面架着一只只滴着油脂的烤羊。仆人们早已将一干饮食连同矮矮的桌子一起抬了上来。杰布使劲吸了一口气：就是这样的气息！里面有山间的草和花，熬煮了许久的老茶，鲜嫩的烤肉，醇香的青稞酒……夕阳给这一切镀了一层金色的光，让人有些亢奋。

德尔和大家围着篝火四肢僵硬地跳着舞步，很愉快。杰布微醺着眼睛，好像又看见了那轻盈的衣衫，他有些醉了。

天明，杰布揉开了眼睛。吉桑来提醒他，务必在黄龙庙会上露脸，因为德庆府许久没有让人吃惊了，再者，也让大家见识一下德庆府的大少爷是什么风范。

随后让人拿出早已准备好了的行头：一双彩靴，獭皮镶边的莲纹双袖缎袍，一顶嵌着红宝石的帽子，一把嵌着各色珠宝的短刀。

"今日就不必换了吧。我只要这个。"杰布拿着画笔在吉桑面前晃悠着，出了帐篷找德尔四处游逛去了。

吉桑示意下人收了衣物，自己立了一会儿，见到杰布还是这样随意，他不免又开始为德庆府的命运、自己的命运担忧了。

山上的花成片地开着，德尔一边用相机拍，一边感叹，待还要去观赏时，却被人拦了下来。

"怎么回事?"杰布立马也跟了上来。

"这是我家老爷吩咐的,女眷在内,只得如此。"驻守的下人回答。

"府上是?"

"松州董家。"

杰布踮着脚放眼穿过灌木林,那间隙里,分明看见了朝思暮想的青衣女子。他有些失而复得的感觉。

在接下来的打探中,他的心被揪住了。

董家小姐很是出众,一双香气四溢的牡丹鞋不知让多少人为之倾倒。可是,就在董老爷决定将她许给茂州一大户后,那大户的儿子居然就在当夜暴毙。他们死活咬定是董家小姐克死了他们的少爷,不仅要回了聘礼,索了许多钱财,还四处造谣董家小姐是妖孽托生。为此,两家吵了个人仰马翻、天翻地覆。松州城内人人都说一定是董家小姐克死的,她如此美艳,不是常人能享受的。为此,董老爷病了好几个月,稍好后,便决定带着女儿参加黄龙庙会,一来祈福,望再择良婿;二来消消晦气,顺带赚些银子。

杰布丢下德尔奔回了帐篷去找吉桑。

此刻,吉桑刚从拉巴家的帐篷回来,他做了笔划算的买卖:将德庆府余下的罂粟卖给了拉巴家。这足够他日后生活无忧了,他得为自己找好出路!

"快把那身衣服给我找来!"杰布有些急切,说着就开始脱洋装。

"少爷是又被那蓝眼睛妖怪给弄糊涂了吧?"吉桑有些疑惑。

"我这就要去转转,还有,给我讲讲,来的都有哪些人物,我们该做些什么。"

"少爷有兴趣做生意了?!"吉桑还是满脸狐疑。

"这个……"杰布顿了会儿,没有回答,又开始催促吉桑帮他穿下衣服。

于是,吉桑边帮他穿戴边给他讲一些事情。

两人在集市转了好一会儿,吉桑也不知道杰布到底要干什么。他无非就是在集市上看看稀奇玩意儿,看看朝圣的人群,哪里像是做生意的。德尔忽然从人群里钻出来,拉着杰布就要走,他说:"带我进山。他们告诉我,那里很神奇,我……"他这才发觉杰布换上了流光溢彩的装束。"天,你这是要去参加什么宴会吗?"德尔吃惊地看着杰布满身的珠光宝气。杰布说:"明日吧,进山还要些路程的。"

"我怕我今日会失眠的,你也不想我那么悲惨吧。你就是这样款待客人的吗?"德尔有些着急了。

吉桑小声说着:"土豹子。"却被德尔听到了,他笑着说:"我知道,你在骂我。"吉桑有些尴尬。杰布忙说:"他是东方迷,你还是不要讲他坏话,这个蓝眼睛听得懂。"杰布大笑着,然后吩咐吉桑牵了两匹好马,带上几个下人,一路奔向黄龙寺。

16

花
别
路

　　我把身上所有的钱都拿出来了，他们让我待在了桃红的房间里。她过来解开了我的衣服，我浑身开始颤抖。她说："我让你变成男人啊！"

　　男人应该是强壮的，我十分愿意变强壮。我体内的万匹马都脱了缰，血液也开始沸腾，让我灼热。我们一起吼叫着，我握着她的小兔，睡着了。

　　我醒来时已是天黑，桃红的长发在灯下泛着好看的光泽，她说："要常来啊，我等你。"

　　我又找来了欢愉，可见，世界的一切都是可以改变的。没有永恒，也没有纯粹。

　　我大步走回家，不怕！我是个男人了！果然，他们都在厅里坐着，看来已经等我很久了。我笑着拿出桃红的肚兜擦着汗。

　　母亲过来给了我一耳光。

　　父亲笑着说："学会这套了。"

　　鸣儿说："那里的人和他熟得很！"

　　我想说，你才很熟吧。上次我明明在窗边见他和一个女子抱在一起。我不过是去认识欢愉的，是他让我彻底解了桃红的衣服。

　　我跑过去给了鸣儿一耳光。父亲给了我一耳光。

　　母亲连忙又说："他还是孩子！"

　　这年，我不想过了！

　　我突然说话了，喊着："骗子！我父母早死了！"

我捏着拳头砸向红漆柱子，皮裂开，流下血丝。

他们都愣住了。

母亲哭了好半天，红着眼睛对我说，好，我告诉你……

漫天飞舞的雪瓣混着桑烟笼罩着小城，我跪在地上，心口紧得发疼。

我是德庆土司的儿子！我的百姓还在等着我回去，我的官寨还在等着我扫净堆积的灰尘，我的家仇还在等着我去洗刷，我的……

一个声音从影壁后传出来说："说得没错。但还有让人难料的，我来告诉你！"

"这个你一直叫父亲的人，也是该对你父母下跪的罪人！"那人瘦瘦的，腰间别着一把耀眼的藏刀。他愤怒地指着父亲。

"铁达头人！这是要干什么！不请自来就是为了诋毁我吗？"父亲的气势不减，上前一步盯着他。

"不，我不是来证明的。真相自然会在心中显现。这些年我一直在暗中访查。"他在园中慢慢走着，像在自语，"曾经，是有人故意放孔明灯烧罂粟田，让人以为是德庆官寨所为；曾经，有人知情不报，任由王守备带着一干人在城中肆意妄为！你不清楚？"

"不，江生，你告诉我，这不是真的！"母亲后退一步，差点跌倒，她扶住桌子，悲伤和恐惧让她的身子忍不住颤抖。

"花瑶，这样的无稽之谈你也相信？！这些年我对你如何，对重华如何？"他死死盯着那个铁达头人，"不要用没有证据的事情来污蔑我！好了，你是来做客的，我梁江生万分欢迎，若你是用这些没根据的话来达到一些目的的，那你还是离开吧！"

母亲的眼神淡了下来，双眼看着父亲，神情之中是被欺骗后的怨恨。

铁达头人对我说："少爷，随我回去吧。"

我要随谁回去？！我又是谁？！这真是个癫狂的世界！

漫天的飞雪啊，我跑出大门，不想回头了。耳边是母亲带着哭腔的呐喊，重华，重华啊……

院中，母亲对铁达头人说："这下，你满意了。"

铁达头人对母亲说："你以为你的未婚夫们的死都是巧合？！真的是你命硬？"铁达头人转身："不管央金与你如何，我要做的还是会做！那两个孩子……是你梁江生的孽！"

飞雪落在母亲的眼睛上，化成了晶莹的泪。

她对父亲说："为什么你要杀了他们！你知不知道这样做是毁了我们董家！你为什么要这样残忍！"

父亲冷静地说："不是的。我是这样爱你！"

"我居然嫁了你！"母亲冷笑着命运对自己的嘲弄。

"你爱过我吗?! 没有！你无时无刻不在想杰布！不是为了重华，你会嫁给我吗！你还觉得不公吗？我爱了你三十几年，从小就只能在门缝里悄悄看你，那时，我就是你家的背子！"父亲痛苦地抓着头，"我拼了一切闯到现在，以为会在你心里占有一席之地，甚至和央金在一起也骗自己那是你！我恨！可我也后悔过，我想告诉她，但我别无选择！当时的情况我根本就不能控制……"

一口鲜血从母亲嘴里喷出，下人们手忙脚乱地呼喊着。

鸣儿呆呆地看着这突如其来的一切。

我在雪地里狂奔，身后的影子对我说："少爷，该回去了！"

我哪里也不想去，只想往前奔，往前奔。

摔倒了，一只手拉起我，带我往有亮光的地方去。

我坐在了王半傻的窑洞里。

他咧开黑黄的牙对着我笑，不停叫嚷。我不想搭理他，只想静静坐会儿。他在破席子下翻出一册皮书，拿到我面前，示意我打开。

好似有一种魔力，我看了那书一眼，就忍不住想去抚摸。就像抚摸着女人的肌肤一般让人陶醉，那皮可真是光润！

外面刮着呼啸的北风，窑洞的破帘子不住扇动，把雪花带进来。

好冷，我拉过一床破棉絮裹在身上，困得眼皮都睁不开，只听见王半傻还在耳边叽里呱啦，叽里呱啦。

呵，这个王半傻！也算是传奇。他们说，多年前匪徒袭城，他愣是跟着叽里呱啦跑了一夜，见着被杀了的人就哭几声，那一夜后，他居然还没死。照样又拿出小凳子在窑洞门口晒太阳。只是不大去那些商铺讨食吃了，也不大跟在我父亲身后转了，哦，不对，应该说是养父。人们说，他好像比以前更傻了，不爱笑了，老是看着天上发呆，说着一些听不懂的话。

他们说，满城的惨状把他的魂全都吓没了。

我睡着了，居然梦到了桃红。那黑发慢慢铺开，缠绕着，缠绕着，我的心口紧得无法呼吸。

"啊!"我大喊一声。

看着帘子停止了摆动,风雪好像停了。

外面白茫茫一片,好干净!

我怎么办!

没有可去的地方,也不想让他们找着我,我日日就在窑洞里窝着。

王半傻有时会带回来几个馍,有时会带来几块洋芋,和着酥油和糌粑,我居然吃得很香。

他又不知从哪里找来了半块茶砖,掰开放在黢黑的茶壶里熬着,乐呵着给我倒上一碗。

睡够了,肚里暖和了,我的头脑就清醒了些。我跑出来了,却不知道到哪里去,不知道月儿是不是在找我,不知道采苓会不会忘了我。

元宵节来了。城里的树梢都挂上了好看的花灯,户户门前也都挂起了红红的灯笼。记得我还是梁少爷的时候,元宵节是我最喜欢的日子。我会和喜鹊他们一起从南门走到东门,再从东门走到北门,然后登上西门,看遍那城里的花灯,赏够一城的绚烂。

可是现在,满城的璀璨,都是我心中火焰的伤。

我想到了吴夫子。

顶着破毯子,穿过跳花灯和舞龙的人群,踩着脚底噼啪噼啪的鞭炮,我灰着脸敲开了他家的大门。

我取下破毯子,他好半天才认出了蓬头垢面的我。我知道我已经像一个乞丐了。

"重华,快进来!"吴夫子关切地让我坐在炉边好好暖暖。

"听说你母亲病了,"他边给我打水洗脸,边说,"不过,应该没有大碍。她到我这里来过!"

夫子咳嗽着,他老了,头发就要全白了。他说:"为什么不去面对?你应该是能成就一番事业的。去试试?像你父亲一样。"

我马上抬起眼睛看着他,眼里有了些神采。

夫子摸摸我的头,看着我的眼睛说:"你父亲德庆杰布是一位人物。你还真像他。他不畏权贵,特立独行,为城中的百姓做了不少好事!可是奸佞横行……"他叹息着,喝口茶又说:"你的母亲也是位奇女子,自己点火烧了鸦片库房,实在让人感怀。"

我伏在桌上抽泣着。

夫子又说："你知道格登到哪里去了？他现在是一个头人的奴隶了！"

我吃了一惊，怎么会，他是自由民啊！

夫子接着说："他的父亲在放羊的时候打死了咬着羊不放的狗。可他不知道那狗是头人家的。因此，需要他们为奴还债！"

我听得张大了嘴巴。没曾想过，这样的事情会在我的身边发生。只因一条狗，就要让人用一生来承受为奴的命运，真是不公平！

"知道为什么吗？因为没有可以救他们的人！真是没错！眼看朝廷没了，想着变了天，会好的。可又没想到，还是一样乱糟糟。"夫子的语气里充满了悲凉，充满了愤怒。

他又对我说，"重华啊，有亡国，有亡天下。亡国与亡天下奚辨，曰：易姓改号谓之亡国，仁义充塞，而至于率兽食人，人将相食，谓之亡天下"。

我懂，他是说现在管理国家的人做得不仁义，这是真正的亡了天下。

"你的父亲尚且能凭萤火之光逐山巅之火，你是他的孩子，更肩负责任！要积蓄力量才能让自己强大，改变这个世道！"

我看着他，我不是很清楚，我的心里还有很多疑惑。改变世道？好遥远的东西。

"去当好一个土司，让你的百姓过上好日子。这样和你说，你懂吗？"

我点头，又摇头。

我要走了，夫子说："重华，记住我说的话。"

我披着破毯子去找采苓了。

躺在兰府的台阶下，等了很久才看到她远远地过来了。我闪到旁边的树下。

元宵节，她穿得真是好看，粉色的衣裙，粉色的头纱，粉色的披风，就是一朵粉嘟嘟的花！

路过台阶，她向我这里看着，我期待着她能认出我来。

她果真认出了我，让下人在门旁等她，向我飞奔着跑过来。

"重华?"

我抬眼。

"真是重华！我感觉就是你，你……"她的眼里是怜惜。

我轻轻拉起她的手，翻过来，在她的手心轻轻写了几个字。

她握在了心口。

那边，下人说："小姐，回来啦！和讨饭的说了这半天！"

我擦擦眼泪，转身走入一城璀璨的热闹里。

又是一春。

我不停地走，想寻一些苦痛来治愈心伤，也想寻一些欢愉来让我不要对人世彻底失了希望。脚上的水泡干瘪了，又在上面亮一个，重叠之下，结了棕红的茧。鞋早就破了几个洞，可没法不穿，总比光脚要好得多。我越来越像一个乞丐了。不！我分明就是一个乞丐。全身上下散发着难闻的味道，我却也不觉难堪。

走到雪栏山，我捡了只豹。

那天，我好不容易爬上了高高的山坡，看着东边白雪皑皑的海螺山在夕照下发出金黄的光，我无比激动地呐喊着，狂奔着。我跑累了躺在岩石上，南面的扎尕山像绿色的松石立在雪山下，一方的山上红似火焰又奇形怪状的岩石，让人见了会对天地产生一种由衷的敬畏。

闭眼，这天地间只有我一个人了！

忽然，耳边有什么东西在叫，一声声，在空寂的山里显得更是无助。

坡下，是一只绝望的小东西！

母豹不知死了有多久，一条腿没了，伤口黑乎乎的，一块发红的骨头赤裸着。身旁，躺着两只小豹，一只没了动静，另一只转着头，仰起脖子拼了力气叫着。

不知怎的，那叫声让我想去救它，尤其是看到它那双望向我的蓝色的眼睛，我更无法不管它。可是，我该怎么下去！

我四处寻找树干、寻找绳子……哪里有什么可用的东西！

我快绝望了。

这时，远远传来了马铃声。

马帮来了！

我拦住了头骡的去路，整个马帮十几匹骡马都停了下来。

一个人下来大声骂着，哪里的野小子，找死来了！

我还是张开双臂，坚定地站着。

一个戴皮帽的人下马向我走来。看来是锅头，我拉着他向那崖边跑去。

那人一看，好啊！可以做身皮衣了！

于是放了绳子，我抢先下去，把小豹揣在怀里。他们正在看那母豹，锅头说，看那伤口，应该是它自己咬断了被兽夹夹住的腿跑掉的，身下还有胎盘，是逃出后才生的小豹。这母豹，是为了肚里的孩子！

旁边的龅牙说，有帽子戴了！说着就跑去抬母豹的尸体。

锅头踢了他一脚，说："你缺帽子戴？"然后，他将母豹和小豹的尸体扔下了崖。

收了绳子，锅头向天空撒下一摞风马，看看我怀里的小豹说："蓝眼睛的豹子不多见。养不活的，放了给山神爷吧！"

他们上马离开了。

我和小豹跟在身后，他是个好人。我饿了，我得跟着他！

马蹄扬起的尘让我咳嗽着，他们快我也快，他们慢下来，我也慢慢走。

走出雪栏山，他们在玉翠峰下搭起帐篷，马被拉去吃草了。营地中间放着货物，旁边点了两堆篝火，上面放着罗锅，里面散发出米香。

我远远站着，怀里的小豹也开始发出呜咽的声音。它也饿极了。

我看着他们开始端碗，我饿得有些发昏的眼睛看见锅头在向我挥手。

他真的在向我挥手！

我跑过去，他端起一碗饭，在上面撒了些盐，又从火灰里扒出一个辣椒捏碎了放在碗里。

我坐下，大口吃起来。这些日子，我都是跟着马帮混饭吃，我知道，他们不会吝啬一碗饭的。

我又将一些米粒放在小豹嘴边，可是，丝毫没有引起它的兴趣。

"它不吃这些的！"说着，锅头用刀从旁边的包袱里切了块酥油，化了水递给我。那小豹闻了味，马上就爬出来吧唧吧唧喝起来。

吃完饭，天也黑了。

有个麻子端着锅到溪边，狠狠捧了几口水喝。我端过锅，在旁边洗起来。他们给我一碗饭，我不想白吃！

麻子蹲在旁边抽着烟袋说："眼力见儿还行，"他磕磕烟杆，"叫什么名字？哪里人？"

我抓了把泥沙刷着锅。

听见他起身边走边说："看着机灵，原来是个哑巴。"

我抱着小豹，躺在离马帮不远的树下，摸着它厚厚的毛，暖烘烘的。快要睡着的时候，有人踢了我一脚，是麻子。他说锅头让我过去睡！

这山下，正起着寒气，我爬起来在火堆旁躺下，那些人都去睡了。剩了一个老头拿了把二胡坐在火边，呜呜咽咽拉起来。

拉了一会儿，里面骂着："二爷，看好火就行了！成天鬼叫一样拉！睡不着！"

那叫二爷的老头，还是不管不顾地拉着。他对我说："难得有人陪我守火堆。麻子说你是哑巴。"他手上轻轻地拉着弦，"他们喜欢我拉二胡，尽管听得他们心里发慌，想家……"

他还自顾和我说了好些话，我听不清，耳间只有起伏的二胡声，满天的星光洒下来，摸着怀里的小豹，我慢慢睡着了。

天还没亮，他们就把我吵醒了。忙着收拾帐篷、抬货物，马也叫着，闹哄哄的。

二爷扔给我一块饼说："吃吧，我们要走了，看你也是可怜人。"

我咬着那饼，真硬！

他们要走了，我也漫无目的地不知又要走到哪里去。这时锅头骑在马上说："走啊！"

我站起来，愣在那里。

"让你跟我们走还不愿意？那你留在这里喂狼吧！"他拍拍马脖子，马群就动起来了。

我不想喂狼，我就和他们走了。

锅头说："二爷，让哑巴夜里和你看火。"

17

茶

情 起

藏龙山时而壮美，时而秀丽，耳边是动听的鸟鸣和泉水流淌的声响，眼中是德尔倾尽一生也难见的景象：数百个玉池层层叠叠，在阳光下呈现出奇异的色彩，或蔚蓝，或鹅黄，或翠绿，或黛色，或山青……杜鹃花在池边摇曳生姿，一枝枝在别处不多见的兰花在草丛中争相开放，花影、云影和山的姿容都映照在池水中，似明镜、似盆景，镇海池中明代的石塔跟随山间的松涛诉着久远的传说，溶洞里、瀑布下，都有一段段令人动容的故事。远望玉翠峰，山峦耸立入云，几座庙宇飞檐端庄，青烟淡淡，让人忘了是在人间还是仙境……

德尔跪在了地上，用他特有的方式向他的上帝祈祷着。他的眼中流出了泪，对杰布说："谢谢你，朋友……我不知道说什么好了。你知道，语言在这里也是苍白的。"

"这只是我故乡的一角，我的出生地，也是这番景象。从幼时，我就想把这些画下来。"杰布很自豪地说。

"以往看你画中的风景，总觉得那是你的梦境罢了，我向你道歉。"德尔说。

两人就这样站在群山的怀抱中不再言语。夕阳的光落了下来，池水更静谧了。忽而听到前方转花池旁有些嘈杂，两人便走了过去。

这转花池有一个传说，说是一仙女爱上了人间的男子，可是又不得不回到仙界。于是，拔下头上的玉簪送给了心爱的人。她走后，爱人便拿着玉簪化为了一池泉水，永远守候在那里。池水甘洌，池边群花斗艳，花瓣入池，并不会流走或沉入池底，而是在池中均匀旋转，故名转花池。许多人都会来这里用旋转的花瓣占卜自己的姻缘，有时，两瓣花会旋转在一起，有时，任你丢下许多花瓣都不会有交集。

池边围着些许人，像在打捞什么东西。杰布二人奔过去，只见池中一粉衣女子，欲要挣扎站起，却又滑了下去。池水并不是很深，但由于全如玉般滑腻，要站起来实在是难！何况各色池水相连层叠，要滑入深潭就更麻烦了！旁边的人早已吓呆。这时，那梦中的青衣女子竟然走了下去。只见她拿着根手绢欲甩给那女子。

"快抓住！"

杰布来不及多想，甩掉袍子就冲了下去。

粉衣女子已无法站立，池水浸没了她的头发。青衣女子十分焦急，一时慌神大哭起来，不小心也滑了下去。但她一瞬间又强撑着站了起来，被池水染了的胭脂像是红泪般滑过脸庞。杰布厚实的手掌拖住她的腰身，将她送回了岸边。第一次，她感受到了男子厚实的手掌的温度。她认出他就是那日骑马的人，一丝红晕又上了她的脸颊。稍后，她又收敛了嘴角的一丝笑意，仿佛才回过神来，又疾呼："花瑶，小姐。"

此刻的杰布早已迈开大步，用他的腰带将粉衣女子揽入怀中，麻利地上了岸。董花瑶早已没了力气，不停地咳嗽着。她睁开湿漉漉的眼睛，就看见了杰布清澈的眸子。这双眼睛，有着她从来没有见过的光芒，一时间，她的脸颊也红了。

青衣女子连忙过去关切地说道："花瑶，没事吧，看，你手擦伤了……"然后，用自己的手绢给她包了伤口，杰布却看到青衣女子膝盖处的裙衫分明也渗出了血色。

"感谢这位少爷，敢问府上是？"旁边的下人见他装扮非一般人家，急忙道谢。

"德庆杰布。"

"德庆府的少爷。早听说过德庆官寨有位留洋的少爷。今日谢谢杰布少爷救了我家小姐。"这些人有些惊讶地说。

"我也正要找董老爷做笔买卖，不想，却在这里遇到董府的人。"德庆故作镇定，心中却无比激动——终于，又见到她了。一时间，他竟笑了起来。德尔在旁边说："杰布少爷见到美女就十分喜悦。"杰布感觉失态，只朝青衣那儿望望，却觉得心更慌了，于是又故作镇定，对那人说："明日我来拜访董老爷。"

转身走的时候，杰布分明听见粉衣女子说："临秋，你受伤了……"

临秋？她叫临秋！终于，知道了她的名字。他不禁又笑了，心中还不断回味着刚才的片段，可是，什么也不记得了，他只记得那抹青色，那脸颊上的红痕。

花瑶起身的时候，却发现一个花状精美的噶乌被勾住，挂在了衫上，"一定是他的。"她心里想着。临秋也看到了，她也想，这一定是他的。

花瑶拆开包着手的手绢，将噶乌仔细地包了起来，嘱咐临秋放好。

回到帐篷，下人们被狠狠惩罚了一番，"平常养你们，就是这样护着小姐的？没人搭救，小姐就被你们害死了！"董老爷大发雷霆。

"父亲，是我自己要他们带我去的。况且，我只是擦伤了点。我……"

"临秋，把小姐带回去！"董老爷呵斥着。

临秋只得带着花瑶回了她们的帐篷。

花瑶叹息说："临秋，我觉得心里很闷。我只是这家里的棋子，让我走这边，我就绝不能走那边。"

临秋心中也很惆怅。她本也是富家小姐，父亲和董老爷是世交，可是，父亲却迷上了鸦片，将家财散尽，被人当街打死，母亲也饮恨而终。幸而她十岁那年被董老爷收留，从此，留在了董家，专伴董家小姐，与她一起教养。二人如同姐妹。

临秋说："老爷也只是烦心。那家人也太欺负人了，自己死了，怎么就说是你克的？"花瑶知道，董家的生意已不如从前热闹，世态炎凉，她算是有些体会了。父亲一直想给她寻门可以帮助董家生意的亲事，可是，被那家人一闹，谁还敢娶！这是她父亲的心病！

花瑶靠着床沿，却又笑了。

临秋侧头问她："莫不是因为那杰布少爷？"

花瑶打趣说："不是的，倒是看他瞧你有些脸红。"

是吗？临秋的嘴角露出了一丝笑，但这笑，很快又收敛了。

她只是个寄人篱下的女子，有什么可以奢望的。

两人褪了裙衫，分侧卧下。无言，心中却是波澜万千。

晨间，杰布带着吉桑前来拜访董老爷。董老爷自是喜上眉梢。许久，也没有这样气派的人物来和他谈买卖了。他招呼下人在帐篷外围了一圈，故意造出声势，让众人知道德庆府的人亲自到他这里来做买卖了。

董老爷说："本应我去府上答谢的。若不是少爷相救，花瑶一定堪忧。"

"小姐可还好？昨日落水，不要着凉才好。"

董老爷又让花瑶出来道谢，客套一番。

杰布望着花瑶，似有所言，却又无话。

管家看着，顿时明白了几分，又提醒杰布，生意，生意！

杰布顿时梦醒般愣了愣，又和董老爷定下了许多茶叶。虽然，德庆府已好些年没有做茶叶的生意了。

杰布在路上被人叫住，转身，却是临秋。他有些慌了，说："你……"

"我……花瑶小姐让我把这个还给你。"临秋摊开手绢，将噶乌递了上去。

"我以为掉转花池里了，正寻思让德尔和我去找找。这是我出生时父亲命人打造的，听说，我母亲很喜欢。"

"唔。"

"可是，我出生不久，她就去世了。"杰布不知道为什么要说这些，和她在一起，他觉得很安宁。他伸手去拿，却连手绢一并拿了过来。

"那是我的！"临秋有些懊恼。

"我喜欢！"

杰布上马飞奔而去，临秋裙衫上的花瓣随风浮动，这风里，似乎带着甜味。

眼见庙会要结束了，会首们脸上都洋溢着胜利的气息。各类药材、山货都在这里找到了主人。有人在这里收获了爱情，回去的马上多了个柔情的姑娘。

德尔似乎意犹未尽，带的本子上都写满了字、画上了图。老是见他啧啧称赞："上帝，这是个什么地方！"

要回家了，杰布有些不舍，因为不知道什么时候才能再见到临秋。

山脚下，盛会上的帐篷一顶顶被收了起来，大家就要陆续离开这里了。管家也在吩咐下人收帐篷。杰布突然想起了什么，策马而去。管家大喊，杰布说："很快，等我回来！"

管家看看德尔，德尔也只有无奈地耸耸肩。

杰布一路奔向转花池。他觉得自己是可笑的、可怜的。他把池边的花丢了一瓣进去。紫色的瓣在泉水中旋成一道带光的色彩，就那样孤独地转着、转着……

收拾好有些失落的心，杰布准备回官寨了。大家一路行进至雪栏山，一阵风吹来，竟带着几片雪花。雾气未散，云在脚下升腾，太阳照在海螺山上，发出夺目的光。

杰布对德尔说，夏旭冬日是菩萨的海螺，是我们的神山，每年这个时候，都有人来这里朝圣。你看那匍匐行进的朝圣者们，都在这里向神山祈祷。

德尔说："壮美能发光的山！"

是能发光！这一路都埋藏着无数的宝藏：水晶、宝石数不胜数。那神山下也有无数的水晶，可是，却从来没人能攀登到顶。

"那没有什么好稀奇的！"吉桑卖起关子，自豪地说，"我和少爷曾经到过那山上，亲眼见过一个洞口，里面全是发亮的石头！"

德尔说："恭喜你，发财了！"

"你这个洋人！我们是不会做对神山不敬的事情的，那都是属于神灵的！"吉桑说。

德尔还要说什么，杰布说："我们不会做有损神灵的事情。"

这不得不让德尔对这个雪域上的民族又多了几分钦佩。

直至夜半，一行人才回到了德庆府。

杰布长吁一声，他终于回来了。

山脚下的府邸显得格外安静，大门敞开着，点燃的火把照亮了儿时的路，一切，还是那么熟悉。

下人黑压压地跪了一地，然而，四周却安静得如同无人一般空寂。吉桑带着杰布去见那努。一上楼，就见侍女都跪在门外，杰布不解，吉桑说："老爷现在就喜欢一个人待在屋里，只好让她们在外面。"

杰布用颤抖的手轻轻推开门，"吱"的一声，门开了。他看到熟悉的身影坐在榻上，花白的头发散开着，两颊陷了下去。

"阿爸！"杰布呼唤着。

然而，那努却毫无反应。他曾是那样英勇无畏的人，强壮到血液都要从肌肉中喷发出来。

好一会儿，那努才开口，低沉地说："回来了，都回来了……"

"我是杰布。"

"嗯。"

"阿爸……"

那努抬起血色的眼睛，盯着杰布看了好半天，他用手抚摸着杰布的脸，是的，就是这熟悉的脸庞！多么像是年轻时的证据啊。他不禁流下了热泪……

杰布退出，拉上房门，好像合上了另一个时空。

那昏黄的走廊一边，绝美的壁画被月光照亮，洋溢着一层难以言说的光晕。不知道为什么，杰布此刻心中徒增陌生的感觉，只听见德尔在一旁连连发出赞叹声。

"你住这里！"吉桑停下脚步，指着一侧的客房说。随后，一个侍女过来，躬身打开了房门，点燃了灯。里面也是雕梁画栋，缤纷异常，德尔对侍女说"谢谢"，不料那侍女没见过洋人，更没人对她如此客气过，竟然害怕得跪了下来。

德尔无措地说："怎么？我哪里又错了？"

"他们都是牲口！"吉桑又呵斥一声，侍女便像一只受惊的鼠一样匆忙溜了。他又对杰布说："你的房间还是老样子。云秀早早就给你收拾好了。"

和德尔道好晚安，杰布顺着记忆中的路，推开了自己的房门。

一切真的还是老样子。

红木的床，黄色的锦缎被子，还有儿时的一些画笔和颜料，就连窗外的月亮，好像也还是曾经的模样。

杰布走了进去，轻轻抚摸着那些东西。他感到有人站在门口，侧身一看，对了，是云秀。她也有些苍老了，清瘦了很多。她不断抽泣着，望着这个离家多年的孩子。

"云秀阿妈，"杰布愿意这样称呼她，他跑过去握住她干瘪的手，激动地说："我回来了，你高兴吧，啊，杰布回来了……"

云秀挂着泪笑了，捋捋他的身子，是啊，他长大了，是一个帅气结实的小伙子了。

"我不会再离开这里了！"杰布说。

云秀突然发出惊恐不安的喊叫声，吉桑连忙安抚着说："好，杰布回来了，你放心啊。知道你太想少爷了，走，让他好好休息吧。"云秀掩面哭泣，杰布问："怎么了？"却得不到任何回答。

吉桑说，她哑了。

在杰布走后的第二年，她就生了场大病，虽然捡回了命，但却不能说话了。

杰布也流泪，一时间不知道该说什么。待他们出去，他躺下后，走廊那些壁画上的神灵便拥挤着向他诉说什么。他的耳朵嗡嗡作响，一直到天明，他才睡着。

一早，他又被侍女叫醒，告诉他索康府的人来拜访了。

杰布只得起床，梳洗穿戴。索康府的少爷那格，他是熟悉的。这些年，他们跟在德庆府的脚印后赚了不少钱，索康老土司逊位，那格就成了索康土司。

杰布下楼，走入客厅，那格正在盯着墙上的画。他想起幼时，他们曾在黄龙庙会和赛马场上玩闹过。幼时的他是一副不可侵犯的模样，此时，他的神态倒和幼时没什么大的变化。

杰布说："怎么，你也对画有兴趣？"

那格转过身，上下看了看，说："可比不得你。这些年在英国倒是过得很舒坦。来，你看这老虎，总是让人感觉画错了。"

夕阳映照在屋子里，给壁上的画上了温暖的颜色，老虎也像是有些慵懒了。

"年前就听说你要回来了。看见你阿爸了？那样的一个人，被自己折磨……当然我并不是来看笑话的！"

杰布说："你不会只是来看画的吧？！"

那格笑着说："从小一处玩的时候，我就只看得起你！你比那多布杰强多了！"

杰布坐下闻了闻杯里的茶道："怎么，你一大早是夸我来了？"

那格也坐下，端起茶杯喝了一口，说："你才是最智慧的人，离开了这里，谁也管不着。听说你在英国帮达拉做生意也是头头是道。想不想和索康家联手？你知道，我的土地已经被那些没良心的豺狗分得差不多了。"他又喝了口水说："啊，怎么样？"

杰布不说话。

那格继续说："你知道那大旱吧？地里几乎什么都没有了。这些年，你阿爸也……我是你最好的搭档。"

杰布站起来，走到李公麟的画前说："以往，我不知道这虎为何没有尾巴，现在我明白了。"他转过身说，"古人怕它跑出来。可我不怕。以后便要给它添上尾巴。"

那格的嘴向一边拉扯，笑笑说："气魄！我还要到城里，先不打扰了。"然后他又把嘴贴在杰布的耳朵上说："扎尔早知道你回来了。"

这个装疯的人，还活着。

18

花
海
子

马帮走得紧，我只有喘着气跟在后面。见我落下，二爷就过来跟我说话。他说，这一路共有五关十一堡十五墩：雪栏关、风洞关、红岩关、铁扇关、虎牙关、松林堡、红岩堡、伏羌堡、三舍堡、镇远堡、小关堡、松烟堡、师家堡、四望堡、龙潭堡、峰岩堡，大石墩、盐井墩、仙足墩、镇远墩、宁边墩、镇宁墩、高桥墩、仰止墩、虎威墩、猫儿墩、漆树墩、甘沟墩、吉安墩、石险墩、木瓜墩。要想吃饭就抓紧点儿走。

我怀里揣着小豹几乎小跑着，吃饱饭，才有力气活，才有力气看！

说到看，我可不想辜负了这峡谷里的风景。

这里真是别有洞天！一幅绮丽的丹青在这里铺开，一点笔墨也没有浪费！俏丽的山峰肆意展示着天地的鬼斧神工，忽如笔架，又似明月，一会儿一棵造型奇特的松柏在崖壁间扭转着身姿，不经意间，又常常有瀑布从山的顶端飞流直下，绿枝蔓蔓、红果点点，如梦如幻……

我真想变成山间的雀，看遍这里的每一寸山、每一条溪、每一丝雾。

我摘着路旁的叶子，再绑上几朵花，放在马背上。他们笑我太矫情，有人不禁唱起了山歌，抑扬顿挫，和着马铃，让行走的路不那么无趣。

他们好像充满了欢愉！我喜欢。

可这一路，却也让我的后背流满了汗，不是累的，是被吓的！

那样曲折的羊肠道，他们愣是踩着走了过去。崖下是从海螺山淌下的涪江，在峡谷间奔腾着，不时在巨石上溅起浪花，崖壁滑腻的青苔让人无法下手抓住。

我急得脸通红，双腿忍不住打战。

忽然，一只长满茧子的手给了我一耳光！

是锅头。

他咆哮着对我说："想活命，就要像个男人！想死，现在自己跳下去！"

二爷说："踩稳！不要看下面！贴紧崖壁！"

我照做，怀里的小豹也出奇地配合，静静地蜷缩着，动也不动。

"腰稍微弯点儿！"他高喊。

……

对他们来说熟悉的道路，我却感觉走了有半生那样长！他们六个人就在那边蹲着、躺着、站着，看着我。

这路，我似乎是流尽了汗才走完的。

夜里，二爷又拉着二胡对我说，在我走的时候，他们正私下打赌。有的说我会走过来，有的说我会掉下去。

筹码是一吊腊肉。

我有些失望地看着他，他说："你是想问我赌的是什么？"他停下来瞪着我，"我猜你要掉下去！"

他这样坦诚，我的心反而踏实了许多。

天又亮了。

今天大伙都乐呵了不少，收帐篷的手也都松松的，麻子边刷锅边说："哎呀呀，你不知道那小河堡的豆腐……香啊。"

另一个嬉笑着说："你是想那马店的女人了吧！"

麻子叫骂着，端起一锅水倒在他身上。

锅头说："看好罗锅！"

我蹲在地上，摸着小豹。它熟悉了我的气息，我站在哪里，它便跑到哪里，还用舌头舔我的手背。

二爷说："这畜生认你了！"

我的手指插进它的皮毛里，它就呢喃着蜷缩起来。

晌午，我们就要到小河堡了。

锅头摸摸地上的泥，看看两边的草木，又听了许久河谷的声响，看着山间升腾的浓雾说："今天不走了，原路退回。"

好容易走到这里却又要往回走上十里，我很不情愿，脚上的水泡反复磨破了好几次，我实在不想走了，瘫在地上。

麻子过来踢我，我也懒得动。

二爷干脆把我抬到马背上，我们又回了早晨出发的地方。

我不知道他们为什么要回来。一时马闲了下来，他们却还是闲不下来。

这群为生活挣扎的人，用最简单的方式让自己尽量过得快活些。

二爷哼着曲儿，又在火坑里点燃了树枝。他踢踢我，让我去林子里多捡点柴火回来。我只好带着绳子走向旁边的林子里。

我是个少爷，不，我曾是个少爷。

可是，现在我的手心慢慢起了茧子，脚上也起了茧子，脸上有了阳光给我的印记，浑身散发出难闻的味道。

从头到脚，我没有一处再像梁府的少爷了。现在还捡起了柴火，干着从未想过的事情。

这林子里的树枝还真不少，一会儿工夫，我的麻绳就捆不下了。雀儿们在林子里飞来飞去，抬眼就可以看见枝上的窝。爬树我还是可以的，从树上下来，几枚鸟蛋就落在了口袋里。

树下，有许多菌子都打开了伞盖，要是带回去让它们做汤喝，也是美味的！

这小豹也吃了他们不少酥油，我不想欠多了。

我背着大捆的柴火，兜里也是满满的。放下柴火，我得意地把采的菌子故意倒得满地滚。二爷却抿嘴看着我，止不住，又笑出来。

我的骄傲要被他们的笑声打败了！不，我还有东西！

我又掏出鸟蛋放在火塘边。

啪！我又挨了一耳光！

这次，我被打得不轻！脸上生疼，肯定留了手印！

我很愤怒，准备和锅头撕扯一番！凭什么打我！这脾气也太坏了！好歹我曾经也是个少爷！

可我哪里是他的对手，只轻轻一下，我就躺在了地上。

麻子过来嬉笑着看着地上的我说："你坏了马帮的规矩！我们从不掏鸟蛋，杀幼崽。"他拉起我看那些菌子："你是想死了！你捡的好些都是有毒的！"我涨红着脸，垂着头。

原来，是我错了！

原本我还想悄悄放进锅里，给他们惊喜，却差点把他们毒死！还有那鸟蛋，也犯了禁忌……

我不知道如果不是遇到他们，凭我的身板是不是会活到现在。

我又进了林子，把鸟蛋放了回去。

脸还疼，下手也太重了！所以，我还是坐在一旁发呆。

锅头过来踢踢我，我摸着怀里的小豹，谁也不想理！

他又来踢，我便走了。

我为什么要让他打！这里离小河堡也不远了，我自己去！

我头也不回地走了！

真好！我还是一个人，想走多快走多快，想看什么看什么！

一路上，我和小豹一会儿去溪边喝几口水，一会儿又在林子里躺躺，很是惬意！

刚要到上午走过的地方时，天就开始下雨了。越下越大，像用盆泼一般！我躲在一块岩石下，浑身都被浇透了！

雨中有人在叫我！

"小哑巴，小哑巴！"

去他的小哑巴！那不是我！

我还是躲在岩下。抬眼中，却见对面的树有些移动。我饿花了眼，可那树就是在动！一股游龙似的泥沙开始蜿蜒着扑下来，我呆住了！

又一个耳光打来！大雨中我看不清，他把我放在背上，逃也似的跑着。身后传来隆隆的声音，隐约中，我看到山间的泥石把路都盖住了……

"你小子还真是倔！我都想打你几耳光！"麻子衔着烟杆盯着我。

泥石流是山间常见的灾难。锅头早就发觉了，所以让马帮返回。刚才，那个黝黑的大汉，不顾一切来救了我！我更羞于面对了，只有看着帐外的雨。

他们显得很无奈，也很焦急，这样的大雨，又发了泥石流，看来要在这里耽搁几日了。

他们在那边说笑着，锅头说："去叫那哑巴过来喝茶！"

二爷过来拉我，我又冷又饿，巴不得过去，只是想要个台阶。正好！我坐在火塘边，喝口热茶，身体暖和多了。

他们喝着茶，说着些不着边际的话，发出阵阵嬉笑。

这会儿，我才算真正认识了这伙人。

锅头姓杨，松州人，不善言辞，可是有一身的好本领，看了路边的树叶，听听风、看看云，他就知道今天的天气如何；看看地上的火塘和树枝，他就知道上一个过路的马帮有多少人，是往哪个方向去了。二爷也并不是什么"爷"。他家本也做些小买卖，小康无忧，人称"文二爷"。无奈折了本，媳妇也带着孩子跑了。他本想跳河的，后来不知怎么就做起了这个。还有王麻子，小时长了水痘，命保住了，却落了一脸的坑，一大把年纪了也没说上媳妇。等攒够钱，他就要去说亲了。还有许夫子，他认识这遍山的药草，谁有个头疼脑热，吃了他的草药，保准好，骒马不舒服了，也是他来看。钉马掌，修驮架，一样也难不倒他。还有幺二哥，谁也不知道他姓什么，反正，来的时候他就叫幺二哥。他负责煮饭，先不管滋味如何，反正用现有的东西填饱大家的肚皮就行。还有马三，他是赶马的好手，夜里，他也不忘给骒马添些草，再起来四处看看……

他们问我，你叫什么名字。

我叫重华，是跑出来的。我是一个土司的少爷。我是来寻找安宁和欢愉的。

我当然不能说，也无法说。

他们说，真是可惜了，怎么就是个哑巴。

我站起来，给杨锅头倒了杯茶，敬过去，算是感谢。他拍拍我的臂膀："又多了个小兄弟了。"他踢踢文二爷："拉起来！"

四处没有一点光亮，我们的帐篷里透出山间唯一的火光。二胡在雨中呜呜咽咽，听得我心碎，他们也是吧。没有人再说话，都半躺着，裹紧身上的毯子，睡去了。

大雨过后，山里的草木长得更快了，溪水欢快地流淌着。马三手上提了两只野兔，它们正蹬着双腿扑腾着。他一脸兴奋地说今晚有打牙祭的东西了。

许夫子也采了许多草药，他说这些都是宝贝，吃了有病治病、无病管饱。王麻子也依次把骒马检查了一遍。

杨锅头把货物清点了一遍，还好包得严实，没被雨水打湿。

我依旧去捡柴火。二爷笑着说："可别再胡乱捡菌子了！"

我点点头。

林子里的野花红红黄黄，点缀在草丛中。我的小豹在上面跑着，弄了一身的香。那蓝色的眸子就像蓝色的海子，静谧，纯净。

对，它就叫海子！

任何东西有了名字，在世上就有印记了，也就和我有了干系。我在心底喊着："海子，海子。"

它看着我，动也不动。仿佛什么都知道。我摸着它柔软的毛，就像抚平自己的思绪，我不要再去想好像遥远了的往事，那是前世的梦。

我们跑起来，两只鹿被我用石子惊得飞奔，兔子也被追得跳来跳去……

这样的时光真好！

火塘上，幺二哥烤着野兔。大伙好久没吃过肉了，都紧紧地盯着。

兔子被扒了皮毛，赤裸裸地叉在树枝上，滋滋冒着油。他又转着撒上盐，不知是他有意烤得太慢，还是那兔子太肥，直到天黑下去，他才放下树杈，说可以吃了。

王麻子说他是故意的。每回有好吃的，都要让大伙等许久，说是这样吃着香，再者，吃了就睡，肚子里就不是空的，睡得也更踏实。

嗯，有些道理。

虽是许久没吃肉，大家也依旧保持着秩序，不争不抢，慢慢把两只兔子分开，你一块，我一块，蘸点辣椒，撕成小条嚼着。

这晚，许夫子守夜。我依旧要照看着火塘里的火，隔一会儿就要加些树枝进去。

许久没这样吃饱过，我就睡得沉了些。

不知是什么时候，我的手有些疼，感觉有东西在咬我，一下下，咬得更厉害了！还发出呜咽声。

是海子！

我心底知道，眼皮却很沉。使劲撑开条缝，见到有两道绿光，在这漆黑的夜里很瘆人。然后，听到那东西喉咙里发出的呜呜声。

手上的疼痛让我彻底清醒！狼！

我心中大喊狼来了，有狼！我急忙推醒旁边的许夫子，他也在打盹儿，竟没看见两只狼在营地里！

我一一推醒他们，指指帐外！

锅头他们冲出来，点燃火把，两只狼已经进营地中央了！我第一次离这东西这样近！吓得呆住了！

两只狼龇着嘴，露出发着寒光的獠牙。见到火光，它们后退了一步，可是丝毫没有要离开的意思。只见带头的那只狼伸着前腿，弓着背，两眼放出凶光，另一只狼却跑到了我们身后。我听过，狼这东西一旦认定了目标，便不会轻易放弃！而且，这两只狼看来是很懂得猎杀之术的。我想着，不知如何是好。

骡马也开始不安地蹬着蹄子，发出喘息。

许久的对峙后，前面那只狼终于扑了上来。杨锅头迅速一个翻身，给那狼的腿上划了一刀，但他自己的肩膀也被狼抓伤。见了血的狼变得更凶残了，继续向他扑来。

另一只狼也发起了攻击，它们像认准了一样，对杨锅头撕咬着。

杨锅头被扑在地上，大喊："快！"

海子跑了过去，用还稚嫩的声音咆哮着！那两只狼愣了一下，就这一瞬，王麻子和马三迅速一个翻身，用匕首割开了两只狼的喉咙。

一只狼在地上挣扎着，喉咙汩汩流出血。王麻子又上去补了几刀，这下它彻底不动了。

看着溅出的血，我的心还是跳得很快。

二爷说："还好，这两只恶狼没来得及嚎叫，要是让它们叫出声，把山上的狼群引来，可就遭了。"

杨锅头看看火塘里要熄灭的火，愤怒地说："不是让你好好看着火！"然后给了许夫子一耳光，说："你这瞌睡把命都要睡没了！"

许夫子擦擦额头的汗，问我："还好被你推醒了！你怎么知道有狼来了？"

我骄傲地抱起海子，指指被它咬得发红的手背。

杨锅头摸着受伤的肩，说："山神爷保佑！"

它救了我们！

19

茶

希望

　　山坡上的花已经开满了，时不时就有一只野鸡带着一群崽子在散步，德尔吆喝一声，它们又飞快地跑进灌木丛里。漫山的花红树也落下了花瓣，略微鼓出了青色的果子。

　　德尔从没见过如此美丽的树，高大，馨香。他将花红树画在他随身的本子上：蔷薇科，花白带粉……

　　山坡下传来声音让他下去。

　　德尔走下去后，见杰布带着几个人已在山下搭了个帐篷。一个侍女正在旁边打酥油。杰布说："知道你饿了，索性把东西都带过来，正好我们也坐坐。"德尔简直太喜欢这里了，也爱上了喝酥油茶。以前他认为酥油茶不过就是糌粑里放点黄油冲水，现在，他才明白了喝这个极讲究。那个侍女已把昨天傍晚挤的牦牛奶倒入了木桶，用铜勺放了些温水进去，接着她就用木棒上下挤压了三百多下，然后，又加水，又挤压，又停会儿，不知重复了多少次。最后将黄色的油脂放入冷水中，再进行搓揉，一块新鲜的酥油便做好了。这时，侍女在一个桶里倒入茶水、牛奶，放些盐和一块酥油又开始挤压。一会儿，香喷喷的酥油茶就端了上来，再就上奶渣饼，让人口齿留香。

　　杰布吃完了，问德尔："你跟他们说你找到那兰花就回去了？"

　　德尔擦擦嘴边的饼渣说："嗯，不过我还不想走。这里太舒服了！吃的喝的，还有仙境一样的海子，白色丝带般的瀑布，那么多的花草，今早我还和兔子赛跑了。"他在绚丽的垫子上躺了下去："上帝知道我喜欢这里，可我又不能移情别恋，还是要回去的。"他耸耸肩，一副无奈的样子。

杰布也躺在垫子上，看见一只鹰在上空盘旋搜索着猎物，他心里十分烦恼。最近，周边的土司又开始不安分了，一会儿端枪，一会儿又说要恢复祖制，头人们也开始在各自的边界上试探着土司们的力量，一些新起的头人甚至控制了北线的茶叶交易。一时间，茶叶很难运进来，城中商户手头上的茶叶也很难卖出去，人人怨声载道。德庆家族的其他人喝着库房里的茶叶，跷着腿在露台上晒着太阳，用高傲的神情告诉其他人：看吧！这就是做生意的下场！奴隶和土地才是财富的源泉。

真是愚蠢的逻辑！

扎尔也时常到府中来，他说要找多布杰。大家都说他疯了，多布杰早死了。可他却说，没死！德庆家的血是流淌的！他看到杰布，便用一种变幻的神情看着他，对他说："我知道你回来干什么了！你的血里混杂了低贱的成分，你要玷污德庆家族的名声。我在拉萨的佛前立过誓愿，我们德庆家族曾经的辉煌，你知道，哦，不，你不知道！那努也不知道！我们被诅咒了！"然后，他打个长长的哈欠，鼻孔里流出一股清流。

大烟玩弄着扎尔，让他不由自主，让他痴傻却又清醒异常。

总之，大家都对这个不务正业喜欢画画的少爷嗤之以鼻，也对他带回来的蓝眼睛洋人保持着好奇的观望。

刚要在草地上睡着，就有下人让他快回去看看，吉吉头人来了。

他带来了一只被拔光牙齿的血淋淋的狗头。他向杰布哭诉："你知道，他们欺辱我，就是欺辱德庆府！他拉巴是什么东西？！索康家的猪！现在他管家都可以杀了我护院的獒！"

杰布看着那狗头很是恶心，血渗出皮毛，顺着歪斜了的眼睛滴到地板上。吉吉还在说："少爷，给我做主。我的马跑到他的地界去吃了他一些罂粟花，那些花还是他悄悄在我们这儿弄了种子拿去种的。何况，我的马也不能用了。你不知道，那马上瘾了，没事就想到他地里去！"

杰布说："上吉桑那儿领些银子，再买只獒吧！"

"这……我只要出口气！在这草原我怎么立足。老爷呢，我见见那努老爷，他知道了不会不管的！"吉吉愤怒地看着杰布。

杰布被他仇恨的眼神盯着，却还是安静地看着他。

吉吉留下了那个狗头，气冲冲地走了，并且愤怒地跺脚，对着德庆府的门直摇头。

吉桑告诉杰布，吉吉回到寨子后就开始联络其他头人，悲切地诉说了自己的遭遇，大家一致认为杰布的做法有辱德庆府的威望，有损贵族的威严。他们扬言只接受那努的差遣。

杰布看着立在一旁的吉桑，他似乎也在观望。晚间，杰布睡不着，在房里反复画着，画里是一只獒，被拔了牙齿，血流了一地。红色的颜料将杰布的手染红，他就像那个凶手了。

忽然，他看到走廊的窗户那儿有一个影子立着。自从归来后，每晚他都能感受到这种窥视。终于，他丢开画笔，猛然开了门。那穿着袍子的影子就真的如同鬼魅般飘向了走廊的转角。廊上的灯被山风吹得忽明忽暗，配着远远传来的猫头鹰的叫声，让人胆战心惊。

杰布站在走廊里，心中一惊，这就是多布杰的鬼魂？

忽而又听见侍女在身后大叫，他转过去时那侍女直接吓得趴在了地上，手里的铜盆也摔了出去，发出闷闷的响声。

杰布也吓了一跳，说："怎么了？"

那侍女这才定定地说："没，没什么，少爷，我看错了。"

"你是看见了三少爷？"

"不，不，少爷。"侍女由于害怕不停地在地上抽泣。

"下去吧。"

侍女赶忙拾了铜盆小跑了下去。

杰布扶栏看着偌大的府邸，不远处，奴隶低矮的房子里已传出声音。他们起得比看门的狗还早，干起活儿比那些圈里的畜生还要卖力。人与人是多么不同！从出生的那一刻就决定了以后要过的日子。他该过什么样的日子呢？作为唯一的继承人，他必须负起使命，即使不那么情愿。但是他的骨血让他不由自主，还是回来了。阿爸的衰老和悲怆，草原的马鞭和茶叶，还有寨子里满目的红色花朵，都让他感觉有些无措。

太敏感柔软的心啊，似乎是不能背负太多的。然而，身体里的灵魂却又是无比强硬的。多希望这黎明前的黑暗能给他威慑一切的力量啊！

罂粟花开满的时候，许元芳来了。他已经有好些年没有亲自来过了。知道是他将这种子带到这土地上的时候，杰布对面前这个戴着帽子穿着马褂，留着花白胡须的老者笑不起来！可是不管怎样，他又期盼着能让德庆府重拾光彩！

"你就是那才华横溢的杰布少爷？"许元芳故作惊叹地说。

"是。"

"你阿爸，嗯，情况是不太好。"许元芳掀襟坐下，又说，"与德庆府相交多年，我就开门见山给你。想必你在英国就知道，每年我们的茶叶、瓷器、绸缎都是那里的热销货。买这些需要什么？白花花的银子！这银子从哪里来？还不是靠着卖鸦片从我们这里运去的。这两年，从印度、英国运来的鸦片太多了。本来松州这里单你一家，利润还可以。可是你阿爸性情大变，根本不管事！松州城的街边都能掏出罂粟花！其他土司头人也把制好的鸦片送到我这里来，我念着交情愣是没收！"

杰布对侍女说："快给许老爷把茶水换了，有些凉了。"

"不急。你见过世面，这些你懂。当年我也坐冒烟的轮船去过英国。"许元芳扬起笑容，几分夸耀，几分得意。

"哦？怪不得许老爷说起话来颇有些见解。我多年没有回来了，阿爸现在又变成这样，心里实在有些烦恼。"杰布的眉头也皱了起来。

"少爷也不必太忧心。虽说库里的鸦片压了不少，但毕竟有东西在那儿，只是苦于现在没有合适的门路。你这四周的土司头人没一个是不打这个主意的，局势一天比一天难，依我看，少爷是要费些周折的。你知道，现在连茶叶都很难运走。"

"许老爷的意思是，德庆府还得靠那些红色的花才能恢复元气？听说洋鸦片的价格比我们的不知低了多少，许老爷也没少和洋人打交道吧？！"杰布的语气有些咄咄逼人的意味。

许元芳愣了一下，说："少爷这是见笑了。今日就是来看看收成，再清点一下库房。你看，府上也需要银子。要不，库里的连同今年的，价格再减五成，或许可以出手。"

杰布笑了，说："都说我阿爸会赚钱，我看也不及许老爷万分之一啊！我们这里的成色不知道比那些洋人的好多少倍！就是卖给药铺，也是上等货。当初是你让阿爸拔了地里的麦子，撒了罂粟的种子，如今形势变了，难道就要我的人都饿死？！再减五成，恐怕连府里的糌粑都不够买。"杰布挥了挥袖子，让侍女撤下茶水，请他出去。

许元芳哪里受过这种气！从来只有他撵别人出去的，没想今日在德庆府撵了面子！原想来会会这位留洋的少爷，探些情况，不想杰布却这般张狂。也难怪，留洋的公子也就是这般德行了。他倒也放宽了心！出了府，踏马回了城。

吉桑说："少爷这是把许老爷得罪了，今后恐怕……还有，库里那些鸦片，白白压着，还不如换了银两。你倒还撵了他，老爷知道了会发脾气。"

杰布盯着吉桑的眼睛说："阿爸只会对不忠的人发脾气。"

吉桑说："这里没有一个人敢对德庆家不忠的！"

吉桑隐约感到杰布知道了他私下买卖鸦片的事情，心里有面小鼓，敲得他很不安。

杰布穿过茂盛的罂粟花丛，山上的一些野鸡在里面抽着翅膀，啄食着罂粟叶子。

"你们就这样看管的！"吉桑看到那些被啄得稀烂的叶子，就开始用鞭子抽打看管罂粟花的奴隶，奴隶开始哀号，翻滚的身体又将一片花枝压碎了。吉桑打得更卖力了，又一鞭下去，那奴隶的耳朵就成了两截。

"好啦，你不想他死在这里吧?!"杰布让他住手，并让仆人拿些药膏给那奴隶。受伤的奴隶忍着疼痛，给杰布叩头，迟迟不愿起身。

杰布说："你叫什么名字?"

"多金。"他抬起头，血流到眼睛里，眼睛就似流出血泪。

杰布皱着眉头说："上了药下去吧。"

吉桑说："少爷，你对他们太仁慈了。"

"我对你也很仁慈。"杰布说。

走到库房门口，吉桑打开门，里面堆着的鸦片膏散发出一种刺鼻的气味。

杰布在门口略微伸头看了看说："还有这样的三间库房?"

吉桑说："嗯，加上今年的，恐怕还要两间才行！"他边拉门边说："都是上好的货色，真是可惜。"

走到熬膏的屋子里，里面烟雾弥漫，奴隶们正在收拾木柴，一排排的铁锅架在上面，为下一轮的制膏做准备。一些奴隶不停流出鼻涕，打着哈欠，明显就是上瘾的表现。离了熬制鸦片的差事，他们恐怕也活不成了！

傍晚，杰布到那努的房间去。那努还是坐在榻上，抬头看着窗外的远山和绿了的罂粟田。

杰布说："我轰走了许元芳。"

那努转头说："我想见见那蓝眼睛。"

"他是来寻些花草的，也就是四处看看。"

"我还没见过那样的人。"那努的眼睛看着杰布，在恳求着。

"他待会儿就回来。让他们给你梳梳头发，阿爸。"杰布也提了要求。

侍女打水，将那努杂乱花白的头发梳好。那努站起来，换上了往日的衣服，侍女想搀扶，被他挡了回去。

那努坐在了虎皮上，尽管是老态的、疲惫的，但还是尽显威仪。

杰布去找德尔，说："我阿爸说要见见你。"

德尔说："是该去见你父亲的，来了许久也没见过。其实我早就想问问你，可你老说他病了。"

"他是病了，脾气有些古怪。如果不周，还要你多谅解。"

德尔表示不会介意，然后跟随杰布走了进去。

杰布说："阿爸，这就是德尔。你说的，他能懂。"

"你下去吧。"那努让杰布出去，他要单独和德尔谈谈。

杰布很不安，也很诧异，但还是出去了，一直站在门口。他想着如果发生什么，能快点儿推门进去。

这场对弈是这样开始的。

"你坐下，你知道我是谁？"

"你是杰布的父亲。他在英国常提起你，你是英雄。"德尔有些激动。

"我是这里的王，可是，我老了。"

"人总是会老的，大人。"

"你从哪里来？"

"英国，一个遥远的国家。"

"那里是怎样的，也有王？"

"也是一个国家，家乡总是最美的。我们那里没有土司、没有奴隶，人都是自由的，可是，还是分了许多阶级。"

"你来干什么呢？要知道，是我决定着这里的人和动物，所有的一切的生死。"

听到生死，德尔心中也有些担忧，但很快，他觉得此时惧怕也是无济于事的，一切都由上帝自由安排吧。这样想，他胆子就大了些。他又说："土司大人，你这里是仙境。这里有许多花草和动物，都是我们那里没有的。我的任务，就是寻找这些花草，并将它们带到英国去，在那里生根成长。"

"我以为，你们又带来了什么类似鸦片的东西。"

"毒美人原长在西亚，很久以前，就是你们皇帝的贡品。里面的麻醉成分，让人感到愉悦，用于医学，也是药材。你们这里的种植规模，让我感到很惊讶。"

"我用他害死了我的儿子，但是，它又给我财富，我……"那努颤抖着说。他很久没有这样说过话了，好像这蓝色的眼睛、陌生的国度可以包容他所有的罪过和悲凉。他惧怕着熟悉的一切。

"上帝会宽恕你的。"

"上帝？"

"我们的神灵。"

"唔，我们也有神灵。"

"杰布常常提起你，你是他的英雄。"

"是吗？"那努有些激动，声音提高了一倍，他觉得自己是如此失败，却没想过，在杰布心中他会如此重要。或许，他真的就像自己的影子。这影子还那样年轻、那样不羁。他又问："你们那里有鬼魂和恶魔吗？"

"有的。所以，我们也会去教堂，哦，也就是寺院，祈祷。"

"原来，都是一样的，一样的。"那努开始愉快了，"我第一次看到蓝色的眼睛，作为这里的土司，我允许你在这里尽情地住下去。"

"尊敬的土司大人，感谢你！你和杰布一样，都喜欢有色彩的东西，不是吗？你先看到的是我的眼睛，蓝色的。"德尔俯身致意，这个土司也并不像传言中那样可怕，甚至由于年老，还显得有些幼稚。

人越上年纪，越会凸显出孩童的天性。

杰布在窗下问德尔怎么聊了这么久。德尔说："老土司要我在这里尽情地住下去。"

杰布也很惊讶。记忆里，阿爸从来都是不苟言笑、极其沉默的人。人们都说是白姆的离开让他太过悲愤。他把所有的精力都放在了银子上，相信那白花花的光彩可以重塑德庆府的威望。事实也证明了那努是对的，德庆府已然雄踞一方。可是，他太累了，时间偷走了他眼里的光辉，多布杰死后，他的伤更难愈合了。

杰布回来后的第三日，他便走出了房门，在走廊里看看远处的山和水。

他的眼里有了些亮光。

那努不明白杰布为什么会选择画画，更不明白那蓝眼睛的地方究竟有什么魔力，可以让他越过万重的山，蹚过激荡的河。所以，他觉得自己应该见见那个洋人。这样，他才能安心吧。

对此，杰布十分意外。

他不停地在午后画着画，画上是一片殷红的花海，青山上的天也是红色的。不知是霞的影子掉在了地上，还是红色的火光照亮了天地。

吉桑走进来说："少爷。"他有些局促，看着杰布画了好一会儿，才又说，"少爷，我有话说。"

杰布依旧用笔勾勒着线条。

"少爷，从我爷爷开始，我们就是德庆家族忠实的奴仆，我爷爷最喜欢在清晨拿着琉璃碗搓着糌粑的时候对我说起德庆家让人眼红的历史，他说：'德庆府高贵的骨头里流的是格萨尔的血，成为德庆府的仆人，是至高的荣耀。'可是从我阿爸那儿开始，德庆府一年不如一年，幸而那努大人苦心经营，才又有了起色。我与那些头人做买卖，只是不想府里就这样衰落下去。还好，少爷你肯回来了，要不这日子还不知道该如何过下去。"

杰布瞥他一眼，边画边说："你的意思还是为了德庆府？你知道我们素来和拉巴家不对头，这样不是打了自己的脸！"

那一瞥的眼神，让吉桑顿时觉得自己的愚笨。站在他面前的，早已不再是畏首畏尾的少年。他有睿智的大脑和鹰一般的眼睛，像极了年轻时的那努。

吉桑说道："是的，少爷说得没错。以后是要少来往。"

杰布说："对云秀阿妈好点吧，你欠她的。"

吉桑又惊愕得赶紧退了下去，内心的负罪感又来偷袭他了。

让云秀变哑的药，是他放进去的。

记得扎尔想让多布杰独享德庆府的一切，用了各种办法也没能要了杰布的命，云秀老是挡在前面碍手碍脚。起先，云秀怪自己大意，怪孩子调皮，一会儿从楼梯跌下，一会儿被滚烫的茶水烫伤……跌跌撞撞中，杰布还是长大了。让云秀无法再忍受的是，这样没有妨碍的孩子，他们总想除了他。那天，她发现了他们放在床下的诅咒，据说，那样可以灭了人的灵魂。

他们的心太可怕了，所以她下了决心把事情告诉了那努。杰布是被送走了，可吉桑了解扎尔，也了解这府中幽深的怨恨——云秀已然成了他们的眼中钉！

一天下午，云秀在楼下被走廊上放的花盆砸了。人影闪过，吉桑自然明白是谁做的！幸好只是伤了皮肉。思量了很多天，一个雷雨的傍晚，他在云秀的伤寒药里放入了药粉。

喝了几天，云秀就再也无法正常说话了。

他们不会认为一个哑巴还有威胁。吉桑虽是愧疚，却也觉得是救了云秀，至少，还是活着的。

看着府里一年不如一年，痛心之余，他便有了私心，可是，他觉得自己依旧是忠诚的。虽然不知道杰布是如何知道这些的，但他忽然觉得日子有了奔头！杰布着实让他另眼相看了！

20

花
蒂
梵

太阳还没出来，我们在林子里挖了坑，把狼埋了！

他们说，世间万物都是有灵性的，这狼阴险、记仇。怕狼群见了同伴的尸体再起仇怨，这样也保护了后面来的马帮。

埋好狼，马铃又响起来了。

我们到了那日发生泥石流的地方，幸而河道没有被堵住。我们牵着骒马爬着，终于走过去了！

山下，就是小河堡，隐约间，蜿蜒的城墙在山间若隐若现……

学堂里讲到火药的时候，吴夫子就特别讲了这小河堡。说这里明代以前称为涪阳，是龙安道上举足轻重的要镇。边茶由背夫们一路血汗带到这里，再翻过雪栏山，送往辽阔的草原；草原上的骏马被带到这里送往内地，是出了名的买马场。龙安道上自古就危机四伏，小河堡作为其咽喉，更是易守难攻。那江油和平武产的做火药的重要原料——硝，每年不知运到这里多少！

吴夫子当时还说，从雪栏山一路下去，尽是些稀罕景致，须亲自去看过方才解意！

我看到了。可是我却不再是我了！

这里不愧被称为松州的小江南！如果说松州是一位充满磅礴之气的将军，那么小河堡就是一位婉约秀丽的女子，在这峡谷之中，以青山隐了容颜，峡谷流淌的涪江是她的裙带，山间的花草是她清丽的衣衫……

往来的骡马走在这石板路上，踩出舒畅的声响。

我们把货物交给东家，打开一个个铁匣，里面装的都是毛壳麝香！这可值不少钱呢！杨锅头还真是一点儿也没显露。

清点好，拿了钱。他说："走，今日好好躺着睡下，吃顿好的！"大伙都很高兴，走了这一程，终于可以像样地吃顿饭了！

拉着骡马，一路往下，走过一个牌坊，牌坊下有一天顺桥。桥头一家马店，杨锅头径直走了进去，其他人也在门口把驮架放好。正面的屋里，有一个长方的火塘，塘中闪着火星，上面挂着好些吊钩，几只鼎锅正冒着热气。看来，这里是他们经常来的。

忽而出来一个驼背老头，笑着说："原来是杨锅头来了。"他拿出些瓷碗，边向碗中倒着熬好的茶边向屋里喊着："红燕，杨锅头来了！"

从里间出来一个圆脸的妇人，穿着蓝色的衣裳，头发梳得油亮，白白净净，两手在腰间的围裙上反复擦着，笑盈盈地说："怎么才来！人家可想了你好些日子！"外面的人便哄笑起来！

杨锅头竟露出腼腆的神色说："不是下雨吗，山垮了，才多耽搁了几日！"

文二爷说："红燕嫂，今天给我们弄些腊肉吃！"

王麻子笑着说："还是来锅豆腐！白白嫩嫩，和你一样！"

又引来一阵笑。

"去，去，去……熬锅酸汤酸掉你的牙！"那个叫红燕的女人笑骂道。

晚间，大伙在火塘边坐着。屋里飘着小河堡腊肉特有的酥香。红燕嫂把肉切成厚厚的片儿，码放在碗中，又将锅里熬煮的杂菜汤盛给我们。

真是香啊！

我恍惚间又坐在了铜桌旁，母亲说："吃啊，重华！吃啊！"

菜汤洒了！

许夫子说："这哑巴，老是发神！可惜了这碗汤！"

海子闻到了肉香，在一旁用爪子不住地抓着。杨锅头扔来几片腊肉，这小家伙就大口吃了起来，烫得直甩头。

"哟，这是什么东西啊！"红燕嫂惊叫起来。

驼背走过来说："豹子！"

杨锅头又扔来几片肉说："灵性着呢！半夜来了狼，这东西还知道叫醒人！"

"这可真是稀奇事!"红燕嫂蹲下,摸着海子的头。然后起身端了碗羊奶出来,说是让它也好好吃一顿。

这是海子第一次闻到奶香,只见它快速地从我们脚边穿过,扑到碗边,埋头喝起来。这可是它第一次喝奶!

那些羊奶全被喝光了。趴在地上,它都懒得翻身,直接在火塘边打起了盹儿。

外面静得没有一点儿声响。

我们也吃饱了,暖烘烘的火,让人什么都不想干,只想一直坐着。

马三打了个嗝,说:"许夫子,来给我们说说什么!"

许夫子眯着眼睛,不搭理。

大伙这下都清醒了些,你一言,我一语,都让许夫子讲讲故事。

他还卖起关子说:"给我烫壶酒,我就给你们讲到天亮!"

红燕嫂早就把酒端了上来,说:"这是我请的!"

我也和他们一起喝了几口,玉米酿的!我一喝就能知道!

火塘里的光把每个人的脸都映得发亮,许夫子清清嗓子,开始说:"上古尧帝的时候,地上经常发生洪水。于是尧帝召集了部落的首领,看谁能够治理洪水。大禹的父亲鲧治理了九年都没能阻止洪水的泛滥,天地还是一片汪洋,百姓苦不堪言。他死后,大禹又继续寻找治水之道。此举感动了九条大龙,它们便在岷江中等待着大禹的到来,欲助他治水。果然,某天大禹为寻江源顺岷江而上,九龙随即现身叩拜,大禹不知,指龙为蛇。为首的龙负气倒地,化为卧龙山。其余八条龙见状纷纷说那大禹没有眼力,愤怒地掉头飞走。其中一条龙一直腾空飞到岷江的源头,左思右想,还是不甘心,想伺机报复大禹。大禹依旧乘着木船在岷江行进着,江面突然起了大风。卷起的浪眼看就要把木船打翻。突然,空中金光闪闪……"正讲到兴头上,他却故意停下了。大家听得意犹未尽,都嘟囔着让他快点讲。

他笑着:"然后再给我倒上一杯酒!"

杨锅头作势打了他一下,说:"快讲!今天的酒管饱!"

许夫子闻闻碗里的酒香,又开始讲。我没有想到,这些看似在生活底层挣扎着、毫不起眼的人,说起书来头头是道,还真是让人不能小看!可他们一定不知道我所知道的!

我早就知道这个故事。在读完家中的藏书后,我曾在脑海里思虑了千万次,也和吴夫子打听了许久，最终，我厘清了我的故事，还把这个故事讲给了采苓他们听，本华说我看书看得癫狂了。

这个故事本该是这样的：

天地之初，混沌玄黄。盘古生，开天辟地，是为父神。后华胥氏应运，生扶桑大帝、西王母。其后又有地皇、人皇、伏羲、女娲等。天地之间一片绮丽，众仙居于海内昆仑之丘，这昆仑便是岷山，乃是天地之脐、蜀之中央。

开始的时候，就有了人。这个时候的人真是单纯、善良。他们的生命也是和山川一样永恒的。

没有争斗，没有嫉妒，没有痛苦，没有愤恨……

地上万物都以惊人的速度生长着、繁衍着。树上刚落下一个果子，马上又会长出一个来，花谢了，马上又会有一片花长出来。

可天神们忘记了，他们造了人类的时候，是给了他们心的。心这东西最难把控，最善变。天长日久，人就有了变化。

看着人不再那样纯粹，甚至有时还会违背自己的意志。天神们商议后，做出一个决定。

一场洪水从天际铺下，世间万物都卷入其中。他们要用水来洗净天地！

洪水后，最初塑造出来的人没了。

伏羲和女娲却喜欢有血肉的人，那些人是有心的。

经过一番思虑，为了天地间能继续有人存在。他们结为了夫妇，生了许多孩子。生出的孩子以后都成了各部落的首领。女娲继续日日造物，制定了诸多规矩，用以填补大地的寂寞。这之后，她又用泥浆造了许多人。这些人后来都由那些部落的首领带领着，沿着岷山繁衍生息。

天地有了四季，有了悲苦，有了疼痛，独独没有了永恒。人心变得更加复杂，日复一日，享受着世间的美妙，却也承受着万种悲苦。

神们不好再直接判定人的生死了。就让人用有限的生命来尝尽百味，不时让河水泛滥，警醒世人。

尧帝时期，鲧奉命治理河水。可是九年过去都没有成效。某天，他知道了昆仑有息壤，可以治理水患。他盗走息壤，果然，将河水瞬息守住。此举有违天意，鲧被杀死。其子禹，接过治水大业，开始了漫漫的征途。

禹在昆仑中顺岷江而上，欲看源头。途中，突现黑龙拦住去路。这时，上来蚕丛氏部落后人择吉，他带领部落勇士帮助大禹斩杀恶龙、疏通江源。后来，大禹完成伟业，受封上神。择吉却骑着白鹿归隐到了松州二道海的山林中，日日用心收集着天上落的雨，直到水被集得五彩缤纷，盛到了山间的玉盆中，化成了一个个海子……

记得当时，采苓听得发了神。她问我，后来呢。

我不知道了。

额上一疼，我又回到了火塘边。

王麻子用手指使劲弹了我的额头说："想什么呢！想媳妇儿？！"

许夫子的故事已经讲完了。大家一阵笑后，却又都沉默了。

二爷拉着二胡，火塘里的烟熏得他们眼睛红红的。

他们的心底，都有一段悲伤的往事，为了活下去，不得不成年在这山路上奔波着，山间的石头也被他们的草鞋踩出了窝，石板路上满是骡马踩出的蹄印。

可他们还是要活着，像是山间年复一年不会绝迹的野草一样。

红燕嫂提起围裙的边角，擦擦眼睛，说："睡了吧。"

睡觉的地方是两间大通铺。下面用石头垒成长方形，上面铺上树枝干草，几床被子……

简陋至极！但于常年风餐露宿的马帮来说，不用睡在火塘边就是幸事了。

他们都睡着了，有人发出鼾声，有人半夜哭醒，又睡下了……

他们终于可以放心睡个舒坦觉了！可我，还不想睡！

温饱之下，更容易让人去想一些不该想的东西。

不知道母亲在干什么，采苓是否会想起我，还有月儿，打雷了，她会不会怕，鸣儿呢？不会再恨我了吧，还有养父，心中是不是会有苦痛……

我现在算什么呢？一个浪迹天涯的孤儿，依旧还是想用心来寻找欢愉的东西，抚平心中的伤口。

月光就在那儿，温柔地淌过窗户，我伸开手，它就像一朵透明的兰花一样向我舒展开，照亮我疼痛的心。一个声音老在我耳边说：回去啊，回去啊……

这让我太恐惧。

我掏出王半傻给我的书，在月光下抚摸着，这是这一路上能让我暂时抚平悲伤的东西。

翻开，里面写着一个家族奇异的往事：

万亿年前，神猴与魔女结合，生下六子。其后雪域之上遍布他们的后代。他们在这里形成了各自的部落，从聂赤赞普开始，历经三十二代终于建立了吐蕃王朝。这个王朝迎来了无比辉煌的强盛，可也逃不过宇宙无极，盛极而衰。在王朝崩溃后，出现了四个王系。德庆家族到底该归属于哪个，书上并没有记载，细究起来也是极其繁复的事情。

战乱中，德庆家族来到了这个莲台之地——松州。在这里，继续用高贵的血液延续着家族的辉煌。

一百一十六处土司，一千九百二十七个官寨，都以德庆土司为首。

可是，世间万千变化总是让人难料。茶马道上，许多部落首领都因做生意赚了很多钱财。朝代更替，纷争不断，德庆家族却依旧高傲着不愿走出官寨，头上的光环日渐变得暗淡了。

也不知道在哪一世，有一位土司突发奇想，随着驮队去了远方。一天，在林子里，他拿着弓箭正四处寻找着猎物，忽而跳出一只白鹿，这位少爷狂喜，很久没射到过这样好看的鹿了。密林中，他下马追着，跑了许久，终于近了，他射出了弓箭，白鹿倒了下去。

他激动地跑近，却是一位白袍的女子。长长的头发，黑黑的眸子，皮肤就像雪一样白，手上正拿着他射出的箭。她充满愁怨地看了他一眼，只这一眼，她便沉在了他幽深的心湖里。

他把她抱上马背，带回了官寨。

只要她浅浅地一笑，他便万分满足。他说，夏旭冬日的雪化了，他也不会停止爱她。

她也爱他。

每晚他躺在她的膝上，她便用一把梳子轻轻地给他梳着头发，哼唱着古老的曲子：

被神灵遗弃的人啊，是该继续在土地上延续，还是该虔诚跪拜……

不久，每到月亮变成一道弦，官寨里的牛羊就要死上几只，无一例外，都似被猛兽咬断了脖子。更奇怪的是，那些尸体上没有一滴血。

官寨笼罩在深深的恐惧中。

谣言说那女人是蒂梵的后代。

千万年前，魔神大战，魔族大败，一干分支也随之消匿。其中有一血族，逃到唐古拉山一洞中居住。洞内幽深，终年不见天日，血族倒也与天地相安多年。他们有着黝黑的眼睛，长长的黑发，白白的皮肤，美艳至极。每到弦月，他们便会走出山洞，血食山中的野兽、牲畜。偏就有族人不顾告诫，暗自在村庄中吸食人血，一时哀怨四起。此举惊动了纳木错女神，女神震怒，欲灭其全族。族长恳求女神发怜悯之心，为族人留下一个男孩。女神准允，并且赐这个孩子永生，让他只能以血食为生，吞下的青稞和酥油会让他的心灼热难忍。在无边的岁月里，他将永生永世受着血食的折磨。这是宽恕，也是惩罚。

全族消逝，仅留下了一个男孩——蒂梵。

蒂梵还是婴孩时就独自在山洞中长大，他不懂孤寂为何物，只是凭着本能在弦月时外出血食，闲时观风赏雪，无比自在悠然。

一个傍晚，蒂梵听到了从没有听过的动听的歌声。歌声穿过岩石，一直在山洞里萦绕。他出了洞穴，循着歌声看到一位牧羊的姑娘在湖边放牧。夕阳下的湖水，在她的身上投着光芒。一个瞬间，有东西在拉扯他的心，一种难以言说的孤寂开始将他围绕，他也有了愁绪。此后，每日他都要去湖附近看看她，一天天过去，姑娘慢慢变老了，蒂梵却还是蒂梵。直到有一天她再也没有来。人是不会永生的！他在崖边不知坐了多少日，觉得自己再也受不了这样的日子了。蒂梵常常坐在山间，在风中咆哮，他好像被天地抛弃了的孤儿。

蒂梵发了狂，眼睛红了，冲进村中……

我正看得心惊，门吱呀一声开了。

抬眼，是王麻子。他见了我，说："看什么书呢，看了也还是穷命。"

见他睡下，我看月光也没有了，便小心包好书放在腰间，躺下了。

可是，我还是难眠。

走出门，天还黑着，正中的屋子里透出火塘的微光。

我抱了些草料给那些骡马。它们也认识我了，对着我哼哼出着气。天要亮了，远远可以看见许多炊烟升了起来。

我只呆呆地坐在院子里，等着天放白，却突然看到杨锅头从红燕嫂的屋子出来了。看到我诧异的眼神，他坐下来，说："她男人也是马帮的，本来日子也还能过。可没想到他抽上了大烟，常年不回家，回家就对她打骂……"他叹息着，诉说着。或许，这样他可以不那么愧疚吧！

这山间的路途，实在是太辛苦、太寂寥了……

天慢慢亮着，山间的雾薄薄飘散，走到了山尖上，走到了云朵里。草上、花上结着露水，溪水静静地从石头上淌过，一切都是新鲜的颜色，马帮用马铃打破了宁静，从木桥上稳稳地走过。

他又看了看我放的草料，对我说："不错，知道心疼骡子！驮队里，骡子比人命还重要！"他向门外走去，忽而转头停住，喊我："过来！"

我走过去，一直随他在小街上走着。

此刻，房屋上的瓦片经过夜的浸润，在晨曦中显得明亮，商铺揭下一个个门板，算盘就响起来了……

杨锅头带我走进一家店面，老板姓刘，与他很熟识。刚见面两人就坐下喝茶。

看样子，这刘老板是要运些贵重东西。他用锐利的眼神看着我，不时喝茶，却不大说话。

杨锅头对我说："你给我们倒点茶水。"

我去提了壶，给他们倒了些水。杨锅头对刘老板说："路上收的，人机灵，就是个哑巴！"

"哦？是有些可惜了。"刘老板看着我惋惜地说。

他们在一旁开始说着什么虫草之类的事情，我在店内随便走着。

这个店面在小街上并不起眼，总共就一间，只开了几扇门板，其余的歪歪斜斜地立着，正面一个货架，摆着些日常买卖的东西，里间放着锅灶，还有一架木床挂着发黄的蚊帐，整个店里被熏得黑亮，一个伙计也没有，怎么看都不像是个做大买卖的地方，倒像是个杂货铺。

我拿起柜台上的纸笔，在上面无聊地写着：

> 明月别枝惊鹊，清风半夜鸣蝉。
>
> 稻花香里说丰年，听取蛙声一片。
>
> 七八个星天外，两三点雨山前。
>
> ……

只听见旁边有椅子推拉的声音，想必他们谈完了，我放笔立在门边。

杨锅头朝柜台望望，又让我随他走了。路边卖着早点，蒸屉上散开白白的雾气，一旁的大锅里熬着雪白香滑的豆浆。忙了一早，肚子里还是空空的。闻着味道，我的肚子开始叫了，杨锅头让我和他坐在街边，他叫了几个包子、两碗豆浆。许久没有喝到过这样鲜滑的豆浆了，都说小河堡的泉水极好，做出的豆腐也是有名的，果然如此！

那豆浆面上一层油亮的皮，喝入口中仍是豆香留齿。

杨锅头忽然看着我说："你到底从哪里来？"

我慌忙喝口豆浆，吞下口里的包子，差点没噎住我！

我总不能告诉他我这个离奇的故事，更不想让他们带我回官寨。

他又说："见你的第一天我就有些知道，你绝非清苦人家的儿子！"

哦？第一天就看出来了！我还真是小看了他。

他继续看着我说："你细皮嫩肉的手上满是水泡留的痕迹，若是自小苦过来，不会还起着水泡。方才，柜台上的字是你写的吧？！平日里的习惯更是不一样！"他又给我叫了一碗豆浆："不管你是谁，既然到了这个马帮，就要守规矩。要是……"他突然用一种凌厉的眼神看着我，"要是，发现你是探子，我会把你绑在山上喂狼的！"

听到这里，我突然笑起来。我会是个探子？

在此处歇了三天，他们便又要上路了。杨锅头让我就留在红燕嫂的马店等他们。

看来，他还是对我有顾虑。可以，反正这里山清水秀，春光正好，我还没待够呢。

"这小子识文断字，可以给你记账。"杨锅头对红燕嫂说。

"我倒还要管他吃住！"红燕嫂娇嗔地说。

"给你送个小工，这不比锅头鲜些？"马三在旁边打趣道。

红燕嫂脱了只鞋追着打他说："什么东西！下午你碗里断定是没腊肉了！在这儿，他就是我小弟！我就是他姐！再胡说！"

大家都笑起来。

"几时又来？"红燕嫂问杨锅头。

"快的话一个月。"

"唔。"

晚间，大伙吃饱了依旧在火塘边坐着。马三去马厩把骡马检查了一遍，又添了些草料。明天它们又要拉着许多东西去松州城了。

二爷拉着二胡，红燕嫂红着眼睛坐在锅头旁边默默扒着火星。

幺二哥又开始骂道："要死了！拉什么拉！"

虽是这样说，他还是继续听着，说："不知家里怎么样了，我走的时候才只买了一袋面。这次回去买袋大米……"

"就数你最会算计。平日一碗茶水都舍不得喝，省的钱买几袋子米也是可以的。"王麻子一说，大伙哄笑起来。

其实都知道他的老婆多病，家里又有三个幼子，度日很是艰难。所以，平日路上，大家也会轮流给他付了茶水钱。他也不白喝，大家有什么东西坏了，也会主动拿去鼓捣下，就又能继续用了。

我默默地坐着，看那炭火迸出星光。

脑中忽就想到了梁府铜盆里暖和的炭火，还有一屋弥漫的花草香。此时，漫山的花红一定结着粉红的花苞，院中的牡丹也露出绿色的蕾……到处都是采苓喜欢的气息了吧。母亲，此刻在干什么呢？我还是习惯叫她母亲的。

出门这样久，我第一次梦见回到了那个院子。母亲依旧在铜桌前看书，见我来了，笑笑说："回来了。"檐下有风穿过，凉丝丝地夹着飞雪。雪越下越大，铺天盖地，就像我那晚走的时候那样。

㉑

茶

死

亡

那红色的花海，让杰布有些不知所措。作为府里唯一的继承人，他内心更多的是担忧。只有在想到临秋的时候，他的心中才又吹过春风，变得和煦起来。

他还是喜欢到达达寺去。

堪布真的老了，像树皮一样的脸上布满了沟壑，只要有一滴水在脸上，便会顺着那些沟壑畅通无阻地流淌，流淌。

"我知道你总会回来的。"

"这里需要我。"

"你的根就在这里，孩子。"老堪布坐在垫上，手中拿着佛珠，眼睛看不出是睁着的还是闭着的。

杰布说："我总是要回来的。可是，我害怕。"

"你带回来的那个蓝眼睛的人，倒是让他早点走吧。"

杰布说："他其实和我们一样。"

"岷山，便是昆仑，松州是昆仑莲台，山林之中奇珍异兽无数。连圣地拉萨也遭到了外族的侵犯，还记得达达寺中的镇寺之宝，那个头盖骨做的碗吧？上师曾说，那碗汇聚了力量，这力量来源于山、水、天空、阳光，但却被朝廷拿去，轻易就给了洋人。孕济活佛那年回来后一蹶不振，不满一年就坐化了。"

"不会的，他要的和那些洋人不一样。"杰布解释，又说，"世界太大了，你该去看看的。"他又迟疑，觉得自己说出这句话是多么可笑，面对一个风烛残年的老者。

"风告诉了我的耳朵，我知道。我们的秩序要变了。"

是的，土司的制度终究有一天会消亡的。他知道，可那些人不知道。

"来，你坐下，给菩萨说说你心里的忧愁。"

杰布便也坐在那垫上，抬眼看去，那些菩萨的塑像更雄伟了，整个大殿也空旷了些。

"人的烦恼在于有所求，欲望本身就是罪过的。可没有欲望，世间也就没那么生动了。你想要什么？"

"平静地生活，花草为伴，草庐为居。"

"那为何又要回来？"

"我要德庆府再次辉煌起来。"

"少爷啊，你一样也是矛盾的。既要归隐又要立世，恐怕世间只有一个位置是适合你的。"

老堪布转过头说："你去做土司吧。"

"既然迟早会消亡，为何还要去做那什么土司？"杰布有些不理解。

"既然无法确定要的是什么，那就去做当下该做的吧。"老堪布说。

天边的启明星还在的时候，他便只带了吉桑和多金进城了。杰布喜欢这个倔强的奴隶，特别是他眼中的亮光。他也知道，要了解府中真实的情况，就要和奴隶成为朋友。这是德尔告诉他的，作为未来的土司，这是很有必要的。

吉桑却时刻让杰布不要忘记自己的身份，在多金靠近杰布的时候，他总是挥鞭让多金离远一些。

董府到了。

远远就能闻到淡淡的香味。穿过影壁，里面赫然是一座花园，开着各色花朵，个个娇艳欲滴，争奇斗艳，尤其是比人还高的牡丹，顶着一个个白玉似的花盘，团团簇簇，很是壮观。

董老爷匆匆从店铺赶回来，一番讨好，忙让添茶。自从结识这位少爷后，他茶庄的生意自是好了不少。

下人端来一盘糕点，杰布尝着很受用，*丝丝花香在口中弥漫*。

"这是小女自己做的，如何？那酿的牡丹酒才绝了！杰布少爷就在府中用了晚饭再走吧！"董老爷眯起充满笑意的眼睛，他知道杰布是不会拒绝的。

来过两三次，还从未在这里吃过饭。每次，花瑶都会被叫上来给他添些茶水，却难得见着临秋。有一次，刚见着青衫快到前厅了，却又不见了踪迹。这次董老爷让他在这里用晚饭，他自然是乐意的。

"董老爷生意可还好？"杰布问。

"多亏了杰布少爷，余下的茶卖了好些给那些头人。还弄了些鹿茸，存着茸庄会上亮亮。"董老爷一脸欢喜。

"有生意想和你一起做。"

"哦？"董老爷眼中立马就有了光芒。

"我的官寨现在积压了太多鸦片，我想……"

杰布话还没说完，董老爷一听是鸦片便慌了，连忙说："少爷，鸦片我是万万不敢沾的。且不说对我这样的人家有损阴德……况且，朝廷对这个一会儿打压，一会儿放任，很难办。许元芳也不是好惹的。"

董老爷的担忧不是没有道理。自从鸦片大量流入，太多人毁了这上面，包括他的好友，临秋的父亲，也有太多人因此而暴富。就是茶庄生意再不济，他都不敢去沾鸦片的光，一为清白，二为保身。他立即起身说："杰布少爷，就算你不要我的生意，我也……"

杰布大笑，董老爷诧异地看着他，只听杰布说："董老爷，佩服！看来我没找错人！这个生意却是济世救人的。"看他疑惑，杰布又说："我深知鸦片之害。可那库里躺着的是德庆府的血啊！我是想着将这些卖给药铺，不求赚钱，只要本钱就可以。他们不让私卖，就连同你的货，送出去。"

"只是用途不一样。那些药材用多了一样是毒物，而且，鸦片价格太高，很多药铺都难以承受，我们这样也是救世。"

"容我想想。"

傍晚，一只只燕子在晚霞里飞翔，发出愉快的啼叫。董府庭中摆好了桌子，上面尽是些精致食物：牡丹水晶糕、玫瑰肘子、黄花鸭子……颜色鲜亮，让人垂涎。

一时，花瑶款款上前，拎出一壶。壶为青玉，温润细腻，衬着她脚下印出的牡丹花，真有天女之姿。

花瑶走到桌前，淡淡幽香。吉桑扬起嘴角看向杰布，却见杰布也看呆了。

男人嘛，谁不爱美？自古美女英雄都是戏里的主角。神猴和魔女的结合，才有了这雪域民族的繁衍啊！

董老爷看看女儿脸上的红晕，再看看杰布，笑着说："杰布少爷，这就是花瑶酿的牡丹酒，今年只得一坛。"

说着，花瑶便小心地将酒倒入玉杯中。那酒竟呈现出粉粉的色彩，一时间清香四溢，杰布端杯放在鼻尖，是有一丝丝牡丹花香沁入，咽入口中，又觉身在花丛中，让人无比舒畅。

"绝了，"杰布大喊，"花瑶小姐这手艺绝非一般！"

这一喊，花瑶的脸更红了，不小心将玉杯扫落，打碎。

杰布起身捡起碎玉说："这碎玉也沾了酒香，扔了可惜。"

"那依你该如何？"临秋将瓜果端上，笑着说。

杰布抬眼，见是临秋，也笑了。酒上了心，脸就红了。

董老爷见了说："杰布少爷，这是我世交的女儿临秋。自小也在我府中长大。"

杰布只是说："哦。"

饭后，杰布说："下月，我要准备赛马会，来吗？"

花瑶和临秋在一处，花瑶没说话，董老爷说："到时一定来。"杰布的眼睛却看着临秋，临秋便躲开那双眼睛。

月牙儿已经上了城楼，繁星洒在黑暗里，城中点了很多的灯笼。杰布还在想着临秋的那句"那依你该如何"，他不禁笑着自语道："依我就包起来。"

"少爷说什么？"吉桑跟在旁边问。

杰布回过神，答非所问："哦。"

吉桑笑着说："我看董小姐很好。"

杰布说："是吗？"

"她看起来对你也很有意思。让她给你当夫人也不是不可能，你也该成亲了。"

杰布笑着说："她纵然是仙女，我也无意。"

吉桑说："那你和董府结交，又是……"

杰布说："快些走。今日这马也有些懒，这城里的夜真好看啊！"

董老爷这时叫来花瑶，问："你看那风度翩翩的杰布如何？"

花瑶羞涩不语，匆匆退回后院中。董老爷心中已有了把握。

花瑶喜上心头，眉梢带俏，坐着绣着那牡丹双蝶手绢。临秋上来拨了拨灯芯，低头看看说，小姐手艺越来越好了。

是会越来越好。花瑶自从心里有了杰布，便将以往的不快都忘记了，见他望着自己的眼神似乎也是深情的。他也不会不知道城中关于她的传言，可他还愿意常来，可见，是倾心的。可她忘记了，每次她的身边都站着临秋。

临秋也喜欢那亮亮的眼睛，那羞涩的神情，那回首的一瞥，是道不尽的柔情。她也忽略了，花瑶见杰布时脸上的红晕。

月末了，离赛马的日子不远了。

杰布在燃起的桑烟中祈求神灵的保佑。他真是要疯了！

那努竟要他娶索康家的女儿雍熙。

怪不得前日那格绕过他，笑着从府里出去了。

阿爸这是病糊涂了。

他跑去表达他的抗议。

那努说，我老了，终要有人来陪你。联姻也是最好的增加实力的方式，我们的祖辈都是如此过来的。

杰布说："我只想娶爱的人。"

"爱？"那努笑了，"那是最善变的东西。你不爱的时候，它折磨你；你爱的时候，它也折磨你。"

"我愿意被折磨。"

"她是个美丽的女人，男人不会抗拒这样的女人。"

"可……"

"你大概是爱上了谁，董府的小姐？娶了雍熙你也照样可以娶她。"

"不，阿爸，不是。我……"

"要巩固实力，只能这样。那些头人只惧怕神灵和力量。"

那日是十五，官寨里各户都燃起了桑烟。烟雾蒙蒙中的花海显得神秘、恍惚。那格带着打扮得花枝招展的雍熙来了。

杰布远远看见他们穿过烟雾中的花海，一个女子穿着彩色的衣裙，在花丛中跳跃着，沉闷的花田迸发出一种活力，他仿佛看见了当年的达拉——妖娆的女子。

近了，那女子高傲地看着他，一双晶莹的眼睛里有种烂漫的情怀。

或许，最初遇见的是她，杰布会爱上她的，但现在，他的心被填满了。

那格说："这是雍熙。"

那努坐着说："是个美丽的孩子，会是一个好夫人的。"

"哥哥，我自己四处走走。"那位贵族小姐撒娇似的对那格眨巴下眼睛就甩手跑开了。

"让那努大人见笑了。妹妹自小在拉萨长大，父母晚年得女，十分娇惯。"那格说着，眼睛却看向杰布。

杰布也起身说出去走走。于是，只留下了那努和那格在内喝茶叙话。

那努说："看，这就是美人的力量。杰布这就跟着去了。"

那格也很开心，从没人能拒绝他这位妹妹。

杰布其实是想出去和雍熙小姐说，他喜欢的不是她，让她能知难而退。

出去后，却看见雍熙像只灵巧的兔子，不停地在彩色的走廊里穿梭。杰布跟不上，一下子就寻不见了。转过弯杰布却发现雍熙在他的房间里，画架上的画也被一一取了下来。

"她是谁？"雍熙拿起一张画，画里的女子着一青衫立于花树下，头上一支花红发簪，侧脸回眸间，尽是柔情万千。"你只画了这一个女子，是谁？"

杰布气恼道："放下我的东西！"

"你不告诉我，我就不给你！"

杰布要夺，雍熙却绕着画架笑着奔跑。

"你……"杰布怒目。

"再这样，我撕了！"雍熙也停下，扬起画示威。

杰布对于这种蛮横的小姐没有办法。

"我不会娶你！"

雍熙大笑着说："谁说要嫁给你？"

杰布愣了下说："你哥哥那格啊！"

"我可没同意！谁愿意嫁给你！"

"那你来……"

"我就来玩玩不行？好风景都让你德庆府占尽了，还不许我来看看？"

"可他们是在给我俩定亲！"杰布着急地说。

"怕什么！我不喜欢你！大不了，我跑就是了！"

杰布此时倒是觉得这位雍熙小姐率真可爱，不禁笑了。

"哎，她是谁？"

雍熙上前将画递给他，还是颇有兴趣地问着。

杰布坐在廊下，雍熙也跟着坐了下来。

"临秋。"

"你喜欢她？你们德庆家同意你娶一位汉族女子？"

"不知道。"

"换我，我一定带她骑马就走。爱一个人，就该如此热烈一点！"

"你不懂！"杰布不禁觉得好笑，和一个刚认识的十五六的女子说这些，真是天真烂漫啊！

那格和那努在楼下看着他俩的背影说："看，天作的一对！"

德庆家与索康家结亲的消息就像风一般吹到了各个部落。大家都在说着那努的精明，说他根本没病，其实就是在暗里和那格商量着怎么对付其他土司。

那一百一十四处土司，一千九百二十九寨都慌了！

吉吉头人大张旗鼓地杀了拉巴头人的三只獒！说是其中一只獒犯上，吠叫的口水都喷到了他的脸上，至于那两只，是用来给他的狗祭奠的。

拉巴恨得牙痒痒，也只能在楼上看着自家门口殷红的狗血。

当割下的狗头被放在拉巴头人家门口暴晒时，拉巴头人挥刀将狗头砍得血肉四溅，然后对管家说将这些不懂事的畜生扔到沟里。随后，拉巴头人笑着对吉吉头人说，何必为畜生伤了和气，还邀了吉吉头人入内饮酒。可拉巴头人闪烁的眼神里，都是压抑的仇恨和诡异的心机。一个好猎手总是善于观察和等待的！

德庆府灯火通明，喇嘛们的诵经声连续不断。

那努从前日开始就连茶水也喝不下去了。他的时间到了，前些日子不过是他的回光返照。

杰布不那么相信喇嘛们能让阿爸好起来，但又十分期待奇迹发生。然而，他看看那努灰色的脸，那和死人没有差异，他的心就沉了！

这是一个怎样的父亲！一生都是精彩的故事，从入赘以来就背负了太多。好的坏的，都做了个够！才展露出一个父亲的姿态，却要离去了。杰布其实孤寂惯了，从出生的时候就孤寂着。可这若有若无的阿爸真的要走了，他第一次感到了无助和悲哀！

床边，那努脸上匀净了些，要了口茶水喝下后，他说："德庆家交给你了。把我送回北边的草原，让鹰带走我的灵魂，我是属于那片草原的。"

然后，他的眼睛就那样瞪着。他好像又看见了格木拿着还淌血的刀向他走来，然后，又看见了哭泣的仲噶，还看见了白姆，她依旧那么美丽，穿着雪白的衬衫，笑着对他拍拍床沿……

卦象显示，那努应该火葬，但杰布坚持遵照遗愿。

欧珠得到消息，带着年幼的孩子来了。她平静的脸丝毫看不出悲戚的意味，和杰布快十年不见，可是一到官寨，他们就认出了彼此，冥冥中有线将他们拉在一起，无法割舍。那年幼的孩子不过两三岁，穿着小小的袍子，模样和幼时的多布杰有几分神似。传言说德庆府被诅咒了，所以，德庆家的女人很难怀孕。欧珠好容易才有了孩子。更难堪的是，两个男人都在草场边界的争斗中丢了性命。

德庆家的女人，仿佛注定了悲凉。

除了一身的珠宝和满室的钱财，她就剩这个儿子了。

吉桑指着杰布对孩子说："这是你舅舅。"

杰布抱起那孩子，不知该说什么。

欧珠说话了："扎尔找过我。"

杰布说："哦。"

"你不想知道他找我干什么？"欧珠转过头看着杰布说。

"不想知道。"

"他要我的孩子来做土司。"

"所以，你今天来是……"

"世界上不是只有当土司才是第一愉快的事情！我拒绝了他！所以，他像只疯羊一样号叫着走了。"

"我也不想当什么土司！"

"你没有选择！这是你母亲的罪过，你该承受！"

做完法事，欧珠便带着孩子离开了。她脸上的表情很难描述，悲怆、蔑视、期待、喜悦……

她终于和这里撇清一切关联了。

那努的遗体被浩荡的队伍一路带到了北方的草原。

22

花

纠

葛

好冷！

我在炕上睁开眼睛，杨锅头他们又早早走了。屋里一下空旷起来，让人感觉很冷清。

天还没放亮，山间挂着弯钩似的月，我走到马厩旁拿了镰刀和背篓，走过木桥，准备去打些猪草。以前常和格登去山野玩儿，这倒也不会难住我，要活下去，总还是不能白吃白住的。

路上，却早已有人背着背篓出来了。溪边，几个阿婆在挑水、淘菜。渐渐地，天放白了。身边袅绕的雾慢慢往山上跑去，崖上流下的一股清流也被云雾掩住，就似从天边流淌下来的。不时从面前飞过几只锦鸡，落入草丛，高傲地踱着步。炊烟袅袅地从秀丽的山间穿过，一朵朵野花坠在树梢、点在草间，让人心旷神怡。

我在一块岩石上坐了许久，慢慢将猪草放入背篓。

将近晌午，我才提了背篓回去。

见我提了猪草回来，红燕嫂说："杨锅头说了，你是有学问的人，让我好生待你。我这地方虽比不得其他马店，但也不至于少了你饭吃。"她帮我拿下背篓，又说，"我也不是那计较的人，非要你干这干那才待见你！我知道你是实诚人，在店里随时帮衬大姐就可以了。"我点点头，端过一碗玉米糊吃着。

她麻利地将背篓里的猪草拿到铡刀下切起来，我还没吃完，她早就喂完了猪，又把猪放到林地里去，说这样猪长得结实，香，也可以去山里吃更多的东西，省了很多猪食。

忙完店里，她也背着背篓出去了，不一会儿就带回满满背篓的野菜：枸杞芽、车前草、蒲公英、开喉草……

她说："山是个宝，里面什么东西都有！那些马帮和背子常年在山间行走，吃些野菜，也可以治病的。"

她倒是心细。

驼背过来将那些野菜分开倒在簸箕里，放到檐下阴干。阴干的野菜用来熬汤，汤也还是碧绿的颜色。

我就在这个院子里，一会儿去弄弄野菜，一会儿帮红燕嫂在纸上记下一些东西，一会儿去外面转转，又看看店里来的背子们，倒也自在。

最让我感到无奈、痛心的是那些背子。

背子，被称为最苦的行当。他们背着背夹子，上面放的是山一样的茶包，胸前挂着刮汗用的竹片，手上拿着拐子，把茶叶一步步背到这里。那些高山般的茶包背上便不会在途中卸下，"上七下八平十一"，走几步，就要停下来休息，再刮一下汗。天长日久，山间的石头上都是他们打拐歇气留下的一个个坑。路途多是羊肠峭壁，一个不留神还会摔得尸骨无存。

到了马店，他们歇息下，慢慢地放下那生在背上的茶包。这时，他们才可以真正休息。喝上口热茶，吃上一口马店里的饭菜，烤烤火，说说玩笑话，在干草垫上睡上一晚，天不亮又出发。"一二三，雪封山；四五六，淋得哭；七八九，正好走；十冬腊，学狗爬。"日复一日，年复一年，他们就这样在山间行走着。

下午，又来了几个背子，其中有一个女人，常年的奔波让她的脸上丝毫没有女人该有的样子。她和男人们背着一样重的东西，只是背架下面多了个用来路上方便的笋壳，胸前还挂着一个周岁大的孩子。

红燕嫂说，这女人常来，男人也是背子，跌崖死了。只有这么一个孩子，她便带上和她一起背茶。

那小孩虽瘦些，脸上还是红扑扑的，惹人爱怜。红燕嫂接过孩子，便开始给他喂羊奶。她自己没有孩子，看见孩子便似着了魔一样两眼放光。

我也抱来海子给那孩子摸摸，他便咿咿呀呀，很是可爱。

女人说："亏了你了！吃了几日泡馍，孩子可怜哟！"说着，她抱过吃饱了的孩子在她脸上抚摸。孩子就咯咯地笑。

第二天，他们又要出发了。红燕嫂给她装上了一壶羊奶，回屋时，她叹气说："这是在遭什么罪。"

晌午，小街上传来一个消息：几个背子在翻山的时候掉了下去，其中还有个带着孩子的女人。

那晚，我看到火塘边的红燕嫂不住地抹着眼泪，翻腾着锅里的杂菜。直到炖得很烂了，她还在用勺子搅动着，搅动着……

这世间的苦，真是有千万种！我倒在席上，摸摸海子，忍不住哭了。

山间的马铃依旧不断，无数的背子在这里来了又走，走了又来。我第一次在这里感受到了一种烦闷的气息。

我跑到那兰花山上，此时，这里开着无数的兰草：蓝色的、白色的、黄色的……一株一株在峡谷的风中摇晃着。幽香之中，我好像看到采苓走了过来，在兰花里奔跑着、嬉笑着。

我有点想他们了。

每天，我都会去西边的古松山下，望望几棵唐朝时就有的苍劲的松柏。它们像龙一样蜿蜒着枝干，展开伞似的盖，静静地注视着脚下的堡垒。风起了，也不见它们动摇几分。这里没有松涛，只有静幽秀美的山；这里也没有青稞，只有遍野的长势可喜的麦子。

那些尘埃不停地说，回去吧，回去吧……

我坐在火塘边狠狠抽了自己一耳光。

红燕嫂说："你抽风了呀！世上没有什么事情是不可以解开的。"

驼背说："苦啊，都苦。人生来就是吃苦的。你看每天来来往往的背子、马帮，谁又不是在受苦。不管贵贱，死了都往一处去喽。"

红燕嫂放了些柴火对驼背说："那你肯定要下地狱喽！杀了那么多的猪……"她叹口气，"看来我也是要下地狱的。"

不守妇德就要去地狱受苦，屠了牛羊也要去地狱受苦，前世有的冤孽，还要在今生继续偿还……可那地狱真比这世间还苦？！

他们都怀着要下地狱的悲痛去睡了，其他房里的几个背子也在嬉笑过后响起了鼾声。我掏出书，在火塘边又看了起来。

蒂梵到村子后，看到满山都是金黄的青稞，男人和女人们在地里唱着丰收的欢歌，他用手指摸着那青稞。锋芒刺破了他的指尖，滴下的血洒在土地上立刻就生出了一朵朵红色的花，如血一般红艳。

一个女人走过来，摘下了那朵花。抬头时，他看到了一样的眸子，似曾相识的脸。他不知道已经多少世了，总之，他找到她了。

女人给他青稞，他点在舌尖，一种从未有过的滋味开始在体内蔓延。他感到愉悦，但是又灼得心痛。

女人因与魔鬼相爱被逐出了寨子。

女人说，你喝我的血吧。这样，你永生也不会忘记我了。

滚烫的血在他的体内融合、相生。

春天，他们在风里看蒲公英飞翔的姿态；夏日，他们在林中看苍鹰展开的翅膀；金秋，他们去那些麦地里，蒂梵故意割开手指，把血洒在地上，为她开出无数朵红艳的花。

那花，却又让她想起了故乡的麦田、故乡的人……

冬末，他们有了一个女儿，也是如雪的皮肤、黑黑的眸子、长长的头发。待她长到七岁时，她的母亲回故乡了。

蒂梵又发狂了。他知道，她不会再回来了。他割破自己的手指，一路洒着血滴去看她。漫山都开满了那红艳的花，一朵朵，展开薄薄的花瓣在山风里露着笑容。

她在煨桑的晨幕里看到了半山的红，她的窗下也是一朵朵艳丽的花。

他无法活了。

她曾听他说过，唯一让他死去的方法就是自己放完身上的每一滴血。

她放声痛哭，投入了山脚的湖心里。

千年了，他们的女儿日日在林中徘徊，等待他们归来。

官寨的人说，她就是蒂梵的女儿。那些牛羊都是被她吸干了血，这是个魔鬼。

他们把她抬到官寨高台上，用一把小刀割开了她的手臂。血一滴滴流淌下来，淌到德庆土司的脚边。

他不是爱她的吗？怎么会任由他们割开她的血肉？

他为她流泪，在桑烟里祈祷。呵，情爱还真是善变的东西！

她微笑着，静静地等着身体的最后一滴血流出来。她说："把我的皮做成书吧！我想日日陪着你。"

"好。"他答应了她最后的请求。

最后一滴血滴下来的时候，行刑人用薄薄的刀挑开了她的皮肤……

一本精美绝伦的人皮书诞生了，它是世间独一无二的！

德庆土司在她死后，却着了魔般日日抱着书微笑，谁也不理。

某天，这个土司失踪了。

三日后，大家在山间的麦地里发现了他面带笑容的尸体，手里还抱着人皮书。

喇嘛说，这书有怨念，不能损毁。于是，便将书放在了佛堂里，希望转动的经纶可以宽慰魔障。

新土司即位，下令德庆府从此再不经商。

可是，这个家族却像受了诅咒般，土司接连在壮年就去世，子息日渐单薄。到后来，连一个男丁也没有了。

一段匪夷所思的往事，被一一记在了人皮书上。

我用手抚摸着，这就是那女人的皮做的？！可我却并不感到害怕，这是个让人感到疼痛的故事，是我家族的往事，火塘里的火让我心口发烫，我身体里的血液也让我受到了诅咒吧，不然，我怎么会承受这些苦痛？

我蜷缩在火塘边，听着木柴燃烧后变成炭火的声响，闭眼，好像回到了梁府。我看见周妈又拿出棉被、棉衣和皮毛在阳光下晾晒、拍打。尘埃们被她弄得四处逃窜！喜鹊在铜桌旁熬着茶叶，月儿和采苓在半山的花海里荡着秋千，鸣儿在花树下，看着我，他还在恨我！

起风了，花红漫天飞开，结成红色的帘。一个长发的女子穿着红衣站在帘后，我伸出手说："我来了。"

她雪白的手，隔着红色的帘，触到我的掌心，火热的，是那样让人悲伤……

耳边呼呼地响，红燕嫂又扒着火塘的灰，放上树枝，用火筒吹着。不一会儿，火苗就起来了，锅里的茶也散出了香气。

她自语说，不知道杨锅头他们几时能来，今早，树上飞来只喜鹊，应该快来了。

可是，她在喜悦中等来的却不是她的情郎。

她的丈夫回来了。

这个男人牙齿稀疏，头发凌乱，那看着瘦弱的手臂一下下打得红燕嫂跌跌撞撞，屋内传来她绝望的号叫。

他是回来要钱的，可是那些钱还不够他还烟馆的债。他又从褥子里搜了些钱后才走。

红燕嫂开门出来，散乱着头发，脸上都是血痕，衣服也被扯破，她擦擦嘴角的血，说："我是真希望他死了啊！那么多人跌了崖，可他偏偏就不下去，就不下去……"

她伏在木凳上呜呜咽咽，哭得让人心惊却又厌烦！

杨锅头的马帮来了。

红燕嫂换了衣服，还擦了些胭脂。笑盈盈，她又活过来了！

我喜欢看她活过来的样子！这样，院子才有了勃勃的生气！

杨锅头又让我随他去刘老板那儿，两人谈笑后，好几摞大洋就被杨锅头放在了一个不起眼的包袱里。

他的马帮从来都住不起眼的马店，晃眼看根本不会想到他拉的是什么东西，沿途的匪徒和官爷也不会太为难他，哪里会想到他私下做的是贵重买卖。

路上，他还是给我买了碗豆浆。他说让我继续待在这里，帮他记好账。

我点头同意。

半夜，待大伙都睡了，他拉我起来，到火塘边给他算账。

我在纸上按照他说的勾勾画画，估摸算下，他可以在城内买两所好宅院了。

他让我把钱再分开算下，待日后分给这些兄弟。现在世道不好，有变故也说不定。

我不懂世道，只知道皇帝没了，衙门里的人也换了。我的海子也长大了些。

他们又走了，我在这里看着叶子绿了又红，红了又落。听着那些背子和马帮讲许多故事。故事里有辛酸的，也有快乐的。

快乐往往很容易忘记，辛酸却会烙印在心底，这是做人的悲怆。

溪水里，我看到了自己的影子，是个男人的影子了：宽厚的肩，麦色的皮肤，有力的手臂。海子也长大了很多。一天下午，它带回了一只鹅。鹅的头早已被咬掉，白白的毛上都是血迹。

它把鹅扔在我面前，亲昵地用头蹭着我。

这是在向我显示它猎物后的兴奋，要我和它分享。我蹲下，摸着它厚实的皮毛，我知道，不能再让它在这里待下去了。

我背起大大的背篓，里面蹲着海子。它一路都呜咽着，好像知道了接下来的离别。

在快要接近云朵的地方，我放下背篓，它蹲在里面不愿意出来。

我说，不离开，他们会打死你。我不想看到你死，我要你永远是一只自由的雪豹，要好好地活着……

看见我的泪淌在手背上，它舔掉，然后爬出来，缓缓向林中走去。我捡起一片叶子，吹着曲子，看着它慢慢地消失在云雾里……

夜晚，我在被子里哭得一塌糊涂。

驼背说我做得对，它本就不是属于这里的。

我又想，我该属于哪里呢？

央金来了，她是来找我的。我没有想过任何人会找到我，央金，更是不可能。

她还是那样端庄美丽，一点儿也没有老。

她说，她要找到我并不是困难的事情。其实，她早已知道我在这里了，本来是想等我自己想通了回去，可这几年，我的倔强超过了她的忍耐。

红燕嫂和驼背张大了嘴巴，这个马店还从没有来过这样的贵妇。央金的管家给了他们许多钱，他们便欢喜地到街上买东西去了。院子里，只有我俩看着火塘里的火。

她让我坐下来，听她说些故事。

我喜欢别人给我讲故事，因为我只负责听就好，至于思考，那是脑袋的事情。

她说，鸣儿和月儿都不是她的孩子。

我睁大了双眼表示疑惑，也不明白为什么她要告诉我这些。

她笑笑，平静地说，那其实是她买的别人的孩子。在她确定无法得到我养父的爱后，她便想到了报复。

"不过，我是在行善。菩萨知道，如果我不买下他们，他们的母亲也会把他们放入河里淹死。

"他爱的只有你的养母。你母亲临终将你托付给她，她的心早死了，但为了养育你，答应嫁给江生。说是嫁，他们也没有办婚礼，她也没有穿嫁衣。他呢，也算终于实现了多年的愿望，娶到了朝思暮想的人。可悲的是，她对他却一丝波澜也没有，她的心里只有你死去的父亲！你养母让你养父感到自卑、无奈又痛苦，而我，可以满足他作为男人的一切想象。本想，时间久了，他会爱我的。可是，他的心中却始终只有你养母。我的高傲受到了沉重的打击，我恨，我要他付出代价。我便谎称有孕，买了孩子欺骗了他。"她抬头看向房梁，又转过头看看我，"你是不会告诉他的吧?！情爱就是这样爱恨交织，爱一个人到极致，就会生出许多恨！"

我当然不会。

那可怜的月儿其实和我一样。鸣儿所背负的仇恨是本不该属于他的，我们都好像站错了生活的位置。

她继续讲着："你走后，我倒是常过去看看。月儿反倒没那么柔弱了，可还是时时念叨你！她长大了，我有时也差点当她是我生的。她那性子像极了我。那些大户的汉族小姐，哪个不是裹了小脚，弱柳扶风，可她就偏不！读书写字，骑马扬鞭，还剪了头发！气得那些老爷吹胡子瞪眼，直说梁府没家教。"

讲到这里，央金哈哈大笑，手中茶碗里的茶都被颤了出来。

月儿真是这样？我的好妹妹啊，我还记得她怕打雷蜷缩在我旁边的样子。苍白的脸，充满恐惧的眼睛。要有多少勇气，她才变得这样坚强啊！反倒我却……

"你还想知道鸣儿吧！你走后，他像是丢了魂，变得越发不是个样子了！整日赌钱逛青楼，还抽上了大烟！气得月儿每每跺脚！"

他浑身带刺，我走了，他自然是没了目标，只有靠荒唐度日来慰藉自己了。

"你的侍女喜鹊投井了，捞上来时早泡涨了。肚子里还有了孩子！"

我的心一紧，喜鹊！她本该叫红霞的。我记起她长长的辫子，脸上的红晕，我流泪了。

央金叹息着："梁府算是完了！你养父也无心再管理商号，日日在院子里摆弄那些花草。一些生意也被白府抢了去，若不是我照应着，早就撑不下去了！"

听到他名字的时候，我突然发现早就不那么恨他了，那个我曾叫作父亲的人也老了吧！这些世事变幻，我竟现在才知道。

央金看着我的眼睛说："你长得和你父亲一样，你们有一样的眼睛，还有一样的心！"

"松州南山那儿有一处院子，是你母亲曾住过的。你该去看看！"

我低着头哭，又往火塘里放了根柴火。没有干透，起的烟闻着让人难受。

"那一场屠杀中，你的养父被情爱和利益蒙蔽了双眼，可是即使他说了，或许也是无用的。当时的朝廷根本无人敢管此事。若不是为了你母亲的嘱托，你的养母早已不想苟活。"

央金皱眉说："你真不配流德庆府的血！你的祖父，也曾是草原上的雄鹰，你的父亲更是做出了一番事业！而你，只会躲在这细软的小江南里，看着你的百姓们受苦受难!"

她居然在说完后，端起茶碗泼了我一脸的茶。黑色的茶渣粘在我的脸上，像心口的黑痣。

我无法反驳，这些年我日夜辗转，一直也没能找到答案。可是，身体里的尘埃分明刺痛了我。

血液，确实是无法改变的。

"扎尔装疯卖傻，终于在年迈的时候得偿所愿，进了德庆府，拔光了你父亲种下的青稞。那土地上又开了一片一片的罂粟花! 你的百姓也无时无刻不在受着折磨。"

我的百姓? 我从没有见过他们，但是心里却升起莫名的感伤。

"该是你承担责任的时候了! 我体内也同样有德庆家的血，有责任让你回去!"央金用一种坚定的眼神看着我，我低下了头。觉得自己根本无法去承受那些沉重的东西。

那是另一个世界的东西。她说的这个故事很好听，我想只把它当作故事而已。

央金走出了院子，从怀里掏出一个噶乌，说是父亲的，该是给我的时候了。

我接过，让它躺在手心上，那上面红色的心让我的血液开始沸腾。

上马的时候，央金说，我的养母出家了。

我一直在等着她给我说说我的养母，她真的舍弃了一切，淡淡地走了。我想，那便是她最好的去处了吧!

看着央金和随从们渐渐走过那木桥，消失在暮色里，我跳进溪水里疯狂地吼叫着，拍打着……

23

茶
救
赎

那里的云朵很低很低，天空却很远很远。立于山丘上的天葬台，盘旋着许多鹰鹫。这些生灵从老远的空中就能嗅到死亡的气味。裹尸包被打开，天葬师熟练地用刀将那努的肉体分解。

杰布不敢看，一个人就这样被分解，最后，什么都不会留下。在天葬师诵经的时候，他便开始流泪，天葬台上的桑烟直直入了天空，空洞的。待天葬师吹起人骨法号，那些鹰便就开始发出兴奋的鸣叫，冲入台上争相食用那努的肉体。

最后，天葬台上，连一滴血的痕迹也没有留下。

天葬师说："很干净。所有的罪，都得到了救赎。"

了无声息，一个人，就这样归于天和地。

德尔执意要送那努，在天葬的时候，他被震撼了。他流着泪在笔记本上记录了这次见闻，没有惧怕，只有震撼。人和自然还能用这样的方式贴合在一起，这或许是回馈自然最好的方式。

队伍默默赶回官寨，杰布心中很乱，脑海里不断想着老堪布的话。

他的命运一样不由自己安排。

那努逊位，杰布成了德庆土司。

那格前来恭贺的时候，和杰布商议请喇嘛问卦，选个好日子和雍熙结婚。

杰布始终沉默着。

"这是定下了的！"那格怒目。

"并没有问过我愿不愿意，还有，你问过雍熙吗?"

"你在侮辱我们索康家族！"

"这是对雍熙的尊重！"

"放屁！少来你在洋人那儿学来的那套！你破坏规矩，想我们丢脸，那就别怪我不客气！"

吉桑在一旁劝解着，一场宴会不欢而散。

杰布对吉桑说："我不爱雍熙。"

"少爷，这不重要。雍熙是个漂亮的姑娘！"吉桑说。

"反正，我是不会随便娶一个女人做妻子的！"当然不会，他只想和一人结婚。想到这里，他又高兴了。

夜晚，一个少女裹着单衣打开了杰布的门。原本，她是在锅庄厨房里负责烧火的奴隶。管家派人找到她时，她的脸上还抹着锅灰，在用围裙擦着油腻的手。

"老爷。"少女轻柔地呼唤着快入睡的杰布。月光照着，顺着她的头发披在了一侧。随后，灯被点亮了。

杰布恍惚着起身，吓了一跳。

少女并不害怕，跪在床边说："是吉桑管家让我来伺候老爷的。我是卓娜。"卓娜没有想到，这个土司是如此俊朗的少年。

杰布抓起她的手闻了闻，说："你是烧火的？手指有柴火的味道。温泉洗得舒服吧？"每个来到德庆家的女仆都要在庄园的温泉里泡浴，彻底清洁后才能入府。

"大人，被温泉洗过的皮肤是滑的。你摸。"卓娜露出有光泽的臂膀，眼神里是挑逗的柔媚。

"是挺滑的。"杰布用手指慢慢触碰着说。

卓娜早已知晓那些情爱的事情，那些男人，都没能绕开她的缠绕，今晚这个少爷，也将离不开她。

然而，她低估了男人的自制力。

稍后，杰布冷冷地说："作为侍女，美丽是你的罪过。我只要你老实一点儿，做好侍女的本分，要不，还滚回去烧火！"

卓娜还从来没有被男人拒绝过。她惶恐地站在了一边，毕竟，这是个土司啊！

"出去！"杰布呵斥，继而又转身睡了。

卓娜躬身拉上房门，吉桑也在门口，他给了她一记耳光，说："没用的蠢货！"

赛马的日子来了。

老爷们带着女眷坐在敞开的帐篷里。那些娇贵的夫人小姐时不时用手帕扇扇风，再往脸上擦擦，混着胭脂的汗把手帕也染红了。她们难得出门，因此，赛马会成了她们攀比的盛会。各色穿戴让人眼花缭乱：你穿锦缎，我便在锦缎上加金线，你戴珍珠，我便在珍珠上加宝石，你的侍女穿绸缎，我的侍女便戴玛瑙……如此一番，让人满目生辉。

杰布也在帐篷里与人说笑，时不时地看看坐在远处的董老爷一家。临秋与花瑶出神地看着那些骑手。

平坦的草场上，骑手们身着五彩衣服，身手矫健，有的立在鞍上，有的在马肚处旋转一周，有的单腿呈飞翔姿态，场面格外惊险，赢得阵阵欢呼叫好。这些剽悍的汉子，在这花海与苍松间驰骋着。杰布喝了一口酥油茶，起身向马场走去。

多金紧跟在后面。只见杰布牵出了自己的黑马，一跃而上，在场上飞驰。

风一样，黑马来到董老爷座处，杰布伸手看着临秋，示意她上来。

就那么一瞬，时间凝固了。临秋伸出的手被杰布握着，轻轻一拉，便上了马。青衫随风，黑马飞驰，很快，便不见了踪影。

花瑶觉得那一瞬有一生那么长。

花瑶以为那马是奔向她的，可杰布眼里的深情分明给了临秋。原来，原来如此啊！多么讽刺的嘲弄。她突然很想哭，但又不敢，憋红了脸，低头绞着手帕。

董老爷无奈地喝着酒，他早该想到的。

多金在后面紧追，最后只能待在那儿看着远去的背影。

黑马跑到镜海处便停下了。湖面幽深如一面蓝色的镜子，镜中的杰布对临秋说："我要娶你。"

临秋下马，无言。

杰布将那手握得更紧了。

"我德庆杰布在此起誓，此生只愿和临秋相守，如违誓言……"

"不要说了。"

镜海上起了涟漪，如同二人心中的波澜。杰布在梦中想象了不知多少次两人在一起的场景，此时，犹如梦幻。

杰布对着湖心呐喊，林中飘来了带雨的云，雨点纷飞，打碎了镜面。朦胧中，他依稀看到对面的木桥上站着穿红衣的雍熙，旁边是一位男子。

雍熙对着他俩打个呼哨，挥了挥衣袖，说："杰布，你看，他才是我的情郎！告诉我哥哥，我走了，不要来寻我！"接着她将身上的红衣脱下，绑在了桥头，和少年骑马奔向了林地之外的地方。

雨过，虹出。杰布与临秋策马归来。都说德庆府留洋的少爷做事荒唐，却没想竟当场带着汉族女子策马飞奔。场上静得只听得到马鼻翼的扇动。

"杰布，好样的！"德尔在一旁拍手呐喊，打破了沉静。

接着，人们开始交头接耳。

那格站起来瞪着愤恨的眼睛刚要说话，杰布就在他耳边说了见到雍熙的事情。

那格的脸瞬时阴了下来，又不好当众发难，这是家族的耻辱。

杰布说："只怕已经追不上他们了。雍熙的红衫还绑在桥头。"

那格随即又坐了下来，狠狠喝了几杯青稞酒。

雍熙到底还是和那个康巴人走了。杰布心中对她多了几分敬佩，她洒脱的个性像极了草原上的烈马。

他有点羡慕雍熙，于是取下场上旗帜上的哈达说，他已经和神明起誓，要娶身边的女子。刚才的甘霖，就是神的赐福。

临秋被惊到了。可是，她是这样不由自主。

场下哗然。

花瑶一直低头不语。

董老爷说："这……"

杰布说："我的决定从来没有变过。"

拉巴头人对那格说："杰布要娶的人不是雍熙吗？！德庆府太狂妄了。他会像他父亲一样受到诅咒的！"

那格恼怒地继续喝酒，拉巴还想说什么，那格说让他滚，他便不敢再说话了。

临秋说："我，我……"然后一路小跑，回了花瑶身边。

全场又愕然了！

从来没有人会拒绝一个土司，何况，有多少姑娘想嫁入德庆府啊！

这个汉族女子一定是脑袋被晒昏了，要不，就是个傻子！

临秋也不明白自己是怎么了。那样一瞬的不由自主和他上了马，现在却又好像回到了现实。他是个土司，一个俊朗有才情的土司，而她，只是寄人篱下、父母双亡、无所依托的女子。牵手的时候，她感觉到了花瑶的心是那样颤抖。也终于明白了，她夜夜翻身叹息的是谁。她怎么就这样愚笨，丝毫没有注意到这些。现在明白了，这真是让她无所适从。

看着呆呆站着的杰布，她也只能无奈。

杰布突然大声说道："我一定会娶你的！要你心甘情愿地嫁给我！"此时，马群开始嘶鸣，骑手们发出欢呼。

董老爷又猛喝了一杯酒。花瑶还故作镇定，低头看着自己的绣花鞋。这双鞋是新做的，专门为了这次赛马。鞋底加了比往日多一半的香料。足下，生出的花朵是她积攒的泪吧！

回府后，董老爷叫出临秋，叹息着道了一番女大不中留，又拿出了一些银子。言外之意，董府，她是不能再待了。董老爷这是铁了心要继续拿花瑶的终身做交易。想到这里，临秋只能自叹身世。

"那我去和小姐道个别。"

"不用了。我会告诉她，你回亲戚那儿住段时间。久了，就会淡了。"

临秋哽咽。

"临秋，你自小我就没把你当外人。希望你也知道我的难处。"

略微收拾了几件衣服，临秋走了。银子还明晃晃地放在董家的桌上。

晚间，花瑶四处寻临秋。

董老爷说："她走了。"

"去哪里？也该回来了。"

"她不会回来了！"

"父亲，你什么意思？"花瑶急了。

"她回亲戚家了。"

"她哪里还有亲戚！这不是她家吗！"花瑶急急地说。

"花瑶，"董老爷有些不耐烦了，"你越发……"他还想训斥一番，管家过来说益盛昌的梁江生来了。

董老爷疑惑着，此人不知道是从哪里来的，把一个濒临倒闭的茶庄接了下来，也就两年时间，成立了益盛昌，继而发展成了松州排前的商号。

此刻，站在董府外的梁江生不知想过多少次踏入董府大门的情形。

终于，他可以正大光明地从正门进去了。

园内，还是如同当年他窥见的那般，里面的花开得更繁盛了。

那阶上的花印，散出淡淡的香气。魂牵梦萦的人啊！

"久仰，董老爷。"

"阁下是……"

"益盛昌，梁江生。"

"不想松州有名的商号主人是这般青年才俊！请坐。"董老爷命人奉上上好的松州春茶，又端上一些精致糕点。

"不知梁少爷到鄙府是……"

"与你谈笔交易。"

"我董家做的都是小买卖，哪里能和你们大商户比较。梁少爷取笑了。"董老爷笑着说。

"董老爷谦虚了。我虽少年得志，却也是小户发家。素来就听人说董老爷做事磊落、实诚，所以今日前来拜访。"

董老爷一听，就明白了这后生的来意了。董府哪里还轮得到这样的大户顾念！要说董府的奇珍，就是他的女儿。想当年多少人都要把董府的门槛给踩破了。要不是那档子事，想必董府比今日还要光彩几分。这后生，也定是为花瑶来的！

内院，花瑶不顾管家的劝阻，闯到堂前继续询问临秋的下落，丝毫没有注意到还有旁人。

董老爷只好笑着说："梁少爷，这是小女花瑶。见笑了。"

花瑶自知失礼，于是欠身问好。

梁江生呆在那里。

第一次，这样近看她。她脸上的红晕，碧池一般的眼睛，都离他这样近。那鞋底的花儿，就在眼前盛开着。

花瑶匆忙退下，梁江生还立在那里无神。在她面前，无论有多少钱财的陪衬，他都觉得自己还是一样卑微。

"梁少爷，"董老爷见他发神，说，"小女让你见笑了。我府中奇花异草倒是不少，梁少爷喜欢的话，可以随时来观赏。"

梁江生这才回过神，似是而非地回答："是的。好啊。"

在董老爷的带领下，梁江生第一次在熟悉又陌生的董府花园里走了一遭。

董老爷指着院心的牡丹说："这株是绿蕊，是小女最喜欢的。取一瓣花叶，三日香气犹在。"梁江生看着那比他还高的粉盘，真是一片锦绣。穿过几株花红树，董老爷又领他至一间书房，里面挂了不少字画。一进内室，就感觉丝丝幽香萦绕。

董老爷得意地问："梁少爷可知道这幽香出自何处？"见他茫然，便指着桌上一盆兰花说："就是它了！"

桌上一个不起眼的盆里，有一株细细的草，里面有一朵小小的红蕊。梁江生也走过不少山林，却头次见这样的兰草，颇感惊异。

"小女给它取名'点绛唇'。"

"点绛唇"，还真是好听的名字。只要是她的东西，即便是粒尘埃，他也会觉得万般怜爱。

"这是很多年前，在丹云峡深林处带回来的。因为它，有个背子还跌了崖。"

"真是可惜。不过能生在董府，也是这草的福气。"

董老爷大笑说谬赞。

不时，梁江生告辞，董老爷便特意让人备下了花瑶做的牡丹点心，送至门口。

董老爷说："以后，还要承蒙梁少爷多关照。"

梁江生说："一定的。"

看着梁江生一行人远去，董老爷喜上眉梢。他不介意多一位女婿的备选人。

他的管家说，此人看着有些面熟，却如何也想不起来。

他们是不该记得他的——曾经命如草芥的背子。

梁江生出了董府，就到益盛昌去打理生意。奔波多年，他根本就闲不下来，重要的事情都要亲力亲为。在茶马道上出生入死的日子，让人不自觉就会生出凉意。甚至现在，他都会在枕头下放一把弯刀，也常常会在睡梦里惊醒。

掌柜向他汇报今日茶叶和药材的行情，还悄悄地告诉了他一件事情：今早验货，有工人在一批茶叶里发现了鸦片。

"东西呢？"梁江生问。

"库房里。让那些背子先回去了。这批茶叶，你看……"

"能堂而皇之地在我的茶叶里放这些，除了他，不会再有第二个人！"梁江生已知道是何人所为，又说，"都放回去，按照正常买卖。他敢放，自然是有人接应。暗中看着就好。"

行走多年，他好容易才从一个无名的背子，成为现在的人物，没有些手段，断然不会活到现在。

24

花
燕
回

杨锅头他们都死了，连同他们的骒马。

走多了阴雨天的路，岂有不湿鞋袜的。那日，运的杂货里面包的都是些贝母、虫草、毛壳麝香……

一路并无异样，待过了关卡，忽就有土匪冲出来一阵乱射。他们虽有防备，却还是寡不敌众。那些人踏过尸体，抬走了所有的东西。

同时，刘老板也被带走了，罪名是运输私盐。他本就不甚光鲜的店面也被砸得更破了。街上人心惶惶，接连有好些人都被带走了，生死不知。

我再也无法听到他们爽朗的笑声了。

王麻子到死也没能娶上媳妇；么二哥的老婆和孩子知道他死了，在粥里拌上鼠药，也都去了；马三平日最心疼骒马，死也是伏在了骒马的身上；杨锅头直到倒地也没闭眼，他还没能带弟兄们过上他想要的那种日子；二爷的二胡也被踩碎了，这寂寞的茶马道啊，再也不会有那抑扬的琴音响起。

红燕嫂的肚子里早有了杨锅头的孩子，她不甘心，日日望着院门，看着来往的马帮，期盼着能看到熟悉的身影。驼背看透了世事，依旧每日在院子里忙碌着。

欢愉又一次从这里崩塌，世间的悲凉又把我淹没了！

我告别了这细软的堡垒……

茶马道上，还是人来人往。

我的双眼看到无数背子背着硕大的茶包艰难地在山路上走走歇歇；我的耳朵听到林子里响起忽远忽近的马铃声，叮当当，叮当当……

他们走在深秋的美得动人心魄的丹云峡里，我却只看到了命运的伤。

多年前，吴夫子说："人将相食，谓之亡天下。"现在我才真正明白了这话里的意思。

这个天下，怕是早已亡了吧！

几日后，我便出了峡谷，到了藏龙山中。

那些池水在秋日的碧空中投出各种让人惊异的色彩。我又看到了这样绚烂的景象，云落在池中，山也落在了池中，不再年少的我也落在了池中，如梦如幻。

快要入冬封山了，这里已是一片寂静，四处都只有雀儿和流水的声响。我无法再向前，寒冷的夜风吹着，我只有蜷缩在藏龙寺的台阶下。

一会儿，漆黑的空中落下了片片白雪，像一条厚实的棉被一样将我裹住。我的手，我的脚，连同我的嘴巴都不能动了。没有起一丝风，雪悄无声息地下着，我的身体渐渐和那冰雪一样凉。我想，我是要被它悄悄冻死了。真好，就这样在这西王母的瑶池边上睡去，永远都不要醒过来。

我梦见了母亲！她穿着素衣，拉着我走向开满花红的山林里，又带着我在海子上奔跑。她的脚轻轻地点在湖面上，忽而又飞起来，仙子一般。

我感到了许久没有过的愉悦。

我展开双臂，也飞起来了。我穿过了碧绿的山林，飞过了海螺山的云朵，落在了一池湖水上面。

我死了。

我的灵魂想要藏在这里，永远都不要去开满彼岸花的地方……

清早，道观开门了，一个稚嫩的小道拿着扫把一下下将积雪扫开。他看到了我的一截手指，吓得去叫来了老道。

老道摸摸我的手腕，扫开了我身上的积雪，抬着我进了道观里。

火盆里燃烧的炭火温暖着我冰凉的心，身体里的血开始动了。老道拿出一个小包，里面是一排排银针，他将这针一点一点揉进我的心窝。我皱皱眉，活了过来。

老道说："你是有了难事吧，入冬的时候，这里是不会有人来的。来到这里，必是遇到了难解的事情。"

我没有说话。

他说，你是哑巴？

我说，不是。

他说，你是郁结于心，才不想开口吧。世人真是傻啊，看不穿，走不出，却又得不到。如此折磨自己，蠢，真蠢！

我是很蠢的。

老道说，住下吧，春来了再走。

见我犹豫，他说，山中日子极为清闲，冬日更是难得有人来，就当是来给他解闷了。

这是在给我台阶？好吧，我便在这里安心住了下来。

老道叫玄青，清清瘦瘦，头发花白，胡子却还是黝黑的，在寒风里舞着长剑，颇有些道骨仙风。

小道却叫福生，一个沾染了世俗的名字，是在襁褓中被玄青在玉翠山下捡到的，带到寺中养到现在。他依然叫他襁褓上绣着的名字，是想亲生父母好来寻他吧！

每日，我们只吃清早的一碗玉米糊，夜晚，在火塘边烤洋芋，唯一的菜就是厨房大缸里的咸菜。这些东西，都是他们平日就要备下的，入秋后，山中天气更是无常，看着大好的晴天，转眼间就会有雪飘下。大雪将藏龙山封得严严实实，仿佛和外面隔成了两个世界。

油灯下，我们三人坐在火塘边。

玄青看着我拿出的噶乌说，你不是普通人，这个东西，我见过的。

顿时，我就淌下了眼泪。

我张开嘴巴，第一次诉说着我的命运、我父母的命运、我家族的命运。

福生依然平静地嚼着咸菜，他从记事起便在这山中长大，他不知道贵族意味着什么，不知道土司意味着什么，他也不需要去了解这些。这样过着，他就很知足。

玄青说，我看出你身上有一种气息，是常人没有的。这与财富无关，是你体内的血。那么，你是要回去做土司了？

我摇摇头，又不想说话了。我不确定回去做什么，我只是想回去了。

他说："世人都说我过得苦，可修道之人哪里会有苦。这藏龙山就是昆仑仙境，能在这里入道，我已然和神仙无异。你也大可成为山林野鹤，可是，你不会这样选。所以，你痛苦，你纠结。"

是的，就是这样。

说到此处，我更是泣不成声。

这里一连下了好几日的雪，整个儿就成了一个玉雕的世界。天地连在了一起，白中透出黛色的光，如同一块璞玉。枯枝被白雪盖住，映着斑斓的湖水。

玄青点上一炉香坐在池水边，对我说："你应该去完成你的使命，救了万民也是一场造化！杜鹃花开的时候，你就走吧。"

我捡起一片枯叶，站在碧波间，吹着。山间响起我熟悉的吼叫。

是海子！

原来它一直跟着我，它听到我吹叶子了！白雪中，一只矫健的雪豹向我走来了。它是那样威风凛凛、那样健硕。它的吼叫声惊起了山间无数的飞鸟！

我也奔向它，它的头伏在我的膝上，像孩子那般呢喃着。

它真的长大了！不再是我可以放入背篓的小豹了，厚实好看的皮毛可以将我的手掌整个淹没，壮实的脚掌像是四只厚厚的肉垫，粗壮的尾巴左右轻轻晃动着。

玄青持剑走来，却见它乖顺地伏在我旁边。他诧异地问我："这是你的豹？"

我点头。

福生从岩石后颤巍巍地走了出来，看着海子。

一兽三人，在这里度过了漫长的冬！玄青说："这豹是山神的使者！重华，去做你该做的吧！"

林中方三日，世上已千年。山上的杜鹃花开了，姹紫嫣红撒在山间，林中的兰花也开了，昆仑瑶池在蓝色的天空下又发出了变幻的光。

我该走了。

玄青执着拂尘对我说："重华，天地有道，顺其自然。放下心中的执念，做好该承担的，方不枉费在人世走这一遭啊。"

我转身离开，心中从没有如此轻快过！我想，我又是重华了！

雪栏山上云雾还没散开，我走在道上，伸出手便可将云朵抓在手心里。太阳的光将海螺山照得闪闪发亮，如同一颗夺目的水晶。云雾慢慢散开，眼前的路清晰了……

离城越近，我却越发有些紧张。这大概就是近乡情怯吧！

城中依旧是一片锦绣，一树树的花红掩住碧绿的叶子，桃花、杏花都开了，一团团牡丹也在枝上吐着芳华，燕子依旧衔着河泥，发出嘀哩哩、嘀哩哩的叫声……

我回来了。

岷江边，我捧起那阔别已久的河水，它是那样清亮、那样甘甜。我在它的怀里洗净了一身的尘土，让它滋润着我的每一寸肌肤。

北寺里，做完礼拜的人陆续走出来了。

我看到了那粉色的头纱飘出来了，不管岁月如何变幻，我依旧记得她的眼睛、她的笑，还有熟悉的脸庞。

她，如同一株清丽的兰，披着粉色的头纱，闪着有星光的眸子，展现着少女该有的一切美好的东西。

我就站在她面前，我知道她会认出我的！走的时候，我在她手心写下：等我。

采苓流泪了，她认出了我！

我带着她一路飞奔上了南山，那里有我母亲的院子。我要和我的爱人一起回到这里！山林中我捧起她的脸深深地吻了下去。她已然长成了能让人怦然心动的女子！

采苓说，哑巴，你回来了？

我还是说，我不是哑巴。我把她的脸埋入我厚实的胸膛，我也是个结实的男人了！好像才分开了几日，我们就在一瞬长成了大人！

我们推开了院门。无人居住，里面却是一片井然，看来，一直是有人照料的。

院里，一树花红展开老藤，开了一院的繁华。院中落红无数，青枝蔓蔓。一口井水中养着两条鲤鱼，见到人影就探出了头。

采苓转着衣裙说："我真是喜欢这里，重华！"

我也喜欢。

推开门，厅中挂着一幅画，雪山之下，青衫的女子站在花树中，一位男子用手抚开她飘落的长发，他们前面是幽深的海子。我轻轻抚摸着，这就是我的母亲、我的父亲！

采苓惊奇地说："是西洋画！太传神了！这就是你的父母？"

我流泪了。

我曾在梦境里无数次和他们相会过，却从未看清他们的面容，现在，我看清楚了！一股热血在我体内沸腾着。我看着这里的每一个角落，试图搜集他们留在这世上的印记。到处都是他们的影子凿出的痕迹：阶上的苔花、窗棂上的树影、房里的青色帐子……他们本可以在这里过着让人艳羡的生活，现在，却只有我了。

铁达头人来了。

他依旧瘦瘦的，和多年前并无多大变化。我想，这央金兄妹一定是讨到了西王母的长生仙药！要不就是岁月忘记了他们的存在。

他说："少爷，你终于回来了。"

他跪在我的脚边，吻着我的布鞋。我跋山涉水，鞋子已经破旧不堪，脚趾露了出来。他冰冷的嘴触到了我的脚趾，我的身体不禁颤抖了一下。

他说，你要习惯。现在开始，学着做一名真正的贵族！你会有无上的权力和令人惊奇的财富！

权力？财富？

权力！财富！

我想要！我从没有如此渴求过它们。它们能让我充满力量！可我还是不想表现出来，因为我还不是很确定。

他一拍手，立刻就上来了几个侍女。她们将我破旧的衣服脱下，娴熟地给我换上了锦缎做成的袍子，我的脚上也穿上了华贵的靴子。

我是一个贵族的样子了。

铁达头人说，他有足够的耐心等我回官寨。

采苓在井边坐着，抬眼看着焕然一新的少爷，眼中闪过一丝不安。井里的鱼探出头，突突吐了两个破裂的泡，又沉下去了。

离开了这么些年，我又独自去摸了摸那城墙壁上的马，还有一块块墙砖。它们发出深沉的咚咚声，说着：回来……回来……

踏着街上的石板路，看着古城中每一个来来往往的人，从南到东，从北到西。四处都是花草的气息，再夹杂些马茶和酥油的香，和着凉粉蒸肉的香气在我的鼻腔里打着旋。那蓝得没有一丝云朵的天，装着这城千年的凄怨。我用忐忑不安的心看着对面的益盛昌，几个鎏金的字依旧大气、明亮，可门店里却变得空洞了，伙计们无所事事，在桌前斗牌，朱掌柜老了，拿着算盘低头发着呆，那个半边脸的人也老了，吧嗒吧嗒地抽着烟。

我见过这里极繁华的样子，此时，又看到它如此飘零，脚底陡然升起的寒意让我有些恐惧。

我狂奔到梁府门口，却又不敢进去。在对面买了碗凉粉坐下来，口中弥漫着久违了的滋味。松州鲜辣的大蒜和葱花挑开我的味蕾。我慢慢吃下去，让它们滑过我的喉咙。

唔！就是这样！我将一丝丝晶莹的凉粉，混着复杂的思绪，放入口中，最后用馍把调料也蘸得干干净净。

碗里面闪亮闪亮，可以照见我自己的脸。

梁府的大门开了。

出来的是周妈。这些年，她老了许多，也有些发福了。她依旧提着一个菜筐，向旁过去。

我站起来，眼睛直直地看着大门，期待着一场重逢后的号啕大哭。

然而，她却没能认出我，这让我真是有些失落。想当初，她叫着我肉啊、肝儿啊，可现在却一点儿也不认识我了。

又有人出来了。

一个姑娘，穿着简单的蓝色衣裙，轻快地走了出来，耳边的头发飞上睫毛，又立刻被她拢在耳后。

我认得那张曾经粉嘟嘟的脸，我依旧站在那里，期待一场我要的重逢。

我这样的扮相应该是很引人注目的。她看到了我，只瞥了一眼，又要走开了。我正惆怅着，她却回来了，站在我的对面，认真地看着我。

她哭起来，用手遮住嘴巴，又笑着。我上前，把她揽入我的怀里，月儿啊，哥哥回来了！

这才是重逢该有的样子！

她拉着我走进了梁府。

这个院子的花草比以前更繁盛了。牡丹在枝上团团，开得那样肆意，许久没闻过的馨香钻入我的心肺，结成丝，将我的心缠绕。

墙下的花丛中，我看到了他的影子。

是养父。

我心里五味夹杂：恨、怨、念。

可当养父起身抬起那衰老的脸，用灰色的眼睛呆呆地看着我时，我的心突然觉得难受，转身向后山跑去，只听见他在身后喊着："杰布，你终于来了，来啊……"

我望着那半山的花红泪流满面。

心中曾数次想过我再见到他的场景，那该是我高傲地坐在厅上听他颤巍巍叫我一声"土司大人"。

可我现在丝毫没有快感，只有悲伤，无尽的悲伤……

月儿追上我，说："重华哥哥，你终于还是回来了！"

我蹲在泉边，看着花瓣在泉水里缓缓淌过。

"我好恨你！恨你怎么也不要我了！是不是我哪里做错了？我不知道哭了多少次才明白过来，我的重华哥哥已经走了！打雷的时候，我边躲在被子里颤抖，边掐着手臂告诉自己不要怕！母亲给我讲了许多事情，还说你会回来的，要我一定不要再做懦弱的女子，要把命运抓在自己的手上。母亲后来也走了，她说深山里的佛经青灯或许是她最好的归宿。"她抬手将泪擦擦，"我发现不管我怕不怕，我都无法改变一些事实。索性我就不怕了！周妈说要给我缠脚，我一脚踢了过去，她也没想到吧！你看，我终于长大了！"

我像小时那样轻抚着她的头，她的眼神里有少女的娇俏，更有一种难得的坚毅。

"你不恨他了吧?！母亲走后，他就只在府里摆弄花草，谁动一下他就大发雷霆，大家也就随着他。其实，我倒是喜欢这样安静的他。你，是要去做土司？不会再走了吧？"

我点头，又摇头。

"这里永远是你的家。"

我让月儿坐在树下的秋千上，把她荡得老高。

我们好像又回到了小时候，可是，我们都回不去了。

在城里的故事里，我早已是得病死了的。然后梁夫人忧伤过度剃度出家，梁老爷也痴痴傻傻，是让人唏嘘的深情！

我在南山的院子里住了下来。

铁达头人在周围安排了许多侍卫，他说扎尔知道我回来了，怕他对我有行动。同时，他还给我带来了一个叫梅朵的侍女。

不论我说什么，梅朵总是躬身说是，除此以外，什么多余的话也没有。要不是采苓和月儿常来做伴，这院子里静得就只听得到鸟鸣和风声了。

梅朵长得也很好看，辫子上穿着绿松石，手上戴着一串红红的珊瑚珠。她是从牧场上来的，我记得牧场上的气味，那是一种野花混杂了牛粪和青草的味道，我和曾经的伙伴们去过。他们现在都从枝头飘散到风里了。本华和他的妹妹也不见了，听说到省城去了，格登也在承受着残酷的命运。

梅朵在井边提着清清的泉水倒进木盆里洗着衣服，哗哗……真是好听的声音啊。她还差点将井里的鱼也捞上来，滑溜溜的鱼扑腾着溅了她一脸的水！

这里难得见到个让我发笑的事情，我便笑了起来，采苓用力掐着我的手，扭头就走了。

从重逢开始，她的眼睛就时而明亮、时而黯淡，这几日都不见她来了。

月儿说："苓姐姐真是苦！怎么就遇到了你！"

天地可鉴，我对她可以掏心的！

可为什么就遇到了我？或许，这是我们的宿命。

（25）

茶

情

殇

梁江生还是小五的时候，从松州城离开，开始随马帮四处流浪。一个马锅头见他比旁人能吃苦，且又有些胆识，便让他留在了那里。

马帮的日子是将命绑在了草绳上。亏得自己多年当背子有经验，才能在众多弟兄里脱颖而出，深得锅头的赏识。

夜里睡觉他也是最警醒的那个。所以，夜里他常常主动负责看火，一来可以避猛兽，让大家好好安睡休息；二来也想真正学些本事。别人都在睡觉的时候，他却在查看围在中央的货物，要不就是研究锅头在白日里所做的事情：看风向，查看地形，分辨哪种草可以治病，可以食用，哪种草又可以要了人命，在哪里可以找到些野兔、野鸡打牙祭……

一次，东家接了个活，非要在初春送批东西到岷州。要知道，马帮从来都是夏秋出发，春冬两季大雪封山，实在难行。无人愿意犯险，东家又把报酬提高几番，这足够买下三头骡子，才有几人动了心，一个叫扎西，一个叫杨康，还有他。于是，在一个清晨，三人备好家伙出发了。来到一个坡口，扎西卸下货物，他们面前是一条在岩壁上凿出的小道，这小道位于阴面，是通往岷州的捷径，平日里行走艰难。这路一面是挂着冰凌的岩壁，另一面是百丈深的悬崖，这时日里骡马难行，只有人能冒险通过！扎西说："你们将货物背过这条道，交与接头的人。他们就在另一边接应你们！"扎西要赶着骡子和牛回程。接下来，只剩他们两人，待将货物交与对方，他们便可从另一边归程，一般还能在回程的路上再赚一些。

他和杨康遂将货物仔细翻挂在了背架上系牢，一人喝了一口酒，便开始前行了。这比他们所背过的货物都要轻巧许多倍，只是，在这道上走得胆战心惊。梁江生走在前面，一边用手抓着岩壁上的枯草，一边用脚探着前面的情形，眼睛一点儿也不敢再往下看。他想用脚为后面的杨康扫出一条道，无奈，冰雪实在冻得很严实，没法翻出下面的土和石子来。

这道虽然不远，他俩却走了许久！突然，山上飞下一些石子，吓得二人忙贴在岩壁上，屏住呼吸，只听到自己的心突突跳。不一会儿，在梁江生前方跑下几只岩羊！还好有些距离，二人惊出了一身冷汗！

停了片刻，他听到杨康大叫，眼见就要滑下崖。他立即取了绳子套在杨康背上的架子上，一边用手扶住石壁，一边用嘴咬着绳子稳住杨康，谁也不敢乱动。待杨康找好地方使劲，慢慢上来，他才松开了嘴里的绳子。

谁也不愿多说话，依旧这样在道上走着。终于，快到终点了，望见有两人牵着匹马，正在坡下等着他们。他们不敢说话，生怕惊了崖上的人。

终于下山！他们将货物平安地交给了接头的人，心里总算舒坦了。那两人是回族，头戴白帽，对他们说功夫可以啊，谁也不敢在这季节走这条道！杨康低声说道，他方才要滑下去时仿佛见到了死人！还有死骡子！只露出蓝色的衣物。两个回族人告诉他们，是啊，这条道让很多人都丧了命！一个叫巴塞尔的赶马人说："我的舅舅就在此摔了下去，还有很多汉人、藏人也在这里送了命！连尸首也无法取回，只能在这里年复一年被冰冻着，这崖下的冰常年不融化。没有紧要的事情，大家都不敢走这条地狱口！"听了这些话，他们方觉脊背发麻。

四人吆马上路。一路风景迥异。夜间，二人和回族马帮吃了锅杂菜汤，由牛骨熬制，加以包菜、白菜、粉条，和以油辣子，味道十分浓郁。吃着热乎乎的杂菜，梁江生心里充满了喜悦，他多年的梦想要实现大半了。清早，清脆的铃声在冬日的空气里蔓延，回族马帮又开始一番旅程了。

大家都以为梁江生和杨康死在了路上，不想春末后，他们竟然活着回来了。

自此，梁江生在马帮里站稳了脚跟，也在这行树了些威风。杨康也和他成了生死兄弟。

按照惯例，三年的马脚子可以得到一匹属于自己的骡子，他得到了比这还多的。又过了几年，他毫无疑问地成立了自己的马帮。

然后，马帮里一位知晓天文地理的先生说，锅头你怎么还叫小五，与身份不称啊。

那叫什么？爹娘打从我出生就这样叫我！

你出生的时候可有什么事情？

哪里有什么事情，寻常得很，不过就是生在暴雨的夜晚。

那先生拍腿笑道，有了，有了！雨汇而成溪、成河。泽田地，润八方。岷江，出汶山江声如万鼓。古有大禹治水惠泽万民，可见岷江之水非寻常。就取江生，意受岷江泽被，享绵延不绝恩情；受岷山之恩，福泽奔涌。生于岷江，安于岷江，福泽连绵。正是：

江声如万鼓，日日诧惊雷。

急浪迎风立，盘涡逐岸回。

顿令裘服异，频觉焕寒催。

夷汉交加处，安边仗俊方。

小五就成了梁江生。

梁江生又将生意继续扩充，成立了"益盛昌"，"益盛昌"成为松州的新起之秀。

他从来不对别人说他的身世，没有人知道他的过去。大家只知道他叫梁江生，是益盛昌的老板。

益盛昌在松州的根基牢固后，他在曾经流着泉水的土地上修建了一座宅子。那园中曾经的牡丹和花红树依旧开着香气四溢的花，破败的马厩成了富丽堂皇的宅院，后山长满了向天生长的花红树。这里，就是梁府的宅院了。

搬进去的第一晚，江生失眠了。

他现在什么都有了，只差一位夫人。不管他有过多少女人，可这位子只能是她的。是的，只能是她的。

她就像枝头的牡丹花，自己怕是那趴在枝叶上的甲虫，让她不屑一顾吧。

搬进去的第三日，他便鼓起勇气敲开了董府的大门，和董老爷初识了。他们没有认出他，他既惆怅，又庆幸。惆怅的是在他家做了多年背子，却卑微得无人记得他；庆幸的是，他现在发达了，没人记得岂不更好！

在这里只有杨康知道，他是小五。还有王半傻，时不时就过来蹲在梁府门口，对他咧嘴傻笑。他会让下人给他几只馍馍，有时候还有一只鸡腿。

下人有时说，少爷知道那王半傻是半仙啊！把他嘴吃乖了，生意就好啰！

梁江生不搭言。但是他的生意实在是一天比一天好啊！

可是，他被许元芳给盯上了。鸦片，一定就是他放的。

果然，第二日前来提货的人就是许元芳的属下。

"朱掌柜，这是银两。"来人让马帮把货物运走，然后特意看了看封口的蜡，放心地走了。

走后，梁江生从后房出来说，你们怎么看？

杨康愤恨地说，都知道现在私运鸦片是大罪，这不是坑我们嘛！

朱掌柜说："其他商号恐怕也是这样。为何要挑我们？一来，他和我们素来没有交情，岂不犯险？二来，如要栽赃，刚才就不该运走。可见……"

"这是有意的。"江生拨着柜上的算盘，"这是在试探我们。许元芳是什么人，这些年一直做鸦片生意的大户，还和土司有牵连，难道朝廷不知道？他敢放就自然没人敢查！他要陷害，也是轻而易举的事情，不过，这倒看出他不会对我们下手。看着，他还会来。"

然后他又吩咐朱掌柜，一定要将所有货物查验清楚，让背子们也要打起精神来搬运，以免让人有机会下手。

杨康二人于是吩咐下去，商号上下都提了十二分的神。

夜间，梁江生又失眠了，眼前老是浮现出花瑶的脸。

此刻，花瑶没有睡意，帐前翻到纳兰容若的词：

如梦令

纤月黄昏庭院，语密翻教醉浅。知否那人心？旧恨新欢相半。谁见？谁见？珊枕泪痕红泫。

看到此处，更觉酸楚，她还是想临秋。尽管在杰布拉过临秋的手时，她心中是嫉妒的，可她无法责怪临秋。她只恨自己的懦弱，为何她会这般无奈。

她从来都不敢恨，也不敢爱，做什么都是父亲安排好了的，包括上次的订婚。命运弄人，让她承受了许多。本来，心如止水，却又遇见了杰布。他如暖阳一般让她心中又有了期盼，头一回，她知道了爱一个人的滋味、期盼一个人的滋味。恰好，是父亲选好的。可是，命运也太捉弄她了。临秋，自幼就和她情如姐妹，无话不谈，可偏偏就这少女心事，成了两人心底的石子，也将所有的事都打乱了。杰布不是说要娶临秋嘛，她也总算有了归处，只愿他们能如愿就好。

她又想，自己是不配得到爱吧！一个命中带煞的女子！她想好了，自己此生不嫁又如何，守着这一院牡丹冬去春来，青灯相伴，乱世求安，也是幸事。

可是此时，临秋身在哪里？是否安好？想着这些，她日夜辗转，消瘦不少。

那日，临秋出了董府。举目望去，真的是无所依靠。她只知道家中在南山处还有一处宅子，原是用来赏景的别院，家道破落后，也就只剩了这里没有被卖，一直无人打理，已经破败。

石板路上满是杂草，两边古松森森，鲜有人迹。临秋记得儿时常来这里游玩，每次出行都是被一群丫鬟簇拥着，再看今日，真是世事无常。

只见院子周围的墙砖已斑驳，一处还塌了。推开裂开的木门，一出一进，她已不再是当初的临秋。屋内还是以前的陈设，布满了灰尘和蛛网。临秋记得那园中还有一口水井，拨开杂草，果有一口井在那里。坐在井边，她哭了。要如何渡过此时的难关！

呜咽声让这里显得更荒凉。

花儿开了，秋儿不哭，娘要回来……

她仿佛又听到母亲临终时对她哼的歌谣。是啊，母亲一定是看着她的，她一定会好好活下去的。

她擦了泪，扫去园中的尘埃，扬起嘴角，看看园内的杂草。

月上西山，她才收拾妥当。她在山腰的青石上坐着，山下的映月桥又将那圆月沉入了桥下的深潭中，若隐若现，隐约听见泉和江流激荡的回响，此时只有一种渗透了的苍凉。她怪自己太忘乎所以。花瑶对她那样好，自己却也对杰布动了情，更让她愧疚的是杰布居然也对她倾心。离开也好，她无法再面对花瑶，也不知道如何面对杰布。

一个地位显赫的土司，本就不该与她发生纠葛的。

太阳从虎牙山跳出来了，又从西山落了下去。

夜晚的德庆府依旧那样空旷。

杰布边喝酒，边在架上画着临秋的样子。画了又撕，撕了又画。自从被临秋拒绝后，他日日不是画画就是喝酒。不过几日，就沧桑了许多。云秀劝他，他也不理。画里静谧的海子，浅笑的临秋……

窗外，那个影子又出现了。正面对着窗，月光照着的轮廓可以看出，那"鬼魂"正直直看着他，一动也不动。

杰布放下画笔问，你是谁？

为什么要来这里？

你是多布杰？不，你不是他。

你是谁？

然后，窗下那"鬼魂"发出一阵阵颤抖。杰布推门，那鬼魂又消失在夜色里，木窗上挂着一条玄色的布条。

杰布苦不堪言，只有到达达寺找老堪布，希望在那里能获得宁静。

老堪布问："你觉得达达寺的壁画美不美？"

"自然是美的，如此绚烂的色彩。"

"在我看来都是一样的。"

"我不懂。"

"本来是无色的，是太阳给了我们色彩。美的皮相终会在太阳的阴影里消逝。人的痛苦在于欲望。已赐予的不珍惜，得不到的却越发眷恋。"

"所以，我不是佛。"

"可你是这片土地的王者。世人不懂，从来，王者最是不自由。"

"我不想当王。"

"你回来了，就是做出了选择。你若不回来又哪里会遇见。所有的遇见都是一场缘分。孩子，管理好这片土地，给你的百姓多点青稞，他们会感谢你的。你越来越像你父亲了，可你的眼神里却流露出不一样的东西，做好一名王者，是佛对你的考验。缘起缘落，自然都会有安排的……"

杰布跪在地上，双手合十，看着密密麻麻的酥油灯所发出的火苗，那样温和，想让人与之亲近。他点头，又对老堪布说："昨晚，我又看见了那'鬼魂'。"并拿出那玄色布条递给老堪布。

"他必是与你们德庆府有渊源。还有，"老堪布笑了，"你确定这个是那'鬼魂'衣服上的？"他闻了闻布条说："上面有草木气味，新鲜得很！"

这时，杰布才大悟，那分明就是一个人。可是，这人非要装神弄鬼，比真的鬼魂还要可怖万分。

回来后的晌午，杰布让多金陪他进城了。他要见临秋。

董老爷说，临秋走了，去寻亲戚了。

杰布着急地问："去哪里了？"

董老爷说："你先坐。我叫花瑶给你倒茶。"

坐下后，花瑶出来，杰布又问临秋到哪里去了。花瑶看着父亲不敢言语。

董老爷说："她原就是故人寄养在家中的，亲戚寻到这里，自然是要回去的。"

杰布黯然。

董老爷说："杰布少爷，哦，不，土司大人，这是那日的牡丹酒，喝着还好吧？"

杰布猛喝了几口，酒气就熏了上来。他想着临秋怎么会离开？莫不是为了躲他。可她的眼神明明告诉他，她也是钟情的啊。

思而不得，实在让人断肠。

他又要了些酒来喝，不多时就醉倒了。多金要带他回去，董老爷却说："在府内歇息下吧，再说大人已醉，还是待酒醒后回去妥当。"

于是，多金便扶了杰布到客房，守在门外等差遣。

书房内，董老爷示意花瑶赶紧给杰布送茶水。

花瑶不从。

董老爷说，这都是为了你的终身。当了土司夫人，一生无忧啊！

"恐怕是生意无忧吧？"花瑶冷笑。第一次，她这样冲撞父亲。父亲居然靠出卖自己来达到目的，她再也无法接受他的安排。

"你越发无理了！你是我女儿，难道你不喜欢他？这对我董家是千载难逢的机会啊！"

"父亲，成全他们吧！告诉杰布真相。他对临秋是真心的，如果知道是你赶走她，他会如何看你！"

花瑶的话倒是提醒了董老爷，他怎么就没想到这一点，不禁大呼失策，随即命人寻找临秋，但却又继续逼着花瑶到杰布房中。他说，他不介意花瑶成为德庆家的大夫人还是二夫人。花瑶无奈，端茶进屋。

杰布躺于榻上。

这是第一次，花瑶这样看着杰布。他挺直的鼻梁是那样好看，呼吸之间，鼻翼微动，麦色的皮肤透出英气。

花瑶就坐在桌前静静看着。

董老爷欣喜地等着消息。希望花瑶晚点出来，这样更能说明他的苦心没有白费。

晚间，杰布才醒过来。

他张眼看看四周，头还有些发昏。揉揉头，却又看见花瑶在桌前趴着睡着了。走过去，见她手边还放着纳兰容若的词。桌上的蜡流了下来，他伸手将烛芯掐了些，顿时，房间的光柔和了许多。

不用说，桌前这位自是难得的佳人，比起临秋，更多了万分的柔媚。可他初见的是临秋。

烛火噼啪，花瑶惺忪的眼睁开，看杰布坐在对面翻看书本，红着脸说："醒啦!"

"嗯。"

许久，两人无言。远处不知谁弹起了土琵琶，忽远忽近的声音让独处不那么尴尬。

杰布问："你喜欢看书?"

"是的。"

"临秋还有家人?"

花瑶不知该如何回答他。一面怕对父亲不利，另一面又怕愧对了临秋、伤了杰布，只有哽咽。

杰布说："见你们时时在一处，一时分开，是很难受。你知道她去哪里了吗?"

花瑶还是低着头，她是真的不知道临秋的去处。

"你在这里是?"杰布想找点话讲讲。

"我父亲……你知道……我……不要怪他。"

杰布明白她的意思。他这个土司是不少人眼里的金龟婿，包括董老爷。可是对于眼前的女子，他不能不对她好点。花瑶的面容和才情让人心生怜爱，这与临秋的感觉又是不同的。

杰布说："我明白。"

花瑶抬起泪眼，杰布说："胭脂花了。临秋有消息，一定记得告诉我。"

花瑶说："肯定的。"

两人畅谈许久，多金在门外喊道："少爷，该回去了。"

花瑶一惊，将烛台碰倒，那蜡滴在手上，红了一片。她耐住疼痛皱着眉。

杰布说："今晚就在董府歇下。"于是，又拉过花瑶的手察看。

花瑶抽回手，杰布说："幸好没伤着，只是红了。"又叫多金让董府的下人拿些烫伤的药膏来给花瑶擦上。

杰布说："你和临秋就像姐妹一般，如今，你也是我的妹妹。"

花瑶心中满是对自己的嘲弄，是啊，只能当妹妹了。

26

花
尘
网

铁达头人来后见我神情漠然，询问了梅朵后，他一本正经地说："她是回族。虽说各族通婚在松州已是平常，可你是个土司！你应当有一位门当户对的女子！"

我讨厌被他这样安排！我狠狠地瞪了眼梅朵，她还是那样心安理得，安静地站在那里，是合格的侍女，挑不出毛病！我却更生气了。

看到我眼里有怒火，铁达头人说："没有哪个土司的婚姻可以随心！何况……"他停下来，走到井边喂着鱼，"扎尔说你就是个冒牌货！过几日，你得先到庄园里去会会那些老爷！"

我早知道了关于我的数种版本，对于素未谋面的扎尔，我只有愤慨！

铁达头人出了院门骑马走了，我推开梅朵走出院子去找采苓，想问问她为什么这些天都没过来。

手刚要碰上兰府大门的铜环，兰老爷就出来了。见到我，他吃了一惊！从他的表情，我知道他是认识我的！

他努力挤出笑请我进去，恭敬地叫我少爷。

下人又给我端上了一碗八宝茶。里面红枣、桂圆、葡萄干……一样也不少，和曾经的味道一模一样。

兰老爷坐在下边很久没说一句话，毕恭毕敬。我把这茶喝得没有多少滋味了，兰老爷才说，他知道我是梁府的重华，也感叹我身世曲折，可他突然就跪下了："少爷啊，请求你放过我们吧！我们长着一样的眼睛，心中却有不一样的信仰！谁都知道德庆府是土司里的贵族！真主看着我，你的菩萨也在看着你！这样，真是把兰府往绝路逼啊！"

我扶他坐下后，自己只呆呆看着茶碗。这八宝茶第一次没了滋味。

兰老爷使了各种招数，我还是不说话，也不走。

他满头大汗地在厅里来回走着，又不好开口骂我，也不好将我攘出去打一顿。

眼见天起了云霞，兰老爷只得将采苓叫了过来。

"采苓，你自己给重华少爷说说！"

兰老爷甩袖离开。

采苓的眼睛红着，看来哭了很久了。她肯定也想着我！

我就看着她，用眼睛说着我的思念。

不，我现在就要带她走！什么权力和使命！

我拉起采苓奔了出去！任他们在身后呼喊，我就是不回头。

我手心里紧紧拽着另一只手，耳边只有风声。

我带着她跑回了南山的院子里，将门紧紧地关上。

采苓也呆呆的，我们都没说话。

梅朵一声"少爷"让我冷静了下来，脑海里是采苓一路飞舞的头纱和街上诧异的眼睛们！

我干了一件大事！

一会儿，响起了敲门声。

"是我！不想害了采苓就快打开门！"是央金的声音。

见我不动，梅朵打开了门。

她竟然是给我送马来了！

她笑着说："你和你父亲还真是一个脾气！走！"

央金带着采苓骑马在城中绕了一圈，我也骑马跟着。走到兰府，只听央金说："重华少爷今日做得是过分了！城中嘴杂，莫不如此刻我再带他们到我庄园去住几日，今日之事别人也不会再议论了。"

央金的庄园是许多老爷享受惬意的好去处。他们时常带着家眷到她那儿住上几日，尽情享受那里的一切。要让他们见采苓是到央金那儿去了，倒也不会很突兀。这个"围"解得有点牵强。

兰老爷又恼又悲，却也没有办法，只有依了央金。

这庄园，真是一个好地方！

正值盛夏，园中泉水潺潺，草地上开着各种鲜亮的花，正中砌着的白玉塔上正升起桑烟，房子上青黑的石片在阳光里泛着灰白的光泽。

侍女们陆续走出来，端上香喷喷的酥油茶和奶酪。

央金说："折腾了一天，快休息下吧！"

我坐下，采苓却不安地看着窗外。远处，有一座雪山，山顶上的积雪像是山尖的一朵白云，雪线下，是一片葱茏的松林。

我把酥油茶递给她，碗里浮起一层黄色的酥皮。

央金又换了一套衣服，婀娜地走过来坐在榻上，侍女端来一盆牛奶，她便将手浸下去。

"采苓小姐，我们重华少爷为了你，真是什么事情都敢做！那些人的眼睛都快掉出来了！他不愧是德庆府的少爷！"央金咯咯地笑起来。

采苓说："央金夫人见笑了，我……"

"没关系的，你就安心和重华在这里住些日子，我带你们四处逛逛。时不时到这里来玩儿的老爷、小姐多了去了！"

我看着央金，她真是让我无比感激。

她还亲自领着我们四处闲逛。

房子里面雕梁画栋，处处散发出印度香料的味道。走廊里是精美的壁画，央金说上面的图画是我父亲极喜欢的，根据说唱人的描述画了格萨尔征服魔国、弘扬佛法的故事。

在我幼时，我的养母不光让吴夫子教我，还请了一个喇嘛教我藏文，说是以后做生意能用得上。她真是用心良苦！早知道我会选择回到我出生的地方。

喇嘛说，开始的时候，人的心都是如雪一样纯净，可是，渐渐就有了欲望这个东西。它让人们彼此猜忌，又彼此争斗，人人都想做王者。地上尸骨堆积，妖魔横行。神便降了一个神子，要他拯救万民。这个神子便是格萨尔，是一个叫觉如的孩子。他的母亲龙女生下他时天洒花雨、彩云绕帐。那时的岭国共有一百五十个部落，这些部落时而征战，时而和好，觉如也因家族的斗争在草原上漂泊，他心怀天下，四处斩妖除魔，又在赛马会上夺得王位。经过万般艰难，终于统一了岭国，让百姓们过上了安定的生活。

画上的格萨尔骑在神马上，凛冽地看着一只已快血化的蛇妖。雪山在摇晃，草原在战栗，四处吹起了海螺的号角……

"你的父亲，也曾救了百姓！"央金的话让站在画前默默看着的我忽而眼睛就湿润了。

采苓沉默着不说话，脸上写满了疲惫。央金说带她去房间休息吧。

央金带她去的，据说是以前土司夫人住过的屋子。室内极尽奢华：地上铺着尼泊尔上好的地毯，外间一个睡榻，花团锦簇，里面装饰的珊瑚和珍珠更不是平常物，里间一副水晶珠帘，床上也是绣缎锦被，铜炉里点着香料，整个房间暖香袭人，琉璃璀璨。

采苓表示太过奢华。

央金却说："你是重华少爷喜欢的人！往后成了主子，更是要习惯的！"

"啪啪！"她拍手后，立即又上来两位侍女，跪在了地上。

"好生伺候这位小姐，要是有一点不仔细，鞭子可是带刺的！"

采苓坐在榻上，闻着香味，心中却是隐隐的不安。

我在庄园里睡得很踏实，这里是我父母曾住过的，我的祖辈也住过。好像处处都有他们的影子在动。

天快亮的时候，我真的就看到窗下有一个影子在看着我，我揉揉眼睛再看，却又不见了。

披起衣服推门，侍女早在门外守着了，对面采苓的房间里点着灯，想必她也是睡不着了。

太阳点亮了远处的雪山，采苓的房里传出一阵哭声。

我急忙上前，原来是伺候的侍女将泡手的牛奶打翻了，地毯上一片白色的印记。

有人正拿起带刺的鞭子抽打侍女。这鞭子的藤条十根一股，并一根带刺的枝，打在身上刺嵌入血肉，又被猛拉，皮肉就被掀开。

采苓哪里见过这样的场面，不停地央求着："是我自己不小心撞翻的，与她无关的。"

"主子撞翻也是奴才的错！你是未来的夫人，她们更应小心伺候才是！采苓小姐，我们有自己的律典，将来你做了夫人，也是要遵守规矩的！"

采苓涨红着脸呆坐在床边，地上的侍女在惨叫、翻滚，身上、脸上已是惨不忍睹。直到侍女不再出声，那人才收了鞭子，命人将半死的她拖拉下去。有仆人又来换了一张全新的地毯。

央金说："少爷，这就是土司的规矩！骨头决定了命运的富贵和卑贱！"

我拿起手绢擦着采苓的眼泪，她伏在我的肩头说："重华，我害怕。"

一会儿，又有侍女上来让我们去用餐。采苓还未平复，却又怕再生事端，只得跟着我去吃早饭。

桌上，除了酥油茶等传统的藏餐，竟还有西式的面包和果酱。

"放心吃！庄园里另有锅灶是专供回族老爷太太们的。"

央金拿起刀叉，娴熟地抹着果酱："重华，看来你还要学习下英文，你父亲可是留洋回来的。拉萨的贵族都以留洋为荣耀，几乎每家都有留洋的少爷、小姐。"她喝上一口酥油茶，问："听说兰府也在英国有商号？"

"是的，前几年还和父亲去过。"采苓回道。

"哦，重华真是有眼光，以后你可以教他了！"

丰盛的早餐渐渐平复了方才的惊吓，看来，他们接受了采苓？是我想错了央金，她是真的想帮我吧?！我放松了心情，尽情地吃了一肚子。

旁边的侍女都惊讶得张大了嘴巴。

央金说我会吃坏肚子，可刚吃完，我却觉得又要饿了。我的心中充满了愉悦，舌头也变得灵活起来，我忽然大声对一个侍女说："去给我端些西洋的糕点来！"

央金说："你说话了。"

采苓见到我说话，也露出了许久没见的笑。

有什么可稀奇的，我也并不是哑巴。

庄园里极尽可能地轮番展现着奢华的生活和严格的律法。

这里又要来一位尊贵的客人了，是索康府的那格。

我们站在楼上，远远看见他的队伍从林地的坡上渐渐走了下来。

到了庄园门口，那格踩着一个奴隶的背下了马，又从马背上抱下了他心爱的夫人。另外一匹马上，也下来一位女子。

我记得他们。

多年前，他们还到梁府来过。那格的肚子越发鼓了，拉姆虽有些圆润了，但风姿还是不减当年。

最后下马的那位，应该是新讨的夫人吧。

"今日特地向德庆府的少爷问安来了！"那格在桑烟里给我挂上了哈达，"我与你父亲也是旧识，他像鹰一样犀利的眼光和超人的智慧曾救了我们索康府！"

"听说你寄养在梁府，竟一次也没见过！"

当初我太不起眼，他自然是不会看到我的。

"少爷的眉眼真是和杰布一模一样！"拉姆摸着手上的珠串说道。

"扎尔说我是冒牌的！"我突然说。

"就凭你儿这样，也不能说你不是杰布的孩子！谁要这样说，一定是让松州的太阳给晒迷糊了！"那格对我表现出了不一般的热情。

在扎尔的统领下，他过得并不怎么愉快。扎尔先是提高了纳供的钱粮，接着又胡乱把他的地界划到了拉巴头人那儿。

拉巴头人好像也在报复他一样，三天两头地在新的地界上做文章，让他的那些头人苦不堪言，时时向他哭诉，他却拿扎尔没有办法，因为他有了正式的武装队伍！据说是一个新朝廷派来的将军一样的人物操控着一切。他们又在德庆府的土地上修建了熬制鸦片的棚子，周围的土地再次成了一片红色的海洋！

同时城内也流传着"烟葫芦棒棒打死人"！进城时，我的确也见到烟馆又新开了许多，甚至有人直接将鸦片在街上当钱使！有人吃饭喝茶无钱付，扣块鸦片来也是可以抵债的。可见这鸦片的毒是有多猛！

我说："我们喝点印度运来的红酒，如何？再搭配上这里的牛肉，是再好不过的美味了！"

央金用一种疑惑又赞赏的眼神看着我，直到此刻，她虽有些吃惊，却也还是对我不放心。

桌上摆着刀叉，那东西太费劲，我干脆直接抓着吃。只见那格也是放开刀叉，一口饮尽了红酒。

他的两位夫人倒是尽显优雅，小心地切开，小口地抿着，无处不在显示贵族的气质。

央金说："那格大人英姿不减啊！又得了位夫人！"

"我娶了的就有十九位！没娶的，和那草原上的花一样多……"那格撇嘴笑着。

拉姆故作恼怒地说："我就不该嫁了你！"

那样子，几分怒气，几分爱怜，让人见了不忍拒绝。怪不得那格虽有无数新欢，始终还是离不开她。

采苓说，她心口发闷。

见她脸上有倦意，央金便叫来一个侍女扶着她下去了。

"那是兰小姐吧？和重华少爷很是般配！你是不会像他一样左拥右抱吧！"拉姆噘嘴瞪着那格，其实，更是在向旁边那位夫人示威吧。那新夫人很清瘦，高高的颧骨，细长的眼睛，并不能称为一个美丽的女人，她始终一言不发，只顾着吃东西。

"重华少爷什么时候都可以回去，我索康府上下一定是拥护你的！"那格建议举杯庆贺。

杯中红汁流转，直飞上我的脸颊。几巡过后，我便有些醉态了。

可是朦胧中，却好似身在梦境之中，那些熟悉的人和事情又轮番走了上来：杨锅头，红燕嫂，那个跌崖死了的婴儿……

心口揪着疼，我又要了一杯喝下，疼痛却更明显了。

耳边只有央金在说："少爷，少爷！"

庄园内淌着清灰的月，我的头还有些晕乎，嘴里发干。

一双手扶起我靠上去，那身子软软的，像我睡过的最柔的被子。一口茶水入喉，我半睁着眼睛，房门打开，采苓在一旁看着我，我伸出手去牵她，她却跑开了。

我又睡了下去。

天明亮了，帐子也闪着银色的光。

我的床可真是绵软啊！又似少女的肌肤一样柔润！

那就是一个女人的身体。

梅朵抬起我的脸说，少爷醒了。

我慌忙站起来，还好，她的衣服还是整齐的。

她却不慌不忙斜着支起身子，系了系裙带，说："少爷，我去给你打水洗脸吧。"

铜盆端上，我将热乎的帕子搭在脸上。热气舒开我的毛孔，真是畅快！

一个女仆上来说："少爷，央金夫人请你过去，采苓小姐说要回城去。"

我把帕子甩在盆中，赶了过去。厅上，仆人们跪在一边，正在陆续端上食物。

央金见我来了，说："重华少爷，采苓小姐说要回去，我就怕是我款待不周，只有你来留她了。"

我却并没有说话，心里烦闷着，坐下吃了很多东西。

拉姆拉起采苓的手说："你是和少爷闹别扭了？男人嘛，你看那格大人，一会儿换一个，我岂不是要气死。"她笑着，手里剥开一颗葡萄喂到采苓的嘴里。

"不，不是的……我有些闷。"采苓不好意思地低头说道。

"我们出去逛逛吧！去看看度母之眼，那儿还有摘不完的野花，你一定会喜欢的！"央金说。

这个主意不错，我咽下一口牛奶，对采苓说："我们去吧，啊？"

我们在湖边扎下了营帐，马在地上啃着多汁的草，地上垒起石头，支起几口大锅，我又想起了和马帮在一起的日子。不同的是，这里的器具都是闪着光的铜盆、银碟子、银勺子，忙碌的都是穿戴整齐的仆人们。

采苓一路还是心事重重的样子，我问她话，她也只是点着头。

可当看到那湖面上开着的铺天盖地的花朵时，她的眼睛就发亮了。

27

茶
结
缘

董老爷听说杰布今晚决定住下，达到目的，自喜，又命下人做了许多菜给杰布送去。

花瑶回到后院，便被董老爷拉住询问进展。

花瑶红着脸气恼地说："父亲，能不能不要这样。杰布真的是一个君子！"

董老爷自觉失策，叹气回房。

自此，花瑶更觉杰布可亲、可敬。

清晨，露水未干，董老爷命人备早饭。下人却告诉他，杰布和多金天刚亮便离开了，让人转告多谢他的款待，改日再来拜访义妹。

义妹？董老爷询问花瑶。

花瑶说，昨晚，杰布说认她做妹妹。

"你怎么能拿终身开玩笑！"董老爷气愤地说，在他眼中，杰布成为女婿才是他的目标，带来的利益才是最实在的。

花瑶求他让自己出门寻寻临秋，却被拒绝了。

杰布让多金多派些人寻找临秋的下落。

街上的人都传言董家小姐被匪徒绑了。话传到梁江生那儿，他想着最近并未听说有匪徒来到松州城内，可他心里不安，决定去趟董府。

"董老爷，府中近来可安好？"梁江生询问。

"梁少爷何出此言？"

"城中传言府中遭了劫匪。"

董老爷大笑说绝无此事。

梁江生定了心，又说："那德庆杰布在城内郊外四处寻人，说的就是董府小姐。"

董老爷说，那是在寻临秋。

梁江生想起，就是赛马会上和杰布骑马的女子。

董老爷说："都是我管教不严，让梁少爷见笑了。临秋原是故人之女，家中破落，托付于我。可我有愧啊……"说着，掉了几滴泪。

"这等天大的好事，那临秋怎么还不愿意？"

"恕我疏于管教，临秋脾气有些乖戾。如今城中传闻实在是让董府无光啊！让梁少爷劳神，着实有些不好意思。"董老爷声泪俱下，梁江生在江湖闯荡多年，早已见多了这样的把戏，看着他的样子实在有些好笑，却又忍住不劝解了一番，又问："花瑶小姐可好？"

董老爷会意，便叫出花瑶给江生拿糕点。花瑶款款而来，脚下依然是一步一牡丹。将糕点端上，董老爷又让她去打上一壶酒。对于父亲的目的，花瑶实在无法忍受了。

董老爷又开始叹息道："都说我董府有奇珍，这珍宝便是小女。可惜命太苦了，以往许配的夫婿暴毙，却说是她命中带煞。为这，小女吃了不少苦。原想找户好人家托付终身，却不想……"他又接着叹息。

梁江生说："命理之事，我是不信的！谁能娶到小姐，都是修了万世的福分！"

"我年纪大了，她的终身我怎能不急。她有所依靠，我也能对她死去的母亲有交代了。"

既然说到这里，梁江生便自然地接下去说："董老爷看我如何？"

终于让他开口了！董老爷就是要他自己说出来！

梁江生接着说："早就听闻董府有佳人，董老爷如不弃，我愿为小姐挡一生风雨，撑董府家业。"他单膝跪下，对天起誓。

"这……"董老爷还佯装为难，其实心中早已敲定主意。嫁给杰布是不可能的了，他必须迅速做好新的抉择。梁江生虽说是马帮出身，但经营的商号可谓日进斗金。这些，他早就打听好了。

正要开口时，花瑶拿着酒壶走进，第一次厉色说道："父亲！你放过女儿吧！我此生不会再嫁了！"

"胡说！哪有女儿家不嫁人的！"

"我真的不嫁了！你逼走了临秋，难道还想把女儿往绝路逼？纵使无法和杰布在一起，我也不想你再给我做主！"花瑶头一回说出了想说的话，心中顿时舒坦了许多，"你就容女儿自己做一次主吧！"

听到这里，旁边的梁江生只觉脑袋嗡嗡作响，满以为自己会抱得佳人归，奈何佳人却无意！

耳中只听见董老爷的训斥，花瑶的哭诉，一股莫名的羞耻感从脚底冒了上来，他对德庆杰布升起满怀的嫉恨。

他急忙出了董府。

董老爷见他走了，还在后面大喊着："梁少爷，梁少爷……"

梁江生坐到酒馆楼上喊了些酒菜，万种愁绪都挤了上来，看着时不时有些燕子从这里飞到城楼那儿。自己多少次出生入死，都是靠着一个信念撑过来的：有很多的银子，然后娶到花瑶。

金钱和地位，他得到了。给他提亲的人也不少，可他还是一一拒绝了，都说他的眼太高了，不过，男人嘛，特别是有钱的男人，挑一挑也还是可以的。有些达官贵人甚至将自己的女儿带到跟前让他仔细看，他都从来不入眼。

他要她心甘情愿地嫁给自己！熬到现在，那人却永远也得不到了。

这时，一个人掀衫在他对面坐了下来。

"一个人喝酒多没意思！"来人说着拿了杯子给自己倒了一杯，喝了一口。

梁江生抬眼一看，是许元芳。

是，就是他。曾经他待过的马帮路上和一个头人发生冲突，锅头就是找的此人来化解。

"你应该记得我！我对你印象极深！梁少爷真是年轻有为！我曾说过，你会发达的！"许元芳就像遇到旧友一样侃侃而谈。

"哦？我倒是没有多少印象了。我这人做事喜欢干脆、直接点，许老爷不会是专门来陪我喝酒的吧？"梁江生不示弱地说。

"我就欣赏梁少爷的狠劲儿！不愧是马帮出来的好汉！"许元芳夹了一口银丝凉粉又说，"今天这凉粉弄得老了点！来找你，自然是赚钱的好事情。"

"我和许老爷素来有什么交情，能让许老爷记得我？"梁江生佯装大笑。

"梁少爷的商号也算是这松州能排上号的！何必谦虚！"

"大商户有的是。生意都在做，我哪里有大能耐！"

"这茶马道上的土司、头人可是对你评价颇高啊！"

"不才，只是在卖命罢了！"梁江生端杯与许元芳饮了一杯。

梁江生说："要说银子，自然是都爱的。益盛昌里茶叶、皮货、药材、杂货……天上飞的，地上跑的，水里游的，用骡子用牛，就是人爬着也能运！只怕许老爷要运的东西不是凡物……"说完，便用可以刺透牛皮的眼神来看着许元芳。

许元芳心下想，果然没找错人！便说："直来直去！喜欢！近来风声紧，那些人的胃口也大了，你我联手，二八开账！"

"六四！"梁江生挑着眉肯定地看着许元芳。

"梁少爷说笑哪！"许元芳吃了一惊，还没人敢和他这样分账。

"我说的是我六，你四！"

许元芳哈哈大笑起来，简直就是胡乱开口嘛！现在的后生怎么这般狂妄！

"我说完了你再笑也不迟！"梁江生举杯，两人一口饮尽，又叫了壶酒。

"这凉粉下酒就是好！许老爷，筷子不要停，吃！你往日打点费了不少银子吧！利润虽厚，送出去的也不少！可换我，一干不需要再费周折，省下的远远超过打点的！再者，正经商号，私运鸦片可是大罪，保不好身家性命就完了！朝廷可比那些土匪头人要狠！我犯不着为小利冒险。再说，"梁江生不屑地从盘里夹出一缕凉粉，看了看扔在了桌上，"我就讨厌吃太老的！太容易断开，不像个样。说到哪儿了？唔，你许老爷运过不止一次货了，如何？应该没让你失望吧？"

许元芳知道他说的是那夹带的鸦片。此刻，梁江生毫无顾忌地说了出来，反而让他无话可说了。

于是，当即拍板，两人从此联手，将松州的鸦片贸易推向了有史以来的巅峰。别处没有货，只要是找梁江生，他总能在短时间内找到货。二人在此偷龙转凤，短时间内便积累了不少的财富。

梁江生的自卑和愤恨，唯有通过银子的光亮来进行洗刷。

杰布寻找临秋许久都没有线索，回到官寨也是日日魂不守舍。

吉桑说，百姓们可不想看见一个雕像一样的土司！

杰布好像疯了一般从榻上站起来自言自语道："做自己，做自己！我要做自由的土司！"惊得窗边的两只雀儿也拍着翅膀飞走了。

卓娜小声对吉桑说："我害怕，他中邪了。"

吉桑说："那你离开这里，去烧火吧！"

卓娜不说话了，继续稳稳地站在一边。

杰布对德尔说，明日你也随我一起去找临秋吧，陪我一起走走也是好的。

松州周围的山坡，德尔几乎都踏遍了，但他更喜欢和杰布一起出去，那几个侍从一整天都不会和他说一个字，他简直怀疑他们是哑巴。街上的小孩也会跟在他身后争相看他，待他一回头，他们又惊恐地跑开。听到杰布说要他一起走走，他自然求之不得。

卓娜将杰布和德尔茶碗里的糌粑茶再续上点水，很快，他们就又喝完了。卓娜用余光看看杰布，她始终不明白，这个土司，这个男人，怎么会对她无动于衷，都说他是疯癫的，可他明明是那样俊朗。

德尔说："我回去后会想念糌粑茶的滋味的，是它让我戒掉了对咖啡的想念。"

杰布说："哦，府里的库房有的是咖啡、红酒，全是你家乡来的。越了海洋，穿了雪山。那滋味绝不会逊色！"

德尔说："难以想象，这些东西是如何越过喜马拉雅来到这里的。"

"马帮总有办法！"

"太多事情让我觉得不可思议。"

突然，门外传来吉桑的叫骂声。云秀着急地往杰布身边跑，吉桑在后面拖拽着说："疯婆娘！不要去打扰少爷！你干什么……回去！"

话刚说完，云秀就跑进来拉住杰布直摇头。

杰布安慰她说："云秀阿妈，我知道你担心我！不怕。我是土司！会照顾好自己。"

可云秀还是含着眼泪，恨自己无法讲出要说的话。

"吉桑，不要忘了我给你说的话！"

吉桑站在一边说当然，然后把云秀拉了下去。

杰布和德尔带着多金，又开始在松州城转悠了。

三人来到城外，德尔说："早就想问问你，这些砖在当时是怎么弄上去的，这个问题困扰我很久了。"

此时，已入秋了，可以看到城墙上坚韧的草上铺了晶莹的霜。杰布说："这城墙修建于明洪武年间，唔，就是你们那黑死病开始肆虐的时候。"

"有成千上万烧砖的工匠集结在城外南郊，建了多个烧制墙砖的窑厂，将每一块烧制的砖上都印上他们的姓氏，然后再用熬制的糯米、桐油、石灰所调制出的浆水将一块块青砖夯实勾缝……听说窑厂曾发生过一次青砖垮塌的事故，死伤无数。所以，都说这里的砖是有灵性的，并且……"杰布见德尔听得发神的样子，不禁有些好笑。

"怎样？讲啊，杰布！"德尔心急地想听到下文。

杰布说："这里每一块青砖都承载了一个亡灵！修建城墙的时候，必须用活人来祭祀，才能保这根基万年不摧！"

德尔摸着那些雕花说："太残忍了。"

"就是这样！有时修路、修桥也这样！死去的人就成了守护一方的神灵。"多金也在一旁插嘴。

杰布说："你倒是懂得很多！"

多金不好意思地退了下去。杰布又问他："昨天去哪里找的？"

"少爷，派人四处找了这么久，一点儿消息也没有，是不是离开松州了。或许，再问问董府？"

杰布不会再去问。那日，他恍然想到一些事情，再细想董老爷和花瑶的神情，便知道个七七八八了。更怪自己为何如此愚钝，因此更担心临秋的安危了。

三人穿过南城门，看见背子们三三两两坐在街边房檐下，见到洋人，都瞪大了眼睛，他们走到哪儿，眼睛就转到哪儿。杰布对多金说："去背子那儿打听没？"

多金说："没有。只是问了些路人和住在郊野的人家。"

杰布说："稍后你找人去问问，或者，背茶时帮忙看着点儿也是好的。"

"是。"杰布和德尔走入一间茶楼坐下，多金这个实在的奴隶就立即按照吩咐办了。

"我说你们一天可以喝上五十杯的茶还嫌少！早上的茶还没喝够，还要喝。"德尔说着，并四下打量着这个茶楼。茶楼有两层，中间一个天井，正前方一个戏台，各族商客往来其中，服装也是各生光彩。

德尔疑惑地说："我们不是出来找你那位心上人的？你怎么还坐在这里？哦，你不会也是三分钟热度吧，那些戏台上的女人很美！"果然，那戏台上的女子都是千娇百媚的，声音婉转，引得座下连连叫好。

杰布却只呆呆地看着戏台，茶还没喝几口就已经快凉了。

"你不会这样薄情吧？！"德尔眯眼笑着说。

一会儿，就听见邻桌在说董府。

一人说，董府小姐丢了，说是与人私奔了；一人又说，是董府的丫头，卷了钱财跑了；有人又说是让匪徒劫去了，可怜一朵白牡丹被踩蹒得花落香散……

叹息声、哄笑声不绝于耳。

杰布似乎有些明白花瑶凄楚的眼神是为何了，正要去理论，却见有人走了上去。

那人径直就在那桌前坐下，认真地说："今天谁要再在这里议论董府一个字，不要怪我不客气！"

说完，将手中的茶碗摔在地上。

碗碎，茶汤泼了一地。台上曼妙的戏也停了下来，一片寂然。小二上来屈膝道："梁少爷，息怒息怒。谁再讲，我茶水都不给倒！"说着弯腰将溅在身上的水给他擦了擦。那些人立马陆续离开，没走的，也不敢再多言了。台上咿咿呀呀又开始唱着。

杰布心中还想着要去结识下，不料，他却先上前坐在了杰布下方。

多金不禁上前一步，提高了戒备。

"土司大人不待在官寨晒太阳，怎么来这种小茶楼听戏？"

"你认识我？你是？"杰布无论如何也想不起来。

"在下梁江生，益盛昌老板。能和尊贵的土司大人一起喝茶，真是三生有幸！"梁江生开始攀谈起来。

"刚才听到梁少爷为董府起干戈，你与董府是旧交？"

"也算是吧。"梁江生又说，"是大人在找董府的丫头临秋？那日赛马会上你二人真是一对璧人啊！"

"可是，天意弄人！现在还不知临秋的去处！"杰布又开始叹息。

"他是天下最痴情的土司！"德尔在旁边说。

梁江生生意上也常和洋人打交道，对德尔并不抗拒。不一会儿，三人就聊了起来。梁江生告诉德尔，自己的生意已做到了印度，还准备在英国也开个分号。德尔竖起大拇指说："梁少爷是我在松州见过的最有前途的商人！"

杰布说："你与董府是？"

"我曾是董府的背子。"梁江生说这句话的时候格外平静，他不知道自己为何要告诉杰布这些。从来，他都未将这些告诉任何人。可他却告诉了杰布，自己也不禁吃了一惊。

"尊贵的土司不会再与我同桌了吧？"梁江生喝了口茶苦笑道，然后起身准备离开。这德庆杰布气度不凡，不愧是贵族出身，也难怪花瑶会为之心动，相比之下，自己竟如此卑微。

金钱永远也改变不了血统里的记号。

杰布一把拉住他说："梁少爷，既然遇到就坐下多喝几杯茶。我最钦佩的就是你这样直率的汉子！"

梁江生又坐了下来说："大人要是不嫌弃，我马帮人手多，倒是可以帮忙寻找下临秋姑娘。"

杰布说："这样更好！那先谢过梁少爷。"杰布又让小二拿了坛青稞酒，和梁江生喝了起来。德尔无奈地坐在桌边看着他们，说："我是不可能在喝咖啡的时候还喝威士忌的。"

"德尔先生不怎么喝酒？"梁江生问。

"英国喝酒是讲'昨天，今天，明天'。"德尔得意地看着两人。

"德尔，你真的来对地方了！连这里喝酒的方式都是你熟悉的，不过，我觉得我们这里应该改为'每天，每刻'。"

"那岂不是泡在酒坛子里了！"梁江生说。三人随即笑了起来。

一场戏唱完，三人都有些醉了。走在街上，人们奇怪地看着两位松州城的风云人物夹着一个外国人走在石板路上。胆大的孩子跟在后面哄笑，多金在后面驱赶着。

一直走到北郊，四人才靠着北寺的老杨树躺了下来。

杰布说："真美啊！你看那叶子，不那么绿，也不那么黄，斑驳地挂在树上。"

"又开始抒情了！"德尔说。

多金从包袱里取出几个梨，杰布说："口确实有点儿干了，你这个奴隶倒是想得很周到！"多金腼腆地笑了笑，他所能做的一切，就是照顾主子，为主子效忠，除此之外，他还真没想过自己想做什么。

"今年的梨子特别甜啊！"梁江生狠狠咬了一口。看着手心里淌的梨子水，他想起他的娘就爱吃梨子，要是那年没干旱，她也不会那么早就走，想到这儿他眼睛就湿润了。

天蓝得发白，三人就那样在树下睡着了。

28

花
心
动

那平静的湖水里，映下的都是花儿们安静的影子。两三只野鸭缓缓游过，见到人又匆忙躲进了花丛中。还有那湖水里的小鱼，泥色透明的身子，穿梭在花枝里……

雪山下的冷杉和桦树随意展开身姿，把绵延的山脉都变成了一块浓绿的玉。

这里太让人心旷神怡了！

那格的新夫人坐在帐前唱着：

> 镜子碎成了蓝色的湖水，羊群走过绿色的草地
>
> 轻轻挥的鞭子，打在我的心口啊……

听说，那格的夫人们各有优点。有的是头发如黑亮的瀑布般垂顺，有的是嘴唇像一颗红色的莓果，有的是皮肤像牛奶一样润滑，有的是有着一副好看的耳垂……

"美丽的女人可以找到，可有某个特质的女人却是更难求的。"这是那格娶夫人的教条。

对于这位夫人，那格一定是看上了她如百灵一样的嗓子！

我看着采苓在湖边微笑着，手里的野花衬着她脸颊的酒窝。

我什么都不想去做了，一生，两人，在这样的天地间，该是多大的幸事！

夜晚，繁星如山间的流萤在林间穿过。

帐中的他们划拳喝酒，肆意地笑、闹。

采苓走过篝火，在湖边坐下。

我也走上去，坐下，任湖水打湿鞋袜。

采苓说话了："重华，我也给你讲个故事吧！"

盘古之后，天地始生，有了风雨，有了星辰日月。宇宙初生，无穷无尽地纳着世间万物，太阳和月亮也更明亮了。

也不知过了多少年，星辰日月才有了各自运转的规律，世间开始日夜交替，四季流转。

夜晚的力量在月光下凝而成阴，太阳的光在碧空的风中结而为阳。

又过了数百万年，风里的光凝聚为阳神，居于东荒。

月光里的极阴之气，幻出阴神，居于海内昆仑之绝顶。

女娲造出人后，世间处处都勃发出一片盎然的生机。然，人总归不是神，他们经历着各种无法预知的死亡。

阴神孤绝，身边只有青鸟为伴。整日游山玩水，倒也清闲得很。偏她管的都是如同夜般暗淡的东西，比如说灾祸和死亡。提起这位上神，人的身体就要发抖。月光其实也很好啊，可上古的人却对黑夜充满了恐惧。

无趣的她又将头上玉簪碎而成湖，撒在昆仑山间，以自己名字"瑶琼"的首字命名为瑶池。

瑶池的水，平静得不起一丝波澜，世间的一切都可以在其中显现，只要她想看。

虽是上神，她却像孩子般调皮。偶尔，会化出豹尾虎齿，蓬着发在石洞中吼叫。这时山也会战栗，人们就露出惊恐的表情在她面前跪拜、狂奔。她无聊的时候就喜欢这样恶作剧，恐惧和崇拜的热闹可以让她暂时不用去管自己的孤寂。

真是好笑，她给他们柔和的月光，他们不要，反而自己变得如此不堪，他们却又行着叩拜大礼。

瑶琼登上稀有的羽翼，去到那茫茫的海上，一年，她只去这么一次，去见她的哥哥东王公。东王公披着银色的头发，日日和素女玩着投壶的游戏。素女输了，便罚她在月影里舞上一曲；他输了，就要亲自拉起早晨的太阳。有时候醉极了，太阳老是在一个山头晃荡，让人们不知道是什么时辰。

每回，瑶琼看到的都是这样的场景。

真是有些无趣了。想到要这样过下去，她心中更是徒添惆怅。

她望向池水，看到人在经历生离死别、喜怒哀乐，这比看哥哥投壶有趣多了。看到亡魂们走过忘川，踏过彼岸花，她的心中升起一种莫名的悲悯。

她不能随意坏了天地的定数，便在瑶池边种下一棵桃树，日日研究长生之术，想着有一天有人能用上。

瑶琼看了许多人间的故事，她也像世间的女子那样开始关注起自己的样貌：明亮清澈的眼睛，粉白的脸，红莓似的嘴唇……

很久，她都没有蓬着头发怒吼了。她在池边梳着头发，穿上月光制成的纱衣。那洁白的雪山是美的，那遍山的花草是美的，瑶池边的瑶琼，也是很美的。

她的心中忽而就有了一种情愫。

昆仑山上依旧是雪山巍峨，池水连连。而自从欲望跑入人心后，人们便为着谁为首领的事情互相屠杀，血流成河。

众神降了一个神子——黄帝在世上，为了让世人看到他不凡的样子，又同时给他降了强劲的对手——蚩尤。

蚩尤有八十一个兄弟，个个都英勇善战。

黄帝即位后，蚩尤便开始在部落中挑起是非，人间纷争不断，百姓们也总无安宁。

瑶琼在池水中很少看到人笑了。

那个叫黄帝的男子也日日愁眉不展。

开始的时候，瑶琼只想看他的眉毛，后来，她又想看他的鼻梁、眼睛……

每日梳头的时候，她都要在池边好好看看他。

这个心怀天下的男子啊，她多想把他皱着的眉毛抚平。

昆仑众神与天地同寿，早已是心如止水。每每，她都是看着他们在云雾间来来往往，几万年、几千万年，都保持着一样的神情、一样的姿态。

可在黄帝的身上，她却见到了不一样的东西。那是一种力量、一种情怀。他是活生生的！

池水中、水雾里，传来一阵她从没听过的声音。只见竹林中的黄帝又开始拿着箫和瑟摆弄。沉吟后，他赋予了这些东西更丰富的声响。婉转的音律回响着，就连青鸟也忘记了啼鸣。

瑶池的水起了涟漪。

从昆仑到人间，千万年间，她好像就为了他。在云朵将月光遮住的时候，她避过夜神的眼睛，悄悄入了凡间。

此时的黄帝早已登上有熊氏的王位，为百姓日夜操劳。

瑶琼躲在树后看着在原野沉思的他。

风里传来瑶琼的声音："你日夜操劳，不累吗？"

"谁在说话？"黄帝站在风里问。

瑶琼不答言，瞬息化成云雾跑回到瑶池边。只说了一句话，她的心就狂跳不止，瑶池的桃树也被颤得飞了一地的花。

昆仑一日，地上三年。

她不过见了他一面，却时时都想着、念着。

在神的世界里永生，又在永生里消亡。

她叹息着，满树的桃花纷然飘了一地，她一皱眉，池里的水就起了涟漪。

青鸟在雪山上盘旋、盘旋，地上便飘起了白雪。

过了几日，她在池边看到，黄帝已收服了好几个部落。

不愧为神子！瑶琼心中暗喜，又下界了。

此番，她一定要再见见他，并将那玄石带给他，今后能有大用。

玄石是昆仑所有，本为一体，又可分身无数，相合相斥，甚为奇妙。

黄帝半寐之间，听到有人唤他。

一位女子衣袂飘飘，在月下曼舞。

舞毕，黄帝上前说："神女为何到此？"

"恋你。"既为神女，她无须掩饰。

"我只是地上的王，不值得你挂念。"黄帝的脸有些红，但还是尽显谦逊。

"我就恋你。"瑶琼竟露出娇羞的神态，又将玄石递上，是为定情。

黄帝看着那石上刻着"瑶琼"二字，问："这是神女的名字？"

"是的。"

"天下未定，不敢屈了神女。"黄帝拱手叩谢，很是客气，越是客气，反而就越像在掩饰什么。

"好，我助你平了天下。"这天下在昆仑看来不过是沧海一粟，要平息战乱，有何难！

瑶琼别过，又回了昆仑。

满树的桃花映得她脸都红了。她细细地给桃树浇水，期待着等他来了，共享齐天之寿。

过了些时候，她看到池水中，他与蚩尤在涿鹿相持不下，其中浓雾重重，黄帝连连败阵。

她一定要助他定了天下。

她派出九天玄鸟口衔一干法宝去助黄帝一臂之力。黄帝见到玄鸟，知道是神女来相助了，看到那些宝物，更是兴奋异常。玄鸟又拨开夜空，那北斗七星极为耀眼，黄帝得到启发，拿出玄石，命风后造出了司南车，此物可以让人辨别方向，正好解了浓雾之困。

此后蚩尤节节退败。

蚩尤有风雨阵，黄帝这边就有女魃。

瑶琼甚至舍了流破山的夔来给黄帝做鼓。夔的眼睛和日月同辉，叫声如雷鸣，用它的皮做鼓，骨头为鼓槌，敲起来的声音能让昆仑也震上一震。

夔与天地同生，世间仅有三只。瑶琼只拥有一只，可为了黄帝什么都舍了。

蚩尤大败，天下又经五十二战得以归统。

我说，黄帝本就是神子，肯定是与瑶琼一道去了昆仑。

采苓却不再讲下去了，她说，重华，我这些天总在想我们小的时候，你推着我荡秋千，那时的我胆子真大！

"你能和我走，胆子还是不小。"

"这不一样的。重华，我们，回不去那曾经了。"采苓的眼中是一池湖水，只要我轻轻碰一下，便会涌出。

"央金那天给我讲了一晚你父母的故事，家族的故事，我感动得一塌糊涂……"

"我们之间也会像我的父母一般的，相信我，我会对你好的，即使我们死后去的是不一样的地方……"

"我信。"

夜深，天上的北斗七星在雪山上，月亮在雪山上，我在帐内，梦见瑶琼和黄帝一同在瑶池边舞剑抚琴……

我觉得上了央金他们的当！隐约掠过些不安。我不知道采苓和我的缘分在不经意间被一些东西吹得四散零落。

山下绿得纯粹的湖，据说就是度母的眼睛。有风吹过，却也不见湖水的涟漪。央金说，这里住着一条碎了心的龙，也住着一个洋人的灵魂。

"他是你父亲的挚友，或许是太过依恋这里，来了几日，回去后便死了。你父亲将他的骨灰撒在了这里。"央金闭目，像在祈祷。

我如今走的土地，也是我父母来过的。他们的灵魂也一定能看到我。

回到庄园，采苓的笑中还是隐隐有着不安的情绪。

我对央金说："你和铁达真是用心良苦！如此周折，其实是逼着采苓离开我。这个土司，我不当了。"

我想好了，舍了一切都要和采苓在一起。什么权力和百姓，我都不想管，我的眼里只有她湖水一般的眼睛。

"我并不能强迫你。随便吧，少爷。你来与不来，你的身上流的都是德庆府的血。"

我跑去找采苓，想说，我们一起走吧。

采苓一见我却说，她明日要回兰府。

极好，明日我们便可一同回城了。

我们之间，再也不会有什么烦忧了！我会陪她去半山的花红里荡秋千，去海子边摘枫叶，我还可以带她看遍丹云峡漫山的彩霞……

我睁开眼，想着吃一顿美餐，就带着采苓回去。

梅朵说："少爷，你洗脸吧！"

我麻利地洗了几把，急着去见采苓。

"她走了！"梅朵说。

我愣着，梅朵又说："采苓小姐走了！天还没亮就出了庄园，央金夫人派人护送，你放心。"

央金！我想撕碎她！她凭什么来干涉我们的自由！

我捏着拳头奔向客厅，央金正吃着面包，一脸从容。

她看到我，倒是一点儿也不惧怕，哪怕此时我的眼中要喷火！

"重华少爷，先喝杯酥油茶暖暖你冰冷的心吧。并不是我要她走的，应该说我只是保护着她走的。"她从桌上拿起一封信，"这是采苓小姐让我给你的。我可没偷看哦。"央金仰头从我面前走过，这偌大的厅里，只有我一个人了。

打开信纸，上面是采苓娟秀的字，犹见泪痕：

重华：

我们的相识一定也是主安排的，我仍是充满了感激。你走的时候，让我等你，我知道你会回来的。你舍不得这松州满院的牡丹和半山的花红。

你真的回来了。我高兴得好几夜都睡不着。我原以为，我可以什么都不顾地和你在一起。我只怪命运太捉弄人，你一会儿是重华，一会儿是小哑巴，一会儿是土司，我好累。

每个人或许都有自己的宿命，我不能那样自私了，这样，你的父亲母亲会死得不值得的，也枉费了瑶姨的牺牲。

相信我，你会成为一个不一样的人，做一个好土司。不要来找我了，从此，让我们之间如同前世，忘了我吧。你问我黄帝和瑶琼后来怎样了，我现在告诉你吧。

平了天下后，瑶琼喜形于色。昆仑山下竟开满了花红，如霞又似雪。她梳好发髻，插上玉簪，抹上桃红的胭脂，拿上白玉环，骑着一头白鹿去接黄帝了。

他说过，平了天下的时候。如今，她觉得是时候了。

此时的黄帝早已娶了几位妻子，但她不在乎。她要的只是他的心、他的人而已。

瑶琼从袖中取出吃了可以长生的桃子开心地对黄帝说："吃了这桃，随我去昆仑吧！你要做的已然做到了！"

不过十几日不见，黄帝苍老了许多，瑶琼摸着那皱纹说："没事，你看这鲜美的桃，吃了便可重返青春，与天地同寿。"

黄帝却拉下她的手说："瑶琼，我虽平了天下，但还有天下的百姓在等着我，九州未平，我不想负了天下。"

"人世不过百年，还要受那轮回的苦，随我去吧，若你不舍，我也可以留下来，陪你在人世逍遥度日。"

瑶琼近乎是在恳求他了，为爱，她从天神卑微到了尘埃里。

可是，黄帝身为天之神子，他就是为了天下、为了百姓而生的。瑶琼忘记了，人命其实早有定数，三生石上，无法更改。

"你当真对我一点情谊也没有？"

"我……感谢你助我平了天下。"

瑶琼仰天大笑，化为蓬头的豹，张开血口向黄帝吼叫，黄帝也并不曾动摇半分。

豹卷起黑云走了，漫天吹起风沙。

玉环落下，上有九州纹饰，内纳乾坤。

黄帝流下了一滴泪水。

谁能说黄帝的心里没有瑶琼！

他有天赋的使命，瑶琼也有神的职责。情爱之事瞬息万变，无奈，无奈。

瑶池边上，桃树依旧纷然，只是昆仑和人间，再不会有叫瑶琼的女子了……

欢愉没了！

29

茶

秘

闻

也不知睡了多久，河风刮起来有点凉，杰布打了个激灵，坐了起来。旁边德尔和梁江生还在睡，看来，中午的酒没少喝。多金看杰布醉意还未过，只好在旁边继续坐着。

杰布将手做框，看着微黄的叶和满天的霞光，色彩的搭配都是恰到好处。画中，对岸的木桥下走下一位捣衣的女子。河水中的衣服随着流淌开，然后又被她放到石板上，用木棒敲打出脆脆的声响。一缕剩下的光刚好照着她，一副宁静的捣衣图！

那女子穿着和临秋一样的青衫，也是那般容颜。一个浪花打过，女子抬头用袖子擦了擦额头的水，那姿态和临秋像极了。

不是的，那就是临秋！让他魂牵梦萦的临秋啊！

杰布像梦魇般开始大喊："临秋，这里，我在这里……"可声音早已被河水的流淌声所掩盖。女子端好木盆，要离开了。杰布着急地追了上去，多金依旧在后面跟着。

天已经暗了，等二人跑到桥头，女子早已没有了踪迹。

杰布用拳头用力砸在小桥的木桩上，留下一丝血迹。

数月的等待，就是眼前让人落寞的黄昏。

暮色消融，一轮月碎开，随着旁边的溪水流入了岷江。

看着江心的月，杰布忽又笑了。

第二日，他依旧和多金远远站在桥头。

果然，她又来了。杰布静静看她捣完衣服，转身走了。多金也跟了上去。只见她走入一所宅院的后门，很快又出来，独自一人向南山方向走去。

一路落英，草色迷离。杰布跟在后面走了许久，才看到临秋进了一个小院。

月升了起来，一点灯光从小院木门的缝隙透出来。杰布轻轻一推，门便开了。小院已被临秋打理得十分整洁。几簇茂密的竹，四周开着一些菊花，让院子有了几分生气。

杰布脚下发出吱吱声，定睛一看，地上落了好些花红果，有几个都被踩碎了。忽然，屋里的灯灭了。杰布走到房檐下正要敲门，却有根棒子打在了他身上。

多金急忙上前护住杰布，将棒子提了过来，顺带把握着木棒的临秋拉了过来。

照着月光，他们才看清了彼此。

临秋惊讶得讲不出话。

这也是她朝思暮想的人啊！她以为，此生，他们不会再相见了，她早就做好了老死山林的准备。她把和杰布相遇相识的点滴都藏在了最深处，就当曾经是一场绮丽的梦。

"临秋！"杰布将她拥入怀中。

泪水在临秋的脸颊静静淌下。她忍住多少孤寂的日夜，在心中无数次想象过和他重逢的情景。可是，她不能够这样啊！

她又推开杰布，擦干泪坚定地说："土司大人，你还是走吧！"

"临秋！"杰布着急地喊着她的名字。

"请你走吧！你与我是不会有结果的。我也不能够……"

"我明白。我……"

"不！你不明白！你是高高在上的土司！我只是一个丫头！"

"我不在乎！就算我不当土司，我也不在乎！"

"你，不会明白的！"

"不，我明白！今生我爱的人，只会是你！勉强我去爱她，那才是对她的伤害！"

临秋抬头看着夜空，酸楚的泪便流到嘴巴里，咸咸的滋味。这句话说到了她的心里。

是啊，她难以释怀的正是花瑶！

她对花瑶充满了愧疚和不舍。她实在不明白，为什么会有这样的遭遇。花瑶虽有富贵，却如同囚在笼里的金丝雀，心中也是千疮百孔，而自己也是身不由己。天地这样大，为何还让她二人都遇到了他！世间的男子这样多，为何单单就恋上了他！

简直就是折磨！

临秋说："我对不起她！我自小若不是被董府收留，恐怕早已是一堆白骨！"

杰布说："我会如妹妹般待她！"临秋倔强地摇头哭着说："我们不会有结果的！我，配不上！你还是走吧，做一个最好的土司。"说着她跑回屋内关上了门。

杰布站在门外，他不会就这样放弃的。他从怀中取出一幅画说："临秋，是不是我做一个最好的土司你就肯嫁我了？这是我专为你画的。我还要来的，请你不要再躲着我。我一定会让你改变主意的。"

一幅画被放在了屋檐的石台下，杰布望着那紧闭的门，许久，他才转身出去。

听到木门的"吱呀"一声，临秋知道杰布走了。

她又打开门，院中已是一片溶溶的月，只有几个花红果子又啪嗒地落到泥地里。临秋拿起石台上的画。画里的女子是她的样子：镜海边，一把红伞，青衫上飘落的是片片花红，她巧笑嫣然。

临秋哭了，又笑了，将画拿起，关上了一院的月光。

杰布回到官寨里，无比兴奋起来！他抱起德尔说，我找到她了！

他又跑去抱住云秀，我找到她了！

他在官寨的最高处大喊，我找到她了！

深沉的夜，寨子里的狗都被他惊到了，连连发出吼叫，几处奴隶院点起了灯，大家都不知道这个留洋回来的德庆土司要干什么。

"知道吗？她让我做个好土司！"杰布兴奋地对一旁无奈的吉桑说，"我要做一个好土司，让她成为最好的土司夫人！"

云秀不知道什么时候出来，上前像阿妈那样摸着杰布的头，眼神里都是慈爱。

杰布问："你相信我吗？"

云秀点点头。

第二日，杰布找来书记官，请他把德庆家的历史给他说上一遍。

书记官在经房的暗格里拿出一个个红漆木箱。杰布从来不知道，府中的经堂还有这个东西。龛上的酥油灯开始跳动闪烁着，书记官说，这是个灵物，打开的时候必然有异象显现的。接着，一本微黄的有着油润光泽的书被取了出来。杰布让他坐下来给他讲讲这书的内容。可书记官多年前玩火药枪被炸伤，眼睛常常把字看错，耳朵也不大灵光，听得杰布很不快意。

杰布干脆把书拿到房中翻着看。书记官半眯着一只眼睛说，你确定要自己看？

是啊！

哦，你是土司，自然做什么都是可以的。

杰布便将书带回了自己的房间。书记官呢，一天走上楼十次，提醒杰布要仔细啊，杰布就让管家给他倒上好几杯酒，让卓娜陪他在厅里慢慢喝。卓娜是和男人周旋的好手，喝醉后，他可以睡到夜半，便不会再来惹他厌烦。

杰布翻开那略微有些发黄的厚重的册子。它仿佛有一种魔力，让翻看的人对它产生一种爱恋的感觉。杰布打开册子，开始了如饥似渴的阅读。

书的开始几页是空白的，对此，书记官说，他问过前面的书记官，前面的书记官也曾有同样的疑问，前面的前面的书记官们，都有这样的疑问，所以，他无法回答这个问题。

杰布从那有文字的地方开始读，那些文字，让他倍感吃惊。

德庆家族居然和格萨尔有着千丝万缕的关系！吐蕃王朝被瓦解后，出现了大大小小七个王国，与之相应的是长达百年的动荡。德庆家族成了权力斗争的牺牲品，来到这"鼓"一样的地方。千年来，德庆家族出了五十多位土司。可是，从第四十代土司开始，德庆家族便再也没有生过男子，四十代后的土司都是招赘的女婿，书上记载，这是一个女人引起的罪恶，让整个家族受到了诅咒。

杰布突然想到官寨里说的"诅咒"，也就是指这个了。

然后是世代土司的功绩，治理王国的举措。书中对得到皇帝的褒奖特别在意，并在上面画上了一张弓箭，和厅堂上所挂的一模一样。书中还特意标注，这弓是第三十八代土司亲手所画。

杰布笑笑，自语道："原来，我画画的天赋是从这里开始的！"

书中的一切让他感觉重新认识了整个家族和这片土地。族人曾经来到这里，渐渐放下了弓和刀，用马匹、牦牛与松州的其他民族一起踏上了茶马之路。可是，从四十代土司之后，土司下令德庆家族再不许经商，说是为了保持血统的纯净和高贵。

那努之前，德庆家一直过着最纯粹的贵族生活。那些富饶的土地、肥美的牛羊和强壮的奴隶，足够生产出大量的财富供养家族。

即使堆积的金山也总有挖空的一天，周围的土司在马背上所积累的财富远远赶超了德庆家族。书中讲述了一个诡异的故事，还说"违反祖令的人，是要受惩罚的"，"诅咒无时无刻不在家族中显现"。

接下来又是空白。最后，写着类似预言一样的话：血液里流淌的，终归要回到血液里去。

杰布摇醒书记官说："这是什么诅咒？"

书记官翻身闭着眼睛说："什么诅咒？"

"牛皮书上！"

"我不知道。以前的书记官也不知道啊。老爷，让卓娜再给我倒些酒来。"书记官闭着眼睛躺着流着口水，一副烂醉的样子。

杰布失望地上了楼，将书放在床上，又开始作画。画中是一片绮丽的山，一个男人坐在树下拉着一位女子说着什么。女子穿着红衣，长长的黑发垂到地上，姣好的脸上透出妖媚的气息。

杰布也不知道他为什么要画这样一幅画，是感觉让他这样画的。

睡下后，他梦到了一位穿着红衣的女子，长长的头发，眼里满是幽怨地看着他。她用手指尖碰触他的掌心，好凉啊！

杰布被凉到心底的寒意弄醒了。他觉得很冷，原来窗户被秋风吹开了，喊了卓娜半晌也没有回应。她一定哄得书记官很高兴吧！美丽的女人啊！

可是窗下，他又看到了那个袍子！

"来人，捉住他！快！"杰布追出去。院里的守卫和仆人都奔了出来，卓娜也跑了出来，赤着胳膊，正在门前穿着上衣。炫耀般她望了楼上的杰布一眼。

杰布命人将大门、后门和围墙都守住，这样短的时间，他是跑不出去的。大家点起火把在府内翻找，就连狗窝都被翻了一遍，却没有找到！

杰布更确定，那"鬼魅"就在府里！

吉桑说，"鬼"自然是跑得快！

卓娜一听到"鬼"，便又娇羞地倒在吉桑怀里，说很害怕。

吉桑掐了卓娜，卓娜便像兔子般跳开了。

这两人又是何时搞在一起的，杰布已不想再问，只要不来烦自己就好。

可是，他还是觉得无比烦恼。他实在不知道该如何成为一个好土司。世间最难得的是自由，他想让他们得到自由。

接下来这个年轻土司的所作所为，让整个官寨又陷入了不安。

杰布先是让下人们都挺直了身板走路，不许再卑躬屈膝，他说，要知道，你们都是人！

吉桑说，他们是畜生。

杰布纠正了很多次，可那些下人边回答边又弯下了身子。吉桑在一旁笑着说，看吧！畜生是不会变回人的。

然后，杰布又把很多青稞放到了他们的手上。

"去吧，你们自由了！去开垦些土地，种属于自己的粮食吧！"

可那些下人和奴隶却都跪了下来，不断叩头，求主子饶恕他们的罪过！

千百年来，德庆家对他们的教化深深烙在了他们的骨血里。世代都不曾改变过！他们无法离开依赖的土地和这片土地的主人，心甘情愿地受着奴役，并接受了这样的规则，一旦规则有变，于他们反而是难以接受的打击。

行刑人也整日没有神采，他就是为了鲜血的绽开而活的，那些刀许久都没有闻过血的滋味了，每日他都坐在阴暗的房子里，叹着气将那些刀仔细擦拭一番。

确实，他们都觉得杰布疯了。德庆家族的诅咒又一次开始了报复！

德尔说："我的家乡也曾经这样斗争过，我们称为革命。"

杰布说："我就是想革命！"

"你的百姓好像不怎么喜欢嘛！"德尔手中摆弄着百合的茎，这是他搜集到的宝贝。等到春来，他便要离开这里了。

杰布说："德庆家的土地该好好整理下了。让我苦恼的是，无法与心爱的女子在一起！"

德尔耸耸肩说："恐怕这世上唯独爱情是无法问清楚的，不管你是白皮肤还是黄皮肤。"

他想起那努曾说过，情爱只会让人备受折磨，或许，他是对的。

官寨里，一个奴隶正带着家里的老婆孩子一起跪在广场上。他们请求吉桑去跟土司大人求求情，让他不要赶走他们，他们是忠实可靠的。

然而，杰布说，忠实的人更应该获得自由的权利。给他们一些土地和青稞种子，他们会明白自由的好处的。那家人只好含泪离开了官寨。

杰布在阳光下翻看着牛皮书，行刑人站在旁边半晌，突然说："这是人皮做的！"

杰布说："什么？"

"少爷，这书是人皮做的！每一张都是。"行刑人平静地说。

他早先还在怀疑那个故事，此时行刑人一说，他便恐惧地将书扔在了地上。想着每晚还与之共眠，他起了一身的鸡皮疙瘩。

只见行刑人跪着，念叨着什么，将书捡起来，放到了桌上。他平静地说："从见到这书开始，我就知道这不是本普通的皮书。只有人的皮能有这样的光泽。作为行刑人，我看过无数的皮肤，自然知道人的皮该是什么样子的。"他用手抚摸着书继续说道，"我还知道，这些皮，是一个女人的。"

行刑人边说，边透过光看着书的每一寸肌理。"还有，她应该是个美丽的女人。"

"你知道？"杰布怀疑地问。

"是的，少爷。美丽的女人的皮是会说话的！"

一个美丽的女子被做成了德庆家的皮书，用以记载家族的历史。

觉得恐惧的同时，杰布对此充满了好奇。

他用衣服包起书，跑到书记官那儿，问道："告诉我！这个女人的故事！"

"少爷又想女人了？"书记官又喝了几杯，懒洋洋地说。

"不是！这是人皮书！"杰布喊道。

"呵呵，少爷，我没醉。你对我真好啊，每天都给我好酒。"书记官的耳朵又开始发狂了。

杰布又更大声地说："这书是女人的皮做的！"

书记官擦了擦流出的口水，哄笑着说："我就说少爷想女人了！怎么可能呢？我的上一代的上一代的书记官都把这个当故事！"

杰布又叫上多金，骑马飞奔去找扎尔。他已经许久没有到那里去了。

扎尔府里的人见土司亲自来了，都很惊讶。他们家得到土司的青睐已是太久远的事情了。

扎尔的管家匆忙去叫夫人，待扎尔的夫人跑到门口，杰布早已小跑进去了。

穿过蜿蜒的走廊，杰布找到了半癫的扎尔。

他掏出包着的书，蹲下，放到扎尔的眼前，问："认得吗？"

扎尔空洞的眼睛立刻有了反应，恐惧得抱头大喊大叫。

这时扎尔的夫人过来哭着说："我说侄儿啊，我们又犯了什么事情。你是土司，可扎尔也是你长辈，我们……"

"我今日不是来兴师问罪的！尽管他的罪足以让他死掉很多次！"杰布说。

她不敢说话了，转着眼睛抱着扎尔哭起来。

多金拉开她，杰布又将书拿到扎尔面前。

扎尔瞪大双眼喊道："德庆家的诅咒……德庆家的诅咒，诅咒他……"

显然，扎尔知道些什么，可是，现在再也找不出线索了。

看着疯癫的扎尔，杰布失望地和多金回官寨了。

扎尔的夫人在后面喊："杰布土司，求你给个活路吧！"

杰布感到这简直是闹剧，扎尔对他下手的时候，可没想过要给他慈悲。并且，扎尔疯癫得有点儿过了！

他快马加鞭，去达达寺了。

老堪布看了看这本书，说这书的确是女人的皮做的，说是邪物却又透出温柔。

在这里，的确有很多东西是人的身体做的，比如，人的头骨碗、人骨法号、人皮鼓、手骨做的鼓槌……可将人皮做成书页，还是第一次见到。

老堪布说："不是任何人的身体都可以做成这些东西。当然，其中肯定有惩罚和酷刑。但寺院里我所见的都是心甘情愿的布施。佛法要我们知道无常之理。用人身体做法器，应是自然死亡，讲究一个"缘"。可你们土司那行刑人的刀太锋利，总以为随意取了他人的性命便可以布施，却没想过，那样的法器充满了幽怨和仇恨。"

然后，老堪布拿出自己的串珠对杰布说："这就是用一百零八位得道喇嘛的眉骨做成的，每位喇嘛只取一枚。据说，足足做了两百年，才得以完成。"

杰布捧过那透着光泽的串珠，好似捧起的是苦难的众生。老堪布接着说："而那人皮书，且不管它因何而生，要知道，布施本身是利益众生的。"然后笑着问："土司大人戴皮帽、穿羊皮靴会感到害怕吗？"

"不会。"

"自然，因为人总把自己的身体看得太重要。众生该是平等的，为何要心生惧怕，生命消逝后，不过也是尘埃。"

杰布谢过老堪布，转身要离开，可又想到一个问题，他说："最近老是会梦到一个女人，我想，是她。"杰布指着怀里的人皮书说。

"她的怨念和你有机缘，如那鬼魅，都选择了你。"老堪布抬眼慈爱地看着杰布。

这眼神让杰布平静下来，串珠拨动发出的声响，也让他放下了恐惧。

回到官寨，杰布还是将那书拿回了卧室。他又展开画布，依旧是画着梦境里的样子：红衣，碧空，长长的黑发。

梦里，那女子又对他说，你来了。

早晨，卓娜跪在床边给他端来洗脸的水，热乎乎的蒸汽让他清醒了过来。他伸手去摸枕边，空的。

除了凉凉的丝缎，什么也没有！

那人皮书就这样消失了！

30

花
情
恨

走到吴夫子的坟前，我插上一枝松柏。

他泉下有知，是否也会怪我太过儿女情长？午夜梦回，是否会拿着戒尺来敲敲我的头？

我原本的美好，再也无处寻了。

听说，王半傻也不知道到哪里去了。城中，只是少了一个笑话。人们依旧过着各自的生活，苦的、甜的。

好死不如赖活着！

我站在南门看着飞着的燕，从早到晚，从晚到早！如同一个失了魂的人。

一个影子挡在我的前面，我退，他进，我进，他更贴着我的耳朵！他还是那副可憎的德行。

"我真是喜欢看你这个样子啊！"是鸣儿，一副可憎的样子，"喜鹊被你调教得真是好啊，身上的皮肤我摸着很顺手……，只怪她是你的丫头！"

我们扭打在一起，我骑在他身上，用拳头使劲打在他脸上。他也给我一拳，我的嘴角流出红色的血。这更让我兴奋！我抡起一块石头，狠狠砸在他的脑袋上，随后就是鼻梁的骨头断开的声音。他痛苦地叫着、滚着！

我不再是当初那个柔弱的少爷了！

我告诉他，他只是一个弃儿！一个要被扔进河里的孩子！比我还可怜万分！他不过也是在受着命运的嘲弄而已！

我蔑视般地走过，他在我身后说："你这个骗子！我不信！"

我摆摆手，都是可怜的人！

花红谢了，秋来了，燕飞走了。

月儿在城墙下找到我，满脸都是难以言说的哀怨，她问我："我们是弃儿？"

我点头。

月儿说："我恨你！"

可流的眼泪分明还是暖的。

我怎么就开始残忍起来了？我也有点儿痛恨自己了。

月儿也走了，穿过岷江的山川，走去另一个天地了。带着恨，还有爱。

鸣儿疯癫了，死在一家烟馆里。

央金葬了他。

"毕竟他还叫我一声阿妈的。重华少爷，你造孽了！我只有请求菩萨宽恕你！"

不想在乎，我好累了。随便什么惩罚，我接受。如果，要我去当一个土司，要我解救我的百姓也是种惩罚，我现在通通接受！

"回德庆府！"我命令似的对央金说。

我要当松州雪山下最大的王。

这里，就是我祖先们生活的地方：群山环绕，松涛阵阵，华美的房子在风里发出好听的声响。

那是檐角的风铃。

府内除了花草，还是花草。

府外，除了罂粟，还是罂粟，一片红红火火。

奴隶们熙熙攘攘地站在两边，他们在等着看我是个怎么样的主子。

我刚要进大门，却被人拦下来。

扎尔果然来了。

"我不能让一个来路不明的人混淆了德庆府的骨血！"他的头发都白了，可欲望还是让他很精神，这也是鸦片的另一种力量。

"我当初是看着夫人生下他的。手臂上的胎记，身上的噶乌，都是属于德庆府的！"央金拉开我的袖子，争辩着。

"看来，你们兄妹还是没学会如何做好头人的本分。"

"我们的本分就是找到德庆府的继承人，现在，找到了。"央金一脸不容置疑的样子。

"在草原上的马群里也不难挑出两匹相像的马。你怎么就确定那胎记不是后来弄上去的?"扎尔让人扶着走到我的面前说,"的确,你和杰布很像,可你知道,有很多人都可以长得一样……"

红色的花海里,一群喇嘛簇拥着一个黄色的华盖走了过来,步辇上,坐着一个孩子。

"恩珠活佛怎么来了?"扎尔感到有些不妙,愤怒地看了一眼央金,却也不好再发火。

百姓们齐齐跪了下来。

"恩珠活佛万安。"央金抢先上去叩拜着。

扎尔说:"不知活佛来了,失礼了。"

"你就是德庆府的重华?"那孩子并不搭理扎尔,用小孩难有的一种沉稳对我说。

"我是。"

他伸出手在我脑袋上摸了阵,随后说:"确为德庆家族的孩子无疑,我赐福于你。今后,这方土地还需你好好管理,不要辜负了德庆府的威名。"

扎尔脸上红白交加,很不好看。

众目睽睽下,没有人敢怀疑佛的旨意。

我终是回到了德庆府。

山崖之上,一个红色的人影盘坐着,旁边有人策马奔过……

我细细穿过秋末的光影,这些光是黄色的,触到指尖,我便感到温暖。

窗前,我拿着望远镜看着对面的雪山。雪线又往下移了很多,草甸上的牛群也跟着回到了坝上。我每天都在这窗下想着,我该怎样做才是一个好土司。

梅朵端来一个装着炭火的铜炉放在我脚下。她搓搓手,哈出白气,"这天越来越冷了,往日快入冬的时候也没有这样冷。"

我不想理她。

自从回了德庆府,这个女仆的话就越来越多了。

一会儿说仆人端来的酥油不是新鲜的,一会儿又说那个侍女的身上有跳蚤……

作为少爷的贴身侍女,她倒像是这里的半个主子了。

我踢翻了炭火,地毯就被烧了几个破洞。

"少爷没烫伤吧?"她过来要脱我的靴子。靴子都没破,脚又怎么会有事。

她老想和我的肌肤做些亲密的事情。

我一脚踢开她，这个女人让人厌烦。

梅朵哭起来，我又不想看见女人哭，还是甩给她一张手绢。

她拿着擦擦眼睛，就又开心了。

铁达和央金两三天就会来一次。

他们说，现在的德庆府也太寒酸了，到处都该改改。

我不知道怎么改，我第一次当土司里的贵族。

他们给我找来了一个叫仁青的管家。这管家圆脸，很有福相，一脸随和。

可是，当他开始在府中来回走动后，我才慢慢地见识了他的才干和浑身的肉是成比例的。

他来的第二天，就说我该去广场上走上一圈。

梅朵给我穿上了华丽的衣服，又用熏香熏了好几遍，才让我走出去。

官寨里，做什么的都有，见到我，他们都跪在地上，抬着头打量着我。广场那边，围着很多人，我一来他们就又跪下，给我留了条道。

我看见柱子上绑着一个少年。我不认识他，而他却用仇恨的眼神看着我。

"这个孩子四处说一些对土司不利的话，甚至还背离了佛法，妄图鼓动人们反抗我们的律法。所以，少爷惩罚他裹牛皮！"

我从未见过他，又怎会知道他犯的那些罪。踌躇间，仁青小声说："下令啊，少爷。"

我还在犹豫，仁青便又说："少爷说开始行刑！"

几个人抬上一张新鲜的牛皮，把那个少年放进去，裹在里面，再用缝牛皮的针把接口处缝起来。我好奇地看着，并不觉得这样有什么可怖的地方。

少年被裹成了奇怪的样子，他倒真的像一只长着人头的牦牛了。

他还在谩骂，我可不想听那些恼人的话，便随处逛着。

原本，这里都该被干枯的花枝所覆盖，秋风却卷起了一地的尘土。扎尔将那些花都拔光了，周围都是成熟了的罂粟，他的人正忙着在田里收集那些白色的液体，再把那些液体熬成黑色的黄金。

我真想一口气将这些东西烧个干净。

待我点起火把，仁青却阻止了我。

"少爷，你烧了这些，明年他们一样可以种。"

"你有火枪吗?"仁青又问。

没有。

"你有军队吗?"

也没有。

我确实什么都没有。

"想办法把那些东西都拿回来才是此刻你该做的!"

扎尔当然是不会回来的,他把彰显德庆府荣耀的金弓搬去了他的官寨,并且还给他夺取的财富专门建了一所房子。对此,我还真没有想出什么办法。

下午,我又路过广场,见那牛皮中的少年伸长了脖子,通红着脸,还是继续骂着。牛皮散发着浓重的腥臭,一群群牛蝇围着他嗡嗡嗡,比他还聒噪。

仁青说,今天晚霞很好,明日肯定是个大晴天,他也不会再叫出声了。

第三日的傍晚,地上还散着些秋末烈日的余温,我再去看那少年,他的双眼像两颗煮熟的鸟蛋一样挂在脸上,牙齿将干瘪的下嘴唇咬了一个窟窿,他就这样被活活憋死了。

仁青说,你看,他们都害怕你了。这才是一个土司应该有的威望!

果然,没有一个人再敢抬头看我这个城里长大的土司了。

接下来,仁青买了很多漂亮的女仆,又将德庆府内外装潢一新。

我说,看来,钱并不是你说的那样少。

"可是,也没有一个贵族老爷应该拥有的那样多啊!"

他倒是很会辩解。也是,谁会嫌钱多呢?

铁达他们又来了,要我背出上次给我讲的家族里的人名。我只知道我有一些亲戚在印度、在英国、在拉萨。

太庞大了!

我说:"我记着他们有什么用处呢?"

"实际上,没什么用处。"铁达说。

我感觉他在戏弄我,对我这样直接。

"不过,你记着他们的名字,以后遇着,他们会惊讶你还记着他们,他们喜欢被人记住,或许能有什么好处也说不定的。"

我可不觉得我和他们会有相见的一天。

"有一个人,你一定要记住,"他拿出纸笔,在上面写着"泽旺其美"。"此人刚得势,现在是噶厦新上任的官员!"

"他是我的什么亲戚？"

"这个嘛，说起来很麻烦。你的曾祖父的侄孙女女婿的兄弟，同时，他又娶了你拉萨叔父的女儿……"

我怕是再清醒也无法理顺这些关系吧！

此后，他再给我讲一些人，我便再也不问他们的来路了。

我喜欢在自己的庄园里泡温泉。

温泉在半山的松林中，旁边还有数个海子。冬来了，温泉上面就开始冒着白气，雾气凝在枯草上，有些盐味儿，吸引着四周的鹿、羚羊和兔子来到这里，它们喜欢吃咸咸的东西。我在那儿泡着，一些仆人就在附近驱赶那些动物。

泡在里面，我会感觉到踏实，就像小时候睡在暖和的铜桌旁。这个时候，除了采苓，我什么都不会去想。他们告诉我，她要嫁人了。

呵，好啊！看来情爱真是善变啊！

我突然感觉上了爱情的当。

旁边的梅朵给我端上奶茶，我猛拉一下，她就跌在了泉水中。我解开了她的衣裳，她露出笑，得逞一般迎合着我摇晃着，直到我眼中的雪山也开始摇晃。

做完后，我又踢了她一脚。她却不哭，反倒又爬上来贴着我的背。直到我给了她一耳光，她才哭着站起来，穿上了衣服。

我在想自己是不是有些狠毒了。

整个冬天，我都待在庄园里泡着温泉。

他们说，这样不行啊，你得实在地做些什么了。

春天的时候，那格和拉巴又为边界的事情干起来了。拉巴的管家被那格的手下打断了一条腿，恐怕今后只能做跛子了。那格又说，他那会唱歌的夫人正坐在广场上唱着，忽然就从山间穿来一颗子弹，准确地打在了她的心口。他确定那是拉巴的儿子普琼干的。这样好的枪只有拉巴那里才有，也只有他的儿子有这样好的枪法。可他没有任何证据，拉巴依旧在葬礼上招摇着。

那格在我面前哭着，肚上肥肉也开始抽动。由于老了，脸上的赘肉让他看起来像一只被主人丢弃了的獒。我盯着他抖动的肉说："你愿意的话，我来划这个界限！"

对于拉巴，我恨之入骨。但是，我还是要装出一副懵懂的样子。

当我告诉他，地界由天定后，拉巴就不屑地在文书上签了字。我知道他不会拒绝我这个提议的，他也正想看看我这个汉地长大的土司能有什么本事。他还正愁没有合适的机会让我出丑，我却自己找上来，真是蠢！

这天，田地还未开始翻土，草地上就围满了人。大家都等着看我这个土司如何平息这场纷争。

这场规则是选出一只山羊，太阳落山的时候，这羊的角朝向哪边，这块水草丰盛的地就归谁。

规则一说出，一片哗然。那些贵妇也都用擦满香膏的油腻的手掩嘴笑着。

选的山羊是拉巴家的，他肯定是自信的。这是他家最听话的一只山羊，绝不会胡乱跑的。况且，这只羊才下了几只小羊，只要听到圈里的羊叫，它就一定会朝自己窝里去。

那格不安地看着我，用一只手撑住身子，他觉得我简直太荒唐了！他开始后悔对我哭诉了。

等到露水干后，那只山羊被牵了上来。喇嘛们开始围着那只山羊作法。山羊在红色的一堆衣衫里惶恐地叫着：咩咩咩。

四周燃烧起桑烟，浩浩荡荡的，很是隆重。

拉巴坐在帐篷前，神情自若。

我让我美丽的侍女拿出一些酒，再给那些人端上一些羊肉。一边看着一只羊的表演，一边吃着美味的食物，还真是有趣。这片土地上许久没有这样有趣的事情发生了。

我让带来的厨子给我煎些带血的牛肉，只要刚沾到锅中翻两下就好，再撒上细盐，一定鲜嫩无比。

我拿起刀叉切下流着血丝的牛肉放入嘴中，一咬就流出红色的血，喝上一杯红酒，真是味蕾的享受！我肆意吃着，吧唧吧唧……

拉巴问："有这样美味？"

我说："我没有其他嗜好，除了吃，就是吃，而且还要吃得讲究。我这厨师也是真正从洋人那儿学了本事的！"

普琼大喜过望地说："这样的吃法，我倒想试试！"

这个肥耳的家伙果然也是很会吃的。只是，爱吃的我依然不大长肉，他的长相却很对得起他吃下的东西。

他的嘴角也流下红色的血水，"不错，一咬就破！"他喝着、吃着，眼睛还不忘看着我美丽的侍女，手也不安分地拉着侍女的衣裙。

我说："你有些醉了。"

那只山羊可能头一回见到这样大的场面，依旧待在原地，动也不动。我们谁都不能去叫骂，连吆喝也不可以。就是要看羊的意愿，此刻，它做什么都是菩萨的旨意。

吃饱之后，人就有些困倦，特别是这春天。

直到晌午，那只山羊才慢吞吞地移动着步子。但是它一会儿朝这儿，一会儿朝那儿，搞得人有些疲惫。

拉巴开始眯着眼睛养神气，普琼的眼中都是美丽的侍女。

仁青上前拉拉他的袖子，耳语几句，他便高兴地站起来，向不远处的帐篷走去。

那是侍女们待的地方，他去享受他的欢愉了。

这个等待也太长了，那些贵妇也开始打哈欠，厌恶地看着那只山羊。有人提议可以打麻将来消磨时间。也不错，我正好带着几副牛骨麻将。他们终于找到了乐子，也不用再晒在那里，都兴致勃勃地到帐篷里打麻将去了。

就我们几人坐在外面，见证太阳落山的时刻。

太阳的影子要落到山腰了。

仁青到帐篷里请出了普琼。他一脸醉态，绑着腰带，浑身都是女人的脂粉味和胯下的腥味儿。

我笑着说："普琼少爷还真是勇猛啊！我的那些侍女，个个都像是吃人的妖精。"

他迷离着双眼，又要了好几块血牛肉。这下，他可以踏踏实实地盯着这只羊了。

太阳的光走到山尖上了，拉巴信心十足地转动起手上的念珠，念珠随着他的拨动，发出吱吱的响。

那边，传来小羊断续的声音，声音越来越急躁、痛苦，就似有人狠命在撕扯它的皮毛。但那只山羊像聋了一样，只顾低头吃草。

拉巴急得将念珠捏得嵌进手掌的肉里，可那山羊就是不回头。太阳的光从山顶消失的一瞬，喇嘛们也看到，羊头朝向了那格那边的地界。

拉巴大失所望，吼着要杀了那草地上的叛徒。

可它不过是一只山羊。

31

茶
伤
颜

杰布依旧每两天就到南山去看临秋，还派人守在那里。去的时候，必然让多金拿着许多吃的、穿的。临秋开始不愿开门，但杰布说，这样，他会做出比这还热闹的事情。

临秋便开了门。

"我不要这般拘束的你！"

"那你不要便很好！我靠洗衣也能活下去！"

"我怎么可能让我的女人受苦？"

临秋笑起来说："大人，我何时就成了你的女人？"

"那日，我是起誓了的！你就是我唯一的女人！"

看到杰布认真的样子，临秋心口就痛。

过了些日子，杰布又问临秋，他这样的好男子，怎么就还没能打动她。

临秋实在是想不出什么理由，便脱口说："我说了，等你成为一个好土司的时候。"

"什么是好土司？"

"土司都很霸道！"

"我不霸道。"

"土司没有怜悯的心。"

"我的心很软！"

"土司的奴隶没有饱饭吃。"

"我不知道，但我会给他们青稞的。"

临秋想的许多理由都被杰布一一化开。她没有办法阻止杰布来这里看她，她也无法阻止花瑶继续爱恋杰布。在藏龙山池水中被揽入怀中的感觉，至今还在花瑶的心口发烫。纵使杰布爱的是临秋，她也固执地在心中坚守着这份爱恋。这爱，让她满身都是伤痛。

不知董老爷又听了媒婆的什么挑唆，竟要将她嫁给城中的杨家做姨娘。

"你打听一下，谁还敢娶你！也不知道我董府欠了什么孽债！"

"我说过，我不嫁！"

"你要逼死我啊！杨家愿意将半份家财划过来，这足够商号用来周转啊！"

这和卖了她有区别吗？

穿上杨家送来的嫁衣，她给自己备好了一瓶药酒，喝下便不会再和人世有纠葛了。

她悄悄地将药酒放在袖中，坐在床边。眼看都正午了，却不见花轿来接。只听外面有人慌乱地说："老爷，不好了！杨老爷死了！"

花瑶松了口气，又苦笑着想，自己的确是带煞的罪人。

董老爷又开始在厅堂里抹眼泪，一连几日都不敢出门。但也奇怪，杨家人只拿回了聘礼，别的什么都没再提。

于是董老爷茶余饭后就给花瑶讲，可见，杨家人是有礼的，她又错过了一门好姻缘！

此后，再无人敢和董府结亲。

花瑶乐得清静。

一日，梁江生又提着些绸缎上门了。董老爷不胜欢喜，摆谈许久也没听到他想听的话。梁江生只是向董家订了些药材，运去了茸庄会。

告别时，恰见多金拿着几瓶红酒递给了董老爷，说是从英国运来的，让董老爷和花瑶小姐先尝尝鲜。

梁江生看了看，便走开了。

途中，望见杰布坐在茶楼上，看见他，便招呼着上楼一起坐坐。梁江生说，他看见多金送酒了，那可是稀罕的东西，用十包茶也换不来一瓶，土司大人是对董府小姐有意？

杰布笑说："那是我义妹。"

梁江生觉得讽刺极了。

酒过几巡，杰布说："梁少爷，明日可愿意和我们一起去转转？"

梁江生说："土司大人亲口相邀，岂有不去之理！"

杰布说："还是叫我杰布！我也不觉得这土司有什么好！"

真不知好歹！梁江生心中虽在唾骂，嘴里却说："土司大人真要这样，那我就叫你杰布了！"

"这样才好！"杰布又说，"与你，我有种似曾相识的感觉。"

"或许，是以前给寺院运货的时候见过？"

"说不上来，一种直觉！"杰布定睛看着梁江生，梁江生觉得有些不好意思似的，回避着那眼神。他真不知道自己怎么会这样，他又不曾欠杰布的。

第二日，大家约好在南门相见。

梁江生带了几个随从，却见花瑶居然也在那里。

原来是杰布到董府说想带义妹出去转转，董老爷急着想给花瑶寻好出路，自然是十二分的同意，心下早已将杰布看成了救命的草。花瑶呢，从来没有独自出门，更不用说是和杰布一道，也是万分欣喜。早早让人收拾一番，带了一个小丫头便出门了。

梁江生不知花瑶也来了，万分惊讶，心底也是说不出的兴奋。

杰布此时还在南山。

临秋始终不愿意和他一同前去，直到杰布说花瑶也会去，她这才犹豫着被杰布拉上了马。

临秋想她了，从杰布的嘴里，她知道花瑶的处境更是让人怜惜。一路怀着忐忑的心情，她终于看到了花瑶。

她真的比往日清减了许多，披着蓝色的滚边披风，坐在石凳上焐着手。

杰布下马笑盈盈地向花瑶说："花瑶妹子，你看我把谁带来了！"

花瑶抬眼，秋日清晨的阳光就明晃晃地迷着她的眼睛，朦胧的光雾里，是她来了。

临秋！

花瑶一直记挂着她的安危。看样子，她该过得很好，脸色红润，眼睛也很有神采。她却又开始恨自己！恨自己离开了那牢笼却是无论如何也没法像她一样活下去的。

临秋哭着上前，一下在她身边跪了下去说："小姐，我……对不起你！我……"

花瑶一把扶起她，也泪眼婆娑道："临秋，我……是我对不住你。我父亲……"

两人相对洒泪。

杰布说："让她们哭个够吧！"

二人拉着手似从前那般在石凳上坐下。

曾，燕飞三月碧空长，鬓年帐中画蛾眉。

一切要说的都从拉着的手指尖流淌进心里。燕又从城墙里飞出来，留了一地流云一样的影。

德尔说："两位小姐，眼睛哭红是看不好风景的。"

杰布拿了手绢递给二人。梁江生只在一旁看着，在他的眼中，哭起来的她也是极美的样子。

临秋说："杰布，花瑶从来没有骑过马，还是你带着她稳妥些。"说着，自己敏捷地上了一匹枣红马扬鞭离开。她的意思，花瑶很懂，想要拒绝，却被杰布抱上了马。杰布自若地扬鞭，黑马轻快地跑了起来。他说，抓好。一边说一边用双臂抓住缰绳护着她。

后背，是他热热的胸膛，有力的呼吸吹着她耳边的头发，她的心像关了许久被放出的雀儿一样跳上天际。要是永远这样跑下去该多好！她不禁想着。

德尔他们早已和临秋跑到前面去了，梁江生跟在杰布一旁，他多想能抱着她的是自己。花瑶绯红的脸颊，更挑起了他卑微的过往。好像，很久以前，他就这样远远地看她。之前求婚被她断然拒绝后，他更是不敢再对她提起。怕又被拒绝，还是自己原本就没有底气，现在也弄不明白了。他只觉得那杰布现在搂着花瑶，就是浪荡公子的样子！

快晌午时，才到了木木寨。早有头人带着一些人拿着哈达和酥油茶等在路边。花瑶在马上颠得头晕，大家正好下马休息。

杰布此行并没打算让其他人知晓，平日看多了阿谀奉承的嘴脸，实在是想清净一下。见到杰布似乎有些不悦，吉桑堆笑着说此行有两位小姐，沿途照顾歇息比不得平日，多些人手也不是坏事。

这头人自称铁达，与别的头人不同的是，他很清瘦，也很白皙。肥美的羊肉和金黄的酥油好像并没有滋润到他，他怎么看都不像一个头人该有的样子。要不是一身华服，站在马旁的他就会被当成一个马夫。

铁达捧起哈达跪在马前，说："扎西德勒，尊贵的德庆土司！"

一个奴隶立刻跑到杰布的马前跪下，可是杰布自己下了马，并没打算踩在任何人身上。

铁达满脸堆笑，他知道，德庆杰布真的如传闻里的——与众不同。

铁达说："前些日就梦见一位神披着金光降到花绿二海的垭口上，真是吉祥无比。这不，德庆土司来了，实在是几世的荣耀啊！"他弯腰致敬，给杰布挂上了哈达。

别看这个头人其貌不扬，可说起话来却是中气十足。

杰布说："你叫铁达？我看是和这林中的雀儿做伴久了，说的话比雀儿叫得还好听哪！"杰布对于这种能说蜜语的人总是保持着几分警戒。

"是的，土司大人。自此地归属于德庆家后，我们家族就一直守在这里，是很久远了。"铁达并不介意杰布话中的讽刺。

一旁的花瑶有些不支，临秋扶着她对杰布说："我们快休息会儿吧！"

铁达说："此去花绿二海还有很长的距离，大人是铁骨，可这两位小姐柔弱，怕是吃不消的。何不等明日出发。前面不远便是我们寨子，大人若不嫌弃，可以去坐坐。"

杰布有些犹豫。

多金上前在他耳边说："是还有些路程，两位姑娘怕是……"杰布便应允了。

铁达在前引路。穿过一座木桥，再绕过一片柳木林，铁达说，这便是他的寨子。

大门口早已铺了图案华美的尼泊尔地毯，两边黑压压跪了一片人。杰布他们穿过桑烟，见到里面雕梁画栋，一片生机盎然的景象。四周都种了柳木，郁郁葱葱，一条溪流穿过院子，好一派桃源佳境！

宽敞的院落中搭了顶帐篷，铁达招呼大伙入内上座。桌前已摆好了很多吃的，灵巧的侍女进来给他们倒上了热乎乎的酥油茶、甘冽的青稞酒。

铁达端起酒杯，说："今日，德庆土司到来，让木木寨蓬荜生辉。从我祖辈开始，这里便从未来过一位土司。到我这里，居然能亲迎土司，命运实在是厚待我了。"说完，便一饮而尽。

一杯茶水下肚，大家都觉得清爽不少。德尔更是靠着软软的羊毛垫眯着眼睛睡起了午觉。

一会儿，上来一位女子：穿着绣孔雀羽毛的蓝色长裙，珠璎顶髻，身后是黑亮的辫子，坠着红珊瑚，耳畔两粒珍珠摇摇晃晃，浅笑间，两个酒窝在好看的脸上打起了旋儿。

吉桑在一旁看得瞪大了眼睛，啧啧称赞。

铁达说："这是我妹妹央金，前年死了丈夫，又没子嗣，只好回到家中，帮忙打理锅庄。"

央金笑着给杰布献上了哈达，眼睛在梁江生身上停留了一下，然后又看看花瑶和临秋："二位小姐真是仙女似的，不像我，在草原上野惯了。"

花瑶和临秋看着落落大方的央金，倍感亲切。央金或许是在锅庄里待久了，年纪不大，却透出一股英气，言谈举止大方，犹如夏日一股清甜的泉水。

临秋愉快地说："我看你才是藏家的仙女呢！"

"我猜，你就是传闻里的汉族姑娘，土司大人要娶的……"

"央金！"铁达斥责，示意她不要妄议土司。

央金便退了下去，但还是对着临秋她们说："明日，我和你们一道去！保准比他们的马跑得快！"说完，伴着银铃般的笑声下去了。

"真是个有意思的女子！"临秋望着央金离开的背影说。

花瑶有些乏了，靠着垫子没什么精神，铁达让她们二人到客房歇息。

男人们喝了点儿酒，吃了些东西，便都松弛了下来。懒懒地躺在帐篷里，享受午后的阳光和凉爽的风。

铁达对杰布说："素闻德庆土司性情有些不一样，前些日子还放了些奴隶，呃……"

"干脆一点儿！我不喜欢这样琢磨着说话！"杰布厌烦地说。

"大人可知道，你害苦了他们！"铁达话锋一转，吐出了这样一串话。

吉桑恼怒地说："大胆的头人，敢诽谤尊贵的德庆土司！"

没想到这个矮子敢说这样不敬的话，这倒让杰布有了些兴致。杰布示意吉桑闭嘴，他倒想听听他还想说什么："你说！我今天赦免你的罪！"

铁达便起身致敬后继续说："大人，他们有土地吗？"

"没有！但我让他们去开垦些土地。"

"这里，没有一寸土地是属于他们的！您大概还不知道，这里也来了几个德庆府的家奴。一路哭哭啼啼，前两天被我的人发现死在了垭口的一个岩洞里。"

"怎么会，我给他们分了青稞，还给了他们权利可以去开垦些土地。"杰布很诧异。

"这天下，哪里会有他们的安身之处！每一处土地都有主人，哪里还有什么未被开垦的土地，就是那不长草的地方，也印着主人的名号，家奴们更是依赖着大人才能生存下去！"

铁达的眼里满含泪水，可以看出是真诚的泪："大人，你不曾看到那死去的孩子。躺在他阿妈的怀里，就像睡着了一般，嘴里还含着阿妈咬破的手指。"

杰布的脑袋嗡嗡作响，他没想到他所谓的革命，对他们却是一种夺命的伤害。

一时，帐篷里安静极了。

"这个朝廷已不再可依赖，那些可恶的洋人已经在我们的圣地展开了渗透，朝廷无动于衷，改土分流也是枉然！"说到洋人的时候，铁达狠狠地看了眼德尔。德尔也只能无声地听着。的确，雪域神秘的文化、奇异的民俗、丰富的物产以及重要的地理位置，早已成了大家争夺的肥肉。德尔说："头人说得没错！有些地方，我表示抱歉。可我也无能为力。仅有的就是对这片土地的感谢！"说完，他站起来躬身行了个大礼。

铁达不知德尔能听懂他们的话，吃惊地呆了一会儿。

杰布知道朝廷以往所谓的"改土分流"，可这把火烧到松州后却不彻底。有的土司，是朝廷的土司，接受了皇帝给的无上荣耀，也给朝廷奉献着自己的牛羊；有的土司，虽然不愿对朝廷俯首，可也是固守一方，除了一份诏书，什么也没少。所以，这火烧过后，草原上该开的花依旧盛开着，还一年比一年绚烂。土司还是土司，骨子里的血依旧在奔涌着。

杰布回国后，更是觉得国与国的差距不是千里、万里。看着苦难的百姓，他也想努力，可是，他觉得自己失败了，自己所谓的改革是多么可笑！他不禁对这个头人刮目相看。

"铁达头人，我为之前的傲慢抱歉！"杰布端起酒杯仰头喝下，"不想我德庆家的土地上居然有这样有见识的头人，实在是我德庆杰布的幸运。看来，你得多备些酒肉了，这里，我是要常来了！"

果然是德庆杰布！

铁达干瘦的脸上露出笑容，眼睛都快眯成缝了。

杰布说，你是我见过的最让人看不清的头人！

他说，你是我见过的最不像土司的土司！

一行人马站在垭口，风马在桑烟里飞舞，喇嘛们转起经轮，戴着面具，跳着、祈祷着。前面是让人望而生畏的"阴阳山"：一面阳光普照，山花烂漫；一面却是岩石覆盖，寸草不生，寒风阵阵。白石堆砌的玛尼堆就在中央，进一步天堂，退一步地狱。

德尔问杰布："我们去的地方很危险？我怎么感觉你们都这样凝重！"

"险要是自然！更重要的是，我们去的是神山的腹地，那里有你无法想象的东西！"梁江生在一旁给德尔说。

杰布呢，一把将临秋拉上了马，他不会再让她任性了。这一路，杰布都由着临秋刻意地撮合他和花瑶。他懂，可他真就当花瑶是妹妹的。现在，花瑶由央金带着也是很好的。

央金有点沮丧地说："和你这样的小姐骑马，我连鞭子也不敢挥了！"

花瑶低头红了脸，"好啦，小姐。与你说笑一下，千万不要介意。放心，我的马可是顶聪明的，不会让你摔下去。"说着，央金便扬起了鞭子，马便轻快地跑了起来。

央金在风里大声问："你爱杰布？"

"什么？"

"我说你爱着杰布！"花瑶又红了脸，"爱就爱，怎么了！他那样的男子，换我，我也会爱的。"

"你丈夫……"

"运茶路上被杀了！居然还请了喇嘛说是我害的！要知道，我才嫁过去三个月！"

花瑶觉得这和自己的命运多像啊，可央金活得还是那般自在、愉快。

"他们也说我是煞星。"她不禁想和央金说些话。

"哦，你嫁过人？"

"不是，下了定的。"

央金哈哈笑着说："那算个什么！真搞不懂你们这些汉族女子，为了男子，还非把自己的脚弄成那样，一副病秧子模样，还没嫁，就守起丧了！我原是不想嫁人的，不过是偶然看对了眼，想着就嫁吧，然后，就没然后了。"央金把这看来不幸的命运说得这样云淡风轻，而自己呢？花瑶低头，她恨着自己的那双脚。在世俗里，那是三寸金莲、步步生香，于她，却是裹住她自由的缠尸布。命运啊！

杰布、临秋、德尔和梁江生在一处走着，多金跟在后面目光凌厉地向四周瞄着。

梁江生说："铁达就让一个女人和我们去？"

杰布拍了拍马脖子说："梁兄不喜欢？我看央金可对你很上心哪，给你倒的酒是最多的。"

临秋说："她也是个可怜人！还好，过得还算不错！花瑶要是有她的个性，也不会日日忧心了。"

杰布说："你放心。我想她也没那么脆弱的。正是如此，我才拉了你们来散心！"

临秋使劲掐了下杰布的手臂说："那我还要谢谢你！"

杰布"哎哟"一叫，多金立刻上来，见是他二人打闹，就又退开了。

临秋笑着说："和你这个土司在一起真是危险的事情，保不准哪天就要被多金的鞭子给打了。"

"他从不会对主子动手！"

"谁是他主子？"临秋难得红了脸娇嗔地说。

流云伴着马队在山间奔驰着，央金悠扬的歌儿在高山上的云朵里自在地游走着。

一路向下，渐入佳境。

32

花

诀
别

普琼红着眼，拿着刀冲上去，追赶着那只可怜的山羊。那只山羊不知道为什么今天会受到如此惊吓，普琼追着，它就惊恐地四处逃窜。忽然，他家那个叫金刚的獒跑了上来，普琼挥着手里的刀让金刚滚开。要是平日，金刚老受他打骂，肯定就惧怕地走开了。可今天不知道抽了什么风，它竟然扑上去咬了普琼一口。普琼放开羊，挥刀向金刚砍去，那畜生见了血越发癫狂了，一口咬住普琼的脖子，霎时，血流如注。

"来人啊，来人啊！"拉巴大喊，可人都去看打麻将了，里面喧闹得很，哪里还听得到外面的动静。那些喇嘛也被吓得雀儿一般散开。

我一脸平静，喝着奶茶，让奶香冲冲我嘴里留存的血腥。看着这一切，拉巴有些大悟了的感觉，他好像现在才弄明白，我是杰布的孩子！我们本就是不共戴天的仇人！

他看错了我！

此时，他才明白，似乎有些晚了。

几个胆子大的喇嘛念着经文，希望能平复这只发狂的獒。

拉巴憎恨地看了我一眼，掏出枪想去救出普琼。他大喊，金刚，金刚！连开了好几枪，也没能打中那只发狂的獒。相反，枪声让这只獒变得更加癫狂，忽而又扑向了他。我一点也不感到意外，他也被扑在了草地上，只能发出痛苦的惨叫。满嘴的血腥和枪尖还未消散的火药味，让这只獒彻底地红了眼睛……

一切发生得都是这样突然。

旁边的侍女吓得大叫，四散逃离，帐里的人这才跑了出来。

是时候了。

我吹起一片叶子，山林里，我的海子来了！

它敏捷地跳到我旁边蹭蹭我的腿，然后迈着矫健的身姿冲向那只獒。獒的眼中一片殷红，正咬得欢，丝毫没察觉旁边来了只雪豹。海子在背后一扑，直接咬住它的脖子，嚎叫过后，獒就断气了。

这天，菩萨的旨意让那格保住了那块地。

人们去摸了摸倒在地上的拉巴父子，发现二人都死了。普琼的脸被撕扯得不成样子，流下的血把嫩草也给染红了。

这也是菩萨的旨意。

我露出笑，父亲、母亲，你们也看到这精彩的一幕了吧？

那格特别吃惊，呆坐在了那里，发生的事情是这样突然，让他觉得有些不真实。

海子发出一阵吼叫，震慑着八方鸟兽，围观的人群开始欢呼。

我告诉他们，它是我的豹，叫海子。

然后，四处开始传说拉巴父子离奇的死亡，和我那威风凛凛的海子，他们说，德庆府有山神庇佑。

我自己清楚，我干仗肯定是不能和他们比的，但是我读了很多的书，我用看过的书来杀了他们。

我早就知道知己知彼的道理，从回了官寨开始，我就让探子时刻留意拉巴的一举一动。派出的探子跟我说，普琼特别喜欢那些汉人送来的枪，他很勤奋，每日都要练习枪法，长期的练习让他的枪法十分精准。他还喜欢打猎，他的马背上常常吊着一些马鸡、兔子，或者岩羊。他丝毫都不顾喇嘛的劝解，整日都在林子里拿着枪找乐子。

普琼与拉巴还有个嗜好，就是抽大烟。他们抽了大烟之后就开始睡觉，睡醒后就无比兴奋，抽打自己养的獒，那獒受到惊吓，到处乱窜，他们则在一旁挥鞭大笑。

人们常常都可以听到这只獒在夜里呜咽，它越是悲戚，普琼他们就越发打它。只要一见到他们，那只獒就缩到墙角，动也不敢动。

我提出用羊划界，而且是用他家的羊，他自然是不会说什么的，他也正想让我出丑。何况，哪有什么菩萨的旨意！

早在头一晚，拉巴就让人在他那一方的草地上撒了盐，我的人暗自看着，待他们走了，我便让他们提了河水使劲冲刷，往一个方向冲刷。

喇嘛们开始围着羊祷告的时候，我的人也穿着件红色的袍子，迅速将两块厚实的棉花塞在了羊的耳朵里，它哪里还能够听见小羊的叫声！

同时，我给那只獒喂了裹了肉的罂粟花的叶子，它应该饿了很久，大口大口地吃了许多。

仁青还真是有想法，他买回的美丽女仆也派上了用场。她们在帐中和普琼疯狂地欢爱后，他的身上粘满了让雄性产生征服欲望的气息。

并且，他的嘴里、衣服上，都是生肉血腥的味道。

獒亢奋着、挣扎着。它又看到普琼的怒吼，闻到他身上的气息，这更是刺激了它的感官，平日里积累的怨恨也迸发了出来。

如此这般，还是天意吧。

我坐在榻上，给他们讲着这些，我看到他们的眼里对我有了畏惧。很好，让人畏惧，就说明至少还没人再敢来除掉我。

我越来越喜欢这种感觉了。

但是，我也感到有些不妙。有时，我自己也问，我是重华吗？

我需要去问一问菩萨。

一个很老的堪布坐在寺前一棵蜿蜒的柏树下，他说，你是杰布的儿子。

我不说话，他给人一种庄重的力量，让人能用一种平和的心来与这里的一切亲近。我也不想发出声音来破坏了此时的和谐。

"我给你看过病的。是菩萨把你从那光色的隧道里拉了回来。"他拨动着手里的念珠说。

隧道？五彩的光？我想起来了，就像揭开了我脑海里久远的一个梦幻。我的心，可以向他敞开了。

"我很苦恼！上师，我……"

"你的父亲曾经有一样的苦恼，你和活佛救了德庆府。"

我跪下去，用虔诚的心跪谢着。

"拉巴他们死了，为什么我还是不开心，甚至有些害怕。我想，菩萨能告诉我……"

"你过来，我给你说个故事：有一天，舍卫国乌云密布，下起了血雨。国王惶恐不安，一位上师说，恐有蟒人降生。国王便立刻派兵搜寻新生的婴儿，果然在一群孩子中发现了一个能口吐火焰和毒液的孩子。人们惊恐地将这个孩子送到了一个幽暗的森林里。

"从这天开始，国内所有犯了死罪的犯人都会被送到那个森林里，那些人在森林里过不了多久就会被蟒人毒杀。虽然，他杀死了危害王国的狮子，但这些年他杀的人有七万两千多，真是罪孽深重。国王就想，他一定会受地狱之报吧！可蟒人命终后却升到了天上。"

我说："他杀的本就是该死的人！"

上师说："不，是那临终的一念慈悲让他往生善道。"

我说："不是还有因果，他还杀了那样多的人。"

"少爷能问起因果，可见，你也是有机缘的。待他享尽天国极乐，便又下到人间学佛。由于他的精进不懈而得辟支佛果，当他在树下入定之时，身体开始发出璀璨夺目的光辉。这时，有七万两千名大军路过，看到辟支佛所放的金光，误认为那是一座金子打造的人像，就争相上前刀割斧砍，后才发现是人肉。辟支佛也因此而涅槃。有往日种种，必有今日种种。"

"上师是说我不该杀他们吗？他们害了那么多人！"

"可是，你自己也并不快乐。如今一切也是因果。"

是啊，我并不快乐，甚至，充满了一种悲伤。

我坐在崖上，头上一只鹰在盘旋，下面，是我的官寨。不论这里曾经发生了什么，如今我连一点影子都没有看见。不管我杀不杀他们，今后，要来的，我还是要面对。

一个石子打在我的腿上，接着，又一个，身后传来一阵笑。

是一个孩子，他在示意我过去。

一路跟到山根，一条瀑布从另一座山上缓缓流下。待他站定，我才发现，这不就是那日前来的活佛嘛！

见我诧异，他说："难得有人来，读经有些疲乏了，你来陪陪我可好？"

他与那日步辇上完全就是两个人。

在他之前，也曾有一个小活佛，可是，却悄无声息地成了政权的牺牲品。那日他们找到他的时候，上师怕又有人加害，便告诫他深居简出。或许是那些人的目的达到了，他们就渐渐对这个小活佛的事情淡了下来，倒是保住了平安。

我时常上来，对他讲一些我曾读过的东西。他也对我讲佛法里的万物都是有灵的，甚至是风，一块石头，一滴水。而在新学识的体系中，这些都被称为"自然"。他说，佛法也是讲究"自然"的。

和他的一些辩论，经常让我自己也犯起糊涂。他说，心生种种法生，心灭种种法灭。

而我，却还是要走进那最深的红尘里。

府里，挂满了父亲的画。看到它们，我就知道曾经我的父亲心里装的是什么，他的眼里看到的是什么。他的灵魂一缕一缕，好像都在那些画里浮动着。

一幅画上，一位女子穿着红衣，散开漆黑的头发，张开雪白的臂站在碧绿的海子边。

我想起了人皮书上的故事。

这晚，我问仁青，可知道德庆府的诅咒。他说，我父亲走后，扎尔虽觊觎堂皇的德庆府，却只是时不时进来搬走些东西，始终都没有搬进来居住，就是怕在夜晚遭遇鬼魅，也怕住在这里会让那诅咒吞噬了自己。

"从你的祖父开始，那个鬼魂就常在这里出没。"

"你见过？"

"我听说的，我曾是这里书记官的侄子。"

"我想我见过。"

……

自我搬进来，我就时常在梦醒时看到恍惚有个人影在窗外，开始我以为是侍女，可后来发现那佝偻的人影并不是侍女的样子。我不害怕，也难得管他。既然祖父在的时候他就在，想来也是一个无害的幽灵。如若那诅咒要吞噬我，也随他吧！

夏来了，雪山的白雪好似撒到了空中，点点化成了星撒在天河上。一切都疯狂地集聚起泥土里的力量快速地生长着，草高了，树也更繁茂了，草里、林里的花都探出头，野鸡们、兔子们也都不大想理睬天上的鹰，愉快地在林子里跑来跑去。

我让下人在开满野花的坝子里搭起了白色的帐篷，让那些头人过来享受下这让人容易动情的季节。我想用热闹来接近欢愉，用欢愉来平复心口的伤。

我躺在垫子上，看着那些头人不分白天、晚上的饮酒做欢。

这真让我愉快！

一个奴隶汉子牵着一匹马从我前边走到溪水那边去。那侧脸和格登有几分神似。

我试着喊，格登。

那脸并没回应我，一个头人的管家挥着鞭子说："傻了？！少爷在喊你！"

他便跪到了我的面前，一脸木讷。

我想，他只是和曾经那个挖蕨麻的格登同名而已。因为我见到的是一双承受了诸多悲苦的沧桑的眼睛，我害怕见到那样的眼睛。

但我还是试探着说："我是重华啊，小时候，我们一起去挖蕨麻，还一起吃过饭、读过书……"

我清晰地看到他的眼里闪了点光，但那光很快又被什么东西给淹没了。

他就是那个挖蕨麻的格登。

可是他却木然地看着我。

"少爷……"他叫了这么一声，我们之间就有什么东西崩塌了。

"我让他还你自由！"我觉得我能给他的就只有这个了。

"不用了。母亲说这是我们前世的罪孽。"

生活的苦，已把曾经爱笑的少年彻底变成了一个奴隶，他接受了轮回的命运。

从他的眼中，我看不到往昔的半点星光，取而代之的是一种沉入心湖的绝望。我心中的疼痛让我无言了。

头人让他起身，他拖着沉重的步子离开了。

那些东西挡在我们之间，织着我们的命运，我们永远也无法再回到曾经了。

我睡在发凉的绣缎的被子里大声哭了起来。梅朵吓得不敢出声，那常在半夜里来的幽魂也同样来看了我很久……

我的采苓要出嫁了。

城里点上了一街璀璨的花灯，随着乐曲舞动着，如流萤一般好看，南山上的我却感到彻骨的冷清。我曾想过她穿着红衣在阿訇的祝语中嫁给我，我还会为她铺满一路的花红。

然而，我的采苓，就要是别人的妻了。

我在那儿整整坐了一夜。

兰府，采苓摸着红色的盖头，几滴清泪滴在上面。红色的盖头上不是鸳鸯戏水，也不是龙凤呈祥。那上面是她亲手绣的一瓣瓣花红，是血色里的飞雪。

瑶琼成全了黄帝，从此，瑶琼的心再也不会动了……

天刚亮，送嫁的队伍就整整齐齐地摆了一街。我看着他们往南出了城，渐渐在我的视野里消失。

我想，采苓那样好的女子，请她的真主一定要赐予她幸福。

可是，命运却没能眷顾我们仅存的念。

采苓跳入海子死了。

就在那日出嫁的路上，一群不明身份的人拿着枪拦住了他们的去路，不仅劫走了东西，还无耻地撕开采苓的衣服。在被逼到垭口的时候，采苓将红色的盖头盖在头上，微笑着投入了碧绿的海子。

采苓就这样走了，我的世界也全部崩塌了，灵魂一点点从身体中抽离。

尘埃又来堵住了我的喉咙。

我万分清醒，却又十万分迷茫。我看见采苓在对我笑，她站在幽深的海子中说，来看啊，来。那透明的水中，她忽而笑着，忽而挣扎，头发越来越长，越来越长，整个儿将她包裹起来了……

我呼喊着，也跳了进去。我在水中四处搜寻她的影子，可采苓却又在岸上了，她披着湿漉漉的头发说："重华，放了我……"

心口被揪得疼痛，"哇"，一口鲜血从我的口中喷出，染了一朵好看的牡丹……

他们说我活不下去了，就连上师看了卦象也摇着头。

央金和铁达说无论如何也不能让我就这样死，因为德庆府还未找回曾经的辉煌！

呵，我不过就是工具！我像是一只被喂食了毒药的岩羊！我的采苓如今也被毒死了！还有什么是他们不能干的？！如今，他们还要继续慢慢毒死我，还不如此刻就让我自己了结！

他们找来了一种灵药。说是用了虫草、松贝、雪莲，外加十八种矿物、十二种昆虫的翅膀，混合磨粉，再加入花心里的露水和婴孩的第一次啼哭之泪制成的丸子，再在月光下晒上九日，集合天地灵气，才可以服下。

当他们把那褐色的散发出奇怪气息的药丸拿来时，我却觉得心口有些甜甜的滋味，我知道这是我胸中的血慢慢渗出来了。

他们把药丸塞进我的嘴巴，我却又悄悄地吐了出来。我想把我这条命绝了吧！可是，一连十日，我不停地流着血，却也没法了结自己。

渐渐地，我有了一些力气，竟又好起来了！

他们说，这药真灵！

我却知道，取血续命，血尽命绝。

每每到落雨的夜里，我就开始想着采苓的那张戴着头纱的纯净的脸，听见她对我说："我让你来看……我让你来看……"

我泪流满面。

在那海子边，我让人种了一棵花红树，又种上了一地的荷包牡丹，那都是滴血的心……

我也始终沉默着，只爱跑到崖上静静地看着下面的官寨。

小活佛问我："你爱的人死了？"

我点头。

"众生你不爱？"

什么是众生？我累了。什么百姓，什么仇怨，什么我都不想再管了。

"这些天我在神湖里看到了一些景象。"此时，他倒像是一个活佛的样子了，"你就是为普度众生而降世的，我告诉你三个预言，切不要让别人知道。"

我吗？我连自己也度不了，更不会再计较别人的命运了。

我呆呆地坐着，听着那些天马行空的话。他说，第一个是这地上会有一番沧海桑田的变化；第二个是这莲台上会陆续遭受天火之变；第三个，他说，是关于我的。

我看着他，期待他说出我以后的命运，他却说，自己的命运还是不要知道的好。他只告诉我一点点，待红色的霞光照着每一寸土地的时候，就是我开悟的时候。

他说，总归是安排好了的，就如同他自己。他说他看见他的前生是住在一个窑洞里的，仿佛，与我很有缘。

我的养父葬了王半傻的娘，所以他一直跟着我的养父，听说还为他挡过一煞，算是报了恩情。

他还告诉我，他的前前世，是一个因执念而死去的喇嘛。所以才投为一个傻子，半傻半真来看这人世。

我掏出怀里的书，这是他前世给我的。

他看了后说，蒂梵的血就是德庆家族的执念。我感到那女子的血还在这世间流动着，而且，还是鲜活的，会是德庆家族的根。他说我总归是要明白的。

我又像是在听一个孩子讲起他所听过的久远了的故事一样打发着我的孤寂，又将这些都淡淡地从脑海里抹开。

岷江依旧流动着，千百年不曾变过。那岸边的野百合开的时候，他们告诉我，我那个亲戚在拉萨妄图颠覆律法，实行什么君主立宪制，被噶厦关在了布达拉宫下面的监狱里，让上万只蝎子咬死了。

关我什么事情！我连他的面都没见过，可这消息却让人提到德庆府就立即躲得远远的。

"不曾沾他的光，倒要受他连累！"仁青有些气恼。我想他大可不必为那遥远的事情气恼，眼下，扎尔又开始种罂粟了，这更该让我气恼。

可我却什么都不能干，也不想干。

铁达说，我该找一个夫人了。他们为我选的是一个羌寨土司的女儿，叫吉娜。为了德庆府的将来，我必须和她结婚。因为，她的父亲项系土司现在掌握着松州的金矿。如果我们能联姻，德庆府必将重现辉煌。

为了表示我的诚意，他们拉着我亲自去官寨提亲。

于是，浩浩荡荡，我们的队伍沿着岷江一路向南，走上了一条骡马道。

仁青说，以往那里有很多茶叶，可自从开始种罂粟，那茶叶都要被砍光了……

我还是木然地听他说着关于羌寨的事情，他严厉地说："你不能这样！你得像个土司！没人会愿意把女儿嫁给一个哑巴！"

可我不是哑巴！当然，她嫁不嫁我我并不关心。她父亲的金矿吸引着铁达他们，那能买到许多枪，让德庆府再无顾忌。

33

茶
神
迹

　　五座山峰像绽开的花瓣，开在天地之间，传说中山神用来开启宝藏的钥匙——神匙峰，也直插入云，在回音壁下高声一吼，回音便在山谷间回荡着……

　　"看那对面！"德尔拿起相机就接连拍了几张。

　　对面是蓝色和朱色相间的岩峰，从山脚到山顶连成了褶皱，让这山呈现出一个巨大的元宝状。此处，因那两头褶皱翘起的山峦看起来太像一个寺庙的房檐了，又被人们称为"寺庙"。

　　"那是雪宝顶山神的藏宝之处，传说里面都是无尽的旷世之宝。"央金和花瑶立在崖前，看着那山。央金一脸庄重，从怀中取出一把风马撒向碧空。风马飘飘洒洒，瞬息就被山风吹向了他方。

　　德尔来了兴趣，追问央金，那里有什么宝藏，如何才能进去……

　　央金说："山里从来就没人能进去，只有神的钥匙才能打开。曾说在云起虹现的时候，山顶会出现一朵红莲，摘下红莲，机缘下会出现一个洞口，那便是这山的唯一入口。里面全是无尽的七彩宝石，可是，也夹带了让人悲伤和痛苦的东西。"

　　"潘多拉的盒子！"德尔激动地说，"我们的传说中有这样一个盒子，开启的时候，幸运的和痛苦的都跑了出来！"

　　杰布说："的确，是有点相似。"他看着梁江生说，"梁兄对这里还挺熟悉的。"

　　"马帮走南闯北，该走的，不该走的，听过的，没听过的，都经见了。这里，曾经来过。"他又转头对德尔说，"还是省省你的胶卷吧！恐怕这一路，你这样拍，要用几大箱！"

德尔耸耸肩，放下了相机。

临秋问："那山顶真的会开出红莲？"

"有缘人就会看见！"央金说，"我们都是俗人！"

"梁少爷，我就喜欢你这走南闯北的，是条汉子！"央金甩鞭奔去。

杰布对梁江生说："你看，神女有意。"

又走了许久，满眼都是青翠绿色，似从绝境入了仙境。这绿色又分了好几种：墨绿、淡绿、黄绿、翠绿、深绿……交错重叠，和远处山顶的积雪构成了一幅无比美妙的画卷。

往一侧看去，一个开满花儿的湖泊安静地躺在草甸上。

花海！一个为了花儿所生的湖泊！

大伙都惊呆了，马儿也更快地向着山脚奔去！

下马，没有一个人说话，他们就那样安静地站在湖边，好似有一点惊扰，花儿们便会从湖面上消散一般。

夏末，高原上其他的花都快开尽了，而这里，湖水的蓝色和天空的蓝色收敛成一池碧水，一枝枝细小的花枝从湖水里绽放出来，一朵，两朵，三朵，无数朵；黄色，白色，紫色，点缀着蓝，铺天盖地，覆盖着湖水的蓝，从岸边一直向着湖心蔓延、蔓延……

这人间，还有这样的景致；这人间，该是这样的风景。

花瑶觉得心中从来没有如此舒畅过，所有的愁绪，都沉向了湖底。她甩掉鞋子，和他们在湖边奔跑、呼喊着。

伊甸园也就是如此吧！德尔按下快门，俯在湖边忘情地喊叫着。

杰布和梁江生骑在马上，露出淡淡的笑。

此时，在这山谷里，仿佛什么爱恨都不那么重要了，只要敞开了心怀，放开了便好。

央金走过来，对梁江生说："走啊！"好似，对一个许久不见的情郎一般，伸出了手，投去了炙热的目光。

在这样的景致下，人最原始的情感都容易被激发出来，不会掩盖，也不会再犹豫。

梁江生看看花瑶，却又接过了央金的手。

央金小声在他耳边说："我不介意你爱她。还记得那个骑牦牛的女子吗？"

梁江生看着央金的眼，实在是想不起来了。他见过许多骑牦牛的女子，还有骑马的女子、背茶的女子……

"很多年前，就在这山中。牛炸群了，你救了一个骑着牦牛的女子！"

梁江生想了许久，好似是有这样的事情。那天马帮路过这里，扎营歇息，他一人去看风景，恰见一群炸群的牦牛四处乱奔着，一只花白牦牛的背上还有个姑娘，眼见就要跌下来了！要被颠下来可就不妙了。他冲上去捡起几块石头抛了过去，又扯起嗓子大声吆喝着，幸而牛群安定了下来。牛背上的姑娘惊魂未定，吓呆了般一动不动。

那姑娘，莫非是？

梁江生很难将那个姑娘和眼前婀娜的央金联系起来。她不说，他也根本不会在记忆里找出这么个姑娘。

"从你那天来，我就认出了你！"

"怎么，你要以身相许？"梁江生笑着说。

这些年，和他在一张床上躺过的女人自是不少，可他心中却只有一个位置，那是给她的，无论如何也不会改变。

傍晚，篝火印红了湖边的几顶帐篷。空气里散发出烤肉的香气。梁江生打了几只野兔和野鸡，就着篝火烤了起来。

央金说，山神会怪罪的。

梁江生说："空着肚子，才对不起自己！山神不会吝啬这几只兔子的。"

下人们也备了好些酒菜，大伙看着美景，吃着东西，好不惬意。

央金端起酒杯对旁边的花瑶说："大家闺秀还从来没有这样痛快过吧！来，把这杯酒干了。"

花瑶在家偶尔尝尝自己酿的牡丹酒，这样干杯，实在没试过。不过，她还是接过酒杯，仰头喝了下去。然后，央金又倒了一杯，递给了她。

临秋站起来有点儿恼怒地要去阻止央金，却被杰布拉住了。

"就让她痛快一回，好不好？"杰布拉她坐下，给她也倒上了一杯，"在这里，不管纷扰，只问天地！"

几巡过后，大家都有些醉意了。梁江生撕了些兔肉递给花瑶，花瑶接住就笑起来。

她有些醉了。

"这才是你！"央金仰着微醺的脸对花瑶说，然后又拉起梁江生，梁江生有些局促，她又说："怎么，你嫌我？"

梁江生有些醉了，迷离的眼里，是央金姣好的脸。

杰布捧过临秋的脸说："你醉了。"

"你也醉了。"

"让我娶你好吗？"

"你是杰布的时候来娶我，可你是土司。"

临秋拿起一片叶子吹着，一滴清泪落在了湖中的花心，漾开，惊了一湖的水纹。

"我要的是心甘情愿。"

"我也想的是心甘情愿。"

月升起来，又落在湖中，被朵朵花碎成了点点银光。

帐篷内，各自怀着心事的人都睡下了，花瑶依稀听到央金在帐篷外哼着悠扬的歌，一会儿，就只听见风吹过松林的声音了。

薄雾笼罩下的山谷显得格外安宁，也给花湖罩上了缥缈的纱。几只兔子在帐篷后面偷吃着装在口袋里的梨。马悠闲地摇摇尾巴，等着露水散开，好啃啃这遍地的草。下人们早就起来点燃了火，熬着热气腾腾的茶、冒着白泡的牛奶，还按照吩咐炖上了几盅燕窝……

一束光刚照进帐篷，临秋和花瑶就走了出来。

昨晚，竟然在这里睡得很踏实。临秋想和花瑶说点话，花瑶说："你要说的，我都明白。秋儿，让我们痛痛快快地做做自己，可好？"

两人躺着，听着炉里的炭火噼啪绽着火星。一切如梦幻一样，兜兜转转，又在了一起。

临秋问："花瑶，你恨我吗？"

"不恨。你恨我吗，秋儿？"

"不恨。"

"信我，秋儿！杰布是好人，嫁了吧！"

"可是……"

"他不在乎门第。"

临秋知道，可她还是……

一早便听见雀儿们叫着，太阳也出来了。两人起身，端起铜盆去了湖边。

垂着头发，湖面映着她们浅笑的脸，几条小鱼在花丛里缓缓而过，木梳滑下的是缠绵的青丝。

一旁清冽的泉水清洗着昨日的酒香。两人起身回帐篷，恰见央金也从帐篷里出来。她懒懒地散着辫子，穿着薄薄的衬衫，端起铜盆去了湖边。

只听里面说："给我喝口茶！"

是梁江生的声音。

花瑶红着脸，走了过去。

临秋叫了个下人端了茶水进去。

"谁在外面？"梁江生问下人。

"两位汉家小姐。"下人出去后，梁江生躺在榻上，"行船走马，三分命"，他早已习惯了和女人露水的欢愉，可让花瑶撞见，还是让他心中起了愧疚。然而，他还是穿好衣服，理了理头发走了出去，喝了一大碗的茶。

杰布还睡得很沉，德尔大力地拍着铜盆都没能把他吵醒，昨晚，他的确醉了。

待杰布起身的时候，梁江生和德尔早已带着央金骑着马四处逛去了。

临秋和花瑶在草地上采花编着花环。杰布走上去，临秋侧头说："你这土司睡够了？"

杰布说："还是该怪你，让我不自觉地喝了这许多！"

花瑶走开说去吃点东西。

杰布便对下人说："给夫人也端点茶。"

临秋红着脸说："谁是你夫人！"

"我不管！你就是我的夫人。"杰布认真地说，"我说过的，永远都不会变。"

一旁响起了马铃声，梁江生他们回来了。

央金带着一串花儿，挥着鞭子轻轻拍着马的肚子，梁江生在一旁和德尔悠闲地牵着缰绳走了过来。

"杰布，我们去了绿海子！"德尔兴奋地说。

"这洋人都看傻了！"央金嬉笑着说。

"怎么不叫上我们！"杰布说。

"吃点东西，再一起去。你那醉的，铜锣响你也听不到的。"梁江生一说，大伙又笑起来。

山林里，一些植物红了、黄了，点缀在葱茏的绿色里。大伙在高大的树间穿梭，树上挂着的青苔，彰显着树的年龄。几只斑鸠站在树梢上跳来跳去，再越过一片桦树林，德尔在前面拨开了竹林，眼前就显出一块碧玉一样的湖。

　　远处的峭壁上流下的水都注入这湖，湖水透着幽绿的光，让人无法看清湖底，也不知有多深。白云从静谧的湖面飘过，一丝波澜也没有惊起。

　　央金说，这里卧着一条龙。这龙修炼千年，终得人身，却因湖边一牧羊女子的回眸一笑而无法释怀。千转百回地寻，也只换了一把泥中的白骨。他忘记了，人的一世，也不过是天地的瞬息。

　　可他还是忘不掉那女子，在即将飞升的时候，又投入这幽深的湖，宁愿守着那曾经的回眸，永生永世。他的悲伤，化成了这四周的雨雾，每有呐喊，便会有雨落下，落在湖心的，是他伤情的泪。

　　站在湖边，看着这景，难以用言语来形容感受。

　　临秋说，他真是痴情！

　　"这不是故事！"央金认真地说，"夏季下雷雨的夜晚，附近都会听见龙啸声，湖水翻腾过后，有幸的人会在湖边捡到透明的石头，那是龙日夜凝结的真心！"接着，她跪在湖边，抚摸着细长的水草："这湖水没有一尘，如他的爱一般纯净。这里的人们，都不敢在这湖边做亵渎湖水的事情。"

　　果然，四周树木花草郁郁葱葱，那湖中竟连一片落叶也没有，干净得让人惊奇，却又让人悲伤。

　　花瑶说："有些人，错过了，就永远没有了。"看看杰布和临秋，她坐在了湖边。

　　德尔说，就是这里。如果死后能埋葬在这里，是一件多么幸运的事情。风起，秋还没来，山顶的雪就被吹了下来，落在他的脖子里，他觉得背脊有点儿凉。

　　杰布突然想起，他曾在达达寺中翻过一本古籍，里面记载着，松州有一湖泊，是绿度母的眼睛所化，挨着贡嘎雪山，由山神看护着，不惹世间的一丝尘埃。这绿得动人心魄的湖一定就是度母之眼了！杰布拉起临秋的手说："秋儿……"

　　临秋没有闪开，手心里握的是一样的真情。

　　一时，时间都好像停了下来，悲伤的、愉快的，一切都凝固在了这湖水中，将一切悲伤的色彩排在了湖水之外，有的只是绿的希望。

　　这样无言许久，多金看到一个影子在树丛里，于是打破了宁静，大喊："谁？"

只见一个人快速地穿过林子，不见了踪迹。

梁江生将枪上了膛，说："还是先回营地。"

傍晚，杰布调了些人手将营地围了起来。

梁江生说："你不怕？"

杰布说："你没仇家？"

"怕是没找着时机。你这土司的牛羊不知被多少眼睛盯着呢。"梁江生拨了拨地上的火。

几个女人依旧坐在一处，这气氛也让她们有些紧张。

多金拴好马快步走上来对杰布说："查到了！是拉巴头人派来的！"

梁江生心中也一惊，莫不是他和许元芳的事情让他知晓了？要知道拉巴也是茶叶里包着鸦片卖！

杰布说："他跟到这里来干什么？"

"那家伙的门牙都被打掉了，才说是拉巴头人让他看看你和这个汉人到底在干什么！"这个汉人说的自然是梁江生。

"是怕我们跌湖里了吧？告诉他，不要让他坏了这里的景致！我们会仔细的！"

"是，少爷！"多金退下。

"你看，当土司也要被人盯着。幸而有松州的山水陪伴，要不，就快闷死了！"杰布开始发牢骚。他不知梁江生的心中，想的却是茶包里的东西。

央金上来给大伙儿倒上了酒，又让人端出了炖肉。

这个女人，真是心思细密。梁江生看着她的背影，又想起了昨晚的柔情，央金嫣然一笑，梁江生又醉了。

湖边，传来了吹叶子的声响。杰布走过去，果见临秋坐在湖边的石上，连忙又拿了披风，走上前说："夜里凉了。"

临秋说："那龙真是太可怜了。"

"为爱的人守一世，不可怜。"

杰布捧起她的脸，滚烫的嘴唇吻着她的额头。

临秋又推开他，杰布问："为什么？为了花瑶？"

"不是，不是的。"临秋流着泪说，"你种的是让人家破人亡的毒！"说完哭着跑回了帐篷。

杰布呆呆地站在湖边，他不知道，那田里满满的罂粟，带给她的是苦痛的伤。他从来不知道，那结出的果会成为他们之间的障碍。

月又升上来了，是一轮满月，十五了。过几天，就该回官寨了。

夜半，杰布触到德尔的手心，湿漉漉的。拨亮灯芯，见他满脸通红，额头滚烫，嘴里嘀咕着。杰布连忙叫人去打了山泉水，弄了帕子敷在他的额头上。折腾一夜，烧终于退了。

早晨，德尔感觉胸口发闷，来松州的日子，他从未这样难受过，以往有些头疼都是吃点药片就扛过去了。到了中午，他的呼吸也急促起来。杰布又拿出他带的药片给他服下，可他还是难受。央金让喇嘛念起驱邪经文，喇嘛说，或许，这经文对洋人不起作用。但还是认真地念着，又拿出药丸给他服下。

大伙商议着待德尔稳定些便提前回官寨，花瑶和临秋就在铁达头人家住些日子，杰布知道，她俩都不想这么快回去。

于是第二日，杰布和梁江生便带着德尔回了官寨，临秋她们和央金一道回了木木寨。

回到官寨的第三晚，德尔病情却陡然加重。杰布忙派人去达达寺请老堪布，老堪布摸着花白的胡须，亲吻了德尔的额头说："孩子，谢谢你对这片大地真挚的爱！"

他说，德尔被地下的毒虫浸染，那些虫子已经爬满了他的血液。

老堪布叹息着离开了。德尔积攒了些力气，爬起来靠在窗边看着满山的松林，哼起了家乡的歌谣：

> 您正要去斯卡布罗集市吗？
>
> 欧芹、鼠尾草、迷迭香和百里香
>
> 代我向那儿的一位姑娘问好
>
> 她曾经是我的爱人
>
> 叫她替我做件麻布衣衫
>
> 绿林深处山冈旁
>
> 欧芹、鼠尾草、迷迭香和百里香
>
> 在白雪封顶的褐色山上追逐雀儿
>
> 上面不用缝口，也不用针线
>
> 大山是山之子的地毯和床单
>
> 她就会是我真正的爱人

熟睡中不觉号角声声呼唤

叫她替我找一块地

从小山旁几片小草叶上

欧芹、鼠尾草、迷迭香和百里香

滴下的银色泪珠冲刷着坟茔

就在咸水和大海之间

士兵擦拭着他的枪

她就会是我真正的爱人

叫她用一把皮镰收割

战火轰隆，猩红的枪弹在狂呼

欧芹、鼠尾草、迷迭香和百里香

将军们命令麾下的士兵冲杀

将收割的石楠扎成一束

为一个早已遗忘的理由而战

她就会是我真正的爱人

您正要去斯卡布罗集市吗？

欧芹、鼠尾草、迷迭香和百里香

代我向那儿的一位姑娘问好

她曾经是我的爱人

34

花
执
念

进了白草河沟中，两岸树木郁郁葱葱，驼铃阵阵，我恍惚又回到了少年时离开梁府的那些日子。

远远看见一些房子散落在绿色的光影里，袅袅升起的烟渐渐向空中淡去，变成青灰色。蜿蜒的小道上，背子和马帮陆续在上面留下一个个印记……

这里是另一个小小的江南。

傍晚，我们穿过吊桥，桥的对面耸立着几座碉楼，那就是项系土司的官寨了。可是门口却未见到任何人。想来，德庆府并不是很受欢迎。

一会儿差人禀报，门打开，我们走了进去，里面如同堡垒一般，我看见碉楼上面许多人拿着枪。

一位自称是巴桑的管家走了过来，同样提着枪，摇头晃脑，派头十足。

他说，他家老爷去城里了，近日都不会回来。看来我们白跑了一趟。我是无所谓的，他们要如何便如何。

今晚，我们也只有住在这里了。为了显示他主子的富足，那个管家倒是费了心思的。

广场上燃烧起熊熊的篝火，衣着鲜亮的百姓们在篝火旁跳起了"洒朗"。夜幕下火星四溅，咂酒醇香的气味直逼人的心脾。我就坐在桌前，安静地看着他们闹着、笑着，欢愉现在与我毫无干系了。

舞者里有一个女子，满头锦绣，一身华服，脚下的云云鞋也是五彩缤纷，头上的珠钗在灯火里摇晃着，她在舞动的人群中肆意地笑着。我好像又看到了采苓。

我不禁向人群走去，呆呆地看着那熟悉的笑。我伸出手，抓住那舞动的手臂，在她跳下去的时候，我本就该牢牢抓住的，现在更不会放手了。

"你弄疼我了！"女子有些愤怒，她的脸生起气来像一朵吹皱了的百合花。

我在半梦之间松开手，她像条鱼一样溜进了人群。熙熙攘攘，我又迷失了，抱着哑酒坛，我吮吸着麦秆，里面甘甜浓稠的酒淌过我的喉咙，那后劲却让我陷入一种着迷的癫狂。

我笑了。从采苓走后，我第一次这样放任自己笑着、跳着。酒，原来可以给我另外一种欢愉，尽管这种欢愉是虚伪的，是短暂的。

人群中，我在噼啪噼啪的火焰中穿梭，一种充满了生命的张力在这里尽情地挥洒着。人群都散去了，只有我一个人在那里跳着，跳着……

醒来的时候，我又变回我了。

铁达他们对我昨晚的表现很满意，说我在火堆前紧紧拽着吉娜的手不放。"少爷还真是有胆，"仁青一脸坏笑，"你当着那么多人拉过那吉娜小姐就亲！"

铁达满意地说："少爷不愧是少爷！那小姐看来也对你有几分意思了！这件事情成了之后，我们德庆府就可以一展雄风了！"

我刚用完早饭，却见官寨打开了大门，仆人们手执羌红分列两旁，巴桑管家笑着说："此刻，还是请重华少爷回去吧。山间天气变幻莫测，恐有风雨。"这是下了逐客令。

一杯送路酒端上，铁达脸上有些愤慨，但还是一饮而尽。

他们说这个项系土司还真是狂妄！自以为有了金子就可以这样目中无人！但是，铁达又说，他敢肯定，那个吉娜小姐是对我有意的，那晚，她分明也是贴紧了我的。

他们说的我一概不知。只是好像记得火光里确实看过一双眼睛，那眼中散发着对生活充满激情的光，那是一对活着的眼睛。

我们的马吃了些露水，走得有些疲乏，看来，今日是无法回去了。

行至白草岭下，古树参天，藤叶缠绕，雾气未散，地上一片光亮亮的露水。忽而跳出一只金色的猕猴，从藤上一跃，将仁青的帽子摘了去，又在藤上左右摇晃，像在示威。

"少爷没在这里做成女婿！你倒要给猴子做女婿了！"铁达嬉笑着。

仁青好不生气，却也无可奈何地看着。我一抬头，发现是遇到了猴群，它们在树上或蹲、或站，不时发出啼叫。我们都是第一次被猴子拦住去路，马也有些不安分了。

正在发愁，一个老头背着背篓说："这些东西馋惯了，给它们些吃的就会散开了！"他又向着上方藤上那抢夺帽子的猴喊道："大王，你又调皮了不是？"

仁青让人拿出些盐巴和果子放在地上，果然，那些金色的猴一拥而上，各自拿了东西散开了。带头的那只猴子呼啸着从藤上飞去，让人心惊。

这老头说他是山下骡马店的，铁达说我们也是做买卖的商客。老人说，今日天气恐有些不便利，我们可以先去店里住上一晚的。

铁达和我说，来的时候也没见有什么阻碍，这天朗日清的，再说，在骡马店里住下，也不太方便。

我像是没听见他的话，顾自骑马向山脚的骡马店走去。

我想起了杨锅头，想起了红燕嫂，还有二爷的二胡……

走近，多么相似的场景。屋中一个长方的地火塘，上面架着一根粗壮的树干，长长的，一直伸到门外。上面，依旧是一排吊钩，挂着黢黑的鼎锅。锅里的玉米粥散发出一股清甜的香，熟悉的味道！

我又坐在旁边的圆木上，翻动着塘里的火灰，果然从里面翻出几个烤熟的玉米和洋芋来。

铁达他们拿我没办法，只得由了我，在这里住下。

傍晚，竟下起了倾盆大雨，哗啦哗啦，从天的那边一直泼向山的另一边。如今世道怪，天气也是越来越让人难以捉摸了。

晚上，草垫上的虱子在仁青的身上从左腿跑上右肩，又从头上跑到背上，他脱了袍子不停挠着，活像一只猴子。老头笑着说："你们不是商客哩。这些虱子能认人哪！"

铁达也不答话，老头说，无碍，店中就他一人，来的都是客，不管出处。

火塘边，我一直看着铁达。这个头人其貌不扬，据说他的家族从我祖父的祖父开始就守在了那个寨子里，从未换过属地，也从未要求过什么，是我父亲的一次出行才偶尔见了面。可他为什么就对德庆府的命运如此上心，说是"忠诚"，那么他的"忠诚"也有点儿过了头了。他的妹妹央金如今在城中日日照料着我的养父，也算是痴情一片，莫不是这两兄妹也有执念？！

我就那样看着他，他的眼睛却将我一眼看穿了。

他说："少爷是在质疑我？"他坐在我对面，用他黑亮的眸子看着我。

"你父亲曾试图用洋人的一些做法来改变一些东西，可却没能真的改变什么，还搭上了他自己和你母亲的性命。他是英雄，却枉费了性命！你在怪我们吧？"他抬眼看着我，"怪我们分开了你和兰小姐。但是，你要知道，她与你在一起，或许也并不会幸福！德庆府的血注定了你要背负的责任和命运！你父亲总和我说，终究有一天，土司和贵族都会消亡，开始的时候，我相信了，可是，自德庆府遭受了那一连串的劫难，其他的土司反而越过越舒坦，我就开始不相信了。哪个家族的崛起不是踏在尸体上的？！我就是要德庆府重现以往的辉煌！做个强者，才能一雪前耻！"

他踌躇满志，说得慷慨激昂，我想，他找错了人，我这样一个半死的人，没有什么抱负可言，我只想随心所欲罢了！我是恨他们的，如此左右我的命运！

大门"吱"地开了，老头喂马回来了。他极爱说话，或许是怕一个人在这深山里变得痴傻了，或许是因为孤独。

"那马都是好马啊！上面的马鞍，好啊，还鎏金了，一看就不是一般人家啊！"他一边说，一边舀了勺水在锅中，"往日这里热闹啊，如今，越发艰难！茶树都要被砍光喽！你们这些爷是不知道啊……"

茶水咕噜咕噜开了，升腾成热气跑上房梁。许久没有见这熟悉的场景了，我呆呆地望着塘里的火苗。想着红燕嫂的孩子，该能跑、能跳了吧！依稀，我听到二爷的二胡拉响了，一声声那样绝望，那样悲伤。

我睡在了火塘边，雨停了，二爷的二胡声伴着我踏实地睡了一觉。

天不亮，老头就起来做活计了。他说，你们听到昨晚的羌笛没有？

原是听了一晚的羌笛睡着的。仁青说虱子咬得他挠了大半夜，那笛音也扰了他一夜，真是受了一夜的罪。

铁达拍拍他的背说："这里的虱子难得遇到你这样的肥肉，可不要好好享用下。"说完，大家都笑起来。

要上路了，铁达给那老头几个银圆，想他肯定会欢喜。哪知老头却苦恼地说："给我这些钱，我也是无处可用，莫不把你们带的东西给我一点，倒还实在。"

仁青便取下一些盐、糌粑和酥油，他满意地收下了。

我们上马，见到他的旁边跑来一只金色的猴子，正是他唤作"大王"的。他掰下一块酥油沾了盐给那猴子，猴子吃了就手舞足蹈起来……

铁达说，这老头也是只强盗猴子嘛。走的时候，总要给他留下点东西的。

我想，那老头才是最不孤独的王吧。

回到官寨不过几日就传来一个消息：项系土司死了！

他不是好好死了的，是在回官寨的路上让人给炸死的。尸首全飞进了白草河。炸飞的还有他带回的那些金子。现在，许多人都在往那儿赶，说是随便往河里一捞就是一把金沙。

漳金镇上也是一片混乱。金洞都挨个被查封了，那些在自家屋里挖金矿的人也都被关了起来，往日热闹的河滩如今人影也难见几个。

我曾听一个背子说起一个人发迹的故事，就是说在漳金镇的河滩上，一个人开了一家小小的茶馆，淘金的人在他那儿喝茶一律不收钱，只需要那些人在他店门前将淘沙的背篓抖上一抖，待傍晚，他把那些泥沙用筛子细细筛过，日积月累，攒了许多的金子，成了富商。

铁达倒是很清醒地说："看来，又要变了！"我原以为他会说"我们也去淘些金子吧"。

城内也是一片混乱。那些人四处查找革命者，说他们是妄图颠覆政权的败类。什么是革命者？我也不想懂，可是却隐约觉得革命是好的，因为我的父亲就曾想过革命。

扎尔的官寨里来了一帮扛枪的人，看起来很是威风。扎尔跟在旁边，吃力地讨好着，他越来越老了，可还是这样不服老！

他对那些人说，来年这里一定会开更多的罂粟花。

我的官寨也来了客人。不是别人，是吉娜。她来投奔我了。说是父亲死了，他的哥哥要把她嫁给一个不认识的人。她彻底和官寨决裂了，只有跑来我这里。

好像我们之间也谈不上认识吧？不过就是上次匆匆见了一面，跳了回舞，喝了她家的几坛酒。她让我娶了她。仁青说，不可以！她不会给我带来任何好处。他们还真是会看形势，当初还是他们拉着我去提亲的！

吉娜说我上回亲了她，她就是我的人了！

仁青说她不知羞耻，哪里有姑娘自己赶来嫁的，何况是一个有身份的小姐。

吉娜望着我说："你心里有我，你不会看着我去死的，对不对？"

我当然不会看着她去死的。

我对她那和采苓一样清澈闪光的眸子点了头。

我要有一位夫人了。尽管铁达他们对我的选择非常不满意，但吉娜让他们看她带来的嫁妆——两箱金条时，他们便喜笑颜开了，说我找了一个有贵气的小姐。

喇嘛打卦说下月初五就是吉日，极宜嫁娶。

这也太快了！

他们请了一位出色的画师，说他画的唐卡曾被送到宫里去。这位画师在德庆府里看着那些有些斑驳的画说："这些都是我的爷爷画的。我认得，只有我们的画才用这种石头。"他在画前跪下，哭着，抚摸着，然后磨出各种颜料，虔诚地将那些色彩又变得鲜亮起来。角落里也散发出好闻的香料味儿，我让他们把香料再多放点儿，我讨厌外面熬鸦片的气味。

银匠还需要打制很多东西，官寨里每日都是哐当哐当的声音，让我发慌。待这声音消停下来，仆人们又开始擦银器了。我不知道他们为什么对擦银器这件事情保持着这样变态的执着。他们真的是要擦到没有一点痕迹，哪怕就是一根绒毛也不能有的。每件银器都必须是闪亮夺目的，晃得我眼睛发疼。

我躲在了南山的院子里，天上落着雨。我想采芩了。

她会责怪我吗？不会的，可天又为什么哭了好几日都还不停。

他们来接我回去，说就要结婚了，我不能再这样胡来。

我让他们都滚回去，再闹我就跳进井里去！我只想一个人静一静。

天不亮，我去了母亲出家的尼姑庵。梅朵一路跟着我，淋得浑身都湿漉漉的。

我就是想来看看她，想着，她用柔软的指尖来握住我的手，这样，我才觉得不那么孤独，让我有力气可以走下去。

尼姑庵隐在一片原始森林后面的崖壁下，雨打在松叶上，发出沙沙的响声。我踩着厚厚的苔藓，推开院门。经堂的一个角落里，几个妇人安静地坐着，念珠在手中一粒粒拨开，又一粒粒聚拢。可是，并没有我要找的人。我又仔细看遍她们每一张脸，没有一张是我熟悉的。

我听见梅朵在问一位老尼："是否有一位梁夫人在这里？"

"一年前她就过世了。说是有人来寻她，便把这条手绢带回去。"老尼说着拿出一条粉白的丝绢，上面绣着一朵白牡丹，微粉的瓣儿，几簇黄蕊，摇曳着，摇曳着。

我抓着手绢放在心口，我世间的母亲，竟然也去了。这世上真的就独独是我一个了！为什么我身边的人都要一个个离开我！

我狠狠地将油纸伞胡乱戳着，又扔开。梅朵一路小跑跟上我，把伞撑开，却见上面一个洞，雨穿过伞上的洞，顺着伞柄，流到袖子里！

我就是要什么都破碎掉！

一路跑到曾经的彩楼下。雨中，只有这楼还是鲜亮的。我扔出一把钱说，我要桃红。他们告诉我，没有桃红了。她早就被人买走当姨娘去了。这里还有小桃红，还有红杏，还有春桃，你要不要？

我却又开始呕吐。他们说我恐是烟瘾发作了，要死了，赶紧将我攥了出来。

"少爷，你怎么了？"梅朵在门口站着，一脸茫然。

我擦擦嘴角，咽下一口甜腥的血，走回了官寨……

35

茶
宿
缘

德尔好像没有什么力气了，要被这夜给浸没了。

"杰布，我最真诚的朋友。请把我在松州找到的种子、那些日记、插画全部都送回我的故乡吧！再为我画上一幅画，让我的家人不要悲伤，告诉他们，上帝让我留在了天堂，请让我睡在度母的眼睛里吧！从那天见到那绿得不像是人间的湖，我就好像知道了宿命。"德尔微笑着对杰布说。

杰布早已哭红了眼，他悲戚地拉住德尔的手说："他们还等着你回家！你还要看到你搜集的种子在你的家乡发芽、开花！"

德尔平静的脸上看不出一丝悲伤："是上帝让我留在这里。杰布，不要悲伤，能一直待在这个天堂里，是我从未想象过的梦，它实现了。把这里的日子，画下来，让世界都知道，这里有这样一个神奇的地方。"

杰布突然想到了什么，又跑出去，骑着马向城内的董府狂奔。

一株兰草带着红蕊出现在德尔面前，整个房间暗香浮动。他要让德尔在暗香里充满欣慰地离开。

德尔的眼睛又活了。

"你看看它，它叫点绛唇！"杰布说。

"多美的名字，让它静静地陪着真好。"德尔满足地微笑着。

杰布打开了画架，泪水混合的颜料，在画布上泼洒开。一支笔细细勾勒出德尔高高的鼻梁，他的眼睛看着高大的花红树，旁边是绿绿的湖泊，他的耳朵上夹了只铅笔，手上拿着厚厚的笔记本，远处的贡嘎雪山和低吟的松涛，都安静地看着这位远道而来的客人。湖泊起了涟漪，将一颗颗透明的石子送到了他的脚下。起风了，花瓣落了，碧绿的湖水渐渐浸没了他……

德尔就这样走了。

德庆官寨又堆起了柏枝，上面躺的是一位金发碧眼的洋人，一位不远万里、为了理想不惜付出一切的友人。喇嘛在柏枝上放上了酥油，杰布用火把燃起了熊熊的火，火光瞬间将德尔包围，像一颗炙热跳动的红心。

送葬的队伍一路到了木木寨，杰布捧着装着骨灰的木盒久久不愿松手。

临秋她们也早就等在了垭口，异国的朋友啊，愿你能够在这里享受永世的安宁。

杰布捧起盒子里的骨灰，撒向幽绿的度母之眼。风起，将那些尘埃送向湖心。杰布大喊着："你在这神山脚下，头枕青山，眼望星汉，实在是极乐！"水有至情至性的灵，容万物、通四方，德尔的灵魂与山水相通了。

杰布一夜之间沧桑了许多。世间之事，变幻莫测，他已受够了临秋假装的冷漠，情意已推向了贡嘎雪山的山巅。他使劲握住临秋的手说："嫁我！"

红红的嫁衣穿在了身上，花瑶给临秋点了胭脂，一抹，是甜腻的红，头上只别了一支花红发钗。院里的花红也挂上了红红的果子，红得那么鲜亮、那样圆润。

花瑶给她盖上了鲜红的盖头，今天，她将在这南山的小院里出嫁。

杰布穿着华丽耀眼的锦缎衣服，骑马等在门口。今天，他就要娶回心爱的女子了。

临秋走出院门，他抱起她一同坐在马上。

一个汉族平民与藏族贵族土司的婚礼，并没有得到族人的认可，杰布一个月前就发出了帖子，来的人寥寥无几。喇嘛也说，这场婚姻，简直就是辱没了德庆府。一些下人整天流泪，直到行刑人的眼睛开始在他们身上打转，他们才收起了泪水，赶紧走开。

可杰布不在乎，他让仆人把库里的东西都翻腾出来。在松州城内的杨树上挂上了洁白的哈达，犹如一朵朵盛开的牡丹，官寨的路上铺上了绚烂的地毯，府内上下打理一新，闪亮的嵌着玛瑙的银器上摆满了美酒佳肴。

杰布将临秋抱进了德庆府的桑烟里。

房内，揭开临秋的红盖头，杰布为她戴上了自己的噶乌，和她一起点亮了九层高的数月不灭的莲花灯，灯芯里的酥油混合着印度香料弥漫出醇厚的香气。

酥油灯照着临秋羞涩的脸，杰布拉起她跑了出去。她不知道，杰布给她的是一场火红的婚礼。

他们站在高楼上，号角响起，随之而来的是火红的光。

官寨里成片的罂粟花被点燃了，果子们膨胀、绽开，发出噼啪噼啪的响声，整个官寨散发出一种奇异的香味。

人们都被燃烧的火焰震惊了！四周的山也透出明亮的光，老堪布看着对岸的火光，听着说唱艺人坐在殷红的河边吟诵着：

> 白的花烧红了
>
> 红的花落了
>
> 青稞熟了
>
> 琴弦断了
>
> ……

城内，花瑶倚着纱帐，吹着清淡的笛音，一声声，飘到城墙的燕巢内，熟睡的燕儿也不禁抖了抖身子……

周围的土司和头人们听说杰布一把火烧了罂粟田，舌头都快吐出来了，不停地说杰布是个疯子！杰布说以后见到罂粟便会放火烧掉，他们都说他肯定是疯癫了！从此，鸦片在德庆官寨里绝迹，焦黑的土地上又重新种上了青稞。

临秋是这里的第一位汉族土司夫人，是杰布的妻子。

晨起，锦被尚暖，就有侍女端来铜盆让她洗脸。临秋望望，里面是冒着热气的雪白的牛奶。

"这……"临秋站起来，"还是给我换成泉水。"

杰布吻着她的脖子，懒懒地说："土司的女人们每日都是用牛奶来洗的。这满山的牦牛都是你的！"

"那些奴隶连饱饭都没有，这……"她刮着杰布的鼻子有些气恼，"还说你是好土司！"杰布扳过她的身子说："好。只是今日牛奶都端来了，你还是洗了方才不辜负了那产奶的牛！"

临秋"扑哧"一声笑了出来，惹得旁边的侍女也掩面笑着。

门外有声响，原来是云秀在门外张望。她的手里拿着两双鞋垫，上面的鸳鸯活灵活现，她将鞋垫递给杰布，笑着将两人的手叠在一起。

"我们会幸福的，云秀阿妈！我有世间最好的女子！"杰布安慰地说道。

临秋是这里有史以来最自由的土司夫人，没有任何教条可以约束她，她想到哪里去便到哪里去，想穿哪种衣服，戴哪种首饰，就穿哪种，戴哪种，她会把桌上的食物分给仆人们吃，她最爱散着头发躺在收割了的麦秆上……

吉桑见了直晃头，这哪里有个土司夫人的样子！

行刑人也坐在广场上翻晒着牛皮口袋，那曾经充斥着死亡的口袋，已起了点点绿色的霉斑。他的孙子在地里收着青稞，他便叫来儿子，给他传授一些用刑的技巧，他担心他的技艺失传。曾经，他是松州最让人钦佩的行刑人。他用月牙弯刀轻轻一掏，膝盖便好看地落了下来；只用一把薄薄的尖刀一挑，轻快的几下，一张完美的皮就下来了，被剥了皮的人还可以在地上哀号；不过，也有痛快的，一刀下去，一滴血都不会溅出来，皮肤还可以完全合在一起，一点也不会感到疼痛……

可现在他感觉他要被这个世界遗忘了，只有他用凌厉的眼神看那些奴隶的时候，他们害怕的眼神才会让他觉得自己没有被世界遗忘。他们会害怕，可却不那么畏惧了。甚至有孩子向他脚边投石块，用来解他用刀割开他爷爷脖子的仇恨。他曾向老堪布讲过他的苦恼，老堪布说，这个世界的某一天就没有土司了。

他很吃惊，也无法想象没有土司的日子，那是不是末日就来了！

天哪！反正整个官寨都无法过没有土司的日子！那牦牛的奶要给谁喝，精美的衣物要给谁穿，要去哪里耕种土地，要去哪里才有糌粑……

他们日日忧心，竟有几个奴隶在悲伤中死掉了。

夜晚吹了灯，临秋看到窗外的人影，轻轻摇醒了杰布。还是那熟悉的影子。杰布大声说："你来祝贺我吗，真好。"

他已经不害怕这个"鬼魅"了，甚至有时还很想和他说说话。

临秋走到窗前说："你是谁？是来看我的吗？我是他的妻子。"

那影子竟然发出抽泣声，然后又像以往一样走掉了。

临秋说："他一定是一个可怜人。"

杰布说："或许，随便吧。"

冬来了，铺天盖地的白色啊，在月光下发出耀眼的光。可晌午，就又从松枝上落了下来。这个冬，也好像因为杰布和临秋的甜蜜而暖和了许多。温泉散着袅绕的热气，临秋脱了鞋袜，脚心沾着雪丝，凉凉的。泡入泉中，看脚背上的雪化开，让人感到一种温情！杰布安静地在一旁用白色的颜料抹出远山的积雪，吉桑过来说："那格来了。"

杰布放了画笔赶回府中，见卓娜正对着那格的茶吹着气。

"下去！"杰布说。

卓娜像只老鼠一样缩着身子下去了。

"看把那小美人吓得！杰布少爷有了夫人，就不碰别的女人了！"那格摸摸嘴边溅出的口水说。

"你最好别碰她，她就是狼毒花！最不安分！"杰布说。

"嗯，我也喜欢花！"那格坏笑着。

"好啦！要没别的，我就走了！"

"知道我的烟馆快关门了？你还给活路不？"那格转眼又佯装恼怒。

"你的烟馆关门与我有什么关系？哦，自然是知道大烟的危害，去的人就少了。"

"要不是你烧了罂粟，断了货，能这样？！"那格差点将茶碗推倒。

杰布将碗放好，说："把烟馆折成田地吧！不久，那风就要吹来了！鸦片的烟太轻，容易散！"

"什么意思？"那格追问着。

"信我，我用两百匹马跟你打赌，你会笑着割麦子！"杰布在碗里倒上茶，那格似信非信地一口喝下。这个赌局，不论输赢，他都是最划算的。

初冬，杰布和临秋去董府看望花瑶。董老爷对他放火烧罂粟的事情虽是痛惜，却又说烧得正好。因为听从成都回来的人说，那里已经开始对罂粟田调整税制，许多农田十有八九都种上了罂粟。

杰布说："这样一来，岂不是更无法禁止了？"

董老爷胸有成竹地说："我敢说，不出一年，贩卖鸦片就不算明智的买卖了。"

临秋说："老爷还是一样精明，物自来都是以稀为贵，加上赋税，确实不算是好买卖！"

"夫人就是聪明！"董老爷爱财，自然是摸清了路数的，这点他是行家。他让杰布的土地都种青稞、种小麦、种洋芋，反正，能赚钱就好。

临走，花瑶特意装了许多糕点让临秋带去，想她了就尝尝。

"秋儿，见你幸福，我也是很开心的。"花瑶拉着临秋，转头又对杰布说，"不要欺负秋儿，我可是会跑来揪你耳朵的！"

杰布说："她可是最厉害的土司夫人！"

临秋说："贫嘴！"又见花瑶低头不语，知她触景伤情，便将她抱住说："待闷了就来看看我！"

花瑶点头，看着他们骑马走过了街角……

最近，临秋喝着酥油茶，总觉着有股奇怪的味道，侍女说不会的，酥油是新鲜的，茶也是才熬的，连那琉璃碗也用山泉洗了几遍。可是，她就是觉得嘴巴里怪怪的。

正吃着早饭时，云秀却吼叫着拉着卓娜上来了。她上去夺下临秋的茶碗，在杰布面前比画着，显得很着急，杰布也愣住了。继而她又从卓娜的袖子里掏出一个东西扔到地上。旁边一个年老的侍女一见便吓出了声，那是白姆的帕子，里面包着的是那些药丸。白姆的房间一直保持着原样，卓娜不知什么时候溜进去从柜子下面掏出那个东西，又放在了临秋的茶水里，用心实在是有些可怕！

临秋知道后比见到鬼魅更觉可怖，胃里翻江倒海，开始呕吐。

卓娜瘫在地上，发出瘆人的笑。杰布打去一耳光，她却笑得更欢了！

吉桑说："这个女人怕是疯掉了，行刑人的刀许久没有尝到血的味道了。"杰布却说，有一个地方是她该去的，他成全她！立即命人将她带去了索康官寨，说是送给那格。

吉桑说："少爷，我不明白。"

杰布说："命是她自己造的。"

周围的荒地上，奴隶们吃力地翻着土地，种着罂粟。只有那格和杰布的土地上种上了青稞和麦子。

杰布拿着望远镜看着那些忙碌的身影，对那格说："今年的春雪来得正是时候，秋天一定能打很多粮食！"

那格苦笑着说："但愿！你说我是不是和你一样，傻了？"

地里的麦苗就像很久没挨土地一样，攒足了劲儿长着。奴隶们都说从没见过那样好的庄稼：青稞的叶片油绿得可以掐出水，洋芋的花也开得格外俏丽……

德庆官寨里迸发出一种全新的气息。奴隶们依照吩咐早就种上了许多花草，枝枝蔓蔓的蔷薇、富丽堂皇的牡丹、紫色的马兰花、与人一样高的月季、滚着露水的金丝莲……

德庆官寨变成了绚烂的花园，临秋肚子里的孩子也在一天天长大。

官寨里的孩子们在花丛中打闹嬉笑，他们很久没有这样舒坦地玩过了。杰布日日展开画布，吉桑却忧心地叹气。对库房里日渐减量的银子，杰布只说等待，只需要等待。

一天夜里，对岸的火光把德庆官寨也照亮了。人们大喊着"燃起来了，燃起来了"。

峡谷中，是拉巴头人的属地，飘来的气味就是罂粟花特有的焦香。隔日，多金就对杰布说，拉巴说德庆府太霸道了，放火点了他的田，简直不要他活了。

"随他，反正是天烧的。"

接着，又有几处头人和土司的田起火了。他们说德庆府自己不种，还要用这样的手段阻止他们发财，实在是可恶。一些人劫了德庆家几个头人的寨子。德庆府一下成了众矢之的，这是那点火的人想要的结果吧！

官寨里的花开繁了，临秋邀了花瑶前来住几日。一走进这里，花瑶就被满园的花吸引了。这里绵延的花海和她那精巧的院子是两种截然不同的震撼。临秋让那些花草肆意地生长着，它们的根在土地里蔓延，成为不可分割的一体，它们的花朵交错、纠缠，映着碧蓝的天，让人无比欣喜。

看着起风时，杰布为临秋披上披风的柔情，花瑶真是百般滋味在心头萦绕。成全，就是成全，这是对爱的人最好的期许。她的真情，她的无奈和忧伤，都将是那瓣上的露，天明，就散了吧！

临秋和花瑶在榻上玩着好看的小鞋子、小衣裳。吉桑进来说，索康家的夫人来了。

还从没有哪家夫人会自己一个人到别人官寨里走动，这也是个不安分的女人吧！来的是个俏丽的女子！姿容娇艳，眼波盈盈，满身锦绣更衬得她高贵典雅。怪不得那格愿意用大价钱从拉巴手里把她换来。说是夫人，倒不如说是个娇媚的小女子。

一来，她就指责杰布送去了个妖精，差点害她从煨桑的高台上掉下去。

她说："索康府的行刑人断了她的手。"

杰布早听说那格得了一个女子，年纪不大，倒是俏丽聪慧，弄得他神魂颠倒，就是要天上的月亮，恐怕他也不会推辞。

杰布说："那是她的愚蠢造的恶果。"

那位小小的夫人陡然又跑了起来，到临秋她们面前半跪了下去，拿起一只小孩的鞋子说："好可爱的小鞋子。"说着，还在自己的脚上比画了起来。她的侍女不禁去拉她，她却气恼着推开了。

"夫人，坐下尝尝点心、消消火气。我是杰布的夫人，叫我临秋便好。"临秋笑着给她拿了块牡丹点心。

那小夫人接过，拿在手里对着阳光看看，又放在鼻子下闻闻，说："从没见过这样好看好闻的点心。"

"夫人请尝尝，这里有好些哪！"花瑶也满脸笑容地拿了一盘点心给她。

"你们汉人做起点心也是这样精致。我叫拉姆。早就想让老爷带我来德庆府看看，可他就是不愿意，整天忙，晚上才能见到人。"拉姆一脸委屈，粉团似的脸就更像一朵重瓣的花了。

"那格可是做买卖的行家，不像我！"杰布打趣说，"我是被夫人管得像一只绵羊了。"大伙儿哄笑，杰布让她们好好说笑，自己回去了。

拉姆过去摸摸临秋隆起的肚子说："回头也让老爷给我装一个小孩子在肚子里！"

"夫人！"那格家的侍女已是满脸通红，不知该如何是好。

花瑶掩袖说："她倒是和你有些相通之处。"

临秋止住笑说："只当我是这松州最不像土司夫人的，哪知我也有个伴了！真喜欢你这性子！不如，我就叫你拉姆妹妹，今后我们还能搭伴。"临秋是真喜欢她。这样天真的女子真是让人怜爱啊！看看旁边的侍女，早已无奈地站在一边笑了起来。

满眼锦绣，吃着花瑶做的糕点，她说要回去让那格也给她弄这样一个花园，一脸稚气。这个拉姆，真是一头小鹿一样，在临秋的花园里转来转去，一会儿就不见了影子，急得侍女满头大汗。这分明就是来游玩的。花丛中，只看见她头上的玛瑙在花尖上跳跃。

四周的麦子起了层层的浪，在风里发出好听的锋芒摩擦的声音。

丰收了。

德庆官寨里收割的青稞和麦子堆满了谷仓。好久，都没有过这样的情景了。连绵的麦垛像是朵朵开放的花铺满了整个官寨，奴隶们的脸也红扑扑的洋溢着一种由衷的喜悦。溪水带着磨盘使劲地转着，青稞在大大的铁锅里翻腾着，散发出浓浓的香味。这香味让周围的土司闻了更是眩晕。那格也笑着清点着自家的麦垛，晚上就和拉姆在高高的麦垛上面奔腾。

那一堆堆散着金光的麦子啊……

36

花
缘
误

吉娜穿着美丽的衣裳，头上坠着绿松石和玛瑙，脸上匀了胭脂，安静地坐在床沿。我在他们的哄笑下走了进来。关了门，我却坐在榻上，闭着眼睛。

我听到一些珠串碰在一起，发出清脆的响声。那响声离我越来越近，带着一种甜甜的香味，那香味坐下来，说："少爷，看看我。"

我睁开眼睛，就望见了那一双清澈有星光的眼，我用手抚摸着那眼睛，那睫毛像蝴蝶的翅膀在闪动着。

她说："我知道你不是哑巴。"有些撒娇。

我摇头。

她的嘴就贴上了我的嘴巴。

可是，她又恼了，说："明明你就是喜欢的呀，为什么不亲我……你过来看……"

我似乎听到采苓在叫我。我便过去，看到了半露的肩。

"我喜欢你，重华！"

我好像那晚在篝火旁也对这双眼睛说过同样的话，我捧过她的脸，吻了下去。

她像一朵野百合，甜甜的香气中带着丝丝野性，肆意的、狂妄的、直率的……

她的指甲嵌入我的肉，我拼命在她身上吮吸着芳香，眼中迸发的星光啊，让我眩晕。

我的梦一般都很绮丽，所以，在醒来的时候我还以为是在梦中。窗外的光照在她赤裸的身体上，屋里的尘埃就从四面八方涌过来，给那身体裹了一团柔和的光。这不就是我梦里的光吗？！

我用手轻轻抚摸着那团光，她忽而起来，尘埃散开，光也没有了。

我的夫人，吉娜，起来将一件丝缎做的长袍罩在身上，她整个又显得光亮了，只是此时的光亮却变得凉凉的，不生动了。

梅朵端了盆泡了刺玫瑰汁液的粉红的牛奶进来，吉娜将手泡进去，又用帕子蘸着在脸上涂抹。她问我："谁是采苓？"

我看到梅朵端盆子的手颤了一下，铜盆漾起粉色的花。

我没有回答她关于采苓的问题，她是住在我心尖上的人。

吉娜皱皱眉，用白细的指尖抬起梅朵的下巴，说："德庆府的侍女个个都很好看！"

自然，仁青说美丽的女人不管是蛇蝎也好，小鹿也好，她们美丽的外表总是能有些用处的。从格萨尔王的十二位王妃，再到汉族的那些昭君、玉环，无一不是貌美的。人们世世代代都没有忘记她们，不论她们带来的是甘露还是毁灭。

由此可知，美貌是有魔力的。吉娜好像忘记了，她自己也是美的，这美又比她们多了几分冷艳和傲气。

我就时常犯起糊涂，明明她在我面前就是一朵百合，可是在那些侍女面前，她就成了让她们担惊受怕、随时可以惩罚她们的女主人。

比如说，刚刚她还在桌前发出娇滴滴的声音让我给她吹吹碗里的热汤，侍女一站到旁边，她就收了痴傻的笑，端坐在榻上，变得像一位贵妇了。

梅朵给我端水的时候悄悄告诉我，说夫人是真爱我的。也是啊，只有爱会让女人变得歇斯底里。

吉娜伏在我耳边问我："谁是采苓啊？"

又开始问这个不该问的问题！我想说，那是我心尖上的人！

我用我的嘴堵住她的嘴巴，她便又像只让人生怜的兔子钻进我的怀里。她说："你只能爱我一个人。"

我看着她，没有说话。我爱的是只有一个人，却不是眼前的她。我的魂已经随她沉入了海子里。

她突然有些气恼，用指甲掐着我的肉，又问："采苓是谁？"

我生起了烦，推开她走出去，她在床上像只疯狂的母狮那样吼叫着："重华！回来！回来……"

我决定搬到庄园里去住，不想再看到吉娜歇斯底里的样子。这庄园在河对岸的山林里，四周散落着数个海子。这些海子，一会儿碧绿，一会儿幽蓝，深深浅浅，衬着周围的松涛，像在说着：重华，重华，重——华。

　　我向着它们大吼一声，就传来我的回音：哦，哦——哦！

　　我闲得发慌，在庄园的各个角落里转悠着。一群仆人跟在我身后，我又大吼一声，他们就害怕得退下去了。他们现在学乖了，知道了我不是个心慈的人，官寨里的行刑人也找回了尊严似的，成天坐在广场上眯着眼睛看着人群，好像随时都在等着我发令，要割下哪个奴隶的舌头，挑开哪个奴隶的脚筋。他们退开后，我才觉得我又是我了。

　　我走到山脚处，恍惚听到有流水的声响，却又不知水在何方。一路循声找去，发现一扇石门。上面的纹饰很模糊了，我用脚把那些藤蔓踩开，竟发现了一个把手，没想到一推居然给推开了。我掏出火柴点亮旁边几盏灯，灯亮后，我看到这里本是一个溶洞，不知道何时被建作了一个酒窖。

　　那水声，正是从洞中的暗河里发出的。都说黄龙真人在这里修道的时候，曾按照阴阳八卦五行之术将这里的溶洞仔细排列，其中洞内洞、洞套洞，暗河无数，有人曾进去后竟一路走到了藏龙山。

　　这个溶洞被人装成了一间屋子的模样，正中一张长长的石桌、两个石凳。我一摸，一股凉意从指尖逼上心头。抚开尘埃，才见到那哪里是什么石桌，就是一整块白玉，上面一片殷红，透着光，好像里面有血丝在涌动。我顺着那些台阶向里面走去，转个弯，见前方透出了光亮。我循着光一路走去，耳边吹起了微风，还听见了松涛的声音。尽头处，我站在了一个海子的上面。我认得这个海子！这是德庆府的辖地上最大、最深的一个海子，它是由神的宝剑上的宝石幻化的。我站在洞口，头上是一棵嵌在石峰上的松树，四方都被绵延的青山围住，脚下就是幽深碧绿的海子，谁都不会注意到，这海子上面竟有这样一个洞口！

　　这里还真是万分幽静。我回头又抱了些酒在这洞口，我真的太需要独处一下了！府里是那样聒噪，我都快被憋闷得无法喘息了。

　　我坐下，吹吹坛子上的灰尘，揭开封坛的泥，霎时，一股甘洌醇香的酒味就在洞中弥漫开来，光是那气息就足以让人沉醉。时间好似也醉了，停止了脚步，一切都变得慢起来。洞外照进的阳光带着一些尘埃也停止了浮动。我拿起一个瓷碗，喝了一碗，真是从未尝过的甘甜清爽！这酿酒的手艺，恐怕也不会再有了吧。

月投在海子上，一丝褶皱也没有，那样清亮、明净。我有些醉了，看见山林里亮起了一些火把，飘飘忽忽，全都在叫我的名字：重华——少爷，重华……

难得的清闲被他们喊得有些急躁！我又猛喝了几碗，那海子看着就像一面镜子了。我想，采苓一定就在那镜子里，我太想去看看她了。

迷迷糊糊正要跳下，一双手却将我拉回来。我记得那斗篷，是那"幽魂"！酒让我浑身的血液都开始沸腾，我竟一把抓住他的手！那是一双干得不像样的手，我抬头，月光清亮，我看见了一张满是皱纹的脸，一双灰蒙蒙的眼睛。那幽魂也不再逃开，他说："几十年了……你，是第一个看见我，找到这里来的人。不要跳，我还没有给你讲……"

"你来，你来……"我跟着他又拐进一个洞口。他指指上面说，那儿就是德庆府。

我的酒醒了一半，怪不得每回他都是来去没有踪影，原来是藏在这里！

"我要死了，真的要死了，我来告诉你。"他拿出火镰，点亮了一盏油灯。我看到，洞里是人生活的痕迹：地上铺着麦秆和干草，上面铺着牛毛毡，一张黄得不像样的羊皮放在角落，一块凸起的石头磨成了桌子，上面放着几个瓷碗。

地上一个小小的火塘，里面燃烧着一团火。火光，让人觉得他不是一个可怖的鬼魂了。

他让我坐下，我便坐下。

我知道，我又有故事听了。

"你和你的父亲一样，和他们不一样！"

我用我带着醉意的眼睛看着他，他咳嗽着，说："你一定想问我是谁，我不是个鬼魂，可是在德庆府像鬼魂一样生活了几十年。我觉得最近死神在向我招手了……"

怪不得我许久没有看见那窗下的影子了。我不耐烦地挪动着身子，他慢吞吞的性子真是让我有些着急。

"这庄园里，曾经住着一个少女。我从小的时候就看见她小小的身子搬动着那些青稞和酒糟，一直看着她长大。长大后的她也是那样爱笑，这庄园里辛苦的劳作也没让她的脸上升起愁云。她和她父亲酿的酒是这世界上最香的酒！我每天都在山坡上看着她，为她哼着曲子，再帮她抬抬青稞，搬搬酒坛。我是一个自由的人，可我梦想着我会和她结为夫妇，哪怕我会因此而沦为一个奴隶。每日，我在山上放着马回来，她便在山脚等着我，给我准备些吃的。有时候是一块捏好的糍粑，有时候是一块酥油饼。我们常来这海子边听听松涛，看看落在里面的月亮……那日子真的好啊！"他长长地吁出一口气，对以往都是满满的怀念。

我一动也不动地听着，他看着我说："改变这些的就是你们德庆府的人！原本我们该在那年春天结婚的，我们会一直在这海子边生活下去，还会有几个我们的孩子。我教他们牧马、唱曲子，她教他们晒青稞、酿酒。可是，她一连几天了都没在山脚出现。我在夜里悄悄进了庄园，我看到她哭红了眼睛。她告诉我，她已是那努老爷的人了，让我不要再去找她了。她说，身为低贱的奴隶，根本就无法选择自己的命运。我挥拳砸向庄园的石墙，弄得满手都是鲜血。我跑到这海子边，发出阵阵怒吼，可也没法要回我的爱人。我依旧在山腰看着她，为她唱着只有我们才懂的曲子。"他又叹口气，说："过了些时候，我见庄园里像是要办喜事了，原来是她有了身孕。这是德庆府许久以来的第一个孩子，她破例成了德庆府的二夫人。这看来是她修了几世才有的造化！可是，她的骨子里依旧是低贱的奴隶，他们只许她住在这个庄园里。我看见她的肚子一天天大起来，那些仆人好像把她也照料得很好，即使老爷不爱她，但她依然为肚子里的孩子祈祷着。不久，那个孩子就出生了。德庆府几代都没有生过男丁，她居然为德庆府生下了这么久以来的第一个儿子！喜宴举行了好些天，欢腾的人群快把山里的鸟都惊飞了。我也为她高兴，我想她终于能过上好日子了！可是，我错了！他们还真是狠毒，变着法折磨着她。不让她碰孩子半个指头，好像这孩子是凭空掉下来的！不久，德庆府的小姐也有身孕了，那些侍女就更刻薄起来。她病了，病得很重。他们也只是做做样子给她祈祷一番，一个二夫人，却常常连热饭也吃不上。那些侍女端来的都是些菜汤，说是病人的饮食要清淡。我终于忍不住了，悄悄地去看她，那样大的庄园，那样大的房间，才一盆要瞎了的炭火远远放在她的床头。那冷气要把人的心都给冻住了。我呼唤着她，她睁开灰白的眼睛说：'我再也不能听你唱曲子了，替我看好我的孩子。'我知道，她是怕她的孩子也被他们悄无声息地杀死。我点点头，看着她咽下了最后一口气。他们那些人才是魔鬼！还假惺惺地请来喇嘛为她念经，我在山头看着他们，真想一个个将他们撕碎！"

我看到他说得眼里充满了仇恨，他又说："她死了，我也死了！我发誓要为她报仇！本来还想杀了德庆府的小姐，哪想她作孽太多，天也会收她的。她生下孩子就死了！根本不用我动手。还有那个阴毒的老夫人，明明自己双手沾满了鲜血，曾经杀人无数，却还要装作菩萨的样子，妄图得到宽恕。在她朝圣的路上，我拿着一块石头在路上等着她，将她的脑袋砸开了一个大窟窿，鲜血和着白白的脑浆淌下来，真是让我畅快！可我每日都备受仇恨的煎熬，日夜睡不着，夜里就在四周游荡。有一日，我依旧在这海子边徘徊，一脚踏空悬在一棵松树上，觉得自己一定会死掉，没想到却滑进了一个洞口。我发现这里面是一个酒窖，也不知道荒弃多少年了！我在里面四处走动，竟然发现还有洞口。这个洞口一直通往德庆府的后院，让玛尼堆挡着，很是隐秘。我又点亮油灯看那玉桌，一片殷红，是人血！上面躺着一具白骨！只有长长的黑发垂在地上。我抱起旁边的酒坛喝了几口，胆子就大了些。我看到酒坛的夹缝后有一块石板，年代久了，上面的字有些不清楚，但我还是认识的。一个寺院的喇嘛曾经教我认过字。我知道了一个关于德庆府天大的秘密！"

我又挪动下屁股，想听听还有什么让我大吃一惊的秘密。我听到了蒂梵的故事。只是，这个故事里那个女人的结局更让人唏嘘。

土司把美得妖艳的女子带回家后，家里的夫人就充满了嫉妒，找人放光了那些牲畜的血，捅烂它们的脖子，让它们看起来像是被野兽袭击了一样，接着，就放出谣言，说那个女子是蒂梵的化身。那个土司本是不信的，可是越来越大的压力让他没办法止住这个谣言。他假装在广场上杀死了她，却将昏迷的她藏到了这个山洞里。在这里，她一住就是两年。那个夫人渐渐发现了端倪，有天夜里她跟着土司转到了这个山洞里，发现那个女人竟然没死，不仅没死，还生了两个孩子，他与她活成了一对神仙眷侣！她止住背叛的伤痛，不动声色地退了出去。终于，她等来了机会。那个土司要随着马帮出去许久，他在洞内足足备好了两个月的食物。他刚越过垭口，穿过小城，那夫人就带着喇嘛去了山洞。她对那女人说她来除妖了。喇嘛们在洞口点燃了桑烟，念起了咒语。他们说，她确实是一个妖物，可是身上却没有沾染半分血腥，是一只有善念的妖。他们建议顺其自然，让她来自何处，自己便去了何处。可是，那夫人就是要让她死。只有那个女人死了，她才能找回土司的爱。她不再理会喇嘛们的劝阻，决定让行刑人来惩罚这个妖女。

女人预料到自己此次在劫难逃，于是将自己的遭遇都刻在了石板上，又悄悄将两个孩子托付给了喇嘛们。夜半的时候，他们围住了洞口，把她绑在玉桌之上，用一把锋利的刀切开了她的肌肤，等到气息微弱的时候，再用薄刀挑开背上的皮肤，顺着纹理全给剥了下来。玉桌上，是一具血淋淋的尸体了。据说，那红呼呼的肉在断气的时候对德庆府下了诅咒：德庆府的女人自此都无法再生下儿子，德庆府的人永世都要受情爱的煎熬。

土司在回来后就来到了这山洞中，刚走到洞口就发现了惨状。他看到了一地的血腥和一团发黑了的肉，还有拖在地上的长发，就倒地暴毙了。从此，这个酒窖就被封了起来，谁也不敢再提起这件事情。那位夫人也成日疯疯癫癫，在夏日也裹着一件皮袄，老说有人想来剥她的皮，不久，就全身皮肤溃烂而死。后来，行刑人见那剥下的皮真是完美至极，他没有将它扔掉，而是做成了一本书，一个喇嘛又在上面记下了这个故事。慢慢地，这个山洞被人遗忘了，这个故事也成了一个诡异的传说。

"我在后山点了把火，将那堆白骨烧了，撒在了这海子里，或许这才是她最好的去处。你看，德庆府的人造了多少冤孽！我穿起长袍，时不时去府里转转，看着他们日夜惶恐！真解恨！"

他起身蹒跚着在火塘边的锅里放上一小撮茶叶，又把火烧大点，我也有些口渴了。

"今年的茶没有往年的好了。我吃的、喝的都是从你们府上拿的，几十年了，其实过得比那些奴隶不知好了多少倍。我要活着，为我的仲噶看好孩子。果然，他们对那个孩子下手了！幸而还有一个叫云秀的奶娘用命在护着他。可她始终是个女人，还是个下人，要对付那些心狠的人还是有点难的。我只好时时在暗地里提防着，某次却让云秀发现了。我倒也没瞒她，什么都说了。她是个好人，从没对人提起过这些，对仲噶的孩子也更加好了。她让我不要打扰这个孩子，让他平静过好一生。这个孩子心气还真高，不久就走了，也好啊，躲过了官寨里的是非。他走后，云秀还是让他们给毒哑了！我越想越气！终于，机会来了。扎尔老想控制德庆府，竟带着多布杰和他一起抽大烟。一天，多布杰又背着那努在谷仓里抽大烟，正在腾云驾雾舒服着的时候，我扔了一把火过去，将他烧得哭天喊地！可那努却更让我吃惊，他用鞭子把刚受了火烤的多布杰打得血肉模糊。那夜，我第一次被震住了。你的姑母欧珠是个聪明人，我原来想连她一起杀了的，可她却嫁得远远的，一点也不像这个德庆府的人。本来，我想一个个将他们了结的，但我放弃了。其实，有时候活着比起死亡本就是种惩罚。我便当起了旁观者，静静地看着府里发生的一切。看到那努整日受着折磨，开始我很愉快，可是，渐渐地，我却感觉自己也变得悲伤了。过了许多年，你父亲回来了，他是那样与众不同。我看着他，就好像他是我和仲噶的孩子。我特意引他去看了人皮书，想告诉他一切，可是，他死了！我对不起仲噶……"

他哭着，锅里的茶开始咕嘟咕嘟冒着热气，显得没有那么凄凉。

我也流泪了。这个人，不是鬼魂，却也是半个鬼了。为了一份爱，他竟守了几十年，恨了几十年。

"你啊，也流着仲噶的血。所以，我时常都想看看你。可是，就像那诅咒是真的一样，你们都在受着命运的折磨。渐渐地，我不那么想让德庆府消失了，反而想让它在仲噶后人的手上辉煌起来……我有时候也开始怀疑自己了，我是不是就是那个鬼魂。我也让那王半傻引你看那本书……最近，我发现自己是真的老了，爬不动也跑不动了。你不来，我也会去找你的，告诉你一切。我怕我死了，就没人知道这些了。"

茶滚了，他用袖子擦擦碗，舀了两碗茶。我喝下去，热乎乎的，我的酒全醒了。

"我要回到以前牧马的地方去，在那里踏踏实实睡上一觉……你看吧，这世道真的在变了。你不要辜负了仲噶的血，还有扎尔，他迟早会遭报应的。我真想看看德庆府以后会是什么样子，可是，不能够了吧。我最近老是做一个梦，梦见自己回了牧场，躺在青草上。这是个预兆……"他有些语无伦次了，又从草堆中掏出一块晶莹剔透的东西递给我，说："这是我在这山洞里找到的，你留着吧……我是要受报应的。"

外面的鸡叫了很多次，我才掀开身上的牛毛毡坐了起来。要不是怀里晶莹的石头和地上的火塘，我真就觉得昨晚的一切都是场梦魇！

那个老头不见了，只有那黑色的袍子留在草堆上，像是一团发黑的血。

他们找了我一晚，我却又站在晨光中说我饿了，想吃城里的胡萝卜包子。气得仁青给我跪下，让我不要毁了德庆府。他们不问我到哪里去了，不问我见到了什么，他们或许也知道一个没了灵魂的人就是这样让人无法捉摸的。

吉娜也来了，好看的脸上挂着泪痕，一脸倦容。她用夹杂了爱和恨的眼神看着我。

我躲开那双让我动心的眼，对这样的我，不值得。

37

茶
永
生

　　杰布和临秋在高台上看到官寨里的每个奴隶都露出从未有过的欣喜和惶恐。他们背上的背篓里装的是满满的麦子和青稞。这些全是属于他们自己的，磨糌粑还是做面片儿，都由他们自己决定。要吃多少，什么时候吃也由他们自己决定，总之，他们第一次对粮食有了选择的权利。

　　杰布还将一些田地分给了他们，那是真正属于他们自己的田地。

　　官寨里的奴隶们好像活得有些不真实了。从他们的爷爷的爷爷开始，他们就是这里的奴，生的孩子是奴，孩子的孩子也将是奴。住在低矮阴暗的石头房子里，到死也是德庆官寨的鬼。这是奴的信仰，如同每日和神灵在桑烟里沟通一样。而现在，主子说，他们可以自己做主了。

　　真是既惊喜又胆怯。

　　他们不知道这种惊喜是主子一时兴起的游戏，还是用来考验他们忠诚的伎俩。有些奴隶甚至将麦子和糌粑像神灵的珍宝一样好好地保管起来，尽管自己已饿得瘦骨嶙峋。

　　杰布说，你们放心吃吧。他们恭敬地说，是。回去后却一粒也不敢动。直到行刑人的眼睛开始在他们身上游走，他们才急忙打开袋子开始战战兢兢地转动起了磨盘。

　　许元芳又带着秃头来了。

　　这次，他不是来送种子，也不是来买鸦片的。他说要买下德庆官寨里的麦子。

他给杰布看箱子里白花花的银子，真是闪亮可爱啊！

杰布凝视着他的眼睛说，我的麦子不是我的。

许元芳对于这个奇怪的土司依然有说服的决心，他摸着胡须说，是朝廷要买，也就是皇帝要买。

杰布说，知道我为什么叫"杰布"吗？因为我是这里的王！

秃头摸着手里的枪杆，多金也摸着手上的鞭子。他鞭子甩出石头的速度比枪快，这个秃头曾在罂粟田里亲眼见过他甩出的石子击落了天上的飞鸟。

许元芳还是笑着说："杰布少爷，你是这里的王！"

走出官寨，许元芳开始狂笑，像是一头野兽，肆无忌惮。

临秋也走出来，摸着肚子说："他说你是个好父亲。你是好土司，一直都是。"

两人相拥看着远远的雪山在夕阳下被映红了，像火把在燃烧着，把成片的麦垛也镀成了好看的金色。

岷江流过的地方，罂粟花成片摇曳，雨什么时候下，下多少，太阳什么时候该出来，又什么时候该躲起来，一切都按照节气好好地进行着，本是风调雨顺，然而却闹了饥荒。百姓们有田无粮，富商们手里的鸦片供过于求，朝廷的税金也出现了大量的流失。

其他的土司和头人也吃了苦头，所有的田地都种上了罂粟，他们只得花很多倍的钱买麦子吃。杰布将金色的麦粒运到城中，发给饥饿无助的百姓。他们说，这个土司是菩萨。

同时，鸦片滞销了！没有精力再收割，那些老爷甚至任由大片的罂粟花枯萎。田里就只剩下一些麻雀，整天来啄罂粟花吃。不久，又来了些家畜，比如猪、鸡和羊等。无人再照看，这些东西在地里贪婪地啃食，浑浑噩噩。一些鸡扑腾到茅厕里，被屎尿熏死了；一些羊在悬崖上直直落了下去；很多牛瘫了身体，再也起不来了。更多的死在田里，被苍蝇团团围住，散发出腐肉的气息。引得老鹰在上空盘旋。

腐烂的气息被带到了更多的地方。而后，在林地上，人们又发现一些鹰的尸体。

一些奴隶的皮肤下面开始出现血点，然后以最快的速度发烧、咳嗽、死去。他们的喇嘛说，地狱里的虫又开始爬出来捣乱了。

喇嘛穿着彩色的衣裳，挥动着手里驱魔的金刚杵，裙摆扬起阵阵灰尘开始驱魔，尘埃和着桑烟让人睁不开眼。

喇嘛说，是那些染上了毒虫的麦子在作祟。染病的奴隶说曾悄悄拾过德庆官寨的麦穗，不过，也有没拾过麦穗就开始犯病了的。喇嘛说，这就是了！

他们说，德庆府的麦子是受了诅咒的麦子！

吉桑说："附近的官寨说是我们的麦子……"

杰布还是淡然地说，我知道。

这一场瘟疫，悄无声息就摸着黑来了。

德庆官寨里，一些奴隶也死去了。

云秀在某天的下午从溪边捣衣回来觉得脑袋发昏，看着手臂上的血点，她知道自己病了。人们都开始躲着她。吉桑也大叫不好，连忙去给杰布禀报。待杰布带上喇嘛和草药赶到云秀的房里时，房里却空空如也，门口只放着一只木盆，还装着湿湿的衣服。

云秀，就这样走出了她生活了大半生的德庆官寨。她觉得，她终于可以放心地去自由了。三日后，她悄无声息地在一个溶洞里闭上了眼睛。

杰布向大山喊道："云秀阿妈！"

回答他的只有自己的回声。临秋说，让云秀阿妈自己去吧，她是愿意这样的。杰布流了许多眼泪。他想起幼时和她在一起的那些场景，梦幻一样。这个女人，来的时候、走的时候都是这样毫无预兆，仿佛就是完成了使命，如今她可以是一个自由的人了。

接着，城里也开始有人死去了。

鸦片的行情让官府猝不及防，根本无暇顾及这场瘟疫。有人提出从打卦看来此瘟疫是由德庆官寨的麦子引发的论断后，这些人终于找到了一条便利说法，派兵将德庆官寨围了起来，称是护德庆土司周全，只准人进出，车马一律不准进入官寨，就连通往各处的山路也被围得严严实实。德庆官寨根本无法通知其他头人，援兵不到，难以解困。

花瑶日日担忧，求了梁江生带她赶到官寨旁观望。见官寨中繁花似锦，依旧炊烟袅袅，她才略放了心。这明明就是软禁，谁让杰布挡了那些人的财路！她对梁江生说："你与许元芳有些往来，能否……"梁江生说人单力薄，朝廷与土司的关系本就复杂，虽说改土归流后各部落相安无事，其实是波涛暗涌。杰布的举动戳的是他们的心啊！董老爷眯着眼睛看看梁江生，摸着胡子说，听说许元芳是德庆官寨的旧交，当初那努土司就是在他的挑唆下种了罂粟。此人如此反复，后来的人可要看明了，给自己也留条后路！

梁江生心下会意，自己不过是可用的棋子，对此，他也早就想为自己寻一条一劳永逸的路。夜里，他在石桌前独酌着，思量许久……

四更，他站在官寨的后山上，看着像黑洞一样的天。这时，阴阳交接，是极阴的时刻，也是人最困顿的时候，就连最强壮的守兵也打起哈欠，眯起了眼睛。梁江生寻好风向，计算好灯油燃尽的时间，将一盏孔明灯放入德庆官寨中。灯下挂着书信和一盏尚未点燃的孔明灯。这灯顺着风，缓缓飘过那些官兵的帐篷，径直落在了德庆官寨的广场上。守夜的人急忙告诉了多金。多金喊醒杰布，一看，却是花瑶的笔迹，看了信中的法子，杰布大呼好啊！急忙写了一封信，盖上土司印章，藏于孔明灯下方，按照法子送到了后山。

梁江生他们早已等在那里，见到火光飘落，急忙将信秘密送到了木木寨，铁达接到密令便联络了其他头人。大家商议，非要想一个万全的法子，既不能明着和官兵抵抗，又不让德庆官寨丢了威严。有的说要么直接拼了！有的说要么去求求官府！有的甚至说挖条地道，悄悄地将杰布救出来……

铁达看着山坡上站着一头被放生的牦牛，大笑着，神来助我们了。

铁达向各位头人征收牦牛，说是用于放生，以解瘟疫苦厄。那些头人感念着杰布的恩德，纷纷将家中的牦牛献了出来。人们挽起袖子，在黑压压的牦牛群中忙活了起来。他们给那些牦牛耳上穿上了红绳，将牛角刷上红漆。这样大的场面，怎能不请官府的人？

其他土司见有官府的人主持，也献出了自己的一些牦牛。达达寺的山脚下，黑云一片，牦牛角上的红漆犹如云上的火焰。官员们纷纷拿出望远镜惊叹着这壮观的场景。

老堪布精神抖擞，开始了对牦牛的礼赞。他在这些进献的牦牛中挑出了七头毛色各异的牦牛，在它们身上缝上五彩的丝线，并在牦牛额头点上朱砂，抹上酥油，让它们舔舔混有甘露丸的泉水。

达达寺的瘦喇嘛用沉稳有力的声音开始了唱诵：

> 头如雄狮喷黑云
>
> 双角霹雳如闪电
>
> 声震四方蹄彻地
>
> 角拨山峰尾如剑

双目闪耀如日月

雪域高原出圣品

威震八方万众定

举番奔腾山神庆

世尊言教赞颂无尽英武雄健

制伏魔军成就盛事如护幼子

守护佛法四项事业有所作为

请示护法会众赐予圆满吉祥

彼时，风马漫天，人群欢腾。那七头牦牛带着牛群在山间蔓延开，甚是壮观。

官员扶正顶帽，举杯向人群说，这是神的旨意，也是朝廷对松州百姓的关爱。各部落的土司也举起酒杯，一片吉祥欢腾。正当大家开始欣赏曼妙的舞姿，喝着爽口的美酒时，突然听到隆隆的声音，桌上的酥油茶都被颤抖的桌子抖落一地，惊慌失措的人们放眼看去，却是牛群炸了！

糟了！官员大喊。土司和头人们也都瞪大了双眼。

官员说，快去拿枪拦下来。

土司却都不吱声了，打死放生的牦牛，那是要受果报的。老堪布不作声，静静地坐在莲花座上念着经文。他们看到牛群向德庆官寨冲了过去，牛角簇成朵朵红莲，像天降一般，震撼着大地。人们在山腰都看得目瞪口呆，嘴边嚼的肉也落了下来，他们远远看见驻军的帐篷瞬间就被淹没在黑云中……

驻守在德庆官寨四周的官兵四散逃窜，有的被牦牛踩得血肉模糊，有的被牛角戳穿了身子，还有的被牛角顶上半空，重重地摔了下来……

杰布站在德庆官寨的高台上吹响了海螺号角，声音响彻云霄。牦牛们瞬时安静了下来，掉头走向山林的东边，在那里，有最丰美的水草。有人高呼，神迹显现了，神迹显现了，格萨尔的牦牛军队啊！

德庆官寨的大门打开了，杰布继续吹着海螺号角……

因驻军死伤惨重，松州守备被革职流放；因神迹，德庆土司被赐一金海螺，意为威震松州、统筹部落。新来的王守备把酒说："欲与德庆土司安松州！"

德庆家族，又一次迎来了家族的荣光，杰布却将那金海螺丢在了城墙的燕巢内，任凭吉桑在后面急得跺脚，他倒和多金扬鞭走了。

夕阳无限，霞云犹如浓重的画卷。杰布问多金，牦牛怎么就掉头了？

多金说，我自小就是用吾尔多的高手。

杰布拍拍多金的肩膀，落日下，他们慢慢地走了回去……

这月，德庆官寨显得很忙碌。仆人们都开始洗洗涮涮，准备迎接小主人的到来。梁江生和花瑶来到官寨中。杰布端起酒杯，直直看着梁江生说："梁兄，此次还多亏了你的孔明灯啊！你那放灯的技艺，真是巧啊！"

梁江生眼神闪烁，回避着杰布，端杯饮下说："不过是幼时和马帮里的老倌学的，他是从牧场上来的。"

杰布小声在梁江生耳边说："我知道那些罂粟是被谁烧的了！烧得好！"

梁江生一脸煞白，聚了聚神，依旧谈笑风生。

一旁临秋对花瑶说："来陪我住些日子再回去吧。近日老是梦见官寨外面被牦牛踩死的人，让我心惊。"

"你答应吧。我也想你在这儿做做点心，给我肚里的馋虫。"杰布也说。

花瑶便又住了下来。

官寨里一片欢腾，人们日夜都围在火堆边庆贺。王守备也差人送来了许多美酒，酒香在官寨的角落里散发出来，连苍蝇也醉醺醺地旋转着乱飞。

老堪布看着山下的官寨，眼睛像是要穿透什么，但又被一层浓雾给掩住了……

杰布这几日十分勤于画画。一张又一张，把广场也铺满了，就像是拼了一张大地毯。临秋命人将画细细收起来。那是他爱的颜色啊！

深秋的夜，月光格外洁白。

一队蒙面的人马在城外冲开了城门，在城中开始大肆掠夺，城中守军竟然弃城而逃。许多商铺都被洗劫，城内的惨状让人不忍多言，一些妇人失去了丈夫，母亲失去了儿子，孩子失去了父母……连城墙下的燕儿都不敢再发出一丝啼鸣。董府内，血溅窗棂，火焰瞬时将院内的花草烧成了灰，然后是房子，没了气息的尸体……

同时，德庆官寨里的几个谷仓燃了起来。人们都从河边打水，忙着救火。另一边，一队人马却绕过醉酒的守卫悄悄进了官寨。

此时，杰布正在画板前为临秋画着肖像，画上的她巧笑嫣然，摸着肚子，眼里流出母亲才有的光。

杰布说："他的眼睛一定像你的那般美丽。"

临秋靠在杰布肩头，这宽厚的臂膀，让她安心。

突然楼下一阵吵闹，杰布推门出去，却见一些人的刀挥了过来。

多金正在组织救火，恍惚中听到鸣枪的声音，大呼不好，中计了！他立即带人骑马赶回去。官寨里一片狼藉，吉桑也在楼梯口被人捅穿了肚子，奄奄一息。他冲上楼，见杰布正在和那些人格斗，怎奈势单力薄，身上已是血迹斑斑。

一旁的临秋和花瑶都吓得脸色苍白，临秋哭喊着要向杰布那里跑，被花瑶抱住了。这时，一道剑光从花瑶额上划过，落下几缕青丝，幸好被一只手拉了过来。不是别人，正是梁江生。梁江生说，快和我出去！

花瑶拉着临秋跑出了官寨。

花瑶对梁江生说："快，去木木寨！"

官寨里，广场上，一把火枪对准了杰布的心脏，多金一扑，倒在了地上，杰布为他擦干嘴角的鲜血，站起来又吹响了海螺号角，声音在雪山下回荡着。

陡然停了，杰布微笑着倒在血泊中。这时，天亮了，第一缕阳光照在了他的脸上，也照着德庆官寨……

王守备揭下面巾，换好衣服，带着人马又进城了。他不会像之前的守备那样任由这个土司肆意妄为！

梁江生护着临秋、花瑶向木木寨奔去，眼看就要到了，临秋腹中的胎儿却像感受到了什么，突然开始翻腾。无奈，他们只得在溪边一个马厩歇了下来。临秋感到身下热乎乎地流了一片血，花瑶哪里见过这样的阵仗，除了痛哭还是痛哭。梁江生只得骑马把央金接了过来。

梁江生问她："你会接生？"

央金挥着鞭子说："是啊！这里许多牛羊都是我看着生出来的！"

花瑶不放心，央金说："都什么时候了，还这样矫情！牧场上的女人割把麦子的时间，孩子就抱在怀里了！滚开！"说着推开花瑶走了进去，并嘱咐梁江生点上堆火，烧点水。花瑶虽是见到血就害怕，但还是握住临秋的手，用手绢擦着她额上的汗水。

临秋脑海里都是杰布带血的脸。阳光从马厩的缝隙里透进来，光晕里，她依稀见到杰布走了进来，用他宽厚的手摸着自己的脸，那么温暖、安宁，她多想就这样一直被他爱抚着，听听他在耳边的呢喃，躺着和他说说话，这样睡着真是好啊！

她听见有人在喊她，临秋，临秋，她简直不想醒过来。

"不要睡啊，临秋！"花瑶呜咽着、呼唤着。

央金用力按着临秋的手腕。

临秋睁开眼，头上仍是木棚。现在唯一能做的，就是生孩子，她一定要拼了全力护孩子周全。央金摇着头说："临秋妹子，我也真是佩服你！愣是一声疼都没叫过！"疼吗？是疼啊！她心里的疼比这生产的疼还苦上千倍、万倍。

"多金……来了没有？"临秋突然张开嘴巴小声问道。

央金说："没有。"

花瑶摸着她苍白的脸说，他们会来的。

马厩外，天空中，一半是普照的阳光，一半却积着厚云，落下了大粒的雨。

傍晚，雨停了，一道虹返照在旁边的水潭里，让马厩发出华光。天上，一朵红红的霞映照着大地，就像一朵盛开的莲花。

临秋看着漫天出现的红霞，一朵朵，是那样炫目。她知道，她永远失去他了。所有的痛楚积攒成一股力量，用力大喊后，稚嫩的哭声在马厩上空蜿蜒流转。那孩子被托举起来，夕阳照在他染血的身子上，红彤彤的，像一朵艳丽的花。

央金和花瑶都松了口气，挂着眼泪，笑着把孩子放在了临秋的胸口上。

一朵半开的莲悄悄在孩子的手臂上烙了痕迹……

南城墙外贴了告示，说那日的劫匪是些部落的余孽，就连德庆杰布也被残忍地杀害了。现在悬赏寻找德庆杰布的夫人，官府一定会查处真凶，还松州净土，让逝者安心。

木木寨里，临秋听铁达头人说着那告示，冷笑道："分明他们就是那贼人！"

铁达说："不可太急。据我所知，那王守备是一个面红心黑、心狠手辣的人，做事从来不留退路，恐怕他早已四下寻找夫人了，势必要斩草除根！而且，他在朝廷里有些势力。夫人无凭无据，根本无法说清楚，若贸然行事，反倒赔上性命！"

花瑶抬起苍白的脸说："难道就由他作恶？我们董府一夜之间也被灭门，我父亲惨死，上下二十余口化为灰烬，我也是个亡魂了！"说着已是泣不成声。"德庆官寨也遭毒手，杰布也……"临秋抱着她，两人已是悲痛欲绝。

铁达唯有叹气："现在我们根本没有人马和他们抗衡。朝廷如今也是风雨飘摇，恐怕根本无暇理睬这次屠杀。"

杰布去后，临秋日日穿着素衣，多少次，她都想从那崖上跳下，每每此时，耳边就传来孩子的哭声，她又退了回来。

央金也说，你看这孩子，粉嘟嘟的，一逗就笑，多讨人喜欢啊！

这孩子的确很可爱，无邪的眼睛，一点没有沾染尘世的忧伤。可临秋觉得自己已经死了，在杰布死去的那天就死了。

那许元芳见王守备得势，立即投靠过去。梁江生和杰布深交，他生怕受到牵扯，便把梁江生弃在了一旁。就连路过益盛昌，也让车夫离远一点。益盛昌无法周转，梁江生辗转难眠，想起许元芳就恨得牙根儿发痒。听到许元芳的生意做得越发好了，更是让他愤恨。

一晚，他带人给村寨捎去消息，王守备和许元芳低价屯了大量的鸦片，准备卖给洋人。

"这东西也太嚣张了！"央金愤恨地说，"不能让他们继续了！"

铁达沉思了一会儿说："这要查探一下才知情况。其他头人也未必肯听我的，只能靠我们自己！"

各部落见到德庆官寨的惨状，纷纷唏嘘，对官府更是恭顺。许元芳一副天下无双的姿态，再无顾忌。做完此番，他就准备收手了。朝廷的风，他一向都听得很准。此时，收到的鸦片已整齐地放在了拉巴头人的库房里，这可花了他全部的家当。明天，这些黑乎乎的东西就将变成让人欢喜的白花花的银子了！想到这里，他喝着酒唱起了小调。银子啊，真是让人开心的好东西。喝到兴起，他一个人跑到库房去，想再摸摸那些黑色的金子，油亮油亮的，是本土最上乘的货色！

木木寨外，临秋他们对着黑漆漆的没有星光的天空祈祷着。听到铁达的计划，临秋求他一定要带上她，她要再为杰布做些事情。临行时，她特意在里面穿上了绣满花红花瓣的青衫，戴上了花红发簪，就如杰布初见她的时候一样。她吻吻熟睡中的孩子，将他抱给花瑶，说："如果我没能回来，你就是他的母亲！"那坚定的目光，不由花瑶说出一丝劝解的话。花瑶满脸泪痕，说道："秋儿，不要……你要回来，回来！知道吗？"

上马时，临秋对花瑶说："记得那天的霞光吗？这孩子，叫他重华吧！"

拉巴的官寨旁，铁达在搓着糌粑。这是准备给守寨门的藏獒吃的，希望这畜生不要坏了事。他在里面和了好些酥油和白糖，还有他的口水。铁达翻过栅栏，只听见呼哧呼哧的喘息，那獒就像只熊一样将他扑倒，肥厚的嘴里流出的口水淌了他一脸。他急忙向獒的嘴里扔了块糌粑，那畜生就停止了狂吠，用舌头卷起糌粑块吞了下去。铁达见好时机，从腿上抽出匕首，乘其不备，一下就让獒的喉咙汩汩流出鲜血。那獒死死咬住铁达的衣服，他又一下戳过去，那獒便只剩了出的气。他将獒拖到灌木丛里，嘴里发出"咕咕声"，又有几个黑影从栅栏上跳了下来。此时，临秋也跟着另外几个人迅速从溜索上闪入林中，直入拉巴的罂粟田中。

确认前后无恙后，他们静静地在灌木丛里等待时机。

杰布死后，拉巴整日欢歌，官寨里戒备也松懈了不少，此刻，他还在女人的温柔乡里喘息着。

铁达刚要上前，临秋站出来说："给我火把，我来！"

铁达愣住了。临秋说："我以德庆土司夫人的身份命令你！我来！"

临秋拿着熊熊燃烧的火把，走向洒满油的货仓。她用力将火把扔上房顶，霎时，就冒起了浓烟。铁达大喊："夫人！走！"临秋动也不动。此刻，她正听到一个熟悉的声音从仓库中传来，是许元芳！倒下的货物重重地压在了他的身上，让他一点儿也不能动弹，正扯着嗓子呼喊着。

临秋扭头对铁达说："德庆官寨应当寻回尊严！"

铁达焦急地说："夫人，要来人了！再不走就来不及了啊！"

临秋说："走！记得好好活着，管好那些山、那些海子……"

临秋走进货仓，微笑着，火光映着她，温暖着她。她说："杰布，在镜海那儿等着我。"

许元芳第一次露出惊恐的表情，手在地上抓着，痛苦的，恐惧的……

铁达他们从溜索退回，静静地看着对面的烟火流下了泪。

拉巴听到官寨里敲起铜锣，慌忙从床上滚下。赶到货仓那儿，看到一团团火焰升起，许元芳发出绝望的惨叫。

火焰的红光里，临秋站着仰起头缓缓唱着小调：

正月里采花无（哟）花采 　二月间采花花（哟）正开

二月间采花花（哟）正开 　三月里桃花红（哟）似海

四月间葡萄架（哟）上开 　四月间葡萄架（哟）上开

五月里石榴尖（哟）对尖 　六月间芍药赛（哟）牡丹

六月间芍药赛（哟）牡丹 　七月里谷米造（哟）成酒

八月间闻着桂（哟）花香 　八月间闻着桂（哟）花香

九月里菊花怀（哟）里揣 　十月间松柏人（哟）人爱

十月间松柏人（哟）人爱　冬月里腊月无（哟）花采

霜打的梅花便（哟）自开　霜打的梅花便（哟）自开……

她一声声唱着，青衫随着火焰飘扬着，飘扬着。

拉巴官寨里的人就那样安静地看着她化为了火焰……

38

花
重
生

　　庄园里的温泉也真是让人畅快的好东西！一连好些天，我都在这里从早到晚
地待着，我的手指和脚趾居然也没有皱得发白。

　　我闭着眼睛，感觉有条滑滑的鱼在我身边游走。绕上我的腿，又绕上我的肩
膀，在我的耳朵旁哈着热气……

　　是吉娜。

　　我连忙推开她。

　　她哭着说："重华，我哪里不如她！她已经死了！你摸摸我，我还是活生
生的！"

　　我躲避着她的眼睛，不想看见那些星光。

　　"我求求你！我是你的夫人！为了你，我什么都可以舍弃的，可为什么你要
这样对我！"

　　我被她摇晃得有些眩晕。

　　"像那日篝火旁那样看着我好不好？"

　　我做不到。

　　"求你了，求你，给我一个孩子吧，让我不再这样孤单，我害怕，觉得像是
要死去了！"

　　这样的一个女子，本不该求着让人来给她一个孩子的。她该有一个疼爱她的
丈夫，对她万般柔情、关怀备至。可是，她为什么要遇到我这样一个人，为什么
又要将真心给我！我的罪孽更是深了！

她要的不过就是一个孩子，一个孩子而已啊！

我一把拉过那柔滑的身子，用满池泉水的癫狂来平复她的悲伤……

我摊开双手，泉水将我浸没。水中我看到吉娜满意地离开了，似乎，我上了女人的当。后来，只要我在这里，她就每次都来。

天热得出奇。官寨里的狗都刨着树根，想要在泥土里寻点清凉；地里的罂粟花也一个个被晒得搭着薄薄的花瓣，如同被吸干了水分一般；地上的一切都被热得散出一种气，让人看了晕晕乎乎。蚯蚓寻死似的，都从地里拱出来，晒成了细细的枯枝。

吉娜热得让三个侍女不停地扇着扇子还嫌热，她站在走廊看着地上那些晒死的蚯蚓，忍不住吐了一地。

她恶心地看着仆人擦干了她黏黏糊糊的呕吐物，又让梅朵把吊在井里的西瓜切开，吃得一脸甜腻。

梅朵说，捞西瓜的时候看到井水里好像有条大鱼在吐着水泡。

吉娜吐出西瓜籽说："昨晚没睡好发昏了吧！"

我的头忽然也有些发晕，感觉一切都在摇晃着。不止我一个人，吉娜、梅朵也跟着我摇晃着，地动山摇。

人们哭喊着跑出屋子："地动了，地动了……"

吉娜光着脚拉起发呆的我跑到广场上，人们惊恐地看到天忽然就暗了下来，从山的那边闪着可怖的光，又升腾起浓烟似的东西，滚一滚就将天地都盖住了……

奴隶们跪了一地，吉娜的指甲又嵌入我的肉，我们都被天地给吓傻了。

突然发觉，我身边的这个女人蠢得无可救药！危机的时候，也是顾着我的。她对我的蠢，让我更想逃离。

我甩开她的手，骑马向山崖上的达达寺跑去。

上师依旧坐在古松下念经，小活佛不知道从哪里找了个望远镜，伸长脖子看着远处。那地动好像丝毫没有影响到他们静如止水的心。

"少爷来了？"上师睁开了眼睛。

我拿过小活佛的望远镜看着，里面一片混沌，耳中都是嘈杂。

我跪在崖边，泣不成声。上师说，乱世中，天道还不会乱的。该来的总会来，该受的劫难总归是无法逃掉的。

东南方，又轰隆一片，什么东西倒塌了，又有什么东西起来了……

两日后，传来消息，叠溪镇整个消失了。

那里曾有石碑，上刻：

> 山中野鹤飞何处，石窟犹存宝帐图。
>
> 古代战场指点在，汉关要塞杳然无。
>
> 腰镰稚子横牛背，唱晚归樵觅酒炉。
>
> 等说总戎零鸟阵，夜深鬼语不相呼。

竟是如同一个魔咒，早已预料了这一劫难。

铁达说："镇子都陷下去了，正是城隍会，活埋的也不知道有多少！碉楼都倒了，夫人的那些亲戚，恐怕也都……"

什么都没有了！樊梨花的"点将台"、蚕丛山上的蚕丛墓、环绕城池的四个城门以及铺满青石板的街道……那里的生灵都在那个下午化进了泥土里。走了千百年的茶马道，被揉碎了。

"少爷，城里现在也乱得很，粮价疯长，府里恐怕也支撑不了多久了。"

他故意的，他想让我去扎尔那里把属于我的东西都拿回来。

我还不想这样做。

屋里传来吉娜的哭声。地动那天是城隍老爷的"穿衣日"，她的一些亲戚也去了，恐怕都被埋在了下面。她那哥哥被震塌的金洞砸死了，她也成了这个世界上孤独的人。梅朵给她拿了两块糕点，也不见她吃下一块。

两日，她就瘦了，厨娘做的什么东西她都无法下咽。这变故让她沉默了很多。藏医来看，却直向我恭喜——夫人有孕了。

我心中一惊，我竟有了孩子？！我要解脱了。

德庆府又迎来一个生命即将到来的希望。仁青专门挑了几个侍女，让她们细心照料吉娜。

吉娜知道有孕后，每天就躺在榻上自言自语，让厨娘变着花样做些食物给自己吃，倒是很少来打扰我了。可她总让我摸摸她的肚子，嘴里说："孩子，这是你父亲，看，你父亲。"

我害怕，抽出手，逃开了。

山洞中，我喝着酒，坐在海子边吹着风。我害怕触到那肚子里蠕动的生命，他会让我全身的铠甲都脱落。

身上焦躁得很，我在洞内走着，想寻些泉水洗洗。地动时摔碎的几瓶葡萄酒，散发出特有的香味，在地上留下一片红彤彤的印记。那堆酒的缝隙处，一块岩石也被震得裂开，露出里面晶莹的石头。我掰下几块，透过阳光，里面缤纷一片。放在那海子边的花红树下，采苓一定会很喜欢吧！

夜晚，我在灯下看着那些石头。铁达说茶道断了，如今都走雪栏山的道怕是吃不消了。有些商队从未走过那里，去了，连同骡马一起摔死了，城里好些商铺也都关了门。

关门也是迟早的事情吧？那些所谓的官员哪个不是中饱私囊，名为扶持民族商号，实为垄断城中大小买卖。商户们多是敢怒不敢言。央金的锅庄早就关门了，倒是好事。没给他们机会盘剥，应该存了不少的余钱。我也挺佩服她。不论人言如何诋毁，她偏就住在了梁府，随着自己的性子，是有多自在！

我把那些石头给铁达看。

"这，是哪里来的?"铁达拿着在灯下细细看着。

他突然发出许久不见的狂笑！

山洞被打开了，铁达在那里秘密组织着人开采这些矿石，准备让这些晶莹的石头翻越喜马拉雅山，到印度，再到英国，成为一粒粒的珠宝。石头还没有到那遥远的地方，银子却源源不断地堆积在了德庆府的库房内。

我用那些银子买了一些枪，带着人拔光了那些罂粟花。

现在，我有足够的底气来做我想做的事情了。

扎尔看着，急得直跳脚。我甩甩手里的枪，他就回到官寨独自懊恼去了。我第一次尝到了银子带来的好处！

我要用这些银子，买更多的枪，将我的土地守卫起来，将我的百姓守卫起来，这世道太乱了，我什么都不想再相信。

春节刚过，我就让他们翻新土地，再厚厚铺上些羊粪。这些年，土地让那些罂粟弄得太贫瘠了。

我用望远镜看着我的百姓都在地里卖力地耕种，秋天的时候，四处又会是金色的麦浪了。一旁的路上，我看见扎尔带着一些人向官寨走来。

一会儿，仁青就匆匆来报，说城中的官员都来了。

他们说要同我做最好的朋友，还要将我拔掉罂粟的事情登在报纸上，让大家向我学习。

我用鄙夷的眼神看着他们在我的官寨里转悠，果然，说着说着，他们就都露出了狐狸尾巴——要借我的地盘用用。

这些东西，开始打我石头的主意了！

我让女仆们撤走了刚端上的茶水，放出了最凶狠的獒，将他们撵出了官寨！

仁青挤出难堪的笑，说："各位老爷，我家少爷的脾气就是这样，有些古怪，这里，"他指指脑袋，"有时候不清楚。"

他说我是个傻子！

人们大概都不会和傻子纠缠不清，那样，自己会变成一个比傻子还让人诟病的人。

于是，那些人也挤出笑，悻悻地走了。扎尔用带着毒的眼睛看着我，意思是说，你完了，等着吧！

想起扎尔的眼神我就睡不着觉，那个老东西怎么会轻易放过除掉我的机会。

我就让人以最快的速度在垭口修建了一座又厚又高的堡垒，就是苍鹰落下的时候也会被堡垒上的石头擦着翅膀。我对我的决策很满意，因为就在堡垒建成的半月后，那些人就在下面架起了枪。

他们说我的官寨里藏了共产党，他们要进来搜搜。

搜搜？顺便正大光明地抢劫一番！

我从未见过什么共产党，更没有将他们藏在我的官寨里。据说共产党都能飞檐走壁，常常叫他们犯难，哪里还需要我来藏！

从懂事的时候，我就看出来了，不论有没有皇帝，或是有没有什么"三民主义"，来的人统统不靠谱！眼下发生了这样大的事情，岷江两岸死伤无数，他们除了做做样子赈灾，全都逃也似的走了。被截断的岷江也怒了，在一个晚上冲破堵塞，飞起百丈，流沙击石，卷走生灵不计其数。可怜大禹曾经浮舟之处，皆是浮尸。岷江沿岸，哀鸿遍野，魂魄无依，炼狱分明就在人间了！

可他们却还是可以置身事外。心，都是黑的！

现在，还想将我也吞了！

我的人也站在高高的堡垒上，亮出的枪并不比他们的逊色。在这易守难攻的垭口，明显是我占尽了上风。

这样僵持了一月，我们都没有打出一发子弹。铁达说，这样下去，其实都没有好处捞。万事还要讲一个"忍"！忍，我还是明白的。勾践、韩信也耐着一个"忍"字。

可我还是问他："为什么要忍？"

"为了以后能给他们几巴掌！"

他去城里给那个管事的送了很多银子。擒贼擒王，在这形势下也是一样的！

下午，那些兵就撤了。他们说共产党已被抓住了。

我没有拆掉那个堡垒，我觉着只能靠自己来救我的土地和百姓了。

就在撤兵的那天晚上，下了场大雨，电闪雷鸣过后吉娜生下了一个儿子。官寨里点亮了火把，他们搬出了许多青稞酒，围着篝火，跳了一整夜的舞。

吉娜躺在床上，将那小小的身子递给我，我只是看看那粉色的团子，根本没有当父亲该有的喜悦。

吉娜说："你心真狠！"

我也这样觉得。

吉娜不孤独了，我给了她一个儿子。可是，我还是失了魂的重华。

孩子要满月了，按理，该让活佛取一个响亮吉祥的名字，我却在犹豫。一个人倘若有了名字，就与这个世界有了牵扯。在我的心中就有了印记，这不是我要的。

女人就是如此的不满足。我给了她一个孩子，如今，却还要让我爱这个孩子。

呵！

夏季了，田里的青稞和麦子抽出了长长的穗，云朵滚在麦尖上，一浪卷着一浪。吉娜抱着孩子在浪里玩耍，一滚，孩子就发出婴孩独有的没有沾染尘埃的笑。

我赶紧走开，却撞在一个喇嘛怀里。他是来找我的，说上师要见见我。

我去了，寺门紧闭。我又等了一会儿，门才打开了缝。见我来了，小活佛拉着我的手就去了后房。

上师的房间点着几盏酥油灯，榻上躺的却不是他。一个人的胸和手臂被纱布裹紧，看来受了很重的伤，身上散出浓烈的药味儿。

上师从外面走进来，用帕子擦着手，我闻到他的手上也是一股药味。

"这人你该认识。"他说。

可我看着那肿胀的脸却丝毫没有印象。

"本华。"

嗯，那好像是一个很久远的梦了。不知怎的，说起他，我脑中浮现的就是一碗甜香的盖碗茶。我也时常会在看到盖碗茶的时候想起他。

可眼前这个人，让我怎么也不能和曾经那个一脸白净的本华联系在一起。

榻上躺的是一副饱经风霜的身子骨，黝黑的肌肤透出一股不容亵渎的英气。

我呆呆地看着，吃力地辨认。

太阳落山，我也没弄明白。可当我在灯下看见他的那一双眼睛，我相信了，这就是本华。

上师给他说了缘由，他也努力掀开肿肿的眼皮看着我。

我拉开袖子，露出手臂上的印记。

他一笑，拉扯着嘴巴里面的伤口，嘴角浸出淡淡的血丝。

我每日都到达达寺来，顺便带着一些药、一些补品。几日后，他能下床走路，能流畅地说话了。

我让他和我出去转转，去看看我的官寨、我的麦田。他却怎么都不肯走出寺院。

上师说："不会把我连累。"

此时，他们才告诉我，本华是个共产党，是个红汉人！

不知从什么时候开始，达达寺的上师就用他敏锐的眼睛看到了一些东西。达达寺里的许多布施都被他偷偷买成了药品交给商队送给了红汉人的部队。所以，扎尔他们才会时常来找麻烦。他们原以为有个小活佛，便可以利用他来达到一些目的，可没想到，小活佛却不受他们的控制了。他们便想方设法害死了那个小活佛。如今的这个，也是他们肉里的刺。

上师对本华说："我知道谁才是真的菩萨，我只对菩萨奉献我的一切。你与重华一样，都有一颗救世的心，你去看看吧。"

我还是有疑惑，从来成王败寇，谁知道他们又要的是什么呢！

但不管如何，我此时是十分高兴的。我要让本华看看我所做的一切。

我带着他去看了我那一片片滚滚的麦子和青稞，又看了我的堡垒。秋天的时候，我的百姓就会有吃不完的粮食，他们再也不会饿肚子了。

"这些是什么东西？"本华指着广场上的一些架子。行刑人眯着眼睛打量着他说："行刑的。看这个……"他从腰间炫耀似的拿出一把小小的弯刀，"这个，是剜膝盖的，我的手艺很好，祖辈都是行刑人。只一下，就可以给个痛快。"

他的手艺的确很好，他的父亲就是一位十分出色的行刑人，任何一种刑罚在这里都可以让看客们的心狂跳不止。

那些奴隶都好奇地看看本华，然后又快速地低下头做着手上的事情。

我的官寨，秩序井然。

本华看起来却没那么高兴。

这是在质疑我？！

那个孩子，他们都说与我很像。我小时也是那样肉嘟嘟的身子，一逗就笑。

"重华，你抱抱。"吉娜将这一团粉白的肉直接放到我的怀里。他在我身上咿咿呀呀，我便第一次好好看了看这个孩子。他嘴巴张开，可以看到下颌处米粒大小的点，他在长牙齿了。突然，他用细嫩的手指将我的手抓住，我竟是跑也跑不掉了，只好红着脸抱着他。

吉娜在我耳边轻声唤着他："叫阿爸啊，阿……爸。"

他嘟着嘴，发出稚嫩的声音，真的好像在叫"阿爸"。

我害怕，害怕自己放不下了。我从未想过我自己的生命会得到这样一种延续。

晚上，被他触过的肌肤都生出一朵轻盈的花，飞入我的梦里。

此后，我便时时都想看看他。

吉娜望着我笑着，她当然相信没有人会拒绝这样一个可爱的孩子。她觉着，她是有期盼的。

他们在廊下抓着影子，我就假装在窗前看着远方，看见那小东西扶着栏杆可以站起来了，我也露出一个笑。他跌跌撞撞地向我怀里扑来，我蹲下，给他一个拥抱，将他甩在头顶上，他就发出咯咯的笑。

我看见，他明净的眼睛里有星光！

我挡开尘埃，唤道："叫阿爸……"

一滴泪落在我的手背上，是我自己的。我将那软软的身子伏在肩头，摇晃着，从楼上到楼下，又从屋内到廊前。

吉娜抱着我的腰，说："重华，我们好好过吧。"

我拉过她的手放在孩子身上，孩子笑着，我们哭了。

39

尾声 花红

　　我又重新揭开了吉娜的衣裳。她露出比之前还要丰满的双乳，里面是一阵阵的奶香。我的头埋在里面，轻轻地抚摸着她，用我从来没有过的柔情。

　　吉娜对我说："重华，我是真的爱你的。"

　　我说："我知道。"

　　我要我们就这样一直在一起，好好过下去，管他官寨外面又起什么纷争。

　　现在回想着，和他们母子在一起的日子，我是真的快乐过的，是得到了欢愉的。

　　地里的青稞变黄了，一粒粒饱满得在秋风中呼唤我。我抱着我的孩子，奔跑在麦地里，我跑了很久，还没有跑出麦田。他咯咯地笑，麦子就唰……唰……

　　我说，等城里的燕都回来了，阿爸就带你去看漫天的燕，摸遍城门里的石马。

　　我真的又开始爱了。

　　我抱着我的儿子在林地看那些探头探脑的羚羊，仁青过来让我小心那个红汉人。说他老是和那些奴隶在一起，还教他们认字、唱歌，甚至对他们讲关于命运、关于自由的话题。

　　我抱着孩子，正在让他看那些彩色晶莹的石头，我说："我的百姓和奴隶是该好好认字的，或许，他们还能做生意，认些字总是好的。"

　　仁青说："少爷，不是好事情！"

　　他这个管家很称职，总是能说出很多不好的事情，有些也能应验的。我想起本华对我曾经透露出来的质疑，我还是决定去好好看看本华都在干些什么。

他坐在奴隶堆里，讲着许多有趣的事情，如世界全是被海洋覆盖着的，比这里的海子还要大还要深，海上航行的是大船，足足可以装上我们这里一大半的人；现在有个地方叫工厂，一上午纺的棉线比我们三年织的还要多；还有一种叫火车的东西，游龙一般在轨道上咔嚓咔嚓，绿色的铁皮里可以装更多的人和东西……

说着说着，他就讲起人的骨血来，说辛亥革命后皇帝早就没了，你们不应该心甘情愿地成为奴隶，也没有人生下来就应该是奴隶，人与人本该是平等的。共产党就是为着穷苦的老百姓来的……

奴隶们似懂非懂，有的笑着，有的沉默着，见我一来，雀般就散开了。

我对本华说："我会让他们过上好日子！"

我指着晾架上的粮食说："我会让他们吃饱饭！其他土司的奴隶，哪个能像他们一样过得如此自在！"

提到"自在"，本华嘲笑似的笑了好一会儿。

他在挑战我！

我真的有些气恼了，对他说："等到明年春天，你就走吧！"

他说："你真的以为你是个好土司？！他们要的就是这样？！"

我绝不会让本华看不起我，于是更卖力地治理着我的官寨。在其他土司和首领都在叫苦不迭的时候，我的官寨里每日灯火通明，库中堆满了银子和粮食。他们有些人带着人马试图来抢些东西，但都被我的堡垒给挡了回去。

转眼就到了春天，山坡上的百合又开始在山间摇曳了。本华来向我辞行，他告诉我说："重华，这个世界的人应该是平等的。我也相信这个世界会变得越来越好。"我坐在榻上一脸不屑，我还在生他的气。他又说："你不会知道前线抗日有多惨烈，我的妹妹也牺牲了。我们是为了革命，总有一天你会明白的。"

那满头金发、肤如牛奶的女孩死了？！我的心中五味夹杂，我的父亲，曾经也在这官寨干了场"革命"，可是，好像也没真正改变什么。我想相信本华他们的革命，可是，我不敢。

一些奴隶也悄悄地跟着跑了，其中就有格登。听说，他们要和队伍会合，一起穿越狼毒花盛开的草原，蹚过沼泽，翻过渺无人烟的雪山。

这些人，一定是疯了！

可是，我的心中却充满了一股热，期盼着他们能够实现那个美好的愿望。闭上眼睛，我看见一行队伍，举着鲜红的旗帜，在开满鲜花的草地上行进着，苍鹰伴着他们，雪山上的风伴着他们，那是一种执着的信仰！

仁青说我必须好好惩戒一下他们，挑几个人的脚筋，看他们还敢跑！

我想，不用再这样了。

随他们吧！心中有信仰，是多好的一件事情！

眼下有件事情倒是很要紧，我要在花红遍山开放的时候，给我的孩子取一个英勇吉祥的名字。

这些日子，我睡在床上总能听见海子的嘶鸣。我试过吹响树叶召唤它，可它只在山腰站着，就是不下来。

它好像在呼唤我，又好像有很多悲伤，声音忽远忽近，让我有些莫名的不安。

我还时常梦见以前的人和事情，梦见采苓在散落的花丛中荡着秋千，面纱一转，却又是吉娜的样子，她还是笑啊，笑啊。

突然，敲起了急急的铜锣声！失火了！

我推开屋里被映红的窗子，山崖上通红一片！达达寺燃起来了！

我带着人向那里飞奔着，大火熊熊燃烧着，喇嘛们逃着、哭喊着……

后山的松林也跟着燃起来了，烟火中散发出松香燃烧的奇异气息。滚滚的烟，像是神发出了召唤……

天明，一地残烟，往日的辉煌，全都化为了烟尘……

上师去了，小活佛也去了。

噶厦也在摇晃，扎尔抢了寺里的金银和能搬走的法器去印度了。过了很久，传来的消息说他死在了喜马拉雅山的雪地里，那张德庆家族彰显荣耀的金弓也被永远埋在了雪山之下。

终究，他没有绕过神的惩罚！

我失了明灯，跪在地上，久久不愿起来。

官寨里点燃了桑烟，我要让它一直燃烧，永不熄灭。让上师和小活佛的灵魂还能够看见我的官寨，听见我的呼喊，抚开我眼前的雾霭。

"我们也去印度吗？"吉娜抱着孩子问我。

"我们不走！"

吉娜靠在我的肩头，生死相依的样子。可我知道她非常想去，想离开这个地方，带着孩子和我开始全新的生活。她常常向那格的夫人们询问关于印度和英国的事情，还让梅朵把柜子里的衣服都拿出来，好像随时都准备好了远行。

　　我怎么会对这个女人生出情愫的？！我原本以为，我就只会爱一个人！吉娜也喜欢荡秋千。她的秋千荡得让人惊心动魄！

　　站在上面，双脚蹬着，一下，再一下，她都快荡到云彩里面去了。我的手心冒着汗，我竟然很担心她？！

　　我的魂好像一点点地从遥远的地方被我的桑吉拉了回来。

　　他也目不转睛看着秋千上他的阿妈飞上飞下，担心得小脸通红。

　　他问我："阿爸，阿妈会不会掉下来？"

　　"不会的。她下来了我接住她。"他扬起脸亲亲我，又跑去吉娜的怀里。

　　明天，我要带着他们去城里看那飞得高高的燕子，再去看看梁府里的人。

　　桑吉又问我："那里的燕子能否飞到云里去？"

　　我摸着他说："能的。桑吉去了，阿爸就带着你坐着燕子飞到云里！"我一把举起他，让他高高坐在我的肩上，他咯咯地笑着。

　　我要的日子，或许就是这样了。

　　可等待我们的，却又是一场命运的嘲弄！我真的已经厌倦了这种命运，这也不得不让我怀疑那个诅咒真的是存在的。

　　我坐在廊下，什么话也不想说，心里装的都是心口流的血！

　　一切都是灰蒙蒙的，官寨里再也听不见桑吉咯咯的笑声了，也再不会有双手从背后抱住我，对我说："重华，我真的爱你。"

　　我好像又从一个心伤的梦里醒来了。

　　什么都没有了。

　　那天，我带他们去看那城南的燕子，蓝得幽深的天空下，它们嘀哩哩、嘀哩哩地飞来飞去，好像从未离开过这里。桑吉欢快地追着它们投在地上的影子，我说，这不是飞起来了吗？

　　走到梁府，一院的繁花让我们都吃了一惊，那些枝蔓快把房子也遮住了。央金还是那样婀娜，可我的养父却苍老了许多。他还是糊涂的。看着央金，他就说："花瑶，你看，我为你种的牡丹，多好啊！"

　　央金却不介意，说："江生，我喜欢。"他便露出孩子一样的笑。

"阿爸，你哭了？"桑吉的小手擦擦我的脸。

"没有，我只是觉得太美了，这些花！"

"桑吉也喜欢。"他向那山间的花红林奔去，一树树，都是馨香的、粉白的。

吉娜像采苓一样奔跑着，笑着。她坐在秋千上，说："重华，来推推我……"

笑着笑着，天就暗了。

桑吉说："大鸟来了！"

我急忙冲上去，可他们的笑永远在那一刻凝住了。

日本人的飞机在这天投下很多炸弹，一枚枚炸弹像恶魔一样吞噬着一切。人们惊恐地四散逃开，又一个个被炸得血肉横飞，大火熊熊吞噬着一切，松州成了死亡的城池。岷江也被鲜血染红了，哀号着在峡谷间狂奔。南门被炸弹直接穿了一个巨大的洞，成为无法愈合的伤！

岷山发出了颤抖的悲鸣。

花红的瓣落光了。

我的桑吉和吉娜就躺在那半山之中，他们的血染得落下的花瓣红红的……

我闭上眼睛，眼前就是人们恐惧的眼，他们呼喊着、奔跑着，那些弹药无情地击穿他们的身体，炸毁他们的房屋。我的养父也被炸死了，满院的花，都燃烧着，整个城池都燃烧着。

我又是一个人了，比任何时候都要孤独。

我把官寨的库房和粮仓全都打开了，让仁青将这些分给我的百姓们。

他们向我跪谢，说我是活菩萨。

可我不是，我想终有一天真的菩萨会来救他们的，就像本华说的那样。

德庆府没有希望了，铁达无比哀伤地看着我黑色的背影，他知道我已经是个死人了。仁青走了，铁达走了，梅朵跪在我的房里流着泪。

其实，从我知道那个故事的真相开始，我就明白了铁达和央金是为了这德庆府的执念来的。此时，他们也该放下了吧。

他们会永生永世守在那碧绿的湖边了……

我点燃火把，将它高高地扔进了德庆府。足足烧了一个月，这座集满了爱恨的宅院才化成了灰烬。

我的灵魂全部都不见了。

我的心滴干了最后一滴血。

穿起一件黑色的袍子，我把自己裹在最幽深的地方。不再见人，不再说话。

我也走了，有人说我烧死在德庆府，也有人说我跳进了海子……

雪山把我的头发染得有些白了。松州城里的燕，依旧嘀哩哩、嘀哩哩地叫着，遍山的花红树又抽出了绿色的芽，牡丹的枯枝也展开了褐色的叶……

过些时候，满城，又是一片琉璃繁花了。

当初的堡垒被解放军击碎了。我的奴隶们在玛尼堆前烧掉了捆绑他们的契约，那些行刑的刀也被燃烧的大火熔化了。

他们的脸上，洋溢出真正的笑容。

一杆杆红色的旗帜插满了我的土地，映着傍晚的霞，红得那样绚烂，那就是小活佛说的漫天的红霞吧。

他们说曾看到一人一豹在海子边的花红树下徘徊着，幽怨地吹着羌笛。

又有人说，在海螺山的绝壁上，看到过一个穿着黑袍的人，身边跟着一只豹。

这条茶马古道，依旧蜿蜒着，开了一路馨香的花……